New ニュー・アメリカニズム Americanist

増補決定版

米文学思想史の物語学 Poetics

巽 孝之
Tatsumi Takayuki

青土社

ニュー・アメリカニズム　目次

ニュー・アメリカニズム　米文学思想史の物語学

秋山健先生に感謝を込めて

はじめに

本書が計画するのは、二〇世紀末を代表する文学批評理論「ニュー・アメリカニズム」に立脚しながら、主として一七世紀ピューリタン植民地時代より一八世紀アメリカ独立革命前後の時代、そして一九世紀南北戦争前後の時代に至るまでのあいだ、いかに「アメリカン・ナラティヴ」の伝統がアメリカ的無意識内部で自己刷新しながらも存続し定着してきたかを探究し、ひとつの「アメリカ文学思想史」の可能性を検討することである。

もちろん、ふつうアメリカニズムといえば、パックス・アメリカーナに代表されるリベラル・デモクラシーの覇権とレイシズムや反共マッカーシイズムの圧力とが表裏一体をなす概念として広く受容されているだろう。

しかし一九九一年の湾岸戦争とソ連崩壊に伴う米ソ冷戦解消後、アメリカニズムに根ざすグローバリズム内部から、性-政治学や多元文化主義や脱植民地思想といった諸問題に凝縮されるアメリカニズム批判の種子が花開く。その意味で、折しも冷戦解消後、正確には九〇年にドナルド・ピーズの提唱により、記号論・脱構築・新歴史主義を経て人種・性差・階級の多角的視点からアメリカ文学テクスト／文化コンテクストの相互駆引を分析する新しいアメリカ文化批評理論が、すなわちフィリップ・フィッシャーが「新しいアメリカ研究《ニュー・アメリカン・スタディーズ》」とも呼ぶ「ニュー・アメリカニズム」が勃興し、「ナショナル・ナラティヴ」から「ポストナショナル・ナラティヴ」への焦点移動を示唆し始めたのは必然的であった。

むろん今日「ナラティヴ」といえば、最も広い理論的了解としては、時間軸上の「事件連鎖《ストーリー》」（断片）と言説軸上の「物語秩序《ディスコース》」（劇化）という二重原理に立脚する「物語学《ナラトロジー》」の単位にほかならない。たとえばナサニエル・ホーソーンの『緋文字』の場合、アーサー・ディムズデイルとヘスター・プリンの姦通の結果パールが生まれるというのが時間軸に忠実な「事件連鎖《ストーリー》」だが、物語作者は敢えて姦通事件の終わったあとの時点から語り始め、思索的ドラマを通して姦通の起源の意義を再解釈するという「物語秩序《ディスコース》」を選んだ。ナラティヴとは、物語る主体が事件や体験を前にして必然的に採らざるをえない事実編集作業の結実である。だから「事件連鎖《ストーリー》の原因」はたえず「物語秩序《ディスコース》の結果の結果」として効果的に再構成されるのであり、しかもかえって再構成された物語こそは実際の事件以上にリアリティを醸し出す。

ふりかえってみれば、そもそもアメリカ植民の成功そのものからして、グーテンベルク以降の印刷技術を制覇した西欧人が自らの「新大陸体験」という事件をキリスト教的想像力豊かに物語化した結果、文字どおりの「歴史的事実」として活字化し広く流通させたことに拠っていた。最大の植民地政策は活字印刷というメタ物語ではなかったか。かくして、アメリカ発見以来、新大陸体験という名の物語学的枠組すべてを統御してきたアメリカン・ナラティヴの伝統が、いま最も本質的な再検討を迫られている。

アメリカン・ナラティヴは、まさしく冷戦どころか独立革命以前、小説勃興以前、近代的人間像形成以前の時代、いまだ神学と科学、主観と客観の区別も、そして何より想像と体験、虚構と事実の区別すらろくについていない時代に培われた一群の「アメリカ的体験記」を指す。それはまずピューリタン的予型論《タイポロジー》レトリック内部でアメリカ人独自の国民的記憶術を形成し、第二次大覚醒下における小説勃興以後は文学的レトリック内部で命脈を保ち、その深層で、人種・性差・階級を表象／反表象する煽情的物語学を脈々と構築した。

最も初期の例としては、一六〇七年のポカホンタスとの出会いを語ったキャプテン・ジョン・スミスの「インディアン捕囚体験記《キャプティヴィティ・ナラティヴ》」が挙げられるが、のちにその形式を踏襲したメアリ・ホワイト・ローランドソンなどは原型としての「回心体験記《コンヴァージョン・ナラティヴ》」の伝統を巧みに溶かし込み、それらの形式はさらにコットン・マザーら白人側支配者の人種的偏見が刷り込まれた「疫病体験記《イルネス・ナラティヴ》」とも結びつく。捕囚体験記の近代的発展型としては「誘惑体験記《セダクション・ナラティヴ》」の形式が共和制女性作家スザンナ・ローソンやタビサ・ギルマン・テニーらの愛好するところとなった。いっぽう女性の強姦が人権侵害ならぬ男性の所有権侵害と同一視された時代を象徴する「強姦体験記《レイプ・ナラティヴ》」や、牧師による死刑の日の説教に取って代わって殺人者自らの独自な告白を打ち出す「殺人体験記《マーダー・ナラティヴ》」などは、探偵小説の元祖とされるエドガー・アラン・ポウから黒人作家チェスター・ハイムズにまで連綿と影響を及ぼす。いわゆる白人男性支配階級中心の物語への反証としては、一六九二年、セイラムの魔女狩りにおける混血黒人女性奴隷ティテュバに端を発する「奴隷体験記《スレイヴ・ナラティヴ》」の系譜が認められるが、これは一九世紀半ばにフレデリック・ダグラスやハリエット・ジェイコブズらによって完成され、その過程において従来のピューリタン的予型論はもとより伝統的アメリカン・ナラティヴ全体を保証する人種・性差・階級全ての観念に根本的批判が加えられた。かてて加えて、荒野の英雄ダニエル・ブーンらを物語化する「開拓体験記《フロンティア・ナラティヴ》」の様式は、もともとあらゆるアメリカン・ナラティヴに通暁していた建国の父祖ベンジャミン・フランクリンの手を経て、字義的な荒野のみならず活字メディアという曠野をも無限に開拓し、二〇世紀末ハイパーメディア社会の物語形成にも連なる基礎を築く。

　アメリカン・ナラティヴの歴史を辿れば辿るほど、わたしたちはそこにアメリカ的現在の似姿を再発見するが、まったく同時に、戦後形成されたアメリカ的現在を最も鋭利に描写しようとすればするほど、むしろわたしたち自身がいかに植民地時代以来のアメリカ的物語学を免れていないかを思い知る。ニュー・アメリカニズムの文学思想史がはじまるのは、まさしくこうした物語学的逆説が発生する地点である。

序章

冷戦以後の魔女狩り

「鐘《ディンドン》を鳴らせ、魔女は死んだ！」

ハリウッド黄金時代の名画『オズの魔法使』（一九三九年）でひときわ楽しげに歌われるあのおなじみのリフレインが、ある日、とある新聞記事をセンセーショナルに飾り立てた。時は一九九二年一一月五日、翌年からのクリントン政権が正式決定した直後、これはアメリカ西海岸発行になるサブカルチャー新聞『サンフランシスコ・ベイ・タイムズ』第一面の見出しである。筆者自身が、たまたま大統領選の当日一一月三日から約一週間、会議のためベイエリアに滞在していた折のことだった。いくらピッツァリアの片隅に積まれた無料の地域新聞にすぎないとはいえ、これは人目を惹いてあまりあるヘッドラインではないか。だが、そのシンプルきわまりない一文の真意をつかみきるまでには、関連記事に至るまでじっくり読み終えなければならなかった。

1　死ぬのは誰か？

「鐘《ディンドン》を鳴らせ、魔女は死んだ！」"Ding. Dong. The Witch is Dead!"

SAN FRANCISCO
Bay Times
VOL. 14 NO. 3, NOV. 5, 1992 THE GAY/LESBIAN/BISEXUAL NEWSPAPER & CALENDAR OF EVENTS FOR THE BAY AREA

Ding. Dong. The Witch is Dead!

WE WON.

For the first time in history, the United States elected a president who openly campaigned for the civil rights of gay men and lesbians. And we supported him in droves: 95 percent of us voted for Clinton —more than his margin of victory. In his acceptance speech, President-elect Clinton (how sweet that sounds!) said that we have many problems to face as a nation, and he listed AIDS first.

In Oregon, the bitterly homophobic Measure 9 went down to defeat, 56 percent to 44 percent. And in Portland, Maine, voters decided to retain local gay rights legislation by a 57 to 43 percent margin.

In California, we elected two women to the U.S. Senate. Both of them ran against men whose anti-gay rhetoric has been a cornerstone of their public life.

In San Francisco, we elected Angie Fa to the school board. She's the first-ever Asian American out lesbian elected to office in the United States.

We lost some, too. In Colorado, the electorate voted 55 to 45 percent to repeal gay rights legislation in that state. And in Tampa, Fla., 58 to 42 percent of the voters decided to repeal their gay rights anti-discrimination law.

Thousands of us jammed the Castro to celebrate our victories. We've lived so long under government-sanctioned hatred, we can barely imagine what it will be like without it.

This is the beginning of a new era in the struggle for gay/lesbian/bisexual and transgender rights. To paraphrase Emma Goldman: Let's dance—this is our revolution!

『サンフランシスコ・ベイ・タイムズ』1992年11月5日号

『オズの魔法使』では、カンザスの家ごと竜巻に吹き上げられたドロシーが、魔法の国マンチキンに着くや否や、何と家自体の重みによって「東の悪い魔女」を押しつぶしてしまう。狂喜する北の仙女グリンダ。その瞬間、小人たちがこぞって歌いだすのが、「鐘《ディンドン》を鳴らせ、魔女は死んだ！」を連呼する賛歌「マンチキン国〜ディンドン！」である。したがって、このリフレインをおしいただいている記事の下に「クリントン／ゴア」支持のプラカードを手にした人々のデモ行進の正面写真が来て、記事自体も「われわれは勝利した」と書き出されるとなれば、気の早い向きはたぶんこんなふうに考えるかもしれない。大統領選の結果を見れば、勝ったのはビル・クリントン候補、負けたのはジョージ・ブッシュ候補だから、一見したところ、この見出しは、反ブッシュ陣営がブッシュ敗北すなわち大統領ブッシュの死を歓喜したものではないのか、と。だが、先を急ぎすぎるのは禁物だ。たしかにブッシュはフセインを悪魔呼ばわりして湾岸戦争を敢行しはしたものの、さて彼自身が魔女呼ばわりされたことはあっただろうか？

そんな疑問が生じて、同新聞のつくりをまじまじと眺めたとき、事実はまったく逆であるのが判明する。というのも、『サンフランシスコ・ベイ・タイムズ』というのは、一四年の歴史をもつゲイ／レズビアン／バイセクシュアルのための新聞であるからだ。したがって「われわれは勝利した」ではじまる記事の内容も、こうつづく。「歴史上初めて、わが国はゲイやレズの市民権を守ろうと公然と説く大統領を選び出した。そして、わたしたち自身もそろって彼を支援した。何しろわたしたちのうち九五パーセントの者がクリントンへ投票したのだから、これは彼が勝つための票差を埋め尽くしてあまりある数字だったといっていい。……いよいよゲイ／レズビアン／バイセクシュアル／トランスジェンダーの市民権闘争における新時代がはじまった」（二頁）。

つまり、真の意味で「魔女」呼ばわりされてきたのは、逆にブッシュ政権に至るまでアメリカでは長らく政治的不遇をかこち性的倒錯者《クィーア》呼ばわりされてきた人々のほうなのである。そして、いよいよゲイ市民権にも理解の深いクリントンを得たことで、こんご自分たちが「魔女呼ばわり」されることもなくなるだろうというのが「魔女は死んだ！」の真の意味するところなのである。

ここでクリントン自身の主張のみならず演出のほうにもふれておくべきだろう。一般には、ブッシュに対抗すべくクリントンがJ・F・ケネディ的なさわやかスタイルを故意に模倣して演出したという見解が支配的であったし、ゴア・ヴィダルのように両者をトムとハックにたとえる向きも見られたけれど、ニューヨーク大学映画史講師スコット・ブカートマンによれば、のみならず最大の売り物はあくまで「クリントン／ゴア」のペアではないかという。昨今のアメリカン・ゲイ・カルチャー女性消費者層のあいだでは、人気TV／映画『宇宙大作戦《スター・トレック》』の主役カーク船長と異星人《エイリアン》スポック博士を理想的ゲイ・カップルと見る向きが濃厚だが、クリントン／ゴアのペアによる演出の背後には確実にそんなカーク／スポックのペアをイメージさせる動向があった、というのが彼の推測である。もちろん逆から見れば、あらかじめゲイ・カルチャーの側で「クリントン／ゴア」の物語を新たなるスター・トレック物語として積極的に誤読していこうとする素地が準備されていたのだと説明することも可能だろう。ここで肝心なのは、従来のアメリカ政治学が、リベラリズムの美名のもとに多元文化を容認するようでいてけっきょくは反共の姿勢を強化し、その過程において、白人男性ピューリタン社会の伝統におけるあらゆる「少数派」を「異質なるもの」と見て包摂しつつ抑圧していったという「魔女狩り」の歴史にほかならない。

一九九二年は、コロンブスのアメリカ大陸発見五百周年に明け暮れた。けれど、ことアメリカ側からするかぎりもうひとつ絶対に忘れてはならないのは、これが一六九二年、ピューリタン植民地時代のマサチューセッツ州セイラムでおこった魔女狩りスキャンダルから数えて三百周年だという事実である。ピューリタニズム内部における異端審問の色彩は以後あらゆる政治的抑圧のメタファーと化し、たとえば今世紀に入っても、一九五三年、アーサー・ミラーは戯曲『るつぼ』(*The Crucible*)でセイラムの魔女狩りを扱いながら、戦後マッカーシイズムに顕著な反共産主義キャンペーン、いわゆる赤狩りのニュアンスをも積極的に溶かし込んだ。それが一九五七年、フランスにて、ジャン=ポール・サルトルの脚色による『サレムの魔女』(邦題)として映画化されたのは、よく知られる。『るつぼ』の芸術的評価については、これをアメリカ演劇最大の収穫と呼ぶ向きもあれば、マッカーシイズムに囚われすぎた失敗作と見る向きもあるものの、少なくとも魔女狩りをもたらす条件が一七世紀末アメリカというコンテクストに限られるものではないこと、むしろ魔女狩りとは、キリスト教的な神が信仰されるかぎり、アメリカ史において手を変え品を変えたえず立ち現われる言説構造であることを実感させた点で、同作品の意義は小さくない。そして、一九九三年から九四年にかけてピュリッツァー賞やトニー賞を総ナメにしたトニー・クシュナーの傑作ゲイシアター『エンジェルス・イン・アメリカ』は、ゲイ・カルチャーを語るのに、『るつぼ』を連想させる戦後の魔女狩りマッカーシイズムの類推で語り始めながら、最終的には現代の天使崇拝文化によって語り直そうと試みた壮大な実験作品だった。

2 フェミニズム的解釈の限界

じっさい、いまでは一口に「魔女狩り」といっても、それはすでに容易には気づかれないほどミクロの次元で日常的言説に浸透しきっている。

たとえばレーガン元大統領夫人が占星術師と親密になれば、アメリカの世論は彼女をさんざんにこきおろす。たとえば湾岸戦争の折、フセインは最初から悪魔として名ざしにされた。国内的事件／国際的事件というちがいはあれ、ともにアメリカ的魔女狩りの典型だろう。アメリカ・ピューリタニズムは資本主義文明を促進した原動力として高い評価を受けるべきだが、その内部では、本書第一章で詳述するキリスト教的予型論《タイポロジー》とそれに伴う合理主義が素朴な善悪二元論を謳い、ハリウッド映画ならぬ国際情勢にまで適用されはじめるとなると、もはや手の施しようもない。

たとえばヨーコ・オノ未亡人の音楽活動がいまも故ジョン・レノンの威光の結果にすぎないものとして揶揄されたり、その結婚生活を心ない伝記作家によってスキャンダラスに書きたてられたりするのも、米国内におけるセクシズムはもとより、国際社会におけるジャパン・バッシングの増長ともふかくかかわるだろう。ココム事件の折、東芝製品を打ち壊してデモンストレーションするアメリカ人の映像には、むしろワラ人形に釘を打ち込む式の民俗性すら認められた。魔女を封じ込めるはずの魔女狩り自体が、ここではきわめて魔術的なかたちを帯びてしまう。狩るものが狩られるものの構造を反復していくアイロニーの、これは証左といってよい。

そうした魔女狩りのもつ矛盾的な性格を端的に露呈させた書物として、チャドウィック・ハンセンが一九六九年に出版した研究書『セイレムの魔術』（邦訳タイトル）が挙げられよう。本書は、一七世紀末ニュー・イングランドにおける魔女狩りフィーバーに関し、膨大な考古学的資料と歴史学的研究史を投入してまとめた大著だが、それが初版以来三五万部を売りつくし、いまなお売れつづけるベストセラーになったのも、まさしく魔女狩りがいまなおアメリカの国民的無意識を鋭く反映しているためではないか。

いまのところセイラムの魔女狩りの史実は、罪もない人々をピューリタン教義によって次々に断罪する集団ヒステリーとして、いちおう片がつけられているように見える。たとえばジョージ・キットリッジが一九二九年に出版した『イングランドとニューイングランドにおける魔術』では、そもそもキリスト教聖書自体が神を称えるのに悪魔という対立項を想定してかかるために、悪魔の存在を否定すれば皮肉にも神をも否定するのに等しかったこと、魔術否定論者は皮肉にも無神論者扱いされかねなかったことが説明されている。当時は、神への信仰が合理的なのと同じぐらい、悪魔を弾劾することも科学的なことだったのだ（三三〇〜三三四頁）。魔術の存在を想定する者のほうが、そうでない者たちよりも論理的説得力を持ちえた時代。それはひとえに、当時の人々がわたしたちのような現代人ではなかった証左にすぎないと、キットリッジは断定する（三五七頁）。

だがハンセンが疑うのは、まさにそうした共通了解そのものだ。たしかに魔女狩りをたんなる集団ヒステリーとして現代心理学に還元してしまえば、これほどわかりやすい説明もあるまい。しかしハンセンは、じっさいには無罪どころか真に有罪な魔女も存在したという事実を尊重することで、定説の盲点を突く。そして、魔女狩りどころか魔女狩り批判の言説も負けず劣らず悪魔的なヒステリー症状をきたすことを証明する。たとえば一九世紀アメリカ・ロマン派を代表する作家ナサニエル・ホーソーンの先祖ジョン・ホーソーン判事の審問が陰湿だったこと。魔女狩り煽動者のひとりと見られるコットン・マザーの実像はさほど悪辣なものではなかったこと。そもそもマザーに悪印象がつきまとうのは魔女狩り批判者ロバート・ケイレフの文書がマザーを陥れる悪意のレトリックに満ちていたせいかもしれないこと……かくしてマザー対ケイレフの関係はあたかもモーツァルト対サリエリ関係を扱った『アマデウス』

を彷彿とさせる物語仕立てで織り紡がれていく。

このようなチャドウィック・ハンセンの再解釈を経て、以後のセイラムの魔女狩り研究は一気にその領域を拡大していった。冒頭ではゲイ・カルチャーにおける魔女狩り的メタファーの浸透について述べたが、じつをいえば、このように性差理論を考慮にいれる方向性は、魔女狩り再認識の動きにあって、むしろ主流をなすといってもよい。たとえば一九七七年から七八年にかけて、アメリカの主導的フェミニズム雑誌『サインズ』*Signs* においてクラーク・ギャレットとジュディス・バルフのあいだで意見の応酬があったことは、その端的な実例だろう。ギャレットの議論は、いわゆる家父長制が「母としての女性」を要求することにおいて自らの制度を維持していった点に注目するもので、けっきょくそうした制度にあてはまらない年老いた独身女性や未亡人といった人々が魔女呼ばわりされたのだという。これは、魔女狩りの中心に家父長制度における女性虐待をはっきり措定する考え方であり、少なくともピューリタニズムが怒れる神を前提としていた限りにおいては、それなりの説得力を持つ。因襲的な家父長制においては、子どもを生まない女性はたんに非生産的な存在としか認められないからである。

ただし、これに対して、バルフの反論は、訴えられた魔女を犠牲者としてしか捉えないのならば、魔女の人間性や合理性を認めたことにはならないという主旨のものであった。魔女狩り内部に明らかにピューリタニズムの女性虐待傾向が見られるとしても、その一点を指摘するだけではフェミニズム的解釈にさえならないというのが、ギャレットとバルフの論争からもたらされる結論である。むろん、のちにキャロル・カールセンのように、一七世紀ニューイングランド司法当局が男性よりも女性のほうに告白を強制していた事実を統計的に示したフェミニストも登場したし、九〇年代に入ってもルイス・

カーンのように魔術と女性と性的変態が結び付きやすかった植民地的言説を分析する魔女狩り研究者も現われた。

けれど、仮に表面的には女性虐待のニュアンスが強くても、その背後には、じつはにわかには解きほぐしがたいような多様な言説がからみあっていたのではないか。昨今ではさらに、ハンセンからカールセンにいたる魔女狩り研究の成果をじっくりふまえたバーナード・ローゼンタールが一九九三年に『セイラム物語』を出版し、従来以上に膨大な資料を走査したうえで、議論の批判的発展をもくろんでいる。そうした最新の収穫を考慮しつつ結論を先取りするなら、いま最も肝心なのは、植民地時代のアメリカにおける性差の問題が、人種や階級の諸問題と密接に連携したうえで、今日「魔女狩り」といわれる言説を至って合理的に形成していった文化史ではないだろうか。

3 混血女性奴隷ティテュバの物語学

アーサー・ミラーの『るつぼ』は、劇作家自身も言明するように、歴史的事実としてのセイラムの魔女狩りに対して、そうとう思い切った脚色を加えている。プロットは、主人公のジョン・プロクターとその妻エリザベス・プロクター、およびジョンとのあいだに不倫関係を結ぶアビゲイル・ウィリアムズの三角関係を核として進むが、これを自然に見せるために、ミラーはとりわけ少女アビゲイルの年齢を実際の一一歳より少々上に設定した。ちなみに、ミラー本人がこの作品の発表後三年ほどした一九五六年にメアリ・スラッタリーとの一五年にわたる結婚生活を解消し、マリリン・モンローと再婚しているため、そのような実生活上の三角関係を『るつぼ』の人間関係に読み込む批評家もいないわけではない。

しかし、今日テクストを読んでいちばん注目されるのは、セイラムの魔女狩りの発端そのものについて、ミラーが歴史的事実にかなり近いかたちを打ち出している点だ。それでは、これまで史実とされてきた経過はどんなものだったのか。

ここでまず、牧師サミュエル・パリスの家で働くバルバドス島出身、黒人とインディオの混血である女性奴隷ティテュバ（Tituba）が登場する。パリスは牧師になる前、商人としてバルバドス島へ赴いており、その時に現地の男ジョン・インディアンとその妻ティテュバを奴隷として捕まえたのだった。セイラムに連行されたふたりを待ちかまえていたのは、白人社会での重労働である。だが、子供好きのティテュバは、そんな苦行を忘れるために、九歳になるパリスの娘ベティやベティの従姉妹アビゲイルをはじめとするパリス家の少女たちと楽しく遊ぶようになる。ピューリタンの親たちは子供を甘やかすことを嫌ったため、ベティにとってはティテュバこそ親代わりであり乳母であり、いくらでもわがままをきいてくれる存在だった。この過程で、ティテュバはバルバドス島の伝説や民謡、そして何よりも運勢占いをはじめとするヴードゥー教系の呪術を披露することになったというのが、マリオン・スターキーの主張するいきさつである（『少女たちの魔女狩り』一九四九年）。

かくして一六九二年のはじめ、ティテュバは、水晶球がないため、コップの中に水を入れ生卵を落として降霊術めいた遊びをしたのだが、何と少女たちはじっさい亡霊を目撃したと言いだした。やがてティテュバの噂が街中に広まり、彼女を慕う少女たちが魔法にかけられた症状をきたして、いわゆる魔女狩りフィーバーへと発展していく。その結果、一五六人が魔女容疑者となり、内三〇人が有罪、四四人が自白し（させられ）、一九人が処刑されるに至った。

肝心なのは、ティテュバがたんに白人の娘たちを楽しませようとヴードゥー教的呪術を演じてみせたにすぎないことだ。ピューリタンたちにとって魔女が抽象的な絶対悪だったのに対し、英語に不自由なティテュバにとってはそもそも魔女の価値自体が相対的であり、魔術は貴重にして実用的なクレオール言語体系でさえあった。だから、いったん魔女狩りがはじまれば、まさしくその渦中で生き延びるために、彼女がたちまち魔女狩りの約束事に準じた実用的証言を――事実を捏造してでも――残すようになったのは、じゅうぶん推測がつく。ティテュバは自分が魔女であることを認めるとともに、さらにセアラ・グッドやセアラ・オズボーンをその他の魔女として名指しにし、とりわけグッドは子どもをいたぶり黄色い鳥に自分の右手から血を吸わせた筈に乗ったりしたこと、悪魔のノートに署名（マーク）を残していることなどを「証言」していった（ボイヤー&ニッセンバウム七〜八頁）。自分を魔女と認めて死刑を免れる「自白」のレトリックは、このように、ほかの魔女たちを「告発」することによって完結する。じつセイラムの魔女狩りでは、史上類例を見ないほどに、自白し告発する者が重んじられた。ティテュバのみならず、彼女の夫ジョン・インディアンもまた積極的な告発者となり六人もの人間を死刑台送りにしているのは（ローゼンタール五五頁）、魔女狩りという言説空間で奴隷が生き延びようとしたら、そうした自白と告発のレトリックを習得するのが不可避だったからである。黒人女性作家アン・ペトリーは一九六四年、この事件を素材にした小説『セイラム村のティテュバ』の第一章で、バルバドス島からマサチューセッツへ売られていくジョンとティテュバに、以下のような会話を交わせた。

「いいか、よく記憶にとどめておけ、奴隷ってのは生き延びなけりゃいけない。主人がどうなろうが、奴隷は生き延びてこそ奴隷なんだ」「生き延びるって、どういうこと?」「……植民地へ行けば、そこには野蛮なインディアンたちがたくさんいて、白人たちを虐殺したりもするらしい。作物が実らなかったり、ろくに食べ物もなかったりするらしい。だがな、そんなことにもめげず、おれたちは死なずに体を大切にしなくちゃならないんだよ」(一二頁、傍点引用者)。

ジョンやティテュバが白人社会の倫理観をどのていどふまえていたのかは不明だが、魔女狩り資料に形跡をとどめる彼らの証言や行状から推断するに、右のような会話は必ずしも作家ペトリーの脚色過剰とは思われない。ローゼンタールや八木敏雄らがすでに意見の一致をみているとおり(『セイラム物語』二四頁、『アメリカン・ゴシックの水脈』四三〜四四頁)、この奴隷たちは必ずしも集団ヒステリーに呑みこまれたのではなく、むしろ白人審問官の欲望が訊こうとし暴き出そうとしたことをあらかじめ計算し見透かしたかのように、まさしくその欲望に沿って自白や告発の言説群を提供していったのだ。

その意味において、セイラムの魔女狩りから露呈するのは何よりも自白者や告発者の「語り方《レトリック》」であろう。白人自白者や告発者たちが純粋にピューリタン的な信仰告白としての「回心体験記《コンヴアージヨン・ナラテイヴ》」のレトリックを応用したいっぽう、黒人奴隷ジョンやティテュバらはそうした「回心体験記」や「捕囚体験記《キャプテイヴイテイ・ナラテイヴ》」で培われた白人的レトリックを換骨奪胎しながら、自らの奴隷的主体を形成しうる最も原型的な「奴隷体験記《スレイヴ・ナラテイヴ》」のレトリックを編み出す。今日のアメリカ文学史ではブリトン・ハモン一七六〇年の奴隷体験記を同ジャンルの嚆矢とするのが常識だが、仮にローゼンタールにならって、セイラムの魔女狩りの本質をティテュバを中心とする「語《ナラテイヴ》りのテクスチュアリティ」に求めるならば、その一部に原・奴隷体験記が胚胎していたと見るのは、あながち的はずれではあるまい。

しかし、さらに問題とすべきは、当時のピューリタン植民地においてクレオール的混成主体の形成が忌み嫌われたという一点である。パリスがティテュバたちを奴隷にしたのは、あくまで経済資本としてであり、文化資本としてではなかった。ティテュバが白人社会へ無料労働力を貢献する以上に、まさか文化的影響力を及ぼすことになろうとは、パリスには想像もつかなかったはずだ。だからこそ、いったん黒人女性奴隷が魔術的影響をふるったとなれば、そこであらためてティテュバをその黒い肌の色から不吉な「闇の女」と見る視線が、ピューリタン的「原罪」を再び想起させ、女を「悪の起源」と見直す視線が息を吹き返す（ローゼンタール一三頁）。クレオール的混成主体が許容されるのは、あくまで白人家父長制ピューリタン社会を侵害しないかぎりにおいてであった。そして、こうした言説空間の演出者としては、わたしたちはもうひとりの決定的な人物によるもうひとつの決定的な「語り方《レトリック》」へ、目を向けなくてはならない。

4 反クレオール主義者コットン・マザー

アーサー・ミラーは『るつぼ』という作品をふりかえって、魔女狩りを引き起こした悲劇の背後には、たえず「あの偉大な牧師コットン・マザーの雄姿が、そしてイデオロギー的主権が」見え隠れすると言っている。マザー（一六六三〜一七二八年）こそは「魔女狩りの犠牲者たちが処刑されるのに耐えきれない群衆を撃退せんと断頭台へ駆け上がる」ような人物だったというのが、ミラーのイメージなのである（メシューエン版四三頁）。じっさい、いくらチャドウィック・ハンセンの尽力があったにせよ、当時のマサチューセッツにおいて学識・政治力ともども名門中の名門といえるマザー一家の一員として生まれ育ったコットン・マザーといえば、何よりもセイラムの魔女狩りに背後から加担した重要人物として記憶される傾向が、いまも根強い。彼の家系には、代々ボストン第二教会の牧師を勤める伝統があり、父親インクリース・マザーはハーヴァード大学学長さえ兼任するというエリートだった。コットン・マザー自身も一六七四年、弱冠一一歳のころにはもうハーヴァード大学入学資格を満たし、厳しい試験をパスして入学を果たす秀才だった。もちろん彼個人の足取りを見れば、魔女狩りの危険さを充分意識した発言を拾うことも不可能ではない。にもかかわらず、コットン・マザーというのはまさしく植民地時代の寵児であるがゆえに、魔女狩りを含む当時のアメリカ史そのものを体現せざるをえなかった。じじつ、彼こそは、ピューリタン教会史をはじめとする初期アメリカの歴史的言説を紡ぎ出すのに最も重要な役割をはたす。

たしかに事件としての「セイラムの魔女狩り」は、バルバドス島出身でヴードゥー教呪術を用いる混血女性奴隷ティテュバのちょっとした「遊び」がきっかけだった。けれども、逆にいえば、そうした「遊び」が立派な「歴史的事件」にまで発展するためには、ティテュバという偶然が必然になるためのピューリタン言説空間が熟していなければならない。言いかえるなら、そのことは、当時のピューリタン支配階級がティテュバの呪術に接して、それを「危険な魔術」と視るだけのイデオロギー的前提を持っていたことを意味する。すでに説明したように、ティテュバ本人にとって呪術は少女たちと戯れるための「ことば」にすぎなかったけれども、ピューリタン牧師たちにとっては、それこそ自分たちの社会を根本的に脅かす条件であるかのように映ったのだ。このことを解明するには、クラーク・ギャレットやキャロル・カールセンのように素朴な性差議論では不充分であろう。

ここで、一六九二年のセイラムの魔女狩りより四年ほど先立つ一六八八年の真夏、マザー自身がボストンで石工を営むグッドウィン家で悪魔憑きの実例を見ているうえに、その治療まで試みているという事実を再確認しておきたい。グッドウィン家の娘であるマーサ・グッドウィンは、ある日、洗濯物がひとつ見あたらないので洗濯娘を問いつめたところ、洗濯娘の母親で魔女とも呼ばれるアイルランド出身のグッドワイフ・グローヴァー（Goodwife Glover）がマーサに悪態をつき、その結果マーサはたちまちひきつけをおこし、その症状はグッドウィン家のほかの三人の子どもにまで感染してしまったという。じっさいに家宅捜索してみると、グッドワイフ・グローヴァーの所持品の中からは、憎い相手を呪い殺すためのぼろ人形までが発見された。さて、この事件で大切なのは、この魔女グッドワイフ・グローヴァーがアイルランド出身のカトリックで、ゲール語しか話さないこともあったという点だ。折も折、ちょうどこのころ一六八八年当時、マサチューセッツのピューリタンたちは、広い意味での「カトリック的なるもの」に対する敵愾心を燃やさずにはいられないような事件を経験していたのである。

具体的には、それは、一六六〇年の王政復古の結果、ジェイムズ二世によってマサチューセッツ湾植民地の自治権を認める勅許状がいったん撤回されてしまったことに端を発する。イギリス本国政府は、強大になりつつあったマサチューセッツの力を封じ込めるために、まずコネティカットなど他の植民地の設立を助け、七五年のインディアンとの激戦「フィリップ王戦争」のさいにも援軍を送らなかったばかりか、やがてマサチューセッツとニュー・ハンプシャーとメインを統合し、八六年には、エドマンド・アンドロス（Edmund Andros）を総督として任命した。

この新しい総督アンドロスが、マザーらの最大の悩みの種となる。というのも、アンドロスは従来のピューリタンたちの土地の権利を脅かす政策を打ち出したばかりか、フロンティアをインディアンの攻撃から守ろうともせず、むしろインディアンとの和解を企んで失敗するばかりだったからだ。かくしてマザーたちは、アンドロス総督がひそかにフランス軍はおろかフランス軍と手を組んでいるインディアンたちとさえ共謀しているのではないかと推測し、反撃活動に出る。大半のニューイングランド人にとって、英国国教会などというものは「隠れカトリック」以外のものではなかったし、一七世紀の感覚では、独裁政府といえばすぐさまフランス君主制やローマ・カトリックが連想された事実を付言してもよい。すなわち、アメリカ・ピューリタンたちがアンドロス総督を批判することは、そっくりそのままフランス的なるもの、カトリック的なるもの、そしてそれら両者と交易上相性のいいインディアン的なるもののすべてからニューイングランド植民地を死守する決意を表わす。その結果、一六八九年四月一八日、ボストンの人々はアンドロスを取り押さえ、とうとう「革命」を起こす（レヴィン一四三〜一七三頁）。ここでいまいちどこの革命の歴史的必然を整理するなら、折しもイギリスでは一六八八年の名誉革命を経てフランスとの戦争に突入し、アメリカではニューイングランドとフランス領ケベックとのあいだの戦争となり、一六九〇年にはフランス軍がマサチューセッツに侵入するという政治的文脈が再確認されるだろう（浜林他一八三頁）。

さて、このアンドロス総督とグッドワイフ・グローヴァーなる魔女とのあいだに、どのような関係があるのか。もちろん、両者がどこかで出会ったというわけではない。そうではなくて、アンドロスとグッドワイフ・グローヴァーの両者を描くときのピューリタン・レトリックこそ、ふたりを結んでやまないのだ。じっさいアイルランド系カトリックであるグッドワイフ・グローヴァーに会った瞬間、コットン・マザーがまさしくアンドロスが一身に表象していたネガティヴな要素を連想したのは、大いにありうるだろう。げんにアンドロスが「個人の財産も自由も侵害する」“[Andros] invaded the Property as well as Liberty of the Subject” 者として記録されたのと同じく（ジョン・パーマー一二八頁）、マザーは、魔女もまた犠牲者の肉体と財産を「侵害し“plunder”略奪する“invade”」者として形容した（マザー「魔術論」一〇＆一八頁）。一七世紀アメリカで培われたもうひとつの語りには「強姦体験記《レイプ・ナラティヴ》」という言説形式があり、ダニエル・ウィリアムズの研究によれば、そこでは女性を強姦することよりも女性をも一部とする他者の所有物を強奪することのほうが罪悪視され、肉体的強姦と所有物強奪のあいだに隠喩的類推が機能していたものだが（二一八頁）、右のマザーのレトリックは、明らかにそうした物語学を反映したものと見られる。

ピューリタン植民地の強姦的強奪。リチャード・ゴッドビアは、こうした可能性を恐れるマザーのレトリックの中に“Forreign Power”（表記は当時のまま）という表現が登場するのに注目して、この時のニューイングランドは比喩的にも字義的にも、“Forreign Power”（外部の勢力／見慣れない力）の恐怖に脅かされていたのだ、と説く（一八八〜一八九頁）。さらに傍証を重ねれば、マザーはクエーカー教徒のこともインディアンになぞらえていた。まとめるならば、フランス軍、インディアン、クエーカー教徒、ローマ・カトリック――これら「外部の勢力／見慣れない力」のいっさいがっさいによって共同体全体がレイプされるかもしれないという恐怖が最高潮にまで達したのが一六九〇年前後のニューイングランドであり、そんな恐怖をかきたてるような文章をつぎつぎと発表していったのがコットン・マザーであった。

その典型的な異民族観を知るには、マザーが『アメリカにおけるキリストの大いなる御業——ニューイングランド教会史』(一七〇二年)第三部第三一章の中でアメリカ原住民たるインディアンたちを「新大陸ならばキリストの御言葉の影響が及ばないとふんだ悪魔たちにおびきよせられた民族」(五五六頁)と断じ、インディアンをユダヤ民族の末裔と見ることには真っ向から反対していたのを見ればよい(五六〇頁)。たしかにマザーは、たとえばジョン・エリオットのような先人が一七世紀半ば、聖書をインディアンの言葉に翻訳してインディアンの文化=キリスト教化にあるていど成功したことを賞賛してはいるものの(五五六〜五六八頁)、それはあくまでインディアンがピューリタン文化に隷属するかぎりにおいてであり(コンスタンス・ポスト四二七頁)、彼の精神の根底には、インディアンこそ白人に対して神が下した罰であり悪魔であると認め、インディアンをキリスト教へ回心させるのがいかに虚しいかを痛感する反クレオール主義が横たわっていた。旧大陸の文化を新大陸へ接種/接ぎ木する作業はマザーのバロック的文体に顕著であるとしても、英国文化を根源的にアメリカ原住民文化と接続する意図は、当時の彼にはまったく欠落している(カヌープ二二六〜二二七頁)。異民族に対し、表面的には寛容を装いながら本質的には拒絶を示すというのが、マザーのピューリタン精神にほかならない。

こうしたマザー的精神構造がそっくり反復されたのが、セイラムの魔女狩りだった。たとえば、父親インクリースとともにコットン・マザーは、牧師ジョージ・バロウズを魔女狩りの犠牲者に仕立てあげたが、この時、彼らは非科学的な審問手順の公正について疑問を呈しながらもバロウズを魔女とする結論にはすんなり同意してしまうという、まことに矛盾した態度を示したのだ。

もともと魔女狩りには、今日から見れば非科学的どころか迷信でしかない魔女判定法として「水のテスト」（水に突き落として浮かんできたら有罪）や「タッチ・テスト」（ヒステリー症状をきたした子供たちに手をふれて引きつけがおさまるようなら、ふれた者は魔女）があるが、ジョージ・バロウズの告発には、魔女が幻影となって人々の家に忍びこんだかどうか、目撃者の意見を重視するという「生霊証拠《スペクトラル・エヴィデンス》」が採用されている。マザーは当初、この生霊証拠を不条理として退けながらも、バロウズ弾劾の段になると、その真偽には目をつぶり、迷信的な魔女狩り加担者の本音を露呈させてしまう（ローゼンタール一四六頁）。その理由はさまざまに取り沙汰されているものの、少なくともジョージ・バロウズが、幼児洗礼を認めず自覚的信仰告白を促進する浸礼派《バプティスト》に共感をおぼえていたことは、典型的なピューリタンたるマザー一族の神経を逆撫でするに足る異端の証明だったし、かてて加えて、バロウズが色黒で女性虐待趣味がありインディアンたちと親しかったことは、彼がまさしく人種的・倫理的に不純な黒い悪魔なのではないか、ふたつの世界を行き来する混成主体なのではないかという判定を下すに充分な証拠だったと思われる（ローゼンタール一四九〜一五〇頁）。

したがって、『るつぼ』におけるティテュバが、ヘイルから「よきキリスト者になりたいのだろう」と尋問されて「ええ、りっぱなキリスト者になりたいですだ」（第一場、二五七頁）と答えるようなヴードゥー教／キリスト教を区分しない混成主体ぶりなどは、マザーを恐怖させる要因としては立派なものだったはずである。

以上のパースペクティヴからすれば、セイラムの魔女狩りの発端になったティテュバという混血女性奴隷の主体にしても、個人でありながら個人ではなく、むしろ当時のニューイングランド人が恐怖を感じるすべての意味作用を兼ね備えた記号的集合体として読み直すことができる。セイラムの魔女狩りは、まさしくそうした異質なるものへの恐怖を抑圧するために行なわれたもうひとつの恐怖であった。ミラーはこういっている。「制度の圧力そのものが、ほんらい制度によって防ぐべき危険以上に危険になるような時代が、とうとうニューイングランドに訪れたのだ」（第一場、二二八頁）。それは、狩られるものが狩るものへ変身していくプロセスにほかならない。

5　東の魔女、西の魔女

ミラーの『るつぼ』で赤狩りマッカーシイズムがモチーフのひとつに選ばれていることは、時に作品的欠陥であるともいわれる。だが、狩られるものが狩るものへ転移していく構造こそ魔女狩りという言説の妙味であるとすれば、セイラムの魔女狩りでは狩られようとしていた異質なるものが、マッカーシイズムの時代を迎えてむしろ狩る側へ回っている事実に着目しないわけにはいかない。ジョゼフ・マッカーシー（一九〇八〜五七年）は、一七世紀末のニューイングランドであればむしろ狩られてしかるべきアイルランド系カトリックだったのだから。

一九五〇年二月以降、マッカーシーの演説をきっかけにしてアメリカに反共イデオロギーが蔓延していくのは、よく知られている。いわゆる米ソ冷戦がもたらされ、自由主義は共産主義のアンチテーゼとしてのみ存立するようになる。異質なるものはハリウッドにおいてエイリアンやヴァンパイアのすがたを採ったから、マッカーシイズムの時代はたちまちホラー映画の全盛期と重なるようになった。じじつ『惑星アドベンチャー』（ウィリアム・キャメロン・メンジーズ、一九五三年）、『大アマゾンの半魚人』（ジャック・アーノルド、一九五四年）、『ボディ・スナッチャー／恐怖の街』（ドン・シーゲル、一九五六年）などがあいついで作られていく。冷戦の恐怖は、ミラー自身が「魔女はいなくなったとはいえ、共産主義と資本主義の双方の陣営では、明らかにたがいのスパイがたがいの足をすくおうと躍起になっている」と述べたとおりであるかもしれない（第一幕、二五〇頁）。だが、おそらく最大の問題は、かつてマサチューセッツのピューリタンが異教徒を差別し反クレオール主義を標榜した構造を、マッカーシイズムを彩るカトリシズムがそのファシズム志向において反復してみせたことだろう。ユダヤ人劇作家ミラーがマッカーシイズムを避けて通れなかったゆえんも、そこにあるのではないか。

このあたりの事情は、塩崎弘明による調査に詳しい。それによれば、マッカーシーの演説から半年ほど経った一九五〇年八月一五日のこと、ウィスコンシン州ナセダーのヴァンホーフ農場に約十万人にのぼるカトリック巡礼者が集まったという。というのも、彼らはみな、ここの農場のメアリ・アン・ヴァンホーフ夫人の前に聖母マリアのお告げが下ったというので、まさにそのメッセージを聞くために各地から参集したのだった。そして、ヴァンホーフ夫人が下したご神託というのが、じつに「カフリンもマッカーシーも殉教者である」という内容をもつものだった（塩崎二四頁）。チャールズ・カフリン（Charles Coughlin）は、大恐慌時代のアメリカでフランクリン・デラノ・ローズベルト大統領と並ぶほどの影響力をもったカトリック系のラジオ司祭（今日でいえばTV伝道師）であり、彼の主張するところというのが、まさしく反共産主義とともに反ユダヤ主義なのであった。逆にいえば、マッカーシイズムが五〇年代にあれだけの反共の嵐をまきおこすことができたのも、それに先立つ二〇年代半ばから三〇年代後半まで、カフリンのラジオ・キャンペーンで耕された土壌があったためだ。かくして一九五四年一月のギャラップの世論調査では、アメリカ・カトリック教会の内五八％がマッカーシー支持、二三％が不支持、一九％が無回答を表明したという。その背後に「聖母崇拝」（Mariolatory）の伝統と、聖母のメッセージの影響があったことは否定できない。

セイラムの魔女狩りでは最終的にローマ・カトリック的なるものを否定するのに「女性虐待」が促進され、いっぽうマッカーシイズムでは共産主義的なるものを否定するのに「聖母崇拝」が強調されたことは、一見極端なコントラストをなして見える。だが、ここで改めて注目すべきなのは、ミラーの『るつぼ』映画化のために脚色したのが誰あろうカトリック国家フランスに生まれた実存主義的左翼の指導者サルトルだったという事実だ。これまで説明してきたいきさつをふりかえれば、一七世紀魔女狩りを二〇世紀マッカーシイズムの文脈で見直すのに、サルトル以上の適任者はいない。すべての二項対立が名目上のものであり、狩られてきたものは即座に狩るものとなりうることを、その意味で裁判終盤に「神は死んだ！」と叫ぶプロクターの心情を（ミラー第三場、三二一頁）、彼以上に理解した人間はいまい。そこには、魔女を狩るものが魔女以上に魔女的になりうるという「脱構築的逆説」への洞察が潜んでいたはずである。

かくして魔女狩りのレトリックは、二〇世紀末、冷戦以後の時代を迎えてもなお、ジャパン・バッシングから湾岸戦争、ひいてはクリントン支持の同性愛者《クイア》運動にいたるまで、アメリカ的無意識内部に連綿と生き延びていく。とりわけクイア狩りに関しては、ルイス・カーン九三年の論考も説くように、もともと魔女は植民地時代以来、近親相姦や同性愛、屍姦、獣姦などといった性的変態とからめて捉えられてきたのだから（一五頁）、そこでは魔女狩りの新展開どころか最も伝統的にして盲点だった局面が誇張されたにすぎない。すなわち一九六〇年代以降の文脈において浮上してきたのは、ほんらい魔女狩りで狩られてきた「魔女」のイメージそのものが一枚岩ではないことだ。「神は死んだ！」という叫びから「魔女は死んだ！」という叫びへ。その推移には、魔女の非神話化とともに多義化への道が暗示されている。そこでは、恐ろしい魔女という印象が一気に塗り替えられる。

格好の例としては、カリフォルニア大学バークレー校フランス文学教授を勤める黒人女性作家マリーズ・コンデが一九八六年にフランス語で発表した小説『我が名はティテュバ——セイラムの黒い魔女』（英訳版一九九二年）を挙げることができる。英訳版序文をアンジェラ・デイヴィスが寄稿している事実からも推察できるように、ポストモダン歴史改変小説のテクニックをふんだんに盛りこんだ本書は、ティテュバの人物像を徹底したブラック・フェミニストに仕立てあげた。先行するアン・ペトリーの小説『セイラム村のティテュバ』は愛と勇気の三人称物語という印象が強くヒロインも故郷には帰らぬまま犠牲者として終わるのだが、いっぽうコンデの『我が名はティテュバ』は一人称奴隷体験記のブラック・フェミニスト版という演出のもと、ヒロインは魔女狩りのあとにバルバドス島へ帰りニューエイジふう病の癒し手として名声を博し、島内の魔女狩りめいた政治的紛争にまきこまれて死してもなお、精霊たちのいる「見えない世界」から語りつづけることをやめない生命力の持ち主として描かれる。まさにこの皮肉な展開によって、本書は前述した七〇年代フェミニスト版の魔女（狩り）論を超えた。一九三七年西インド諸島はグアドループ生まれのコンデが、ヨーロッパやアフリカを転々としたとはいえ、六〇年代には対抗文化の青春を謳歌したであろうことは、そうした物語展開からだけでも如実に見てとれる。だからこそ女性作家は、魔女狩りだけではなく旧来の魔女イメージだけでもなく、何よりフェミニズム的生命力が、時代から時代へ、国境から国境へ生き延びていくことを主張する。しかも中盤では、ナサニエル・ホーソーンの古典的ロマンス『緋文字』のヒロインであるヘスター・プリンが登場、牢獄でティテュバと意気投合し、こんなことまで語る。「黒人の夫だって白人の夫だっておんなじよ。一緒にここに入って悲しんでくれるわけじゃない。世の中、肌の色がどうあろうと、けっきょく男に都合よすぎるようにできてるんだから」（二〇〇頁）。そして彼女はさらにこう続ける。「ティテュバ、あたしは本を書きたい。女によって支配されている実験社会について書いてみたい」（二〇一頁）。

コンデのヘスターがさらに「あんたをフェミニストにしたりはしないわよ」（傍点引用者）と付け加え、それに対してティテュバが「フェミニストって、何なのそれ?」と尋ね返す部分や、それ以後両者のあいだにレズビアニズムが芽生えたりヘスターが自殺してティテュバも一時は後追いを考えるといった展開は、たとえば先行するキャシー・アッカー一九七八年の『血みどろ臓物ハイスクール』でパンクふうに戯画化されるヘスター・プリンに優るとも劣らないほど実験的な人物再造型だろう。真面目な歴史小説読者なら戸惑うのは必定なほど現代化された（されすぎた?）フェミニスト・ナショナリズム思想の発露かもしれないが、ただし彼女たちはまず第一に、この歴史改変小説において一七世紀と二〇世紀のはざまをたゆたう航時者なのだ。これを時代錯誤《アナクロニズム》と呼ぶなら、そもそも前述した同性愛者《クィーア》を魔女呼ばわりする現代文化のほうがよほど時代錯誤的である。そして、本書のようなポストモダン航時体験が可能になったのも、セイラムの魔女狩りをひきおこしたとされる混血黒人《ムラータ》女性奴隷ティテュバの個人史が、以後、独立宣言起草者トマス・ジェファソンの愛人となったもうひとりの混血黒人女性奴隷サリー・ヘミングスや、南北戦争前夜に奴隷制廃止運動にも加担したもうひとりの混血黒人女性奴隷ハリエット・ジェイコブズの精神史の暗部に連綿と継承されてきたからである。人種内部の文化から女性同士の文化へ——かくしてマリーズ・コンデは、一七世紀的魔女狩りの内部にポストモダン・フェミニニティの可能性を見るとともに、二〇世紀的フェミニズムの内部に新たな魔女文化の可能性を見出す。

たしかに東海岸植民地時代以来の伝統的視点からすれば、キリスト教社会における魔術は神への冒瀆という名の「異質なる文化」であり、ジーン・アクターバーグもいうようにそもそもシャーマン的行為に手を染めるような「知恵ある女」という存在自体が冒瀆的に見られていた(『癒しの女性史』九〇年)。いわゆる歴史的な魔女ティテュバ像はそうした言説構造の犠牲者にすぎないけれども、いっぽう今日、すでにアフリカ系をも含めた異教の魔術が何よりも「癒しの技術」であり、スターホークのようなエコ・フェミニスト系指導者を得た優れて現代的な魔女文化が形成されているのを知っている読者は(『スパイラル・ダンス』七九年)、コンデとともに西海岸六〇年代以降のカリフォルニア・ニューエイジ文化内部でティテュバという強靭な生命力を読み直す楽しみを共有できるにちがいない。『我が名はティテュバ』が独自の輝きを放つのは、一七世紀を二〇世紀の視点から、ピューリタニズムをポストモダン・フェミニズムの視点から、ヴードゥー教的呪術をニューエイジ・エコロジーの視点からみごとに脱構築してみせた点にあるが、言いかえればそれは、東海岸の魔女像を西海岸の魔女像によって内部から塗り替える壮大な実験にほかならない。そう、あたかもオズの小人たちが「鐘《ディンドン》を鳴らせ、魔女は死んだ!」と歌って東の魔女の死を祝ったように。

そうした魔女像の再発明こそは、冷戦以後の時代にアメリカを読み直すための最も重要な糸口のひとつである。前述した九三年〜九四年ブロードウェイにおけるトニー・クシュナーのゲイファンタジア『エンジェルス・イン・アメリカ』にしても、マッカーシイズム加担者でゲイ差別者だった悪辣なる検察官・弁護士ロイ・コーン自身が八六年にエイズで死亡した事実を背景に、ゲイという名の魔女像が一枚岩ではないこと、魔女文化の再発明とともに天使文化が再到来することを、高らかに謳う傑作だった。ここで、マリーズ・コンデ自身の印象的な声明を引いておこう。「人種は存在しない、複数の文化だけが存在する」（『我が名はティテュバ』巻末インタビュー、二〇九頁）。

　たしかに、セイラムの魔女狩りほど、現在が歴史的積み重ねから逃れられないと同時に、歴史がそのつどの現在的視点で織り紡がれてきたことを切実に感じさせてくれる「物語《ナラティヴ》」は、決して多くない。セイラムの魔女狩り、それはたぶん、ピューリタン植民地時代においてあらかじめ紡がれてきた無数の「体験記《ナラティヴ》」が——疫病体験記から捕囚体験記、回心体験記、奴隷体験記、強姦体験記に至るまで——一気に収束して爆発する物語学的瞬間だったのだと思う。その結果形成されるメタ言説「魔女狩り《ウィッチハント》・語り直し《ナラティヴ》」は、これまで人種・性差・階級を主軸に「異質なるものの力」に対する政治的アレルギーを二項対立的に時代に応じて拾い上げ、さまざまなかたちで物語＝体験記化《ナラティヴァイズ》した。その意味で、魔女狩りの言説は、二項対立的発想そのものを密かに支え近代をフル稼働させるのに不可欠な隠喩だったかもしれない。けれども冷戦解消以後、仮想敵消滅後、二項対立解体後のニュー・アメリカニズム時代は、旧来の魔女狩りを成立させた常識から成る文化そのものを根本から複数化し「脱常識化」するだろう。

1 アメリカン・バロック

コットン・マザーの『キリスト教科学者』と疫病体験記《イルネス・ナラティヴ》の伝統

コットン・マザー。その名はいま、底知れずアナクロニスティックに響く。
代々ボストン第二教会の牧師を勤めるばかりか、父親インクリース・マザーはハーヴァード大学学長さえ兼任するという名門の家系に生まれたコットン・マザー。簡潔明快で庶民的な平明体《プレイン・スタイル》よりも、衒学的知識とギリシャ・ラテン語学を駆使して金襴緞子《クロース・オヴ・ゴールド》ともいわれるバロック的文体を嗜好したコットン・マザー。それと同時に、奴隷制を容認し、女性を差別し、魔女狩りに加担し、インディアンを抑圧することによって一七世紀から一八世紀へ生き延びたコットン・マザー。要するに、二〇世紀末を迎え諸々の差異が解体していくのを目の当たりにしている我々にとっては、もはや何の意味も持たぬかに見える骨董品的アメリカ人コットン・マザー。

　しかし、そのようなマザーもまた一八世紀という「錯誤の時代」に足跡を残した人物であるかぎり、彼を積極的に読み直すパースペクティヴが敢えて「時代の錯誤《アナクロニズム》」を犯すのは、むしろ避けがたい手順のように思われる。

1 失われた予型論を求めて

一七世紀を評してT・S・エリオットは「感受性分裂の時代」と呼び、続く一八世紀に関してミシェル・フーコーは「錯誤の時代」と呼んだ。ここで指示されているのは、神学こそ科学であり科学とは神学であったような中世的枠組が瓦解していく世俗化の認識である。かつて神とその似姿たちとは一心同体であり、いわば未だ鏡像段階に属していたのが、この当時そんな鏡面にも亀裂が入り、やがて一八世紀末から一九世紀初頭にかけて「人間」なる概念が発明されるための素地を成す。ヨーロッパ精神史はキリスト教非神話化の歴史である。これを前提条件とするならば、誰よりもヨーロッパ神話体系を脱構築する立場にあった者として、アメリカ・ピューリタン第一世代〈ピルグリム・ファーザーズ〉の役割を再考しないわけにはいかない。

一七世紀から一八世紀への架橋によって——「分裂」(dissociation)から「錯誤」(illusion)への架橋によって——非神話化はなお一層の深化を見せた。ここで我々が重要視するのは、まさにこの時代的推移とアメリカ・ピューリタンの創世記形成とが一致していた事実である。いや、断言を怖れなければ、むしろこのようなキリスト教非神話化を例証するためにこそ、ピューリタンはアメリカへ亡命し、まさにその新世界のうちに「ニュー・エルサレム」を建設する運びとなったのではないか。しかもアメリカへ実際に赴いた彼らにとって、非神話化は単に聖書解釈学のうえにかぎらず、この新大陸という物理的空間自体の解釈学であった。このとき、アメリカ・ピューリタンが「分裂」でも「錯誤」でもない、むしろ書物と世界の「和解《リコンシリエーション》」を試みるという二重手段に出たのは、ヨーロッパ的認識とアメリカ的認識の差異を垣間見るのに有益だろう。ピルグリム・ファーザーズにとって重要だったのは、繰り返すが、「分裂」とも「錯誤」とも同時代精神を共有しながら、にもかかわらず結果としての表現形態《ディスコース》が異なる「二重の読み《ダブル・リーディング》」であった。すなわち彼らは「聖書を読むこと」と「(新)世界を読むこと」との間の亀裂をおおい隠して和解させようとするあまり、「二重の読み《ダブル・リーディング》」という効果に依存したといえる。

ここでいう「二重の読み《ダブル・リーディング》」こそ、今日「予型論《タイポロジー》」(予表論ともいう)の名で親しまれている体系であり、一七世紀から一八世紀へ湾曲する時間経緯のうちに完成されたアメリカ・ピューリタン最大のアリバイ工作であったことは、よく知られるところだ。予型論とは何か。ここで、その論理を再確認するなら、ピューリタンのアメリカ植民が好例となる。時間的順序からいけば、いわゆるピルグリム・ファーザーズは、一七世紀初頭のジェームズ一世による弾圧強化に伴い、当時信仰の自由が保証されていたオランダのライデンを経て、一六二〇年に新大陸の土を踏む。いうなれば、ピューリタンたちはイギリスを追い出されたものと見るのが正しい。ところがいっぽうで、この最初のアメリカ植民には、自らの運命を「イギリス追放」どころか「黙示的使命」と読み直そうとする物語的秩序が確実にあり、これもまた彼らなりに正しいのだ。時間的順序《ストーリー》と物語的秩序《ディスコース》とが矛盾しつつも並存してしまうありさま――偶然の成り行きだった事件に、摂理による必然を注入せずにはおかないレトリック。ピューリタン特有の「二重の読み」は、かくて、単なる「追放記」に対し「出エジプト記」同様の意義を並列させる。

聖書に出エジプト記という予型《タイプ》があったからこそ、現実における旧大陸からのニューイングランド移住は、まさにその原型《アンチ・タイプ》として予型を満たすのだと考えること。単純化していえば、聖書における

「約束の地」の預言が、まさしく歴史における「アメリカ新大陸」の発見・植民によって成就するのだというキリスト教中心主義的なものの見方、これが予型論である。コットン・マザーの伯父サミュエル・マザーにしたがえば、教会自体が神聖なのではない、「それはあくまでキリストとの予型論的関係において神聖なのである」。聖職者の盛装にしても恩寵の予型以外の意味はない、ゆえに「それはキリスト再臨とともに廃棄されるべきものである」（『アメリカにおけるキリストの大いなる御業――ニュー・イングランド教会史』第四部第二章［第二巻四七～四八頁］に引用）。行く手を蛇が阻もうがどんな苦難が待ち受けていようが、彼らの使命は、モーゼとイスラエルの民が経験した荒野との間に予型論的弁証法を構成することに尽きる。そして、いよいよコットン・マザー自身の口を借りるなら、彼らが邂逅するのはかつてキリストが堪え忍んだ「誘惑する悪魔」に等しい「新大陸の荒野がすでに内在させてきた蛇ども」、すなわちアメリカ・インディアンにほかならない（前掲書第七部第一章［第二巻四九〇頁］）。

要するに字義的な事物はすべて寓喩的な意味を担っていると読む、ご都合主義的にしてプラグマティックな論理。いうまでもなくこうした予型論的発想の起源はバビロン捕囚以後のユダヤ人によって織りあげられた聖書精読のレトリックから獲得されており、アメリカ・ピューリタンはその修辞的体系を搾取した結果、このような論理を「熱狂的信仰」（アラン・シンプスン）にまで仕立てあげるに至った。

なるほど、それは熱病の一種かもしれない。しかし、このような熱病の論理こそアメリカ・ピューリタンの修辞を、そして歴史を支えていたのだとしたら、そもそも彼らにとっての宗教とは初めからプラグマティックなものだった事実が逆照射されるだろう。マザーの理神論への傾倒がベンジャミン・フランクリン的な啓蒙主義への道を照らしたことは、昨今のミッチェル・ブライトヴァイザーの研究でもつとに解明されたところではあるが、逆にフランクリンを読むことによって我々はアメリカ・ピューリタニズムの根源にプラグマティズムの根拠を見る。

このことを確証するためには、別にマックス・ウェーバーを引き合いに出す必要もない、ペリー・ミラーの『ニューイングランド精神』(一九六一年)が誰よりも神を尊ぶ「敬虔」なる感情を特権化し隠喩化して以来、アメリカ・ピューリタン研究史において図式化された「自我」(self)と「敬虔」(piety)の二元論を想起し、ピューリタン教会側が、最終的に人間の自我ではなく神への敬虔を選びとるよう大衆に強要したことを思い出すだけでよい。当時、自我とそれに付随する独創性はエントロピー増大をもたらす悪とみなされ抑圧されたのだったが、ふりかえってみればこれは敬虔を最大原理として大衆を操作していく教会側の戦略だった。つまり、敬虔という超越的な教義を説くピューリタニズムが結果として演じてしまったのは、まことに皮肉なことながら、むしろ世俗的にしてプラグマティックな政略以外のものではなかったのである。要約すれば、アメリカ・ピューリタンは当初、何よりも敬虔に奉仕せよという超俗的な目標を掲げたものの、これは結局、ニューイングランドの神権政治をより円滑化するという世俗的効用を最大限に発揮したのだった。

予型論は歴史への意志がいかに病的な亀裂に彩られてきたか、その事実だけを示す。サクヴァン・バーコヴィッチはこれを世俗史/救済史の弁証法と呼んだけれども、それはまさに「神のため」という大義名分を持ちながらも実際には「民衆操作のため」に最も有用な修辞形式である。聖俗「和解」という最大の効能書に守られながら、修辞によって築かれていくアメリカ史。かくして、ポール・ド・マン以降の脱構築批評からスティーヴン・グリーンブラット以降の新歴史主義批評へ至る過程で培われたわたしたちの視点は、アメリカ・ピューリタニズムを考えるにあたっても、「修辞の歴史」と同時に「歴史という修辞」についても思いめぐらせることの必要を痛感させる。

いや、べつにポスト構造主義批評理論に依拠するまでもなく、歴史学と修辞学の間テクスト性《インターテクスチュアリティ》は、七〇年代初頭からサクヴァン・バーコヴィッチがコットン・マザーその他を分析する大前提として発展させてきた視点だった。わたしたちが自然に歴史と思いこんでいる事実の体系そのものが、じつは言語効果《スピーチアクト》によって生み出された修辞的産物であり、事実の表象《レプリゼンテーション》=(再)表現にほかならない。とりわけ、アメリカ・ピューリタンの場合、植民地時代の荒野に新たな共同体を建設し維持し発展させていこうとしたら、そのうえで新たな共同体の歴史を築いていこうとしたら、予型論的歴史修辞学に勝る集団的記憶術はありえなかった。それはたとえば、『アメリカにおけるキリストの大いなる御業』の中でコットン・マザーが、メイフラワー号の航海(第一部第二章)についてもサー・ウィリアム・フィップス伝記(第二部補遺)中の難破体験記についてもインディアンに捕囚された白人の体験(第七部補遺その他)についても、そろってエレミヤ的な「謙譲(苦難)と救済(摂理)」のレトリックで語っていることからも明らかだろう(パーカー・ジョンストン二四〇頁)。

ピルグリム・ファーザーズを起源とするアメリカ的主体は、まさしくこうした予型論的修辞学の織り成す記憶の歴史によって形成されてきた。もちろん修辞学が修辞学であるかぎり、それは薬と同時に病の別名でもありうる。そのことは、アメリカ的主体が新大陸におけるさまざまな苦難を忍んで神への敬虔を死守しながら、いっぽうでは白人ピューリタン以外の異民族を悪魔と同一視するあまりに、たとえば本書序章で分析したようなセイラムの魔女狩りに走らざるをえなかった悲劇からも、じゅうぶん推察されよう。たしかに予型論的修辞学は初期アメリカ史を形成したが、まったく同時に、さまざまな歴史的条件によって予型論的修辞学自体が形成されたのである。

そうした歴史学と修辞学の記号的相互干渉《ネゴシエイション》をいっそう深くさぐるために、わたしたちはまず、コットン・マザーが目撃したアメリカ・ピューリタン第一世代から第二世代へ移る歴史こそは、歴史がつねに歴史に関する修辞であった事情を最も切実に露呈させていたのではないかという仮説から出発する。

第一世代はなるほど祖国イギリスの宗教的退廃からの脱出を表明したが、第二世代もまた誰あろう第一世代自身の宗教的衰退からの独立を表明した。基本的に第三世代に属するコットン・マザーは、おそらくまさに先行者たちの「表明《ディスコース》」のうちに歴史の成り立ちを看破することで、一七世紀後半から一八世紀前半へ向かう時代の曲がり角を体現する、それこそ時代の寵児となりえたものと思われる。その過程で、彼は「二重の読み《ダブル・リーディング》」としての予型論を決定的に大衆化《ポップ》する役割をも担う。

では、具体的にはどのようにして？

2　神学と科学の闘争

その秘密を、コットン・マザー独特の理神論の再解釈に求められないだろうか。

一六八〇年代のマザーはニューイングランドの堕落を批判・救済しようとする言説「エレミヤの嘆き」を唯一の宗教的装置とみたてていたが、一六九〇年代に入ると、当時の「新科学」の風潮を存分に吸収し始め、それは晩年まで継続した。しかし、中でも彼の理神論的背景を確立したものといったら、

『キリスト教科学者』（一七二一年）及び『ベテスダの天使――人類共通の病に関する考察』（一七二四年）の二冊だろう。

イギリスの理神論者ジョン・レイとウィリアム・デラムの影響を受けて書かれた『キリスト教科学者』では、自然界三三の事物を論ずるのに三三の章があてがわれており、その序文には以下のようなく

コットン・マザー

だりが読まれる。「科学は決して宗教の敵ではない、むしろ宗教を強力無比に促進する刺激剤なのである」（二頁）。また、少しあとで彼は「科学的宗教」というのが「神の二重の書物」（Twofold Book of GOD）を説明するための用語であり、その二重の書物とは「自然界という書物」（the Book of Creatures）と「聖書という書物」（the Book of Scriptures）のことだと述べている（八頁）。たとえば「雷」の中に神の声を聞かない者は不信心なのだ（同書第一四章）。こうした発想はのちのベンジャミン・フランクリンと好対照を成すが、具体的な比較は本書第三章に譲ろう。ここではとりあえずマザーが聖書自体を予型、それを満たす自然界を原型と見ていた視座を確認しておけばよい。伝統的な予型論は、字義的事物の裏にことごとく寓喩的意味を「読解」すべきものであったが、コットン・マザーはそのような「二重の読み」をさらに押し進め、科学と神学という「二重の書物」を「和解」させるべき修辞学として再構成しようともくろんだ。

それにしても、マザーがこのような興味を抱くようになるには、どのような家庭的環境が作用していたのだろうか。

ケネス・シルヴァーマンが一九八四年に出版した最新の伝記『コットン・マザーの人生と時代』は、そのあたりのファミリー・ロマンスに詳しい。コットン・マザーの母方の祖父が第一世代の重要人物ジョン・コットンであり、彼が一六三七年、反律法主義論争《アンチノミアン・コントロヴァーシー》においてアン・ハッチンスンを異端視した経歴は有名である。彼女は救済を求めるあまり自己の信仰だけを重視しすぎて「牧師を中傷する者」とみなされ、コットンによってマサチューセッツからロード・アイランドへと追放されてしまう。だがいっぽうで、コットンは中世的な自然観にどっぷり漬かった人物で「被造物すべての本質と方向と効用を学ぶのは、神から与えられた当然の義務」と信じていた。マザーの弟ナサニエルに目を向けると、彼もまた自然科学や数学や天文学が好きで、フランシス・ベーコンやロバート・ボイル（原子論的宇宙観）の著作を読み漁ったという記録がある。そして誰よりもコットン・マザーの父インクリース・マザーは、一六八〇年にハレー彗星の壮麗な出現を目撃して以来、最新のヨーロッパ天文学研究に没頭し、帰納的思考を確立して演繹的思考を排斥するに至っている（シルヴァーマン四〇頁）。

むろん、このころ科学に関心を持ったのは、マザーの家系が特例ではない、むしろマザー家は当時のピューリタン社会の典型だった。コットン・マザーの青年期にはコペルニクス的地動説やデカルトの唯物論など、革新的な科学思想がファッショナブルなものとなり、それらは既成の宇宙観を変容させてニューイングランド全体に流通したのである。一六八三年には、ロンドン王立協会に対応した「ボストン科学協会」が設立され、これにはマザーも参加していたものと推定されており、彼の手元には貴重な顕微鏡や望遠鏡もあったという。マザーはやがてロンドン王立協会に新大陸ならではの自然をめぐる観察記録おびただしく収集して書き送り、これは最終的には『新世界における新発見』（一七一二～一四年）という大冊にまとまって、協会員の高い評価を得る。

だが、マザーの科学的関心が決定的になるためには、じつのところもう少し個人的な理由を考慮しなくてはならない。なるほど彼は一六七四年、弱冠一一歳のころにはもうハーヴァード大学入学資格を満たし、厳しい試験をパスして入学を果たす。父親インクリースは一二歳で入学しているから、その子コットンこそは史上最年少の大学入学者と呼べる。ところが、そんな神童でもたったひとつの欠点を免れなかった。大学入学後から五年の間に、彼は吃りの傾向を顕著にしていくのである。

激しい吃り——コットン・マザーを襲ったこの病に関して、デイヴィッド・レヴィンは以下の仮説を打ち出した。曰く、彼の吃りがエスカレートしたのは、まさしく彼の家系からくる心理的抑圧のせいではないか？ ジョン・コットンとリチャード・マザーという名だたる牧師を祖父に持つ名門に生まれ、当然彼自身もまた牧師になるべく一身に期待を集めていたために、その期待が大きすぎて一種の「窒息効果」を覚えたのではないか？（『コットン・マザーの青年時代』三二頁）。

いずれにせよ、吃りがあっては有能な説教者への道は絶望的だ。説教者がダメなら医者になろう……コットン・マザーはいったんそう決意する。いうなれば、この吃りという体質こそが、彼をしてひとたび科学少年への道を望ませたのだった。もっとも、この話には後日談がある。コットンはやがてエリヤ・コーレという人物に「早く喋ろうとせず、音を延ばしてゆっくり喋れ」とアドヴァイスを受けて吃りを直すのに成功し、最終的には牧師職を選択するのである。

この吃りのエピソードには、マザーという人物における科学と宗教の問題が顕著に表れているだろう。家族の期待を一身に背負ったマザーは、むしろ宗教的背景にある父権制のあまりにも強い抑圧のために、いいたいことがいえなくなってしまったのだ。「いうべきこと」と「いってしまうこと」の間のギャップがどんどん深まったあげく、それが吃りを併発してしまうという道筋。したがって、彼を吃りとともに抑圧から解放する最大の治療法は、むしろ医者への道を全うすることにあったのかもしれない。けれど、家族は結局、彼をして説教者への道を選ばせてしまう。科学を抑圧して宗教を優先させてしまう。

だとすると、彼の吃りはほんとうに治ったといえるのだろうか？

当然の疑問が湧き起こる。しかし、一九七五年のキャロル・ゲイの研究によれば、エリヤ・コーレの治療法では本質的な吃りをむしろ抑圧したにすぎず、吃りの原因となったプレッシャーはますます高まるばかりだったはずだ、という。表面的には吃りは治ったようでも、マザーの内面的な吃りはいっそう悪化するばかりだったはずだ、というのである（ゲイ四五六頁）。「いいたいことがある」のに「いうべきことをいえない」という意味と表現の亀裂状態は、「舌のもつれ」という生理的側面からは姿を消しても、「言語のこじれ」という精神的側面に残存していく。

このことは、時代の転換点を敏感に感じ取っていたマザーにとって、もはや宗教ではなく科学こそが時代の「言語《タン》」（tongue）になりかけていたことを考えるとわかりやすい。マザーには、先に述べたように、フランクリンにまで影響を及ぼすような啓蒙的興味があったはずなのだが、マザー王朝のラスト・エンペラーという立場にあっては、それを職業的に許容するのは不可能だった。マザーが「時代を語る言語《タン》」を表面的に禁じられたとき、「時代を語る舌《タン》」（tongue）もまたもつれざるを得なかったのだ。そしてそのような背景こそが、彼をして科学的世界観を宗教的言語で絡めとるという、一見とほうもない計画に赴かせたのである。したがって、マザーの理神論テクストを出発させているのは、まさにそのような科学と宗教の言語的なもつれなのだ。これが実は時代を反映する病、ほとんど疫病であったことの傍証としては、そのような精神史こそマザー自身も荷担したいまひとつの病、すなわち魔女狩りという熱病を導いたのだと指摘しておけば充分だろう。

3　天然痘から反神権制へ

科学と宗教が鬩ぎ合い、互いが互いを錯誤する関係にあった時代。けれども、このような「言語の疫病」に対しても、マザーは何とか治療法を見出そうとする。なるほど、マザーは悪魔の存在を信じ、ニューイングランドを浄化しようと決意するあまりに、一六九二年のセイラムを典型とする魔女狩りフィーバーを引き起こしてしまったけれども、世紀の変わり目を超えると『新世界における新発見』をはじめとする自然事象収集に専念し始め、『キリスト教科学者』（一七二一年）執筆の下地を築く。本書は天文学から物理科学、生物科学にわたり、序論を含めて三三のセクションから成り立つ詳細な書物だが、とりわけ強調しておくべきなのは、当時のマザーが多様な新発見事物の観察とともに、新たな科学的医療の実践にふみきっていた事実であろう。

接種（種痘）――それがマザーを魅了してやまぬ方法論であり、それこそが彼の理神論の根幹を成した。その意義を把握するには、まず、『キリスト教科学者』（一七二一年）第二六章の発言に注目するのがよい。

毒を持った植物があるといってもどうということはあるまい。優秀な医学者だったらこう適確に指摘するところだ。「アロエには出血（痔）を促進する機能があるが、この機能を生かすも殺すも使いかた次第であろう。というのも、アロエは毒にもなるし薬にもなるからである。そして、ここから考えられるのは、毒というのはいくら強烈なものでも、使いかたさえ正しければ（量をまちがえなければ）無害であるのはもちろん、へたな薬よりも効くということなのだ」（一三四頁、括弧内引用者）。

ここで説明されているのが今日でいう「同毒療法《ホメオパシー》」の先駆であるのは、一目瞭然だろう。これは健常者をモルモットにしてある薬物が毒になるか薬になるかを試す療法であり、のちの一七九六年、ドイツ人医師サミュエル・ハーネマンによって確立される。彼は、健康な人を病気にする薬は同じ病気にかかっている人を回復させるのではないかと類推し、そこから「類似は類似によって癒される（similia similibusu curantur）」という原理を引き出した（ロバート・フラー邦訳四五～四六頁）。マザーの実例はそうした発想に一世紀近く先んじた原型と見られよう。ここで例に引かれているアロエは、たしかに化学的作用によって腸粘膜を刺激するため下剤として有効なのだが、副作用として内臓器が充血作用により堕胎作用を呈したりする出血傾向を持つため、妊婦・痔疾患者に使うと逆効果をもたらす。このような同毒療法はたちまちマザーの修辞的言語によっても再回収されるところとなり、それはたとえば真理と文学とを対立させる姿勢に表われた。彼にとって、真理こそ真の食べ物だとすれば、文学とはそのためのソースにすぎない。そして、ソースとは右の引用でいうアロエと同じく、量が多すぎれば毒になるばかり、適切な量を得てこそ食べ物を引き立てるものなのだ（『聖職への手引』四三～四四頁）。プラトン以来の「ファルマコン」を反映したこの思想こそ、やがてニューイングランド全般に浸透した結果、ピューリタン特有の文学批判の伝統として根を下ろす。もちろんここには、適量の文学批判を含んでいたからこそピューリタン文学は文学として確立したのだという、絶妙のアイロニーが潜む。

マザーにおいて、このような同毒療法への関心は一八世紀初頭、「接　種《イノキュレーション》」への興味と共振せざるをえなかった。接種、それは正確には、ある病原菌を使って二度と類似の病気にかからないようにする療法であり、のちの一七九八年にイギリス人エドワード・ジェンナーが牛天然痘の接種を実現して医学史的に容認されることになる。ところが、接種の場合にもまた、マザーの発想がジェンナーに七五年も先んじていた。というのも、通時的にふりかえるなら、初めて天然痘がボストンを襲った一七二一年の四月というのは、ちょうどコットン・マザーの『キリスト教科学者』とインクリース・マザーの接種に関するパンフレットがそろって出版されたころだったのだから。

新大陸と天然痘は切っても切り離せない。一七世紀イギリスではすでに子どもの病気として一般的になっていた天然痘だが、それが探検家や植民者たちによってアメリカへもちこまれたあとには、チェロキーなど少なからぬインディアン部族が被害を被っている。もちろんピューリタン共同体にとっても天然痘は他人事ではなく、主要とされる天然痘流行の年は、ざっとみただけでも一六三四年を皮切りに一六七七〜七八年、一六八九〜九〇年、一七〇二年、それに一七二一年。牧師兼医師トマス・サッチャーは、早くも一六七八年の段階で、イギリスの医師トマス・シドナムの天然痘研究から着想して『天然痘ないし風疹に対しニューイングランド庶民に施すべき処方箋』を執筆している。限りなくパンフレットに近い印刷形式（ブロードサイド）ではあったが、これが事実上、植民地初の医学的出版物という栄光に輝いた。

ここで特筆すべきは、一七世紀のアメリカにおいて、サッチャーのような牧師兼医師が絶対的多数だったことである。オーラ・エリザベス・ウィンズロウが植民地時代のボストンにおける天然痘流行と接種の実践を克明に綴った『破壊の天使』（一九七四年）によれば、当時は、医学がまだ今日のような学問としても職業としては確立しておらず、最大の知識人である牧師がそのまま医学的権威をも兼ねることが多かった。そのリストの中には、ジョン・フィスクやジャイルズ・ファーミン、ガーショルム・バルクリーといった人々とともに、マイクル・ウィグルスワースやエドワード・テイラーなどピューリタン文学史に名をとどめる文筆家たちも含まれる。コットン・マザーが牧師とともに医師を志したことの裏には、前述した個人的理由とともに、こうしたニューイングランド内部の伝統があったことを指摘しておかなければ、公正を欠く。ピューリタン的発想からすれば人間は神を怒らせたがゆえに罰をうける存在であり、病は何よりも神から地上へ送りこまれた剣にほかならないが、まったく同時に、自然界を熟知して治療を施し、その効果があがったとしたら、それは神の測り知れぬ御業のしるしなのだ。神の怒りと許し、試練と救済を宗教的にも科学的にも解釈できる「二重の読解者」になるためには、牧師兼医師という立場ほど理想的なものはない。それは、コットン・マザーが一六七五年の説教で「まもなく神がボストンに怒りの手を下す」と語った予言が一六七七年から七八年にかけての天然痘流行において的中したいっぽう、前掲サッチャーが七八年に『処方箋』を出版しているという経緯からも例証されるだろう（ウィンズロウ二六頁）。

ゆえに一七〇六年、自らの黒人奴隷からアフリカ経由の民間療法として長い歴史をもつ天然痘接種を学んだマザーが、一七二一年、最大規模の天然痘蔓延がおこった年に、ザブディエル・ボイルストン医師と組み積極的に接種技術を用いて病人を治療しようと試みたのは当然だった。ところが彼は根深い反対にあい、一時は爆弾による暗殺未遂事件が起こるほどの抵抗を受ける。病を接種が治すどころか、接種そのものがもうひとつの病として忌避されたのだ。

もちろん、マザー的予型論は、このころの自分を単純に「磔にされたイエス・キリスト」になぞらえることで解決をつけている。当時は、いわばピューリタン植民地全体がひとつの肉体にも等しく、マザーが試みたのは、接種という技術自体をそのように巨大な肉体へ接種しようとする計画であった。科学から宗教への接種。だが、それが必ずしもうまくいかない理由は、アメリカ・ピューリタンの枠組におけるかぎり、あくまで接種という字義的な技術に何らかの隠喩的な意味が付与されて予型論的に「熟す」期間が必要だったせいかもしれない。

ここで、反対勢力の中にウィリアム・ダグラス医師のほか、ジェイムズ・フランクリンの発行する『ニュー・イングランド新報』(一七二一～二六年)が含まれており、同紙上で中心的に接種批判を展開したのが、誰あろうまだ十代のベンジャミン・フランクリンであった事実は、ひとつの参考になるだろうか。のちに同『新報』の接種批判キャンペーンに激怒したマザーは発行者を悪魔の使者と呼ぶに至ったけれど、他方ベンジャミン・フランクリンはといえばのちにマザーの影響を認めて自らもちゃっかり接種を採用し、晩年、ボイルストンの又甥ウォードと出会った時にはザブディエルを絶賛したりしているのだから、これほどにこの典型的啓蒙主義者の二枚舌を絶妙に物語るエピソードはない(ウィンズロウ五六頁、七〇～七一頁)。そこから生まれるフランクリン的アメリカはまた別の物語になるため、第三章でさらに深く分析しよう。とりあえず右の文脈でのマザー批判や接種嫌悪の嵐についていま付言しておかなければならないのは、ジョゼフ・ファイアオーヴドもいうように、接種推進者がたまたま聖職者に属したため、仮にマザーたちの意見が結果的に正しくても、教会から非同体一般への越権行為が野放しになることを恐れる大衆的反応が介在していた事実である。そこには、神学的権威が重すぎる神の罰を設定してエレミヤ的レトリックをエスカレートさせかねないことへのあからさまな反発も含まれていた（ファイアオーヴド二一五～二二三頁）。

一七二〇年代という時代に、たまたま天然痘接種への恐怖がからんだとはいえ、そうした大衆側からする反神権制の風潮が露呈したのは、まさしく神権制の限界と新しい時代の模索を象徴する事件として――マザーからフランクリンへの覇権交替を予言する歴史的危機として――あまりにも象徴的ではないか。宗教の隠喩性が科学の字義性を塗り込める予型論的「二重の読み」は、なおも効力を発揮していたけれども、まったく同時に、反神権制が神学兼科学の体系を根本から疑う趨勢も、このころすでに散見されたのだった。

ただし、本章でのわたしたちの関心は、マザーの失墜と来たるべき時代をシナリオ化することではなく、さてマザーがこのような限界状況下、いかにして必死の抵抗を試みたのか、その内実を再確認することにある。

4 接種としての歴史

そもそも語源的にみるなら「接種」inoculation というのは、新しい芽を古い植物に移植すること、あるいは挿入して合体させることを意味した（OED、一七一四年）。それが医学的技術として応用されたとき、すでに接種は最初の植物学的意味を隠喩化してしまっていたのだが、いまではむしろ医学的意味での接種のほうをひとは字義的な意味だと錯誤している。いうなれば、接種という単語は隠喩でありながらその隠喩的意味を早々と忘却されて自然化してしまったというわけだ。

　けれども、今日我々がこのような前提を踏まえてマザーのテクストを読み直すとき、むしろ浮かび上がってくるのはそのようにいったん忘れられてしまった接種の隠喩性かもしれない。『キリスト教科学者』の最終章で、マザーはこう書く。「あらゆる知性体が娯楽を得るためには〈願望〉〈対象〉〈感情〉の三つの原理が必要である。この類推は、精神界のみならず物質界にみちあふれているものだ。しかし、これほどに普遍的な類推の起源といえば、やはり造物主である神が原型として持っているもの以外ではあるまい」（三〇三頁）。そしてマザーはさらに続ける。「父なる神が自身について内省をめぐらしたいと〈願望〉されたので、御子キリストがその内省を映し出す〈対象〉となり、聖霊とはそれらの一致から生まれる満足の〈感情〉となるのである」（三〇四頁）。この一節について、ブライトヴァイザーは以下のように解釈する。「マザーは神が何かを願望する理由など説明できないといいながら、彼の三位一体の描きかたには確実に、神が若木による接種を求めておられるようすが窺われる」（四三頁）。

　マザーがあれだけこだわった接種の観念は、むしろ一種の言語効果《スピーチアクト》として読み手に作用し、マザー文学全般を接種の隠喩に彩られたものと認識させると同時に、接種に付随していた隠喩性が長いこと忘却されてしまっていた歴史をも想起させる。このとき、読者は何よりも接種という記号自体を接種され、何よりも接種の意味に対して免疫となる。たとえば、マザーが『アメリカにおけるキリストの大いなる御業』などで確立したような、いわゆる平明体にラテン語など異教的・衒学的語彙を混ぜ合わせるという戦略は、文体上の接種と呼ぶことができるうえに、その意図を探れば、もともと歴史のない大陸に歴史を与えるという物語学上の接種を見ることができるかもしれない。それは、最終的にはアメリカにヨーロッパを接種するという効用をもたらしたはずだし、さらにいえば、そもそも理神論なるものが伝統的キリスト教に最新科学を接種することによって成り立っている体系だった。マザー的接種は、明らかに異文化混淆を美しくも隠喩的に解読するための糸口である。ただし、そう確信した瞬間、ここでわたしたちは皮肉にも、序章で論じたセイラムの魔女狩りにおいて、反クレオール主義者コットン・マザーの醜くも矛盾した肖像が浮かびあがってきたのを、連想せざるをえないだろう。

　ここで根本的な疑問がわきおこる。一七世紀末の魔女狩りから一八世紀初頭の天然痘大流行にかけて、マザーのクレオール主義への態度に何が起こったのか？

　世紀の変わり目をふりかえれば、前述したニューイングランド疫病史において、一六八九年から九〇年にかけての天然痘勃発が比較的大規模なものであったことはよく知られている。それはニューヨークの南部にまで、およびカナダの北部にまで伝染するという猛威をふるい、ニュー・ハンプシャーからは死者三二〇人を数えるという報告が届けられた。ここで着目したいのは、ウィンズロウも指摘するように、まさにこの天然痘が、バルバドス諸島から到着した船によってもたらされているという事実である（二六～二七頁）。これを聞けば、それからほんの二年後の一六九二年、セイラムの魔女狩りをひきおこした混血黒人女性奴隷ティテュバがバルバドス島から連行されてきた事実をも、わたしたちは想起しないわけにはいかない。魔女狩りの背後には宗教問題はもちろん人種汚染問題も大きく横たわっていたことはすでに序章で検証したが、ティテュバの事件に先立って、すでに異民族の土地から疫病がもたらされるという図式は成立していたのだ。

これが必ずしも読みすぎと言えないのは、異民族と疫病を本質的に結びつけて考える予型論的修辞法は、それに先立つ長い歴史をもつからである。フォレスト・ウッドによれば、プリマス植民者が新大陸に到着する三年も前にいくつかのインディアン村が天然痘で絶滅寸前に追いこまれたのを知った時、ピューリタンたちはそれをまさしく神の摂理と見て、異教徒と戦うのは悪を滅ぼす聖戦と同義であると考えている（『信仰の傲慢』二〇～二一頁）。当時の歴史を綴るコットン・マザー自身も、『アメリカにおけるキリストの大いなる御業』第一部第二章で「神はあらかじめインディアンたちに圧倒的な死病をもたらすことで、この新大陸を英国ピューリタンたちが享受できるようそっくり整えた」と述べ、「森からはあの邪悪な連中が一掃されて、より健全な成長のための余裕ができた」とさえ加えている（五一頁）。一六三三年から三四年にかけて天然痘が再勃発した折には、ジョン・ウィンスロップ総督自身が「主が新大陸の所有権をわれわれにお譲り下さった証拠に、インディアンたちは天然痘でほとんど全滅した」という書簡をしたためたほどであり（ウッド九六頁）、マザーの祖父であるジョン・コットンもまったく同じ口調で「神は自らの民を移すさい、植民しやすいよう土地を空にしたのである」と断定している（ロナルド・タカキ四〇頁）。ピューリタンの反クレオール的な選民思想は、異民族を疫病同然に捉える視点とともに育まれ、セイラムの魔女狩りにおいてピークに達したといってよい。

したがって、悪の代名詞だった天然痘が異民族ならぬ自民族自身を激しく襲ってきた時、ピューリタンの言説空間には何よりも居心地の悪い屈折が生じたのであり、まさにそのために接種というブレークスルーが皮肉にも特権化されたのではないか、とわたしは思う。同毒療法のマニュアルどおり、悪から全快するためにはまず悪を接種して免疫を作らなくてはならない。この論理が、やがて異民族から浄化されるにはまず異民族を接種して免疫を作らなくてはならないという論理に反復される。こうした「隠喩としての病」（ソンタグ）から「隠喩としての治癒」へのシナリオを作成した点に、マザー的な「疫病体験記《イルネス・ナラティヴ》」（トラクテンバーグ）の本質があった。

マザーは一六九七年一月一五日の日記で、セイラムの魔女狩りを食い止められなかったことを大いに後悔したが（『日記』第一巻二二六頁）、すでに本書序章で見たように、あの事件は本質的に人種差別を孕むものである。一七〇六年に入ってマザーがインディアンならぬ自身の黒人奴隷から接種の手段を積極的に学ぶとともに読み書きを教え結婚まで勧めたゆえんも、そのあたりに求められよう。もちろん彼が異民族に白人と同じ人権を認めるわけはなく、たえず異質で信用すべからざる存在と見た（シルヴァーマン二六四〜二六五頁）。しかし、反クレオール主義をつらぬくためには、いったんクレオール主義を接種して免疫をつけなければならないという論理を、そのうえでこそ白人ピューリタンの民族的苦難の果ての民族的健康が保たれるのだという論理を、マザー以上に痛感した人間もいない。そうした民族論的な論理的屈折を経たからこそ、金襴緞子とも比喩の迷宮とも見られるマザー独自のバロック的文体が織り紡がれたのではあるまいか。

5 ニシマス・カジム

かくして予型論的修辞学は、同毒療法から接種へ至る医学的言説を編み出した。この時点で再吟味しておきたいのは、そもそも予型論自体があらかじめ何らかの接種によって体系化された歴史だったことである。

アメリカ・ピューリタン研究はキリスト教予型論を最初から自明のものと考えて出発するが、前述したようにこの発想は、それ以前にユダヤ教を徹底的に換骨奪胎して成り立っている。もちろん、中世以降、キリスト教徒を食い物にする経済的搾取者としてのユダヤ人のイメージが固まり、一三四七年には、ヨーロッパに蔓延した黒死病の悲惨のいっさいがユダヤ人に帰せられた。前節でのべた異民族すなわち疫病と見る公式の起源は、ここにある。しかも一六世紀に宗教改革が起こったとき、聖書第一主義や選民思想においてユダヤ教とプロテスタンティズムの体系的類似を認めたマルティン・ルターは、当初こそユダヤ人たちに手をさしのべるものの、手酷い拒絶が返ってくるや否や、彼もまたユダヤ人を悪魔呼ばわりする虐待者と化す。ヨーロッパにおけるかぎり、カトリック社会とプロテスタント社会双方においてユダヤ人の居場所はなかったのである（レオナード・ディナースタイン序章）。

ところが、一七世紀半ば、宗教改革とともにヨーロッパ最大の帝国主義大国となったイギリスでは、ユダヤ人の経済力を再評価する動きとキリスト再臨を予期する動きが高まり、一六六四年には正式居住権が保証されている。一六六六年に救世主が降臨するのでそれに備えなければならない、そのためには預言の鍵を握るユダヤ人を再評価しなければならないという風潮は、当時ヨーロッパ中に蔓延していた。それは、イギリス植民地であるアメリカに渡ったユダヤ人たちも同じだった。フレデリック・コープル・ヤヘールが一九九四年に出版した『新たな荒野の贖罪羊』によれば、もともと植民地時代のアメリカでは数からいってもカトリック勢力が最も危険視され、ユダヤ人は少数派ともいえないぐらい小人数にすぎないため、差別の対象になりえない。しかも、アメリカ・ピューリタンは聖書に信仰の源泉を求めるばかりか、新大陸を新たなイスラエルと呼び、新しい法律もモーゼに準拠すべきものと構想し、聖書の選民たるヘブライ人の末裔ユダヤ人はキリスト教に回心することによって自己救済し千年王国を招じ入れると信じて高く評価していたのである。そもそもイスラエルの失われた十支族こそはアメリカ・インディアンなのではないかと考える向きも強かった時代だ。この新たな荒野において、マザー一家はカトリックとローマ教皇をこそ悪魔で娼婦なのだと見なし、とりわけインクリース・マザーに至っては、ユダヤ人こそこんご世界最大の民族になり一心に尊敬を集めるにちがいないと断言していたほどであった（ヤヘール八二～九四頁）。

たしかに、祖国を剝奪されたユダヤ民族と祖国を追放されたピルグリム・ファーザーズは酷似した運命を歩んでおり共鳴しあうのは当然だが、いまふりかえってみれば、両者はたんに運命的な悲劇が通底するだけではない。実体としての起源を喪失したからこそ、記号としての聖書だけをたよりに、予型論的修辞法を駆使して自民族の歴史を懸命に語り直していくという「記憶術」において、自己の運命を正当化する記憶術と忘却術のドラマを織り成す「目的論」において、ピューリタンはユダヤを接種する必要にかられていた――そう、いつかユダヤ的記憶術を接種したことさえ忘却するほどに。

右の仮説を確認するには、マザー一七二六／二七年の『三重の楽園』における「第三の楽園一一章――ユダヤ人改宗問題」を一瞥するのがよい。そこで彼は、聖書の「ローマ人への手紙」に見られるユダヤ人受容とオリーヴへの接ぎ木の隠喩を、いっそうダイナミックに発展させている。もともとパウロ自身が予型論的にユダヤ人とキリスト教徒の接ぎ木的関係を語っていたのだが、アメリカ・ピューリタン牧師マザーは、以下のようなレトリックを駆使してみせた。「野生のオリーヴがれっきとしたオリーヴの木に育つとすれば、それは奇跡的な出来事と見られるだろう。野生のオリーヴをオリーヴの木に接ぎ木するのは自然とはいえないからである。ところが、じつはこれこそがわたしたちの神の偉大な摂理が実現してしまったことなのだ、そう、キリストの信仰の力でキリスト教徒をユダヤの教会に接ぎ木するという御業において」(三〇八頁)。つづけてマザーは、このようにもいう。「ほんらいユダヤ人だった者たちがどんどん減少していったおかげで、キリストを頭とする神秘的肉体となるべきものに空白が生じてしまった。この空白を満たし補ってやらなくてはならない。その結果、ぴったり接ぎ合わされた肉体全体が神の永遠の予定説によって処方された必要条件すべてを与えられるためには、神の驚くべき摂理はどんな運命を用意するだろうか? ユダヤ以後の空白をキリスト教徒で補充すること、これである。それ以外に、わたしたちの探すべきイスラエルはどこにもない」(三〇九頁)。

ライナー・スモリンスキも『三重の楽園』編者序文でいうように、右のくだりには、アメリカ・ピューリタンたちが、ユダヤ人を尊重しながらキリスト教に接ぎ木し改宗させようとする企てを一気に正当化してしまう恐るべき予型論的レトリックの結実を見ることができる(三五頁)。接ぎ木の予型論、それは「疫病体験記《イルネス・ナラティヴ》」をきっかけに隠喩性と字義性のあいだをたえまなく往復しながら、ピューリタン・アメリカという肉体を病から直し、そればかりかさらなる健康をもたらす点で、従来のキリスト教からは確実に逸脱していく。

その証左として、コットン・マザーが予型論体系自体にさらに新たな接種を行なおうとしていたことを、見逃すわけにはいかない。『キリスト教科学者』に続いて出されたマザーの医学的著作『ベテスダの天使』(一七二四年)を一瞥してみよう。このタイトルはヨハネによる福音書第五章、三八年間病んでいた男がエルサレムのベテスダ池でキリストに癒される奇跡からヒントを得たものだが、同書第五章におけるマザーの論点は「単に肉体機能の法則によるだけでは解決し得ない多くの事柄がある」という一点に収束する。たとえば、胎児の形成がそうであるし、あるいは精神的疾患と運動能力との関係がそうだ。やがて第五章において、マザーは「ニシマス・カジム」（Nishmath-Chajim）という概念を提出する。これは彼が若いころからなじんでいたスイスの医師ジャン・バティスト・ファン・ヘルモントの概念「アルキウス」（Archeus, あらゆる物質の内的気分であり、霊魂のような実体で森羅万象すべての変容と誕生をもたらす）から採ったとされる。もっとも、マザーによれば「ニシマス・カジム」とは「霊魂と肉体とすべての病原の結ぼれ」であると同時に「神の能力を刷りこまれた精霊」すなわち「精神的健康の管理者」である。

この奇怪な概念に彼が取り憑かれたのは、一六八八年から九三年にかけての魔女狩りフィーバーの前後であった（パーシング・ヴァルタニアン二一九頁）。一六八八年から八九年にかけて、悪魔に憑かれたグッドウィン家の人々について研究しているうちに、マザーは悪魔の存在を肯定するとともに、その犠牲者には治療を施し、以下のような所感を加えている。「魔女と憑依の事件は疑いようもないが、そのうち多くの事柄は理解しにくいがゆえに、快楽主義者のサドカイ教徒が俗物的に笑いものにしようとする。ただし〈ニシマス・カジム〉さえちゃんと理解しておけばたちまち理解への鍵を与えられ、科学的に解明できるはずだ」（三四頁、傍点引用者）。

病気をもたらすことも健康をもたらすことも可能であるうえに、れっきとした「科学的」概念として捉えられている〈ニシマス・カジム〉……ほとんど神秘主義的にして錬金術的な概念だけれども、そうした科学的条件によって人間的条件をも重層的に語っていくのが、マザーのバロック的文体の特徴である。第五章後半になって、著者はこう述べる。「世のあらゆる治療法のうちでも、心身の不調を回復し健康を保持し長生きするのにいちばんいいのは、真摯なる敬虔の感情である。……理性的な魂は、内省を深めれば深めるほど、ニシマス・カジムに対し強力かつ驚異的な作用をもたらす」（三七頁）。

『アメリカにおけるキリストの大いなる御業』に見るフィップス伝が植物の原理を歴史の原理と巧みに絡みあわせて、そこに苦難と救済の構造を看破していたように、ここでもマザーは科学的仮説と神学的要請を巧妙に縒りあわせて文章のバロック模様をデザインしてみせた。ニシマス・カジム自体はまったくの架空、まったくの想像力の産物であるとはいえ、しかしだからこそそれは、同毒療法や接種など多様な文脈を接ぎ木する機能の記号性そのものを演じるにふさわしい。ニシマス・カジムは、その意味で新たな接ぎ木というよりも、接ぎ木自体の隠喩として接ぎ木されている。

そういえば、魔女狩り当時ポピュラーだった魔女鑑定法、たとえば本書序章でも紹介した「タッチ・テスト」（発作を起こしている娘に触って発作が治まった場合、触った者が魔女とされる）や「経験的証拠」（身体の乳首や突起など異常な箇所に針を突き刺し、無感覚であれば魔女とされる）などは、すでに同毒療法的な発想に基づいていた。同毒療法が、まさに分量しだいで毒か薬かを決めるようになるはるか以前に、魔女鑑定法は結果（効果）によって原因（魔女か人間か）を逆算するという論理を捻出していた。これはアメリカ植民という到達点によってイギリス追放という出発点をイギリス脱出と読み替えてみせたピルグリム・ファーザーズ流予型論を彷彿とさせる。ピューリタンの予型論的発想はその内的矛盾において魔女狩りに加担したが、まったく同時に同毒療法のような医学的成果にも結実したという逆説。そこには、人種差別と科学的真理が手に手を取りあって生成する歴史がある。魔女か人間かを判定する要領で、マザーは毒か薬かを判定する手法を開発したのであり、その過程において、字義的なものを寓喩的に誤読し、科学を宗教によって誤読する予型論特有の「二重の読み」は、さらにそのバロック的想像力に磨きをかける。

ちなみにシルヴァーマンによれば、〈ニシマス・カジム〉こそ、自然界と聖霊界の未知の現象をつなぐメディアである（四〇八～四一〇頁）。それは当然、人間と神とをつなぐ結節点だ。つまりマザーは、ここでかくまでも新奇なニシマス・カジムという同毒療法の隠喩を伝統的西欧の弁証法へ、ひいては三位一体の概念へ文字どおり接種しようと企んでいる。逆にいえば、ニシマス・カジムを三位一体に接種する立場にいたマザーというのは、すでにしてキリスト教内部の病さえ治療しようとしていたとも考えることができよう。同毒療法の隠喩自体が、ここでは同毒療法のために使われたのであり、それは字義的な治療史が寓喩的な救済史として誤読されていくプロセスともみられる。

このようにしてコットン・マザーは、ピューリタン神権制の限界に立ち尽くしながら、アメリカ理神論のモデルを完成し、啓蒙主義の時代への第一歩を踏み出した。それは、繰り返すが、医学的な接種が宗教的な接種によって回収され、死んだ隠喩としての「接種」がその隠喩性を再回収される歴史であり、おそらくはそれが成就した瞬間、予型論という熱病もひとつのピークを迎えたはずである。字義と隠喩の、科学と宗教の弁証法を裏づける病としての植民史。ただし、後世の歴史はマザー内部のそのようなダイナミズムには目をつぶった。クレオール主義と反クレオール主義の葛藤には注目さえしなかった。単に頑迷なる魔女狩り推進者としてのピューリタンとしか見なかった。もちろん、それは表面上そのように見えるだけで、ひょっとするとマザーの仕掛けたさまざまな企み、さまざまな接種が実はあまりにも完璧だったために、以後のアメリカ文学史においてまったく気づかれずにすんでいるのかもしれない。アメリカ文学史という肉体が、マザーによって免疫を与えられてしまったのかもしれない。

そう考えるなら、アメリカ・ロマン主義作家のうちでもホーソーンの短編「ラパチニの娘」（一八四五年）などは病気と健康の二項対立が瓦解してしまう点に同毒療法が反映したものと読むこともできるし、ソローにしても町へ出ていくことは「同毒療法的な効用」と考えていた。エマソンにも「いまひとつの治療法は、火に対しては火で応ずること――感傷家には感傷家を対立させることである」という至言がある。ポストモダン作家ウィリアム・バロウズも「悪には悪を、ウイルスにはウイルスを」というヴィジョンを貫いている。しかし、彼ら後世の作家たちがマザーの子らであるという通説はない。むろん、それはマザーの接種的な権力が顕在化していないだけのことだろう。そして、言うまでもなく、あらゆる接種は以後病を病と感じなくなるからこそ接種なのであり、それと同時に、あらゆる権力は決して顕在化しないからこそ権力なのである。

こう考えてくると、それではマザーにおける魔女狩りへの加担さえ後世では忘却されてしまった可能性があるのではないか、と思われはじめる。試みにストウ夫人の『オールド・タウンの人々』（一八六九年）を開いてみよう。そこでは、あろうことかコットン・マザーが「我らの祖母《グランドマザー》」という性倒錯的呼称を与えられている。あふれんばかりの親愛の情――これはマザーがいわゆる「半途契約《ハーフウエイ・コヴエナント》」の推進者である点で宗教的に寛大であり、たとえば後代のジョナサン・エドワーズのように「自己の教会中心主義的宗教体験でしかないものを他の者すべての基準として押しつけるような過ちを犯した人物」（同書四一五～四一六頁）とは一線を画して位置づけられているためである。ストウ夫人のマザーへの傾倒は、クリストファー・フェルカー九三年の研究に詳しい（特に第二部第四章）。彼女にしてみれば神学的に共感するあまり、性差的にもマザーを自分の仲間に引き入れたかったというわけなのだろうか。ここでは、マザーの美点が増幅されて回想されるとともに、マザーが女性を抑圧し魔女と結びつけて考えていた熱病さえ忘却されている。

歴史の錯誤、あるいはとんだアナクロニズムか？　しかし、その要因はストウ夫人ではない、むしろマザー自身だ。より正確を期すならば、コットン・マザーの接種効果こそがこのような忘却をもたらしたはずである。そしてピューリタン予型論がユダヤ的起源から学んだ最大の修辞法というのが、何よりも歴史を記憶するとともに起源を忘却するという接種的技術のアイロニーだったことは、もはや疑う余地もあるまい。

2 荒野に消えたマリア

メアリ・ホワイト・ローランドソンの自伝とインディアン捕囚体験記《キャプティヴィティ・ナラティヴ》の伝統

世に捕虜体験記は少なくない。ナチス・ドイツのゲシュタポやソ連のKGBはいうまでもなく、イギリスのスペシャル・ブランチや中国における紅衛兵、イラクの秘密警察やイランの革命防衛隊《パザダラン》、アルゼンチンの反民主主義政治活動諜報局《DIPA》、はたまたハイチの国家治安義勇軍《トントン・マクート》にいたるまで、いずれも社会や国家や共同体の秩序のために、いや本音のところはおそらく民族と宗教と経済のために、おびただしい強制収容所の悲劇を生んだ。拷問と洗脳と虐殺の歴史、それは人類そのものの年代記にほかならない。

むろんアメリカにおいても、即座にCIAの例を挙げることができる。つねにピューリタン魔女狩りの論理が国民的無意識を支配してきたこの大陸にあって、いつの時代にも狩る者が狩られる種族を生産してきた事実は否定しえない。とりわけ、コットン・マザーによって荒野の悪魔と命名されたインディアンの運命は、以後のアメリカ文学史を一瞥しただけでも悲愴きわまる。ウィラ・キャザーの『教授の家』（一九二五年）ではインディアン遺跡がいとも簡単に売却され、ケン・キージーの『郭公の巣』（一九六二年）では精神病院に幽閉され搾取される患者代表としてインディアン族長ブロムデンが登場し、スティーヴン・マーロウの『秘録コロンブス手稿』（一九八七年）ではユダヤ人によってキリスト教に改宗させられ養子縁組させられるインディアンが生き生きと描かれる。白人的言説に囚われたインディアンとインディアン文化のすがたは、すでにあまりにもおなじみのものだ。

しかし、だからこそ一七世紀初頭、アメリカがまだイギリスの一部でしかなかった当時、白人がインディアンを捕えるどころか、逆にインディアンが白人を捕えてやまなかった時代が思い出される。一九世紀中葉、南北戦争時代のアメリカを扱った映画『ダンス・ウィズ・ウルブズ』には、インディアンに一家を惨殺され捕えられた白人少女がインディアン文化内部で再養育されるというサブプロットが現われるが、その起源が一七世紀植民地時代におけるインディアンの白人捕囚にあったのは確実だ。そして、そのような捕囚がどうして伝統化したかといえば、まさしく捕囚の体験を物語る白人たちがペンを執ったため、一躍「捕囚体験記《キャプティヴィティ・ナラティヴ》」(captivity narrative)なる文学ジャンルが成立したことによっている。

もちろん、これを文学ジャンルと見做す文学史は、いまなお多くはない。だが、文学ジャンルと見做されてこなかったからこそ、捕囚体験記はアメリカ的無意識の奥深くを秘かに構造化してきたとは考えられないだろうか。むしろアメリカ的無意識に沈潜して棲息しつづける捕囚体験記の物語学が、時としてアメリカ的現実の運命を大きく左右しているとは考えられないだろうか。

1 ポカホンタス以後

インディアン捕囚体験記は、当初ニューイングランド植民地時代において無数に試みられた精神的自叙伝の一形式であったけれども、のちの数世紀を通じ、これはむしろ大衆にアピールする諸条件を備えたジャンルとして、大衆文化内部で大幅に換骨奪胎されていく。いわば、当初はピューリタニズム言説内部における典型的な宗教的告白のひとつであったのが、各時代のさまざまな文化的要請を経た結果、皮肉にも通俗的形式としての有効性が確認され、アメリカ文学産業内に確固たる地位を占めるに至ったのだ。

インディアン捕囚体験記の走りとしていちばん有名なものは、イギリスの探検家・冒険家キャプテン・ジョン・スミスが一六二四年に出した探検記『ヴァージニア、ニューイングランド、およびサマー諸島全史』だろう。そこでは、あのアメリカ・インディアン族長の娘ポカホンタスとの出会いがロマンティックに描かれている。大西洋と太平洋を結ぶ最短距離の北西航路を探すスミスは、一六〇七年暮れから一ヶ月あまり、インディアン誘拐の疑いでウォロウォコモコで捕虜となり、各部落を引き回され、とうとうポウアタン族長の前に引き出された。そして、大勢のインディアンたちが固唾を飲むなか、大石の前に頭を固定され、いまにも石オノが降り下ろされようとしたその瞬間、族長最愛の娘ポカホンタスが躍り出るやスミスの頭を抱きかかえ、代わりに彼女自身の頭を差し出して命を救おうとし、そのため族長もスミスを生かしておくにやぶさかでないと認めるに至った……と、スミスは記す。

さて、右のスミスの叙述は、一般に「客観的資料に乏しく話がうますぎる」という風評がもっぱらであり、一九世紀末の作家・歴史家ヘンリー・アダムズによれば、とりわけポカホンタスについてのくだりは、スミスのまったくの作り話であるという。ピーター・ハイを含む多くの文学史家もその見解を採用し「ポカホンタスのエピソードはおそらくは真実ではない」と述べている。なるほど、ポカホンタスはじっさい、のちにイギリス・ルネッサンスへの憧れを抱きつつ一六一四年にはイギリス人入植者ジョン・ロルフと結婚し、渡英してアン王妃の宮廷で厚いもてなしを受けている。そのような以後の歴史的記録にかんがみるならば、ポカホンタス自身がキリスト教系白人男性を通して西欧文化に興味を抱くいわゆる英国人贔屓《アングロフィリア》であったことは、疑いえない。キャプテン・ジョン・スミスは、その興味に火をつけてしまったにすぎないのかもしれない。スミスの処刑場面にしても、これは死刑ではなく文化人類学的にいう養子縁組を目論んだ疑似処刑にほかならないと断ずる見解も存在する（フランセス・モシカーほか、小

『ダンス・ウィズ・ウルブズ』

山敏三郎『セイラムの魔女狩り』一七頁)。

かてて加えて、時間軸からいけば、スミスは一六〇七年一二月にはポカホンタスに出会っており、一六一二年には『ヴァージニアの地図』で自分の捕囚にまでふれているというのに、その時点においてはポカホンタスに言及もしなかった事実は、いくらでも意地悪く解釈できよう。スミスがポカホンタスに言及するようになるのは、むしろ彼女がロルフと結婚して英国社交界でどんどん有名になっていく一六一四年以後の時点であり、彼はまず一六一六年、アン王妃への書簡において、つぎにはポカホンタスもロルフも死んだ一六二二年に『ニューイングランドの試練』において、ようやく公けに語りはじめるのだ。したがって、レオ・リーメイも示唆するように、おそらくスミスは自分が当初は鼻にもひっかけなかったインディアン娘がどんどん有名人になっていくのを傍目で見て、あとからけんめいに取り繕おうとしたのではないか、自分と彼女のロマンスをでっち上げようとしたのではないかという痛烈な批判が出てきても、いっこうにおかしくない(『ポカホンタスはキャプテン・ジョン・スミスをほんとうに救ったのか?』九頁)。はたしてスミスはとんでもないウソつきなのかどうか——ポカホンタス論争はいっこうにやむことがなさそうだ。

だが、逆説的ないいかたになるかもしれないが、じつはまさしくそうした真偽不明を含むからこそ、捕囚体験記は捕囚体験記たりうるのである。スミスはポカホンタスに関して嘘八百を並べ立てているかもしれないし、必ずしもそうでないかもしれない。だが、そのような真偽判定は、少なくともスミスの言説効果《スピーチアクト》が「いったんインディアンに処刑されそうになったけれども命からがら救われた」というセンセーショナルな文学形式をみごとに仕立てあげたことに比べれば、あまりにも瑣末である。しかも、スミスに先行してすでに一五二八年、ホアン・オルティスなる兵士がフロリダのタンパ付近でインディアンに捕まりつつも、ウチタ族長の娘によって助命されたというエピソードが記録され一六〇九年には英訳されてもいたから、そもそもスミス本人が先行する捕囚体験記の枠組をいっそう洗練するべく、現実と虚構、実体験と想像力の区分を無効化するような言語的技能をぞんぶんにふるったとしても不思議はない。肝心なのは、そのように確立した捕囚体験記が、とりわけニューイングランドにおいて無数に反復して語り直され、ピューリタン民衆の熱狂的な支持を獲得したということなのだ。

アメリカ文学史上名の知られたところに限っても、たとえば共和制時代には、アメリカン・ゴシックの元祖チャールズ・ブロックデン・ブラウンの『エドガー・ハントリー』(一七九九年)のように、落とし穴から出ようとした主人公ハントリーが洞窟内部でインディアンたちと大乱闘を展開、捕囚されていた白人少女を連れて逃げ出すも、やがては自分自身インディアンとまちがえられたり、帰ってみると一緒にくらしていた叔父がインディアンに殺害されていたりと、さんざんな目にあう冒険譚が物語られている。これは必ずしも捕囚体験記そのもののコピーではないにせよ、ロイ・ハーヴェイ・ピアースもいうように、ここでブラウンが、捕囚体験記が当時の一般読者にもたらしたであろう諸効果、すなわち肉体的危機と苦難、それに煽情的語り《センセーショナリズム》を資本にした物語構成を選んだのは、明らかに意図的だったろう(『捕囚体験記の意義』一五頁)。

ブラウン以降では、たとえばジェイムズ・フェニモア・クーパーの『モヒカン族の最後』(一八二六年)にしてもキャサリン・セジュウィックの『ホープ・レズリー』(一八二七年)にしても、エドガー・アラン・ポウの『ナンタケット島出身のアーサー・ゴードン・ピムの体験記』(一八三八年)にしても、ナサニエル・ホーソーンの『緋文字』（一八五〇年）にしても、はたまたハーマン・メルヴィルの『ベニト・セレノ』（一八五六年）にしても、アメリカン・ルネッサンスで捕囚体験記を意識していない作家を探すほうが困難なほどだ（キャサリン・デルーニアン＝ストドーラ他『インディアン捕囚体験記一五〇〇～一九〇〇』一九九三年）。スミスとポカホンタスを素材にしたインディアン演劇が栄えたのもちょうどこのころで、J・N・バーカーの『インディアンの王女』（一八〇八年）、ジョージ・ワシントン・パーク・カスティスの『ポカホンタス』（一八三〇年）、ロバート・デイル・オーウェンの『ポカホンタス』（一八三七年）、シャーロット・バーンズの『森の王女』（一八四四年）、ジョン・ブラガムの『ポ・カ・ホン・タス』（一八五五年）が人気を呼び、小説でも同じく素材にされることが多かった。つまり、一九世紀半ばのアメリカではポカホンタス神話とともに捕囚体験記が大衆的想像力の内部ですっかり定着した計算になる。

では、アメリカ小説史を連綿と流れるこの小説以前の文学フォーミュラは、いったいどのようにして影響力をおよぼすに至ったのか。再び一七世紀に戻って、わたしたちはひとまず、最も典型的であるがゆえに最も広く知られたメアリ・ホワイト・ローランドソン（c.一六三五～一七一〇年）による捕囚体験記『崇高にして慈悲深き神は、いかにその契約どおりに振る舞われたか』（一六八二年）を一瞥するところからはじめよう。

2 移動鎮魂曲

メアリ・ローランドソンの捕囚体験記は、ひとつの事件からはじまる。

一六七五年六月、アルゴンキン族族長メタコメット（別名メタカム、英語名フィリップ王）は、自分の領地に新参者がのさばっているのを知り、英国植民者に対して宣戦布告した。これが俗にいうフィリップ王戦争で、一六七五年六月から一六七六年八月までつづく。その第一段階（一六七五年六月〜八月）においては、メタコメットの部族だけがプリマス植民地を中心に神出鬼没のゲリラ戦を展開して白人側が恐怖におののくばかりであったというが、第二段階（一六七五年八月〜七六年四月）に入ると他の諸部族の協力を得たメタコメットがニューイングランド諸部族連合を結成、植民地軍と全面戦争に入ってニューイングランドのほぼ全域を戦場と化してしまい、さらに第三段階（一六七六年四月〜八月）においては、インディアンたちは戦争よりも狩猟生活に移行したり西部へ逃走したり、はたまた敗北宣言したりしたあげく、ついに植民地軍の軍門に下ったと伝えられる（富田虎男、五六〜五七頁）。

さて、マサチューセッツ州ランカスターに住む牧師の妻メアリ・ホワイト・ローランドソンが捕囚されたのは、ちょうどこのフィリップ王戦争が第二段階の終わりにさしかかった時点の出来事にあたる。彼女の父親ジョン・ホワイトは英国サマセット州の出身で一六三八年に同州のセイラムへ移民し、のちにウェンハムへ、そして最終的には一六五三年、ボストンの西約三〇マイルに位置するランカスターへ赴き、町の建設に関与した人物だった。娘メアリ・ホワイトもサマセット生まれであるが、一六五六年、ランカスターの初代牧師ジョゼフ・ローランドソンと結婚、四人の子供の母となる（うち一名は夭逝）。それはちょうど、インディアンとイギリス人とのあいだに小康状態が保たれていた時期に等しい。ランカスターにも約五〇世帯ほどの家族が生活を営むようになっていた。

ところがそんな折も折、一六七六年二月一〇日の早朝のこと、インディアンたちが大挙してなだれこみ、住民の多くを虐殺し、メアリを含む残りの白人たちを捕虜として連行したのだ。メアリはこう記している。「インディアンたちはわたしを一方に、子供たちをもう一方にひっぱりました——『いっしょに来るんだ』。どうせ殺す気なんでしょう、とわたしは尋ねましたが、あにはからんや連中は、いっしょについて来さえすれば危害は加えないと答えたのです」(メリディアン版五六頁)。

『崇高にして慈悲深き神』のテクストは、まさにこの時点から同一六七六年五月にメアリが救助されるまでの一一週間、インディアンたちとともにくりかえした二〇回もの「移動《リムーヴ》」(remove)生活を記録したものだ。そもそも白人植民者がインディアンの土地略奪に走ったのは、神の命令を土地の耕作と信じた前者が、定住されていない土地であるかぎりどこであれ所有権を主張してよいと考えたからであった。しかし、メアリが体験したインディアン捕囚生活は、「第一回目の移動」から「第二〇回目の移動」に至る章割が如実に示すとおり、耕作による定住ではなく狩猟による移動を生活規範とし、その中で彼女の日常感覚を根底から震撼させる。

たとえば「第一回目の移動」でさっそく報告されるのは、この黒い肌の化け物たちが夜になるといかに歌い踊りわめき散らすのをなりわいとし、それがいかに「地獄の情景そっくりであるか」(五七頁)、そしてすべてを失ってしまった彼女は夫ジョゼフに期待を託すも(彼女が捕囚されたとき彼自身はボストンへ救助を求めに行っていて留守であった)、インディアンたちはジョゼフが帰宅次第殺害するつもりであると伝えられていかに悲嘆が深まったかということだ。

しかし捕囚初期の段階でとりわけショッキングなのは、「第三回目の移動」に明記されているように、一六七六年二月一八日、六歳五ヶ月になる一番下の娘が死去することだろう。メアリは三人の子供ともども捕囚されたのだが、長女と長男とは隔離され、末娘だけを伴うことを許されていただけに、悲しみはひとしおだった。「ほかの場合だったら、死人のいる部屋にとどまることなどまっぴらだけれど、いまは事情が事情。亡くなった娘のかたわらに一晩中すがって、わたしはつくづく考えた。かくまでも絶望の際に追いやられた時でさえ神はその素晴らしき御心をもっていかにわたしの正気を保ち、わたしが無謀にも自分の哀れな生命を断つことのないようお取り計らい下さるものかと」（六〇～六一頁）。娘は翌朝、インディアンたちの手によって丘の上に埋葬され、彼女はこの荒野にあってすべては「天に

A
NARRATIVE
OF THE
CAPTIVITY, SUFFERINGS AND REMOVES
OF
Mrs. *Mary Rowlandſon*,

Who was taken Priſoner by the INDIANS with ſeveral others, and treated in the moſt barbarous and cruel Manner by thoſe vile Savages: With many other remarkable Events during her TRAVELS.

Written by her own Hand, for her private Uſe, and now made public at the earneſt Deſire of ſome Friends, and for the Benefit of the afflicted.

BOSTON:
Printed and Sold at JOHN BOYLE's Printing-Office, next Door to the *Three Doves* in Marlborough-Street.

メアリ・ローランドソン『崇高にして慈悲深き神』第10版（1773年）扉

ましますに委ねるしかない」ことを悟る（六一頁）。

だが、しばらくしてメアリの心情にも変化の兆が訪れるようになった。ひとつのきっかけは、「第八回目の移動」でコネティカット川を越え、フィリップ王つまりメタコメットに会見したことだ。メアリの属する移動集団の長は、ランカスター襲撃の指導者のひとりであるナラゲンセッツ族の族長クアノピンであったが、道中このフィリップ王と出会ったことが、インディアン共同体内部の彼女の地位を確固たるものにする。王は息子のためにシャツを作ってやってくれないかとメアリに依頼し、その代価として一シリングを支払ったばかりか、さらにメアリが彼の息子に帽子を作ってやったあとには彼女を夕食に招待、熊の脂でいためて揚げたパンケーキでもてなしているが、特にそれの味については彼女自身「こんなにおいしい食事は生まれてこのかた初めて」とコメントしているほどだ（七〇頁）。

それ以来、インディアン女性たちも、たとえば夫のためのシャツを作ってくれないかとか靴下を編んでくれないかといったふうに、メアリに頼るようになったのである。つづく「第九回目の移動」では、彼女はこう述懐するようになる。「神の御業と御心を賛美せざるをえないのは、わたしが家から引き離され、あらゆるインディアンや見も知らずの連中と出会い、そばにはキリスト者など誰ひとりいないという状況に置かれたいまでさえ、インディアンたちはわたしに対していかなる悪さもしてこないからだ」（七一頁）。

もちろん、皮肉ながらその直後、「第一〇回目の移動」からしばらくは、メアリの上にいささかの苦難がふりかかることも忘れるわけにはいかない。少し親切にされたからといって安心していても、たとえば焼いた鹿肉を一切れたりとも分けてもらえなかったり（七二頁）、背に負わされた荷物が重いといって不平をもらすと平手打ちを食わされたり（「第一二回目の移動」、七三頁）、はたまた、焚き火の熱をさえぎっている棒切れをのけたところ、激怒したインディアン女性から一気に灰のかたまりを投げつけられて目つぶしにあったりしている（「第一三回目の移動」、七五頁）。

ただし「第一三回目の移動」においては、さらにふたつの重要な事件が起こる。ひとつには、そのころ新たにひとりのイギリス人男性が捕虜に加わり、メアリの夫がふさぎこみがちながらも健在であるのを伝えてくれたこと。インディアンたちがこれまで口にしていたのは、ジョゼフ・ローランドソンは死んだとか殺したとか再婚したとか再婚予定であるとか、ひいては彼自身妻は死んだと申し渡されているとかいった事柄であったから、いまやそれらがすべて嘘八百であったのが判明したというわけである。もうひとつには、インディアン女性の幼児が病死して翌日埋葬されたとき、インディアンの一団は哀れな母親とともに「悲嘆し嗚咽した」にもかかわらず、いまとなってはメアリ自身はそれに共鳴して悔やむほどの言葉さえ持たなかったことだ（七八〜七九頁）。

そのような彼女の冷徹さは、「第一八回目の移動」において、飢えた子供が馬の蹄を煮たかけらをしゃぶりながら堅くて咀嚼できないのを見かね、自らそれを取り上げて食べてしまい、あまりの美味に酔い痴れたという記述にも反映していよう。そして、この直後にヨブ記の一節「わたしはそんなもの（味のないもの）に触れるまい、それはわたしには腐った食物のようだ」（第六章第七節）を引きながら、彼女は間髪入れずに以下のように語る。「かくしてほかの場合には口にいれるのもおぞましきものにさえ、神は素晴らしい調理を施すのだ」（八三頁）。これが、引用された聖書の文脈を確実にズラすコメントであるとともに、いわば聖書の神ともいささかズレた荒野の神、いいかえれば現在のメアリにとっての

「リアリティ」そのものを主張している点に注意したい。それは、少なくとも捕囚第一週には「ほとんど何も喉を通ら」ず、二週目になっても「空腹だがインディアンのあのひどい食べ物（filthy trash）にしゃぶりつくわけにもいかな」かった彼女が、三週目を迎えるや「以前なら胃が受けつけぬあまりに飢死も免れなかったにせよ、いまやインディアンの食事はわたしの舌にぴったり合うようになっていた」と宣言するようになっていることからも推察されよう（「第五回目の移動」、六六〜六七頁）。

そして最終章「第二〇回目の移動」に来て、メアリを生還させてよいものかどうかがインディアン内部で協議され、とうとう彼女は解放されることに決まるのだが、そのさい彼女は、自分の苦難において授けられた神の摂理に関し、こんな要約を試みている。まず、すべては神の御業であり、それはどんなことでも「驚異」にほかならないこと。インディアンたちがしきりに英国軍がいつ自分たちに追いつくかをメアリに尋ね、英国軍に先んじて策を弄したことについて、それがあたかも「神がわが貧しき国を苦しめるために異教徒をも存在させているという驚異的な摂理」のように映ったこと（九二頁）。そして、キリスト教徒があまりにも悪行を重ねてきたのに対し神が見かねて、異教徒を打ちのめすよりは肥え太らせたあげく、国全体を懲戒する存在へと育てあげたにちがいないこと。加えるに、人々が神以外に頼る者はいないというのを認識するや、神のほうは新たな試練を投げこむということ。そしてメアリは、モーゼを引用しつつアメリカ初の捕囚体験記を閉じるのだ。

「こうしてわたしは、現在のちっぽけな災いなど気にせずその彼方を見通すことを、そして災いに遭っても黙していくことを学んだ。モーゼもこういっているではないか。『しっかり立って、主がきょう、あなたがたのために行なわれる救いを見なさい』（出エジプト記、第一四章第一三節）」（九九頁）。

3 ジョゼフ・ローランドソン法廷に立つ

もちろん、あらゆる美談には後日譚がつきものであって、メアリ・ローランドソンの場合にも、捕囚体験記以後の人生が存在している。だが、ここでそれがやや皮肉な色彩を放ちつつ、この文学ジャンルがアメリカ的無意識をどう構造化したかについて重要なヒントを与えてくれていることを、見逃がすわけにはいかない。つまり、一般に彼女は捕囚救出後一〇年以内に亡くなっているのではないかと思われているのだが、じっさいにはそうではなかったというのが真相らしいのである。夫ジョゼフ・ローランドソンが没するのがメアリ救済からまもない一六七八年一一月、彼の最後の説教『神が人々を見棄てる可能性』がメアリの『崇高にして慈悲深き神』初版の補遺として出版されるのが一六八二年。その直後、メアリ・ローランドソンの名前は歴史からかき消えてしまう。じっさい、キャサリン・ロジャーズが編集して一九九一年に出版した『メリディアン版初期アメリカ女性作家アンソロジー』における記述でも、メアリ・ローランドソンの没年は「一六七八年あたり」ということで片づけられている。捕囚体験記の著者を捕囚救出時期と大差ないころ死亡したことにしたいという文学史編纂者ならではの物語学的欲望が働いたのか、それとも単純にその時期以降の消息が不明だっただけなのか。

ところが現実には、デイヴィッド・L・グリーンが一九八五年に発表した調査結果によって、メアリ・ローランドソン再婚の経歴が明らかになった。彼女は死亡したと目される一六七八年の翌年七九年、それまで夫ジョゼフの遺著管理人助手をつとめていたキャプテン・サミュエル・タルコットと再婚している。つまり、以後はメアリ・ホワイト・ローランドソン・タルコットと名乗っていたため消息が途絶えたように見えただけかもしれず、一六九一年のタルコットの死後も矍鑠としたもの、何と世紀の変わり目も超えてしばらくした一七一〇年にようやく鬼籍に入っているから、おそらくは七二歳から七五歳のあいだという、当時としては驚異的な高齢まで生存していたことだけはたしかなのだ。メリディアン版アンソロジーをはじめとする没年表記には、ゆうに三〇年以上もの誤差があることになる。

それればかりではない。じつはメアリの後日譚でいちばん興味深いのは、彼女自身が古稀を超えるまで生きたという事実に限らず、それに関連して、メアリとともに幽囚された息子ジョゼフに関するとんでもないスキャンダルが発覚した点だ。

コネティカットはハートフォードにおける裁判記録には、一七〇七年九月にナサニエル・ウィルソンという男がジョゼフを訴えた証拠が残っている。彼によれば、一七〇二年の六月、ボストンにて、彼自身の義兄弟にあたるジョゼフ・ローランドソンとデイヴィッド・ジェシーがウィルソンにしこたま酒を飲ませてヴァージニア行きの船に乗せ、そこで彼を使用人として売り飛ばしてしまったのだ。ジェシーはボストン在住のため、ジョゼフ・ローランドソンのみが罪状を問われたが、ここで注目すべきは、そのさいジョゼフの母メアリ・ローランドソン・タルコットも出廷して、保釈金五〇ポンドを共同で請け負っている事実であろう。時にジョゼフは五五歳、メアリは七〇歳から七三歳の間であった。

このジョゼフ・ローランドソン裁判記録には、あとから原告ナサニエル・ウィルソンがじつは贋者と判明するというとんだおまけがついて、ことはますますややこしくなっていく。人権をないがしろにしたジョゼフもジョゼフだが、ウィルソンを詐称してひともうけたくらんだ贋ウィルソンも贋ウィルソンである。しかし、事件を考えれば考えるほど、ローランドソン母子が生涯アイデンティティの問題に巻き込まれていたことのアイロニーが浮かびあがる。インディアンに捕囚されて人種的アイデンティティの危機に脅かされたジョゼフ・ローランドソンが、こんどは同じ白人親族の階級的アイデンティティを脅す側にまわり、その結果アイデンティティそのものを相手取る詐欺師の手にかかって絶大な不名誉に甘んじなければならなくなるとは！

こう考えるとき、ミッチェル・ブライトヴァイザーが提起している問いかけが深刻な意味をもつ。彼は贋ウィルソンの正体以上に、母としてのメアリ・ローランドソンがこの場に及んで、息子のやったことについてどのような危惧をもったかという点を問う（『アメリカ・ピューリタニズムと悲嘆の意義』一九三～一九四頁）。もちろん、ひとりの人間を貨幣と交換しうる存在におとしめること自体は、この時代、さほど珍しくないかもしれない。けれど、このケースだけは例外なのだ。というのも、ジョゼフの事件においては、かつてインディアンの捕虜だった白人が、こんどは白人自身を捕虜にする側にまわってしまったのだから。ウィルソン事件、それはたんに親戚を売り飛ばしたというスキャンダルではない、むしろ捕虜が捕縛者へ転向してしまったこと、そこに最大のスキャンダルがひそむ。というのも、じつはこのような転向の図式こそ、捕囚体験記の物語学的本質そのものだと思われるからである。

4　回心体験記から捕囚体験記へ

なるほど捕囚体験記は、その内容だけをとれば、インディアンに白人が捕囚されたことを悲嘆しつつ何らかの自己再発見に到達する自伝文学的ジャンルであろう。けれども、その効果からいえば、捕囚体験記という形式の書きものを膨大な分量織り紡ぐことによって、むしろ白人的言説がインディアン的主体を捕囚していったのではあるまいか。インディアンを抑圧するのに銃は要らない。インディアンに捕囚された体験を書き綴る物語学それ自体が、インディアン制圧とピューリタン支配、さらにフロンティア滅却を実現しうる最大の武器にほかならない。かくして捕囚された者の言説は、たちまちのうちに捕囚する者の言説へと転化する。

だが、このような主客転倒の論理がなぜこれほどにスムーズに運ばれたのだろうか。事後的な理由を挙げれば、当時、捕囚体験記をピューリタニズム最大の宣伝媒体《プロパガンダ》のひとつとして再編集しては流通させる方針が積極的に促進された事実がある。インディアン捕囚になった者たちが当初の体験を物語った言葉にしても、それはそれでダイレクトな迫力には不自由しない。だが、とりわけピューリタン聖職者たちは、その形式を利用して、植民地運営のさらなる円滑化を図ろうと思いたつ。たとえばコットン・マザーは『アメリカにおけるキリストの大いなる御業――ニューイングランド教会史』(一七〇二年)において、ハンナ・スウォートンやハンナ・ダスタンの捕囚体験記を紹介しながら、インディアンたちがいかに幼児を虐待したのちに茫然とした母親の元へ返すかを恐ろしげに語りつつインディアン憎悪の風潮を煽ったのだし、またクエーカーの巡回牧師サミュエル・ボウナスは、エリザベス・ハンソンが子供のひとりを殺害されて連行されたさいの捕囚体験記を文学作品として完成させるのに大幅な再編集作業を施し、そのため彼女による初版『神の慈悲が人間の残虐に勝ることの例証となるエリザベス・ハンソンの捕囚と救出』(一七二八年)は一八五四年の再版を経て一七六〇年、最終的に『エリザベス・ハンソンの捕囚――サミュエル・ボウナスの聞き書きによる』という第三版のかたちでようやく定着していく出版史を辿っている。タラ・フィッツパトリックも指摘するように、インディアン捕囚体験が最初に教えるのは、むしろこれまで自分をあまりに深く捕囚してきたがゆえに常識とばかり思っていたキリスト教的言説網こそが真の捕縛者であるという事実だが（「捕囚という比喩形象」二〜三頁）、捕囚体験記が捕囚体験記ジャンルとして確立するためには、ここでさらに、ピューリタン的言説支配者によって語り手が再捕囚されることが不可欠になる。いいかえれば、荒野において捕囚された者が捕囚する者と化すには、言説において再捕囚される必要があった。したがって、ジョゼフ・ローランドソンが捕囚から捕縛者へ

囚われたエリザベス・ハンソンとその娘
John Frost, *Pictorial History of Indian Wars and Captivities* (New York, 1873)

とすんなり転化した事情の背景においても、おそらくはこのようなかたちで一七～一八世紀にかけて見られた捕囚体験記の様式化・多様化という言説的変貌が影響しているのは、まずまちがいない。

だが、それはインディアン捕囚体験における「真の声」を抑圧する「様式的圧力」を露呈しはしまいか。当然、こんな疑問が頭をもたげてこよう。しかし、そもそも真の声とはいったい何か。少々時間関係は前後するけれども、ここで捕囚体験記という文学ジャンルが、先行してピューリタン社会に形成されていた「回心体験記《コンヴァージョン・ナラティヴ》」（conversion narrative）の一変型として出発した歴史を瞥見しておくのが肝要かもしれない。すでに見たように、メアリ・ローランドソンはしきりに「神が与えたもうた試練」に感謝し、さらに自らの役割をヨブやダビデやロトの妻にたとえてみせるのだが、そのような傾向は予型《タイポロ》論《ジー》的であると同時に、すでに回心体験記という「真の信仰告白」を表明する先行ジャンルの約束事によって制度化されていたものだからである。したがって、「真の声」という概念そのものに、すでにして形式的要請が大幅に介入していることは否めないのだ。

回心体験記というのは、パトリシア・コールドウェルの定義を借りるなら、ピューリタン教会の会衆全体の前で、宗教的教義の知識でもなければ信仰でもない、真の「回心」体験を物語ることであり、それによってこそ正式な教会員として認可される（『ピューリタンの回心体験記――アメリカ的表現の端緒』四五頁）。その制度が成ったのがいったいいつのことであるかはいまもって謎のままだが、一五五四年にフランクフルトにおける初期ピューリタン教会が「牧師らの前での信仰告白」を課していたし、一六〇三年にはアムステルダムにおける分離派教会が「会衆全体の前で信仰告白しなければ教会員になれない」ことを明言し、一六三二年までは改革派教会が同様の条件を制定していたという記録もある。そして一六四八年の段階で、ケンブリッジの教義において、回心体験記が「個人的にして社会的なもの」であることが言明された。少々矛盾するように響くかもしれないが、じっさい回心する体験者にとって回心体験記こそ「内なる心の声」の表明なのは必然であるし、まったく同時に、それを聴く会衆にとってこれは受動的のみならず積極的に新たな信者を受け入れるかどうかを迫る「霊的行動」、世俗教会にとってはこれいかんで「教会員としての資格」を判定すべきリトマス試験紙なのである。

もちろんリチャード・マザーやジョン・コットンなどは、回心体験記の原型を聖書に求めようとするあまりに、猛烈な反発を食らったこともあった。洗者ヨハネは人々が罪を告白するのを機に洗礼を施していったこと（マタイによる福音書第三章第六節）、エチオピアの宦官が信仰告白とともにピリポによる洗礼を受けたこと（使徒行伝第八章第三七節）、あるいはパウロが主を見たことを語るまではイエスの弟子たちに受け入れてもらえなかったこと（使徒行伝第九章第二六節）……これらはいずれも回心体験の聖書的実例として彼らが唱道したものにはちがいないけれども、にもかかわらずピューリタン会衆派が主張するような「神の試練」の要素には乏しいというのが、長老派の反発理由を成す。とりわけ、魔術師シモンに対する洗礼のように、あとになって「心が神の前に正しくない」（使徒行伝第八章第二一節）と判明するケースは、会衆派への本質的な打撃になりかねない。

とはいえ、そのような不備は多々あったにせよ、以後の回心体験記においては信仰告白とともに罪の懺悔が主要条件として並列され、そうしてこそ神との契約の道が保証されることになる。捕囚体験記がアメリカ大衆文化内部で様式化したように、その前身である回心体験記もまた、ピューリタン的言説内部で様式化の一途を辿ったのだ。というのも、まさしく宗教改革が教会制度よりも聖書自体を優先させたいきさつからもわかるように、ピューリタンにおいてはキリスト教信者における言語能力の向上が重んじられたからである。とりわけアメリカという新大陸に植民地を建設するとあっては、共同体内部の言語運用能力《リテラシー》開発は最優先事項にほかならない。信仰を会衆の前で告白するという行為が重視されたのは、「神への信仰」の充実もさることながら、共同体内部において自分の言葉で自分を自由に語るという「表現能力」の開発のために、回心という制度ほど有益なものもなかったからだ（コールドウェル五〇頁）。そのさい「神の試練」といった文脈が不可欠だったのも、そのような修辞装置を介在させてのみ、罪や救済が表現しやすくなるという一点に尽きる（同一五七頁）。

ただし、信仰を表明する問題に関するかぎり、ことはそれほどスムーズに運んでいない。コールドウェルによれば、イギリスの回心体験記は夢や幻視に準拠することもあったが、ニューイングランドの回心体験記はそうした方向性を禁じ手にした結果、回心者の内面的噴出に対応しうるだけの外在的事物が、T・S・エリオット流にいう客観的相関物《オブジェクティヴ・コレラティヴ》が獲得できなかったという。「そうして生まれた回心体験記はたぶんエリオットなら芸術的失敗作と呼ぶものになり、その作者は過剰な問題、すなわち芸術では表現しえない情緒の問題の犠牲者といえる」（前掲書一六二頁）。

だが、ほんとうにそこでピリオドなのだろうか。たしかにコールドウェルの著書は一六五〇年までにこの「ピューリタン教会における奇妙な演説習慣」が失効していく歴史を語って閉じられるのだが（一九七頁）、わたしにはむしろ一六五〇年以後、一七世紀後半にさしかかった時代に、回心体験記が捕囚体験記という新たなモードの中に発展解消していくプロセスこそが植民地文学史最大の事件のひとつであると思う。それは、回心体験記の言説的約束事内部ではついに発見されなかった客観的相関物が、捕囚体験記においては、まさしくインディアンとの生活の中に、とりわけ「移動《リムーヴ》」がもつさまざまな意味作用の中に、いともたやすく見出せるということである。

5 ピューリタン・フェミニニティの形成

一六世紀から一七世紀にかけてのキリスト教徒が、依然、人間の生全体を一種の捕囚状態にあるも

ハンナ・ダスタンの脱出
Robert B. Caverly, *Heroism of Hannah Duston* (Boston, 1874)

のとみなしていたことについては、すでに多くの証言がある。罪に満ちた人生が悲劇的捕囚であるのは当然にせよ、信仰に満ちた生活のほうも神への素晴らしき捕囚というわけだ。デイヴィッド・ミンターはこの点に着目して、メアリ・ローランドソンがインディアン捕囚から救済されたのは、彼女が自分の古巣に帰還したとともに再び神の捕囚に帰還したことを指すと考えている（「ライオンの巣の傍らで」三三九頁）。

しかし『崇高にして慈悲深き神』の各章を構成する二〇の「移動《リムーヴ》」が、いま気になってならない。移動、それはむろんインディアンならではの遊動生活《ノマディズム》からインディアンをミシシッピ以西へ「強制移住《リムーヴ》」させるという白人フロンティア政策に至るまで、さまざまな具体的事物を指示しながら、まったく同時に、メアリがいかにピューリタン解釈学的暴政の捕囚から「移動」しえたか、その結果、ブライトヴァイザー流にいえば、彼女がいかに予型論的構図に収まりきらないほどリアルな「悲嘆」を表現することができたかという、意味作用そのものの移動をも暗示してやまない（二九頁）。

メアリ以上にラディカルなかたちとしては、前述したコットン・マザーも引用しているダスタン夫人の激越な体験記を挙げることができる（アーデン・ヴォーン『インディアンの中のピューリタンたち』所収、一六一～一六五頁）。彼女は一六九七年三月一五日、マサチューセッツ州へイヴァーヒルを襲撃したインディアンたちに、五歳になる子供を殺され家を焼かれた末に拉致された。連中はローマ・カトリックに改宗済のインディアンたちであり、彼女たち捕虜に対して「イギリスの神が救ってくれるんなら証明してみろよ」と嘲る。そこで憤激したダスタン夫人と乳母、及びイギリス人青年の三者は、ある晩決起して鉈をふりまわし、六人の子供を含むインディアン一〇人を殺害、しかもその証拠を持ち帰ろうと連中の頭皮をつぎつぎに剝ぎ、のちにマサチューセッツ立法議会の定める賞金五〇ポンドと引き換えた。メアリ・ローランドソンさえたじろがせるほどの武闘派女性ピューリタンといえるが、ただしダスタン夫人の場合には、メアリのようにあくまでピューリタン的宗教心を貫くことはなく、むしろ神の御意などには何ら従う素振りも見せないばかりか、自分が救われたことに自分以外の力が介在していたとは思えないとうそぶくありさま。ピューリタン的主体は自己滅却する敬虔への意志の中に存在理由を見出すはずだが、彼女の場合には確実に、脱宗教的な女性主体形成への重点移動が行なわれている。そこにはたぶん、彼女を捕囚していたのがじつはピューリタニズムのみならずキリスト教的家父長制一般でもあったという痛烈な認識があったはずだ。貴重な捕囚体験記にはちがいないが、のちにコットン・マザーが彼女のストーリイについて「キリストは救いのある者を好まれるけれども、そのように選ばれた者は決して傲慢になってはならず、むしろ謙虚に暮らさねばならない」(『謙譲と救済』四七〜四九頁)という教訓を付加せざるをえなかった理由も推して知るべしだろう。

そして、まさにこのように捕囚体験記に対する宗教的再編集が施される部分に、こんどはテクスチュアリティの移動という問題が透けて見える。それはじつのところ、メアリ・ローランドソンの『崇高にして慈悲深き神』のテクスト成立史にも関わってくるだろう。デイヴィッド・A・リチャーズの研究によれば、一六七六年の時点でメアリに捕囚体験記を書くよう促し、一六八二年の出版の手筈を整えたのは、誰あろうインクリース・マザーその人だったという(ミンター三三六〜三三七頁、注7)。しかも彼は「テル・アミカム」のペンネームで同書序文まで寄稿し、その中で、メアリの体験記がピューリタンの二大重罪である傲慢と自己満足への戒めという効能をもち、彼女自身が神への感謝を忘れないとともに、じつは神こそがこの体験記最大の主人公であることを明記している。このような編集行為には、まさしく息子コットン・マザーが一七〇二年にダスタン夫人の捕囚体験記に対して行なった修正行為と同様、捕囚体験者個々の心情をピューリタン社会全体のためになる教訓として半ば強引なまでに読み替えようとする意志が働いていないだろうか。

このように考えるとき、わたしたちは先行するピューリタン回心体験記のレトリックというのが、やはり「個人」と「社会」の巧みな橋渡しにあったことを想起せざるをえない。しかも、メアリ・ローランドソンに典型的な「移動《リムーヴ》」のメタファーひとつにしても、それはなまじインディアンの生活習性だけに依存して出てきたものではなく、むしろ回心体験記に顕著だったイギリスからアメリカへの「移住《マイグレーション》」と文化的に混淆したあげく導き出された可能性が高い。このころ、旧世界はあくせく働く場所だが新世界にはのんびりした休息が待っているものと信じられ、そのためかイギリス人の回心体験記は天国に片足突っ込んだところで終わるがニューイングランド人のそれは究極的救済をどんどん繰りのべて終わりなき物語構造を組み立てていくという対照が浮き彫りになっていた。

個人の回心を会衆全体に伝達しうるだけの「表現力」が重視され、マザー一家がその形式の最もパワフルな演出者をつとめた時代。宗教心と教育熱が齟齬ひとつなく融和していた時代。フロンティア開発よりもエレミヤの嘆きが、ピューリタン共同体内部の一致が賞揚された時代。だからこそ、回心体験記が衰退の兆を見せはじめた一七世紀半ば、マザー家の人々は何とかしてこのモードを延命しようと考え、メアリ・ローランドソンの捕囚体験の中にそのチャンスを見出し、けっきょく『崇高にして慈悲深き神』のプロデュースにも最初から一役買うことになったのではないだろうか。

ここに、回心体験記から捕囚体験記への文学史的移動に関する真相がある。それはそのまま、インディアンたちの人肉嗜食や頭皮剝ぎといった蛮行の中に「回心」という装置が捕囚されていく歴史であるとともに、体験記編集者の蛮行に対してインディアン捕囚主体が、とりわけ女性ピューリタンの主体が着実に覚醒していく歴史であった。

6 カトリック・ヒステリーの抹殺

回心体験記的「移民」と捕囚体験記的「移動」のイデオロギーが交錯するのは、死の彼方に再生が夢想される地点である。たとえばエリザベス・ホワイトが一六六九年一二月、二人目の子供を生んで産褥死をとげたあとに発見され出版された手記『神はいかにエリザベス・ホワイトを慈しみ下さったか』(一七四一年)には、最初の子の出産に関連して、御言葉が生命をもたらすこと、出産が出産以前の自分を切断しつつ、子供とともに自分をも新たに生み直すことが思弁されていた。また、T・Mという名の男性が一六五二年七月二五日に見た幻視の記録は、黙示録的な異世界の中に赤い巨竜と美しい子供イマニュエルがおり、その子と来世の約束を交わすも相手が消えてしまうというものであった(コールドウェル一一~一八頁)。

もちろん、世の中に「死と再生」という言説は、むかしもいまもありふれている。だが、あえて右の側面に注目するのは、ここにこそ回心体験記から捕囚体験記へ至る過程で受け継がれたひとつの伝統が認められるからだ。端的にいえば、それは親子の切断である。

じっさいそう思わざるをえないほどに、捕囚体験記にはインディアンに子供を殺された親というシチュエイションがあふれている。メアリ・ローランドソンしかり、エリザベス・ハンソンしかり、ダスタン夫人しかり。彼女たちの悲嘆は想像するにあまりある。それを精密にスケッチするには、ブライトヴァイザーが試みたとおり、ヘーゲル的アンティゴネー再読に準拠しつつ悲嘆の形而上学に思いめぐらすのが、たぶん最も賢明なのだろう。

けれども、それをもって捕囚体験記ジャンル全体を総括してしまうとすれば、あまりに早急にすぎる。というのも、本論でも再三指摘してきたように、このジャンルの発揮する効果というのは、白人女性の悲嘆の深化というよりも、むしろインディアンへの圧制転じて強制移住の促進にほかならないのだから。

ではその場合、このような母子切断という紋切型《クリシェ》が果たす役割はいったい何なのだろうか。『崇高にして慈悲深き神』における「第一三回目の移動」から、ひとつ注目に値するくだりを選んでみよう。

ボストンに行きたい気持ちとは裏腹に、わたしはインディアン連中と五、六マイル川を下って鬱蒼とした雑木林に入り、そこで二週間ばかりすごさなければならなかった。……このところずいぶん息子のすがたを見かけないので、通りがかったインディアンに尋ねてみる。すると彼は、あいつか、あいつはこのあいだ族長が丸焼きにしたんでおれも指二本分ぐらいの切れ端を食べさせてもらった、とってもうまかったぜ、と答えるばかり。けれど、こんな仕打ちをうけたあとでもなお、主はわたしの心を奮い立たせて下さり、わたしはこの連中が手のつけられないウソつきで、真実を話してやろうなんてインディアンはひとりもいやしないんだわ、と思ったものだった。そして、冷え込んだ夜、この場所で焚き火と向かい合い、熱をさえぎっている薪を一本取り除けたところ、ひとりのインディアン女性がそれをもとに戻し、わたしが顔を上げるや否や、一気に灰のかたまりを両眼に投げ込んできたのだった。ひどい目つぶしにあってしまった、もう目が見えないと思ったが、横になり水洗いし、ゴミを洗い流すと、翌朝には視力が回復した。とはいえ、こうして虐待されるたびごとに、わたしはヨブにならってこう口にしてもおかしくないような気分に駆られるのだ。「あなたがた、わたしの友よ。わたしをあわれめ、あわれめ。神の御手がわたしを打ったからだ」（第一九章第二一節）。（「第一三回目の移動」七五頁）

この箇所が語っているのは、ひとつには引き離されたかたちで連行されている息子ジョゼフへの切々たる母メアリの愛惜であり、そしてもうひとつには、インディアン女性と対決して目つぶしにあった白人女性メアリの怨恨である。母子共存を切望する点では回心体験記著者エリザベス・ホワイトと通底し、戦う女性像という点ではもうひとりの捕囚体験記著者ダスタン夫人を彷彿とさせるヒステリー。そこでヨブの試練が引用されているとなれば、もはや右のパセージは回心体験記であるのか捕囚体験記であるのか、ジャンル上においても無限に不分明と化していく。その点、プロデューサーとしてのインクリース・マザーの面目躍如といってよい。

しかし、ここで再確認しておきたいのは、ピューリタン社会、とりわけマザー一家がこうしたヒステリー女性メアリ・ローランドソンにかくまでも固執したのはいったいなぜか、ということだ。折しもこののち一七世紀末に入れば、コットン・マザー自身が中心となるセイラムの魔女狩りヒステリーがわきおこる。異教徒インディアンと暮らしたヒステリー女性などは、まっさきに魔女として誹謗中傷されてしかるべきではなかったのか。にもかかわらず、彼女がアメリカ文学史上重要な意義を担っていたとすれば、考えられるのは彼女が演じる「子を亡くした母親像」と「異教徒と闘争する女性像」のふたつが、あくまで比喩形象として一定のプロパガンダ効果を発揮したという可能性しかありえない。

何のために？　ここで一七世紀から一八世紀へ至るスロープをふりかえってみれば、じつはニューイングランド神権制の敵を単純に「インディアンという民族」にのみ限定できないのがわかる。もちろん、相手がインディアンでなかったというのではない。彼らとも精妙に関わりあいながらしかも異質な別のパラダイムが、確実に存在したということだ。たとえばいまひとつの捕囚体験記、ジョン・ウィリアムズによる『救済された捕囚、シオンへ帰還する』（一七〇七年）に展開されている記述は、メアリのような回心体験記の変型でもなければダスタン夫人のような武闘派フェミニスト冒険譚でもない、たんに徹底して政治的現実を扱う。メアリとウィリアムズの決定的な差異は、前者がフィリップ王戦争時におけるインディアンの移動生活一一週間を日常的に語ったのに対し、後者は一七五四年のフレンチ＝インディアン戦争へ至る壮大な時代的・空間的コンテクストをふまえて二年間の捕囚生活を語ったところだ（メイソン・ロワンス・ジュニア「伝記と自伝」七七頁）。結論から先にいえば、ウィリアムズの革新的な捕囚体験記によって、英国系ピューリタンの敵はたんにインディアンでもなければたんにフランス軍でもない、文字どおりのローマ・カトリックの宗教政治学であるのが判明し、以後この文脈を意識しない捕囚体験記はほとんど現われないほどの影響力をもつ。彼のテクストからは、カトリックと会食するのは悪

ジョン・ウィリアムズの捕囚体験記
the Reverend Titus Strong, *The Deerfield Captive, an Indian Story*
(Greenfield, Mass., 1832)

魔に従う反キリスト教的行為にほかならないものと見て、息子の改宗を嘆く心とともに、カトリックの偶像崇拝を忌み嫌う感情があふれだしてくる（アーデン・ヴォーン『インディアンの中のピューリタンたち』所収、一六七～二二六頁）。

歴史的にいえば、アメリカにおけるカトリック教会の起源は一六三四年、メリーランド植民地の設立の時点であり、のちにペンシルヴェニア植民地にも多くが集まっている。イギリス系以外でも、スペイン人が西南部中心に布教したほか、フランス人が一六五七年、カナダに聖シュルピース司祭会の神学校を設置、そこから中西部を経てニューオーリンズへ南下するなど、さまざまな宣教活動が行なわれた。ただし一八世紀後半、独立革命以後には「信教の自由」が保証されたとはいえ、プロテスタントとの間の対立は深まるばかりだったのは、おおむねローマ教皇が専制君主と見られていたせいだ。

かくして一七世紀の後半、ニューイングランドのピューリタンとカナダのフレンチ・カトリックとの間の闘争が激化したのは、想像にかたくない。とくにピューリタン側は、荒野の植民者がいつかインディアン化されてしまうかもしれない、という怖れを抱くと同時に、フランス軍がじっさいインディアンばかりかイギリス軍捕虜にまでローマ・カトリックの洗礼を授けてしまうのではないか、という危惧にも駆られていた。一六七五年以降、こうした危機感が高まったのは、インディアンたちが、ニューイングランド人を捕えてはカナダへ連行し、フランス軍にさしだして物々交換の対象にするようになったからである。最終的に、フランス軍はイギリス植民地へ捕虜を返すのだけれども、もちろん、それに先立って、捕虜にはローマ・カトリックただひとつが真の信仰であるという洗脳を施すという手続きが踏まれる。

これがピューリタニズム最大の脅威となったのは、何よりもカトリシズムが、回心に代表される信仰強化措置など採らずとも信じる者はすべて救われるという教義をつらぬいていたためだ。コットン・マザーがこれを「反聖書的にして不愉快きわまる教義！」と斥けたのも無理はなかった。カトリシズムはすべての回心体験記を否定してしまう。マザー家が躍起になって捕囚体験記なるジャンルを確立しようとした一因は、じつはインディアンと手を組んで増長しつつあるカトリック・イデオロギーへの敵愾心が燃えさかっていたからである。しかしウィリアムズの体験記から迫ってくるのは、すでに一七〇六年の時点で、アメリカ・フロンティアがニューイングランドの精神遍歴の範囲内でさえなく、むしろ政治的紛糾と国際的葛藤の場へと変貌していた事実だろう。ふりかえってみれば、そもそも一八六七年の段階でヘンリー・アダムズがポカホンタス神話を否定しキャプテン・ジョン・スミスの根拠を疑ったのも、当時の南部に曾祖父や祖父の宿敵ジョン・ランドルフがおり、彼こそはポカホンタスの末裔だったからである。リーメイの詳細な研究が示してくれるのは、アダムズ自身はべつに科学的客観性にもとづいてポカホンタス神話を一蹴したのではなく、彼もまたじつは反南部キャンペーンというきわめてイデオロギー的な闘争に走ったにすぎないといういきさつであった（前掲書四頁）。

捕囚体験記は、その時代ごとの宗教的・政治的・性差的相互駆引から反復され再生産されていく。こう考えてみれば、問題は一八世紀、ウィリアムズ以後の反カトリック系捕囚体験記にかぎらず、むしろ一六七五年以後、つまりメアリ・ローランドソン以後のヒステリックな比喩形象すべてに関わってくるものと推測されよう。今世紀、フロイトが診断したヒステリー少女ドラは、ラファエロ描くところの処女マリア《マドンナ》に惹かれるあまり想像妊娠をおこしたという。メアリ・ジャコウバスは、このエピソードを再解釈して、むしろ聖母マリア自身がヒステリーを昇華した原型的存在ではなかったかと問い直す（『女を読む』一四〇頁）。しかしメアリ・ローランドソンらの描く捕囚体験記は、むしろそうしたヴィジョンを根底から転覆させる。ピューリタンによるインディアン捕囚体験記ジャンルは、くりかえしわが子との死別を描き、くりかえし異教徒から鞭打たれる女性主体を描くことで、聖母マリアに象徴されるカトリシズム的鏡像段階を否定するとともに、いわばカトリック的女性主体とピューリタン的女性主体の差異を前景化するのに一役買ったのだ。あらかじめ神から欲望された聖母マリアと、神からは剣しか放り込まれない捕囚メアリと。子を亡くした母親像は、目つぶしという「主体否定」の攻撃に抵抗しながら、じつは異教徒ならぬ異宗派と闘争する女性像を演じていたといえよう。

かつてカトリシズムが聖母イコン《マドンナ》を大量生産して全世界的な宣教をくりひろげたとするならば、いまやピューリタニズムは女性虐待《ミソジニー》のイメージを大量生産して世のスプラッタ・ホラーをはじめとするジャンク・カルチャー一般に浸透している。それは、ピアースやミンター、フィッツパトリックら捕囚体験記研究者たちが一様に容認してみせる点だ。

けれども、考えれば考えるほど、これを一概に不可逆直線的な大衆化の歴史として捉えることはできなくなる。たしかに捕囚体験記が大衆化されてサイコスリラーのたぐいが生まれるが、そもそも捕囚体験記自体が回心体験記の大衆化された形式であったのだし、回心体験記内部ではすでに会衆の面前で信仰告白する主体そのものが主体の表現力《リテラシー》試練によって逆産出されていた。マザー親子は回心という教義のために捕囚体験記を演出したけれども、逆にいうならば、むしろ自己滅却とともに文化的能力を増進させるという教育的《ペダゴジー》捕囚論理の成り立ちこそが、捕囚体験記からカルト・ムービーに至るアメリカ文学表象史の無意識部分をかぎりなくゴシック的に彩りつづける要因かもしれない。

3　モダン・プロメテウスの銀河系

ベンジャミン・フランクリンの戯作と開拓体験記《フロンティア・ナラティヴ》の伝統

コットン・マザーが一七世紀から一八世紀へかけてピューリタン神権政治の時代を代表し、ジョナサン・エドワーズが一八世紀半ばに信仰復興運動の時代を代表したいっぽう、ベンジャミン・フランクリンは一八世紀後半にアメリカ啓蒙主義の時代を代表した。彼らがいずれも、それぞれの時代における「時代の寵児」であったことは、すでに文学思想史上の「常識」に属する。とりわけマックス・ウェーバー『プロテスタンティズムの倫理と資本主義の精神』(一九〇五年) 以降の文脈において、じつはピューリタン信仰生活こそ「勤勉」転じてプラグマティックな「職業意識」(神のお召し=calling) が生まれる素地を成し、のちに「蓄積」の美徳を奨励して資本主義国家確立に大いに寄与した枠組にほかならないと見る社会学的再解釈は、神権制から民主制に至るアメリカ心性史のシナリオ作成に大きく寄与したといってよい。ミッチェル・ブライトヴァイザーの『マザーとフランクリン』(一九八四年) にならうなら、これをさらに、ピューリタン的な神への「敬虔」が世俗化され非神話化された結果、啓蒙主義的にいうところの「自由」への指向が強まり、人間的な「主体」が前景化していった過程として読み替えることもできる (一一~一一九頁)。

けれども、基本的に宗教家であったマザーやエドワーズはともかくとして、少なくともフランクリンという多芸多才な人物像を特異な存在たらしめているのは、彼がすでに通常の偉人伝的にいう「時代の寵児」なる枠組にはおさまりきらないような新しい条件を、いわば本質的に大衆社会に密着した「アメリカン・ヒーロー」としての資格を備えていたからではなかったろうか。かつて亀井俊介は一九世紀末から二〇世紀初頭を彩る発明家トマス・エジソンをアメリカン・ヒーローの典型として捉えたが（『アメリカン・ヒーローの系譜』第六部第二七章）、その文脈を応用すれば、発明家から政治家に至る無数の仮面の持

デュプレッシによるフランクリンの肖像

ち主フランクリンこそはエジソンの原型として再評価することができはしまいか。かつて一七五三年に、ドイツの哲学者イマニュエル・カントがフランクリンを「モダン・プロメテウス」と呼んだのも、たんに彼の科学的業績のみならず、まさしく神話的英雄にも比すべきヒロイズムをその内部に幻視したからではなかったろうか。

「フランクリン的なるもの」とは、アメリカ大衆に最も愛される「アメリカ的なるもの」の条件にほかならない。

1 時代の寵児からアメリカン・ヒーローへ

たとえば、一九九四年七月一四日号（木曜日）の『ニューヨーク・タイムズ』は、ひとつの記事の冒頭をこんなふうに書き出している――「ベン・フランクリンが引越し中」（A14）。

記事全体は、何のことはない、最近、百ドル紙幣のニセ札が多く出回っているため、防衛策の一環として、一九九六年度には、紙幣デザインとしてのフランクリンの肖像の「位置」が移動する――引越しする――という予定を語ったものにすぎない。「ベン・フランクリン」という固有名詞は、いまでは「百ドル紙幣の肖像画」の換喩として、すでにあまりにも親しまれたアメリカ的日常の一コマでしかない。それは、一九九〇年代中葉の日本ではほぼ同額に相当する一万円札が、やはりフランクリン同様、国家の近代化に貢献した知識人・福沢諭吉の肖像画を刷り込んでいることと変わらない。ヒーローの条件は、すでにヒーローであることすら忘却されてしまうほど普及することなのだろうか。

しかし、そもそも百ドル紙幣に印刷されたこの「肖像画」がサバイバルするに至った背後には、フランクリンが着実にアメリカン・ヒーローとしてつくられていく文化史がひそむ。たしかにこの「顔」の模像は「ベン・フランクリン」の印象を最も鮮烈に規定したが、じつのところこれは、一八世紀のフランクリン人気の下で無数に描かれた肖像画のうちの一枚、それも英米いずれの画家でもない、フランクリンを熱狂的に歓待したフランス側の肖像画家ジョゼフ・シフレ・デュプレッシが一七七八年から八五年にかけて完成したものを原型にしている。ウェイン・クレイヴンやエレン・マイルスの研究によれば、英米側の肖像画家たちが描いたものには独立革命以前の科学者・発明家フランクリンを強調した作品が多かったいっぽう、フランス側の肖像画家たちは政治家・思想家フランクリンを強調した名作を多く発表し、その中でもデュプレッシ作品が独立革命終結の時代とも関連して最も広く人気を博すことになり、百ドル紙幣まで彩るアメリカン・ヒーローが誕生したというわけだ（リーメイ『ベンジャミン・フランクリン再評価』［以下リーメイ3］第四部第一二～一三章）。

ここでわたしが検討したいのは、べつだん一八世紀フランクリン肖像画の文化史ではなく、むしろ、そうしたフランクリンを二〇世紀末の同時代人として復活させるに最もふさわしい肖像画の可能性である。多種多様な肖像画が描かれるという現象自体、すでにアメリカン・ヒーローとしては十分条件を満たしていると思うが、まさにその文脈において、フランクリンを一八世紀末の時代の寵児のみならず、時代を超えて、むしろ二〇世紀末の時代の寵児として読み替えようとする動きがげんに進行中なのだ。

最大の証拠として参照したいのは、アメリカ西海岸のサブカルチャー雑誌『ホールアース・レヴュー』一九九一年夏季号（七一号）の表紙である。これをたとえば、デュプレッシ風、あるいはデイヴィッド・

マーティン風の典型的フランクリン像と比べてみれば、その差異は一目瞭然だろう。一八世紀肖像画家が啓蒙主義思想家フランクリンを強調したいっぽう、二〇世紀のイラストレーターは電脳文化の預言者めいたミラーシェードのフランクリンをコンピュータ・ディスプレイ上に浮上させ、いみじくも「電子的民主主義」なるキャプションを付す。もちろんこれは、二〇世紀末ハイテク高度資本主義時代になって初めて、電脳空間内部で真の民主主義が実現したことを言祝ぐヴィジョンにほかならないが、ふりかえってみれば、もともと二百年以上前の時点で、フランクリンは電気とも民主主義とも深く関わったがゆえにアメリカン・ヒーローたりえた人物なのである。

そうした電脳世紀末において、ベンジャミン・フランクリンの肖像を最も力強く復活させた画像表現としては、一九八五年に公開されたロバート・ゼメキス監督の手になるハリウッド映画『バック・トゥ・ザ・フューチャー』シリーズ第一作にとどめをさす。これは典型的なタイムトラベルSFだが、何よりも映画冒頭、一九八五年のアメリカは発明狂ドク・ブラウンの仕事場でエレキギターを片手に遊ぶ主人公マーティの背後に、エジソンと並びフランクリンの肖像画が掛けられている場面は、あまりにも印象的だ。それが重要な伏線であることは、物語が進行するにつれて、徐々に判明していく。ドクの発明したタイムマシンで単身三〇年前つまり一九五五年のアメリカへ飛ばされたマーティは、何とか三〇年後の現在すなわち一九八五年へ戻るべく、一九五五年当時のドクと出会って相談するのだが、タイムマシンの稼働原理どおりプルトニウムによって一・二一ギガワットの電力を獲得するには、この時代では落雷の力を借りるしかない、それこそ避雷針発明者フランクリン流に雷を制御するしかない。

さて、このことをドクが着想するに至るシークエンスにおいて、再び冒頭の肖像画が映り、この時には、時代順にニュートン、フランクリン、エジソン、アインシュタインと四人の科学者の顔が並ぶ（ちなみにドク・ブラウンは自身の愛犬をアインシュタインと名づけている）。これらの肖像画モチーフは、映画版では暗示以上のものではないが、少なくともジョージ・ガイプによる映画ノヴェライゼーションがそれを活用しないわけがなく、そこではドクはいちいち「彼ら」を見上げて語りかけるという再演出が施された。

『ニューヨーク・タイムズ』1994年7月14日

『ホールアース・レヴュー』1991年夏季号

そう、困窮したドクがエジソンに向かって「トム！　あんなエネルギーをどうやって発電できる？　できないだろうな」といい、ヒントをつかんだのちには「ベン、あんたはどう思うかね？　雷を利用する手は？　あんたにできるとすれば、わたしにできないはずはあるまい？　実にすごい」と呟くといった具合に（バークリー版第七〜八章）。

こうした物語展開にフランクリン的色彩を感じざるをえないのは、そもそもテクノロジーで「雷」を制御する啓蒙主義的論理もさることながら、最終的にテクノロジーが「改良」に貢献するかぎり人生や歴史さえ改竄してもかまわないというアメリカ的な、あまりにアメリカ的な実利主義的論理とあいまって、アメリカン・ヒーローならではのハッピーエンドへ収束していくからである。相も変わらぬハリウッド的ご都合主義かもしれない。けれど、『バック・トゥ・ザ・フューチャー』におけるこの建国の父祖へのオマージュを見る限り、二〇世紀的視点がフランクリンを再生したというよりは、まさしくフランクリン的視点が二〇世紀末アメリカをいまもシナリオ化しつづけていると考えるほうが正確なのではあるまいか。

本章が目的とするのは、そのように、テクノロジーによる人間改良はおろか歴史改変さえいとわなかった功利的合理主義者の原型フランクリンが、どのようにしてピューリタニズム的生産主義倫理としての「勤勉」から資本主義的精神としての「貯蓄」へ、ひいてはほとんど消費社会論理を連想させる「豊饒」へと量子論的跳躍を遂げていったのか、その一点を探りながら、彼をアメリカン・ピューリタンならぬアメリカン・ヒーローへ仕立て上げた言説的時空間の地層を考察してみることだ。ピューリタン神権制を保証した鏡像に対し、彼はいったいどのような手管で亀裂を走らせたのか。こう問いかけることによって、もうひとりのフランクリンを浮き彫りにしたい。その手続きを経て、わたしたちはフランクリンの同時代無意識の底流に、たんに西欧的な伝統を克服しようとするエディプス的無意識のみならず、やがては西部への開拓を導くフロンティア精神の萌芽をも再発見することになるだろう。

2 アメリカの鱈釣り

印刷屋として出発したフランクリンが人一倍「活字」というフェティッシュに取り憑かれていたことは疑いない。宗教家マザーはいくら近代科学的思考の端緒を把んだとしても聖書という絶対的テクストから逸脱することはなく、説教者エドワーズはいくら「心の感覚」を強調し救済の民主化を促進しても回心主義に根ざすエリート意識を免れることはなかったが、他方、印刷屋として出発しながら発明家・文筆家・政治家・駐仏大使・独立宣言起草委員など多様な職歴を経たフランクリンにとって、むしろ世俗的な新聞こそは、大衆に直接語りかけ、かつ大衆の声が多様に反響してくる点で最も信ずるに足るテクストだった。

たとえば、科学者としてのフランクリンを特色づけるものとしては、あのあまりにも有名な一七五二年六月の避雷針の実験を挙げることができるが、このエピソードひとつにしても、彼は科学的啓蒙とともに共和国的理想を大衆化するために再利用している。なるほどマザーが環境とした伝統的ピューリタニズムにおいて稲妻は神の怒りが世俗の自我へ介入してくる超自然的記号なのだが、いっぽうフランクリンの実験は避雷針により稲妻（lightning）を操作しながら人々の啓蒙（enlightenment）に成功した。だが、それと同時に忘れてはならないのは、この時フランクリンは電流と物質の関係を個人と社会の関係にたとえなおし、稲妻からいったんピューリタン的比喩を剥奪すると同時に新たな共和制的比喩を再付与していることだ（『著作集』六〇〇～六〇四頁ほか、ブライトヴァイザー二〇九～二一四頁）。同じことは、あるとき自宅のパーティでフランクリンが「掘り出し物」と称し双頭の蛇を披露したエピソードにもうかがわれる。彼はこのとき、胴体がひとつの蛇が双方向を指向したらどうなるかという仮説の中に国家の運命を寓喩化してみせたが、のちに反英感情が高揚してきた折にはそのヴァリエーションを語り、アメリカ最初の漫画に仕立て上げたのだった（クリストファー・ルービイ3、一五～一六&五八頁）。

宗教的に神秘化された「自然」の事象を抜本的に脱魔術化すると同時に、その同じ事象内部からきわめて大衆的にして政治的な比喩形象を誘い出すこと。その最大の実例は、じつはフランクリンの『自伝』のうち、必ずしも一目瞭然とはいいづらいエピソードの物語学の中に隠匿されている。

ここで、『自伝』とは決して時間軸上に忠実な産物ではなく、あくまで自伝ジャンルの言語的約束事《ディスコース》によってあとから再構成されたという脱構築的前提が有用になろう。実際問題、フランクリンの『自伝』そのものが、四ツ折判の用紙に大幅な加筆用余白をあらかじめ設定して書き継いでいった成果であった。そして、そう考えるとき、『自伝』前半のひとつのエピソードが別の意義を放つ。ボストン生まれのフランクリンは、父の命ずる家業・蠟燭造りに肌の合わないものを感じて、ようやく兄の経営する印刷屋に勤めたのも束の間、サイレンス・ドゥーグッド名義で書いた一連の少年離れのした文章がけっきょくは仇となり、当の兄その人と衝突を起こしてしまい、それが彼の「人生最初の誤植のひとつ」（二六～一七頁）につながり、一七二三年、弱冠一七歳にして単身フィラデルフィアへ渡ることにな

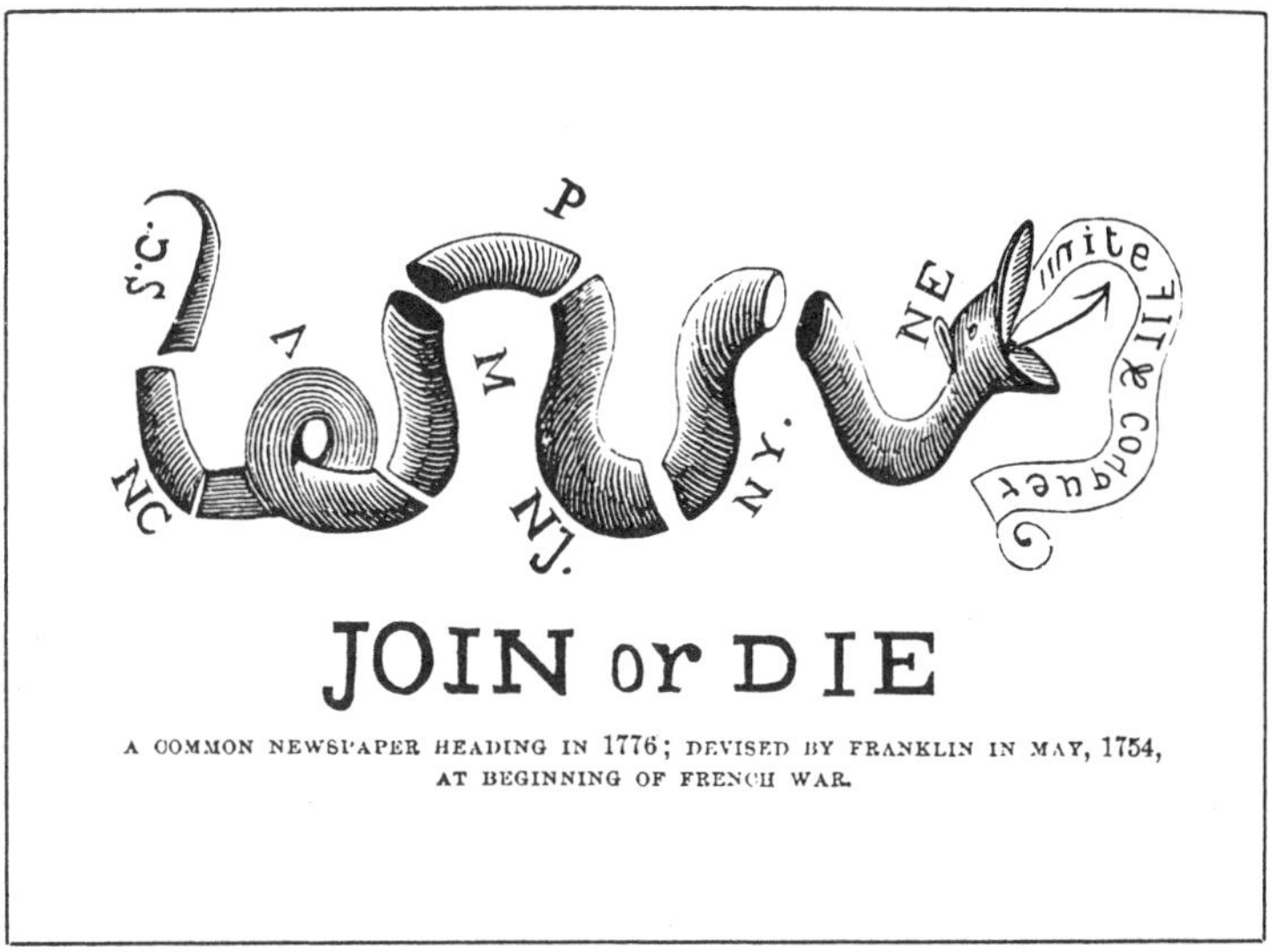

フランクリンの漫画

ベンジャミン・ウェストによる肖像画

エドワード・フィッシャーによる肖像画

る。そしてこの新しい地で印刷屋サミュエル・キーマー（Samuel Keimer）に雇われることが、彼のいわゆる立身出世の直接的なきっかけとなるのだが、ここで注目したいのは、この印刷業事始の段階で、まったく唐突に――思い出したように――ボストンを出発した当時の「鱈釣り」のエピソードが挿入されることである。

言及し忘れたかもしれないが、初めてボストンからフィラデルフィアへ船で来たときには、ブロック島（ロード・アイランド沖）へさしかかると凪のため船が動かなくなったので、乗員たちは鱈釣りをはじめ、少なからず釣り上げた。それまでの私は肉食はしまいという決心を堅く守っており、このときも親方トライアンのいうとおり、どんな魚にしろ魚を捕るのは一種のいわれなき屠殺であると考えていた。そもそも魚のほうは、殺されてもしかたのないような危害を人間に与えたこともなければ、また与えることができるはずもないからである。とはいえ、私自身は魚といったら目がなかったものだから、やがて鱈がじゅうじゅう焼かれる匂いをかぐと、いてもたってもいられなくなった。食べるべきではないが食べたくて仕方がないというジレンマをしばし経てのち、思い出したのは、いちど魚の腹を割いた折、その中に無数の小魚を発見したことだ。そこで私はこう考えなおす。「おまえたちが共食いをつねとするなら、私にもおまえたちを食う権利はあるだろう」。かくして私は鱈をたらふく食べて、以後もその点ではみんなと同じになり、菜食主義に戻るのはたまたま思い出した時のみとなった。理性ある動物（reasonable animal/creature）でいることは、何かと好都合なものである。というのも、何かがしたくなれば、人間であるかぎり、どんなことにであれ

理由（reason）がつけられるからだ。（ノートン版二八頁、傍点引用者）

なぜ突如として鱈釣りのエピソードが挿入されたのか。彼はこの時点ではペンシルヴェニア植民地総督サー・ウィリアム・キースのはからいでロンドン行きが決まっており、鱈釣りの経験はそれにほぼ一年は先立つ過去に属する。これに先行するエピソードはもうひとりの兄ジョンの友人ヴァーノンの金を使い込んで良心の呵責を痛感し、再び「人生最初の大誤植のひとつ」（one of the first great Errata of my Life）に数え上げているというものであるし、他方、後行するエピソードはといえば、親方キーマーとの折り合いがこの時点ではすこぶるよく、始終宗教的教義に関する論争の相手になったり、はたまた食事に関して菜食と肉食を交互に試みたりというものにすぎない。もちろん、人生の上での後悔や信条の上での変更が語られているくだりに挟まれているのだから、この鱈釣りエピソードは唐突どころか文脈どおりではないかと見る向きもあろう。じじつスティーヴン・フェンダーのような論者は、まさしくこの箇所を指して、これこそD・H・ロレンスのような反フランクリン主義者の思惑とは裏腹に、フランクリンの人生が非合理にして未完結な試行錯誤の連続であったことを裏書きするエピソードにほかならないと述べている（『アメリカ文学の文脈I』七七頁）。

なるほど、鱈釣り経験自体の教訓は人生の不条理を含んでいるかもしれない。しかし、すでに兄との確執や金の使い込みといった話題の中に散見されたとおり、フランクリンほど人生のそうした不条理を過失ならぬ「誤植」と見て、たえず修正しようとしてきた人物はいなかった。このことについてはのちにも詳述するが、誤植だらけの人生を再秩序化しようとするのがフランクリン的自伝のディスコースであり、そうでなければ鱈釣りエピソード全体をしめくくる「理性ある（言い訳がましい?・）動物」（reasonable animal）と「理由」（reason）の間の地口的連関も無意味と化していたものと推察される。

そう考えてみれば、鱈釣りひとつにせよ、『自伝』という枠組全体から遠望した場合、ひとつの大きな修正プログラムから再配置されている可能性はないだろうか。これ以後のフランクリンはロンドンへ渡り、一年半ほど同地で修業を積んでからフィラデルフィアに戻るが、その時にはキーマーもすっかりフランクリンを丁重に扱うようになっており、じっさいアメリカ初の銅版印刷機を製作してみせた彼は、実力的にもかつての親方を上回る。問題なのは、その結果キーマーを皮肉ってみせるフランクリンのレトリックだ。

> バーリントン（ヴァーモント州）では、この地方の有力者と多く知り合うことができた。そのうち数名は州会から任命されて印刷所に赴き、法律で定められた以上の紙幣が印刷されないよう監視する役柄だった。連中はお互い交替でやってきたが、その時には必ずひとりかふたり話し相手を連れてきたものである。本を読んだおかげか、私はキーマー以上に賢くなっており、たぶんそのためか、私の発言のほうが重んじられた。連中は私を自宅へ招待してくれたり友人たちに引き合わせてくれたりと、たいそうもてなしてくれたけれど、いっぽうキーマーはといえば、親方であるにもかかわらず、その点では少々不遇であった。じつのところ彼は変わり者（odd fish）で世間知らず、世論にやたらと反対はするが、そのだらしなさときたら不潔そのもの、宗教上のいくつかの点については狂信的なほどに譲らぬばかりか、いくぶん悪どいところさえあった。（四五頁、傍点引用者）

R・ジャクソン・ウィルソンによれば、ここに見られるキーマー批判こそは、鱈釣りエピソードが必ずしも脱線どころかあらかじめ計算された自伝物語上の伏線であったことを示す証左であるという。かつてフランクリンは「鱈」"codfish"を食べる決断をするときに「おまえたちが共食いをするなら、私たちもおまえたちを食っていけないわけはあるまい」と述べたが、それから三年近い月日が流れ、とうとう彼が親方キーマーを「変わり者」"odd fish"と呼ぶ瞬間、読者はその絶妙な韻律の音楽を「聴く」ことになるからだ(ウィルソン『言葉の綾』四四〜五一頁)。

「鱈」"codfish"と「変わり者」"odd fish"——なるほど、耳をすましてみれば、フランクリンが雇主キーマーに対して示す攻撃性は、あの鱈釣りエピソードにおける攻撃性があらかじめ仕掛けられていたからこそ、いっそうの豊饒さをもって耳に響きわたるだろう。鱈釣りエピソードは、したがってたんに時間的にキーマー批判に先行する「事件」だったから先の部分に挿入されたのではなく、逆にキーマー批判をきわだたせるためにのみ、あくまで自伝物語の「論理」に従って挿入された効果といえる。その結果、わたしたち読者はこう推論せざるをえない。つまり、使用人フランクリンが鱈釣りにさいして「食っていけないわけはあるまい」と考えた相手は、字義的な「鱈」"codfish"であるとともに、その背後に比喩的にオーヴァダブする「変わり者」"odd fish"すなわち親方キーマー自身ではなかったのか、と。

このようなウィルソン的解釈に可能性があるのは、フランクリンがかくまでも緻密な脱修辞学的レトリックを駆使して食いつくそうとしているのが、変わり者キーマー自身に体現される「父型《ファザー・フィギュア》」一般のように思われるためである。事実上フランクリンは、のちの一七二八年、二二歳のときには友人と共同出資で自分自身の印刷所を開き、その翌年にはキーマーから新聞〈ペンシルヴェニア・ガゼット〉紙を買いとり、やがてそれを植民地有数のメディアへ育て上げた。マザーもエドワーズも宗教的な「父」にこだわり、けっきょくはそれを乗り越えることはなかったといえるが、フランクリンはそれをビジネス上の「先行者」として翻訳し、自らが乗り越えるべき対象とみなして、じっさい乗り越えてしまう。フランクリンは「兄」を超え、「上司」を超え、「博士」の称号さえ実力で奪い取り、そして一七七六年には独立宣言の共同起草により父である「イギリス」からの独立さえ可能にした。彼はさらに一七六〇年代、二度に渡る訪英をきっかけとして、英語の綴り改革・統一的アルファベット作成を積極的に模索するようになり、綴りと発音に統一性を求めて修正することで、イギリスとアメリカの統合を求めようとしたが、これはもちろん、アメリカ人フランクリンが植民地の英語を軸に母国の英語を修正＝再構築することで、イギリスの言語的主導権を、ひいては政治的主導権さえもズラそうとした試みに等しい（ルービイ1、一三頁）。キーマーを食べると同時に、彼を形容する“odd fish”という英語的隠喩じたいをも「食べてしまおう」としたのは、まさに父型とともに言語的根源をも修正してしまおうとするエディプス的フランクリンならではの所業であったと解釈するのは難しくない。とはいえ、ことはそれに尽きるのだろうか。

前述したように、今日のアメリカ文学史的言説においては、ウェーバー的フランクリン像がメルヴィルやジェイムズを経てフィッツジェラルドの『華麗なるギャッツビー』にまで受け継がれているものと見なす傾向が支配的である。フランクリンのヤッピー的可能性は、なるほど最も新しいところではニュー・ジャーナリズム作家トム・ウルフの『虚栄の篝火』（一九八七年）にまでその痕跡をとどめていると言えそうだ。

しかし、『自伝』の鱈釣りエピソードに注目するかぎり、それをさらに、アメリカ文学史上における「狩猟《ブラッド・スポーツ》」の文脈で再配置することは不可能だろうか。のちにメルヴィルは鯨を追い、フォークナーは熊を、トニ・モリスンは鹿を狩り、ヘミングウェイはカジキを、リチャード・ブローティガンは鱒を、レイモンド・カーヴァーは鮭を釣り、はたまたロバート・F・ジョーンズはずばり『ブラッド・スポーツ』（一九七三年）と題する長編の中で――あたかもアメリカ文学史上の「狩猟」全般をパロディ化するかのように――ユニコーンやマストドンまで「狩って」みせた。その原型のひとつに、いまフランクリンを付け加えたい誘惑に、わたしは駆られている。

ここで印刷業に就く前、水泳が得意だったフランクリンは父親への反発も手伝って海への強い憧れを抱いていたこと、最初のイギリス滞在期間中には水泳コーチで食いつなぐ可能性さえあったことを思い出そう。バスク人が一五一〇年代に鱈漁船で、一五四〇年代に捕鯨船で進出して以来、ニューイングランドでは、漁業こそ最初にして最重要の産業であった。産業革命以後には――あるいは二〇世紀末の現在のごとく、漁業収獲量が激減しニューファンドランドのように鱈漁が商業的には成立せず三万人の漁業関係者が失業状態にあるような時代には――想像困難な歴史であるかもしれないが、有益な漁場があってこそ、近隣の陸地における町の建設が、そして国家の建設が進む。プリマス植民地の建設者がアメリカ大陸に渡ってきたのも、神に仕えるとともに漁業を営むためである。かくして植民地における漁業の発展とそれに伴う国際協定の締結こそは、アメリカ合衆国の誕生をもたらし、特にアメリカ北東部への植民を確固たるものとした。現代人が都市に成功の夢を見たように、彼らは海に成功の夢を見たのだ。中でも大西洋の鱈は重要な商品であり、多様な調理法が可能な上に、その肝油の多様な薬効も高く評価されてきている。じっさい、入植後のマサチューセッツでは住民の一割が漁業に従事し、一六四一年には三〇万匹の鱈が捕獲され、四年後には魚類だけで一万ポンドの輸出額を数えたと、ウィンスロップの『日記』は報告する。鱈は豊饒の記号に等しい。一七世紀のセイラムには、漁業で大成功したフィリップ・イングリッシュのように、魔女狩りで狩られそうになっても死刑執行人を賄賂で買収して、まんまと逃亡した商人もいたし、鱈で大儲けした長者ベンジャミン・ピックマンのように西インド諸島への輸出まで行なった強者がいた。かくして、ニューイングランドの鱈漁業そのものが他国の嫉妬の的となり、漁業長者たちは「鱈貴族」(cod-fish aristocracy)とさえ呼ばれ、一八〜一九世紀にかけておびただしい鱈のすがたがアメリカの貨幣や切手を彩るようになる(カーヒル、一〇〜一一頁)。そのニューイングランドにおける象徴性の高さは、マサチューセッツ下院内部に金属製の「聖なる鱈」(sacred cod)なる彫像が華々しく展示され、げんに鱈がマサチューセッツの公式の紋章となった歴史を見てもわかるだろう(ホワイト xiii 頁、森田二〇〜二六頁、岡田三〇頁)。

のちにヘンリー・デイヴィッド・ソローも「ケープ・コッド」(一八六四年)の中で、この岬の命名学を吟味しつつ「鱈(cod)という言葉だが……この魚の名は、形が似ているためか、それとも魚卵を多く持っているためか、とにかく『種の入った莢』という意味のサクソン語(codde)が語源らしい」と述べて鱈が自然文化としての豊饒であることを再確認し(八五一頁)、さらにプロヴィンスタウンに関する章では「神聖なる鱈の頭」を慈みながら「まったく人間に勝るとも劣らぬ脳髄が詰まっている!」と叫ん

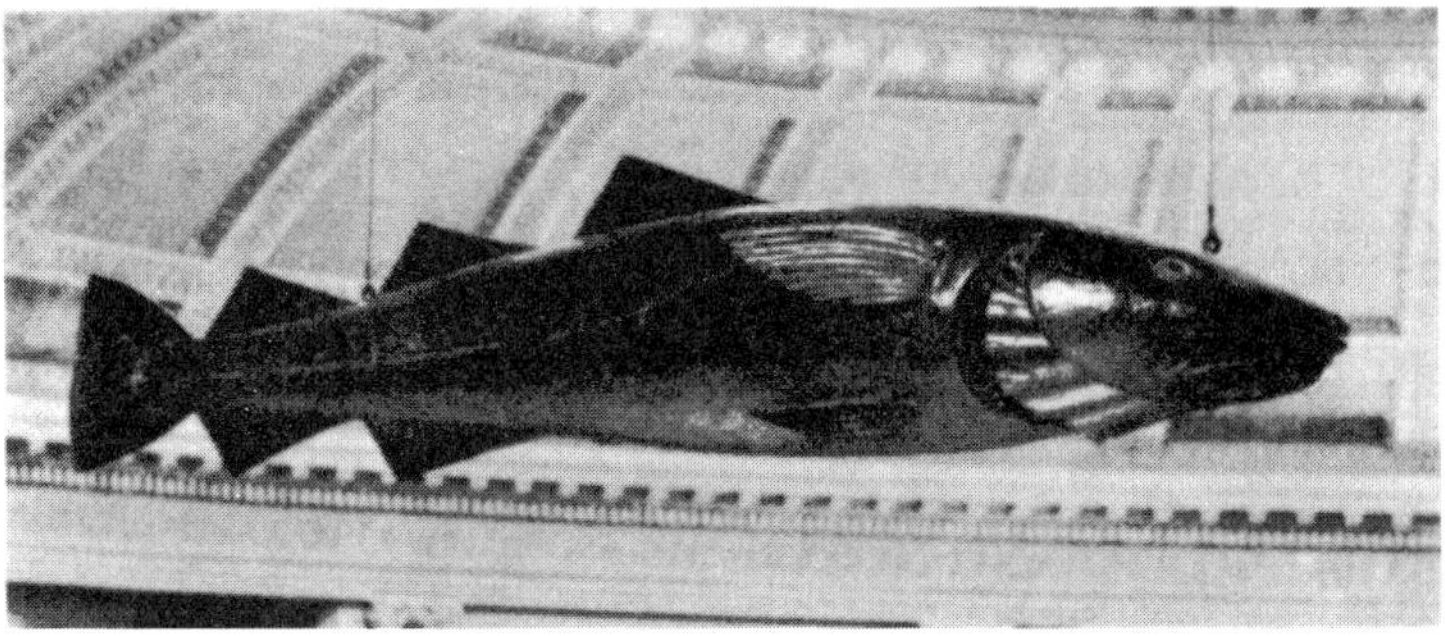

マサチューセッツ下院の「聖なる鱈」

でみせた（九九八頁）。マイケル・ギルモアは『アメリカのロマン派文学と市場社会』の中で『白鯨』の鯨を資本主義的アメリカの記号と見なしたけれど（ギルモア2、一一三〜一三一頁）、その視点を応用するならば、フランクリンの『自伝』の鱈はプロテスタンティズムの倫理が資本主義の精神に転化すると同時に、一種のフロンティア精神さえ副産物としてもたらす「歴史的飛躍」の記号だったと再解釈しえないだろうか。しかも、こうしたプロテスタンティズム内部のパラダイム・シフトについては、そもそも鱈の生態学において暗示されていた。この魚は、海底三〜四百メートル、水温三〜四度という厳しい環境に住むために、いったん食物にありつくとがむしゃらなまでに食いだめする（植条一八〜二三頁）。環境の厳しさと魚の豊かさは裏腹であり、そのためニューイングランドの鱈崇拝は魚の生態学内部にあらかじめプロテスタンティズムの倫理学を読みこみやすい立場にあった。

かくして、菜食主義者フランクリンがピューリタン的節制を継承したいっぽう、鱈に舌鼓を打つフランクリンは、まさに勤勉から資本へ至るウェーバー的シナリオさえ突破して、厳しいアメリカ大陸だからこそ豊饒を消費し享受しようとするフロンティア・スピリットすら表象しているように映る。

こう概観して初めて、わたしたちは、フランクリンがそれまでの蓄積的倫理を捨て豊富な鱈にむしゃぶりついた瞬間、いったいどんな味がしたかを追体験することになるだろう。この瞬間、たしかにフランクリンは字義的な鱈 codfish を咀嚼しながらキーマーに代表される父型（odd fish）を消化＝脱修辞化《ディスフィギュア》してみせたのだったが、まったく同時に、彼は鱈という形象自体に何らかのかたちで意味多様化の機能を、いうなれば「豊饒化」の記号論を享受したはずなのである。だとすれば、この当時、フランクリンにおいて父型の消化と意味の多産を両立させてしまった文化的な原理とは、いったいどのようないでたちのものだったのだろうか。

3 大いなる女装

ひとつの逸話からはじめたい。

一七四七年四月一五日、イギリスはロンドンの主導的日刊紙『ジェネラル・アドヴァタイザー』に掲載されたあるアメリカ人女性のコネティカットにおける法廷弁論が一大センセーションを巻き起こした。その記事は、以後『ジェントルマンズ・マガジン』『ロンドン・マガジン』のいずれも同年四月号に掲載されたほか、イギリスの新聞雑誌メディアで当時これを掲載しないものは皆無といっていいぐらいにジャーナリズムを席巻し、アメリカにおいては、少し遅れて『ボストン・ウィークリー・ポストボーイ』同年七月二〇日号、『メリーランド・ガゼット』同年八月一一日号にリプリントされる運びとなった。やがてほとぼりのさめた一八世紀末、この記事は『ニュー・ヘイヴン・ガゼット』一七八六年四月二七日号や『アメリカン・ミュージアム』一七八七年三月号に再登場することになる。件のテクストは「ポリー・ベイカーの弁論」、五人もの私生児を出産したかどで厳格なるピューリタニズムの俎上に乗せられた彼女の果敢なる論陣が、その骨子を成す。

さて、この法廷弁論に関するほんの初期の出版史を一瞥してみるだけでも、わたしたちはどこか奇妙な気分に襲われる。アメリカ人女性の法廷弁論が、いったいなぜイギリスのメディアに初登場しなければならなかったのか。そして、それ以上に、いったいなぜ一介の私生児の母による言説が、再版に次ぐ再版の中で大衆的無意識に痛烈にアピールすることになったのか。事情を詳しく考察する前に、ひとまずこの記事のテクスト「ポリー・ベイカーの弁論」の概要を復習しておくのが肝要だろう。

この弁論の冒頭には、ひとつの但書が付せられている。「以下は、ニューイングランドはボストン付近のコネティカットにて行なわれた裁判におけるポリー・ベイカーの弁論である。彼女はこの地で、私生児出産の罪により五度目の起訴を受けたのであるが、その弁論が効を奏し法廷を感銘せしめ、刑を免れることとなり、翌日彼女は判事の一人と結婚する仕儀となったのだった」(三〇五頁)。では、彼女はいかに法廷を論破するに至ったか。

ポリー・ベイカーは、これまでにも私生児出産という同じ咎め立てを受け、二度の罰金支払いと、二度の公開鞭打ちに甘んじてきた。とくに後者は、罰金の支払いに不自由した結果としての刑罰であった。彼女自身、べつだん現行の法に照らすかぎりその処遇に異論を申し立てる気はない。彼女の要求というのは、ただこの法自体が適用するのに不合理(unreasonable)になるようなケースがあり、それは自分の場合にほかならないと思われるために、何とか刑の免除が嘆願できないかという点にある。というのも、ポリーには、自分が犯したとされる「犯罪の本質」(the Nature of My Offence) がいっこうに不明であるからだ。

彼女は生命の危険を犯して出産した私生児たちを女手ひとつで立派に育ててきたし、それによって町内を煩わせることもなく、仮に重い罰金さえなければ、その養育はいま以上のものだったろうと主張する。その上、彼女はべつだん不倫や年少者誘惑の帰結として私生児出産に至ったわけではない。ポリーのほうはいつでも結婚生活を受け入れようとしていたし、「良妻賢母にふさわしく勤勉・倹約・多産・手腕をふるってやりくりする力」(all the Industry, Frugality, Fertility, and Skill in Oeconomy, appertaining to a good Wife's Character) に恵まれていたことを自認している (三〇六頁)。にもかかわらず結婚するに至らなかったのは、たとえば最初の求婚者にして最初の子の父親たるべき男性のように、けっきょくポリーの肉体を弄んだあげく棄ててしまった人物がいたせいであり、しかも当の相手は、いまや誰もが知る判事のひとりとして「政治的名誉と権力を掌中に収めるに至っている」という。

ポリー・ベイカーの憤慨は明らかだろう。彼女はここで、植民地の法を制定したピューリタン神権政治内部の父権的暴虐を露呈させ、それに照らし合わせると、ポリー自身の妊娠・出産はいかに「神の御業とその賛嘆すべき威力 (his Divine Skill and admirable Workmanship in the formation of their [children's] bodies)」に祝福されたものかを高らかに謳いあげているのだ。かくして彼女は「自然で有益な行動を禁令によって犯罪に仕立てることなきよう」(do not turn natural and useful Actions into Crimes) と祈ると同時に (三〇七頁)、他方せせこましい経済観念から妻帯者となることを恐れる世の独身男性を批判して、「法律はむしろそういう連中にこそ結婚を強いるか、私生児出産の二倍の罰金を課すかすべきなのではありませんか」と述べたてる。何より説得力があるのは、「弁論」結末近くのクライマックスである。

わたしのように哀れな女たちは、世の習いからいってこちらからプロポーズするわけにもいかず、押しかけ女房になるのもかないませんが、かてて加えて法律ときたら結婚を保証してくれるわけでもないのに、万が一女性側が正式な夫抜きで『女性の職務』(their Duty)を果たそうとすると、たちまち厳罰を命じるのです。まったくこの上どうしろというのでしょうか。しかもその職務とは、自然と自然の神が命ずる至上にして至高の戒律「産めよ増やせよ」(Encrease and Multiply)にほかならないというのに。(三〇八頁)

どこかホーソーン『緋文字』の女主人公ヘスター・プリンを思わせないでもない、今日であればラディカル・フェミニストの格好の教科書になったかもしれないテクスト。げんに一九九〇年代の今日、右と酷似した表現ならば、アメリカ西海岸サブカルチャー雑誌のコラムに容易に発見することができる。たとえばダーテーミス・ハート(ウー)マンと名乗る『ボーイン・ボーイン』誌のフェミニスト寄稿者は、たんにドラッグの原材料だからというので一定の自然な植物を非合法と見るのはおかどちがいであること、それと同じく、父親なしで生まれた子どもを非嫡子/私生児と見ることそのものが自然をないがしろにする判断であり、神聖娼婦に恐怖する家父長制の謀略であることを理路整然と述べたてた(二二頁)。それは、二〇世紀末のいまではむしろ自然な見解に映る。だが、何といっても一八世紀前半ニューイングランドの文脈において、ポリー・ベイカー的人生観がもたらした衝撃は、想像を上回るものがあっただろう。

しかもこのスキャンダルには、いくつかとんでもないおまけがつく。某判事とめでたく結婚したポリー・ベイカーはさらに一五人という驚異的な数の子供を産んだというのである。キャシー・デイヴィッドソンによれば、一八〇〇年の時点のアメリカにおいて、死産・流産を除き女性一名の出産件数は平均七・〇四人というから決して少なくはないが、それに比してもポリーの子供総勢二〇名というのは信じられないぐらいに多い。

加うるに、『ジェントルマンズ・マガジン』誌は「ポリー・ベイカーの弁論」の掲載された四月号に間髪入れぬ翌五月号に、ポリーがのちに結婚した政府要人とは何とマサチューセッツの裁判長ポール・ダドリーであったことを暴露するウィリアム・スミス名義の投書を載せたが、この文章はさらに翌六月号において、もうひとりの謎の人物による投書によって全否定される。投書の主L・アメリカヌスはこう説き明かす。「前号ウィリアム・スミス名義の手紙はあまりにも食わせものだ。というのも、ポール・ダドリー氏が件のコネティカットにおける裁判に出廷していないこと……故ウィンスロップ総督の娘と長い結婚生活を送ったが両者の間にはひとりの子供もできなかったことは、すでによく知られた事実だからである。この夫妻はきわめて育ちがよく、特にダドリー氏はニューイングランドでも第一級の人物であるだけに、夫妻の名前が無知蒙昧の輩によって虚偽の弁論（a fictitious speech）を事実と見せかけるために乱用されようとは、まったくもって遺憾に思う」（二九五頁）。だが、現代の研究者によれば、ご丁寧にもこの訂正者L・アメリカヌス氏からの情報自体も、ふたつもの誤情報を含んでいる。ポール・ダドリーの妻というのはマサチューセッツはイプスウィッチ市の良家の子女ルーシー・ウェインライトであり、ふたりの間には、いずれも幼少期に亡くなってはいるが、一応六人の子供がいたというのだから（マックス・ホール四四頁）。

つまり「ポリー・ベイカーの弁論」というテクストの根本には、たえずテクストの真偽をめぐる論争がついて回っていたというわけなのだが、とくに興味深いのは、この文章の虚構性が露呈しようがしまいが、あたかもポリーという人格自身が一人歩きをはじめたかのように、その人気が鰻のぼりの一途をたどっていく趨勢なのだ。その理由を探る前に大急ぎでお断わりしておかなければならないのは、昨今ではこの「ポリー・ベイカーの弁論」の文責はプロト・フェミニストどころかベンジャミン・フランクリンその人に帰せられており、しかもこの文章は今日、彼の著作分野の中でも「小品《バガテル》」に分類され、時に「短編小説の原型」として解釈されることもあるということである。

フランクリンにはほんらい家族や同僚への配慮からペンネームで書く癖があり、それは筆名リチャード・ソーンダースで綴ったあまりにも有名な「貧しきリチャードの暦」はもちろん、一旅行者（A Traveller）名義による「ナイアガラでは鯨の滝のぼりが見られる」といった法螺話《トールテール》のたぐいや（『パブリック・アドヴァタイザー』一七六五年五月二二日号）、ウィリアム・ヘンリー名義によってアメリカ・インディアンに六年間監禁されていた苦境を捏造した架空の捕囚体験記《キャプティヴィティ・ナラティヴ》などにも明らかだが（『ロンドン・クロニクル』一七六八年六月二五日&二八日号）、女性名義による文章は、まだ十代後半の時期に未亡人サイレンス・ドゥーグッド名義でものした『ドゥーグッド・ペーパーズ』（『ニューイングランド新報』一七二二年八月二日号～一〇月八日号）とともに、四一歳の年に書いたこの「ポリー・ベイカーの弁論」が双璧を成す。だが、この文章はまた、一見事実そのもののような迫真性によって読者をまんまと騙すフランクリン一流の法螺話《ホークス》として、セイラムの魔女狩りを民主的観点から皮肉ったもうひとつの小品「マウント・ホリーの魔女裁判」（一七三〇年）ともよく並び称されるのを、忘れてはならない。ロナルド・ボスコは、フランクリンが犯罪に取材した記事や死刑報道の言説は、それこそセンセーショナリズムが大衆的想像力に訴えることをあらかじめ前提している点で、これらのホークスの修辞法が想定している読者反応論と相通ずるところを検証してみせた（リーメイ3所収、七八〜九七頁）。のちにフランスの思想家アベ・レイナルは「ポリー・ベイカーの弁論」をまったくの真実と信じて一七七〇年の自著に再録したほどだったが、彼と出会ったフランクリンは、この文章がまったくの嘘八百であったことを明かして衝撃を与え、しかもそれが若い頃に新聞編集していたとき「材料がない場合には自分でニュースをでっちあげていた要領」で書かれたものだと告白したほどだ。フランクリン的ホークスは、まさしくジャーナリズム的穴埋め要請から生み落とされたジャンルなのである（サッペンフィールド六四〜六五頁）。

だからポリー・ベイカーというペンネームによって新たな人格を創造した時にも、フランクリンは虚構人格転じて「彼女」独自の仮想体験を紡ぎ出すという、活字による服装倒錯を、二〇世紀末電脳文化的感覚でいうところの仮想現実を貫徹せざるをえなかった。ここで、本章冒頭でもふれたように、一八世紀半ばの段階でフランクリンが「モダン・プロメテウス」と渾名されていたことを想起するなら、それはのちにずばり「モダン・プロメテウス」なる副題をもつ英国女性作家メアリ・シェリー一八一八年の長編小説『フランケンシュタイン』のように、人間が人間を造り出す発想へ先駆けたものと見てもよい（そもそもフランクリン的避雷針の実験なしにシェリーの人造人間も成立しなかったとすれば、それはほんらい「フランクリンスタインの怪物」だったのではないか?）。

案の定、フランクリンの女性演技は圧倒的な文章力に支えられて絶大なる人気を博し、「弁論」テクストの真偽が問われたあとも、とりわけ一八世紀後半には再び人気がぶりかえすなど、じつに数奇な運命を歩むことになるのだが、ここで問題としなければならないのは、そのような人気の背景として、折しもダニエル・デフォーの『モル・フランダース』(一七二二年)やジョゼフ・アディソンの『スペクテイター』誌のエッセイ、サミュエル・リチャードソンの『パミラ』(一七四〇年)など、女性を誘惑して堕落させようとする男性や私生児を出産してしまう女性を描いたり戒めたりする言説が増大していたことだ。前述した犯罪記録などと同じく、いわゆる誘惑小説のたぐいが、当時すでにジャーナリズムにおける煽情的物語学を特権化していたわけで、それを鋭敏なフランクリンが察知し応用しなかったとは想像しにくい。こうした風潮は「弁論」発表後も、トバイアス・スモレットの『ロデリック・ランダム』(一七四八年)やヘンリー・フィールディングの『トム・ジョーンズ』(一七四九年)といったかたちで増長するのであって、マックス・ホールに倣うならば「当時の読者たちは、すでにしてポリー・ベイカー的主題に反応するよう条件づけられていたのであり、受容するだけの素地を持っていた」ということになる(一五頁)。

けれども、どうしてそのような文学的流行が当時の大衆的無意識に必要以上にアピールしたかという点については、同時代よりは一八世紀末から見直すパースペクティヴが有効だろう。ホールによれば、第一に、ポリー・ベイカー的な「産めよ増やせよ」といったヴィジョンにおいて重視される「自然」こそは、造物主としての神をいったん認めはするものの、以後の被造物の運命は神よりは自然に従うものと定める理神論的「自然」観と合致するのだし、第二に、まさにそうしたラディカルな自然観こそは

「絶対者＝神としての国王」を囲い込み「民衆の増大」を優先するという共和制イデオロギーを補強しつつ、イギリスからのアメリカ独立ばかりでなくフランス革命までをも助長するという成果を挙げたのだから。

第一点については、当時一八世紀前半のニューイングランドにおいて、だいたいピューリタニズムはほんのひとつの宗派にすぎなくなっていたことを強調しなければならない。ロード・アイランド植民地はマサチューセッツ湾岸植民地から追放された自由神学論者《アンティノミアン》アン・ハッチンスンやロジャー・ウイリアムズらの避難所と化していたし、クエーカー教徒たちはノース・キャロライナやペンシルヴェニアへ逃げ込んだ。ヴァージニアはアングリカンであり、デラウェアやニュージャージーを含む植民地にはそもそも統一的な宗教が存在しない。アメリカの植民地が六倍に増えたこの時期、プロテスタント宗派の数も種類も一挙に増大したというのが実情なのである（フェンダー一六八〜六九頁）。

そのような状況下、マサチューセッツだけいくら絶対の神と信仰を守ろうとしても、古典的なピューリタニズム自体が相対化の波に洗われていたのだから、その傾向が造物主の意義さえ相対化する理神論の風潮を触発したと考えても不自然ではない。げんに「ポリー・ベイカーの弁論」に対する最初の熱烈な支持者となったのは、イギリスの著名な理神論者ピーター・アネットだった。かつて一七二三年のこと、フランクリンは「法なきところに法の侵犯もありえない」と発言したことがあるが（『ニューイングランド新報』二月四日号）、それから二六年後、アネットは自著『社会幸福論』（一七四九年）において公娼擁護の論陣を張るのに、まさにフランクリンを連想させる口調で「法なきところに法の侵犯もありえない」と記し、「法さえ除去してしまえば罪も消えるだろう、そしてそれは何ら自然に背くものではないのだ」と断言している（ホール五一〜五二頁）。このアネット的なヴィジョンが、フランスにおいてイギリス系理神論を多く摂取していたヴォルテールの関心を引くことになったのは確認ずみだ（ホール五六頁）。

しかし最も大規模なポリー・ベイカー再評価が起こったのは一七七〇年代のフランスだった。これが第二点とも関わってくるのだけれども、彼女の抑圧を怖れない率直な話しぶりや自然や理性の普遍原理との共鳴、それに既成の植民地禁令を果敢にも共和的聖書再読により脱構築する挑戦などが、まさしく反神権制的・理神論的・民主主義的言説統合体として啓蒙主義全盛のフランス的精神に強く訴えたのは事実であり、その結果アベ・レイナルやドニ・ディドロ、それにオノレ・ド・バルザックらの著作にも痕跡をとどめることになる。著者の正体はともかくとして、少なくともこうした趨勢を得て確立された啓蒙主義的アメリカのイメージは、とりわけ一七七六年、アメリカ独立宣言公布後にフランクリンが対イギリスのための援助を得るためフランス滞在した折に何よりも有効に働き、彼はたちまちフランスにおけるスーパースターと化していく。かくして、一七四七年の「ポリー・ベイカーの弁論」における「豊饒」の真相は、一八世紀末米仏における革命精神へ収束した豊饒なるインターテクスチュアリティを解きほぐすことによってのみ浮上する。

このように考証を積み重ねる時、戯作者ベンジャミン・フランクリンが「弁論」で期せずして演じてしまったものこそ、まさしく当時の文学ファッションを搾取しながらも密やかにフランクリン自身の懐疑的宗教観（リーメイ2）転じては啓蒙主義思想の精髄そのものを流し込むこと、まさにそのような反神権制的・理神論的・民主主義的言説そのものを「産んでは増やす」というもうひとつの「豊饒」であったことが知られよう。かねてより、父型転じて「父性原理」そのものを克服しようと試みてきたフランクリンにとって、鱈であれポリー・ベイカーであれ「産めよ増やせよ」という母性原理の体現者こそはそれに代替すべきものであり、だからこそ彼は服装倒錯を演じてまで筋を通したといってよい。その経験が、彼自身の内部においてアメリカ独立へつながる一本の線を導き出すことになったのは疑うべくもない。

それでもなお疑問が残るとすれば、フランクリンはいったいなぜ、ほんらいそうした思想を真っ先に増殖させ流通させてしかるべきアメリカ国内において、それもとりわけ自らの暮らすフィラデルフィアにおいて、「弁論」をなかなか公表しなかったのかということだ。なぜロンドンのメディアを最初の発表舞台に選んだのか。ポリー・ベイカーのような「豊饒」への夢が、当時のニューイングランド精神風土でいう「禁欲」に照らしてラディカルにすぎたという解釈も一方には存在しよう(ホール八五〜八六頁)。しかし、この身振りの真相には、フランクリン的著述方法論の本質に迫る問題が横たわっている。

4 印刷神学へ至る道

フランクリンの著作を彩る特質といえば、いわゆるペンネームとホークスの多用乱用とテクストへの膨大なる加筆修正に尽きる。先に『自伝』を概観した際にも指摘したように、彼は印刷業を営む兄との不和を「人生最初の誤植のひとつ」と呼ぶばかりか、ヴァーノンの金を使い込んだことも「人生最初の大誤植のひとつ」と見なしていた。要するにフランクリンは、人生そのものを書物と考えていたばかりか、いちど犯した過ちは、あたかも誤植を訂正するがごとく、のちにいくらでも修正可能なものとして考えていたのである。たとえば、『自伝』冒頭に見られる以下の言明を見てほしい。「もしも思いのままになるなら、わたしは今までの人生を最初からそっくりそのまま反復するのにやぶさかではない──作家が初版のミスを再版で訂正するあの特権さえ与えられるものならば」（一頁）。そのようなフランクリンの指向性を最も端的に例証したものとしては、彼自身が一七二八年、弱冠二二歳の段階で構想していた自らの墓碑銘を挙げることができる。

印刷屋ベンジャミン・フランクリンの肉体、ここに眠る。古本のごとく、その内容はバラバラになり、その文字も金箔もなくなり、ただ虫に食われるばかりとなって。しかし、この作品を決して忘れることなかれ。なぜなら、フランクリン自身が信ずるごとく、本書はやがて新版となり、より完璧な版となって再出版されるであろうから。そのときには、作者による修正も終了しているはずである。一七〇六年一月六日に生れたフランクリン、ここに死す。（『著作集』九一頁）

けれど、ポリー・ベイカーとの関連で最も気になるのは、ではフランクリン自身の結婚生活・家庭生活はどうであったかという点だ。彼は一七二三年、一七歳のときにデボラ・リードという女性といったん知り合うのだが、フランクリン自身の渡英によって離れ離れとなり、待ちあぐねた彼女はロジャーズという陶工と結婚するも、やがて夫が行方不明になるという辛酸をなめている。フランクリンはこのいきさつを彼の人生最大の「誤植」と見て、一七三〇年九月一日、二四歳のときに、その誤植を訂正する意味合いで彼女と結婚する。"Thus I corrected the great erratum as well as I could"（『自伝』五六頁）。ところが、そうした誤植訂正を行なったのもつかのま、フランクリンは人生にさらに大きな誤植を残す。それが、明くる一七三一年にデボラではない別の女性との間にもうけた私生児ウィリアムであった。デボラ自身が息子フランシスを生むのはそののち一七三二年、娘サリーを生むのはさらに下って一七四三年のことになる。けれども、夫妻は私生児ウィリアムをも引き取って、フランクリン家の長男として養育することに決めたのだった。

したがって、フランクリン自身の私生児という存在こそが、彼をして一六年後、「ポリー・ベイカーの弁論」というホークス執筆に駆り立てた直接の契機ではなかったかと推断するのは、あながち的はずれではない。まさにそう考えてこそ、彼がおそらくは地元で陰口を叩かれぬよう、フィラデルフィアにおける「弁論」発表をしばし差し控えていた事情が鮮明化するはずだ。これがコットン・マザーだったら私生児が存在しても存在自体を呪うたぐいの言説に走ることは、彼の息子の不始末を嘆く一七一七年二月五日の日記からも窺い知れるが（『日記』第二巻四八四〜四八六頁）、他方ベンジャミン・フランクリンの場合、実人生における最大の「誤植」を修正したいという切実なる願いをこめて、この「弁論」を書きはじめている。そして、仮に、自伝同様「弁論」テクストもまた書き手自身の人生改良ないし歴史改変を密かにもくろむ誤植修正プログラムだったとすれば、わたしたちは再び、フランクリンを主要モチーフに据えた映画『バック・トゥ・ザ・フューチャー』において、タイムマシンを駆る典型的アメリカWASP市民が過去に手を加えて人生改良し歴史改変していく展開を想起せざるをえない。

フランクリンのテクストが内在する誤植修正プログラム自体が、ほとんどタイムマシンに酷似した人生改良・歴史改変機能を装備していたこと。それが結果的に広く一八世紀的啓蒙思想にアピールしてしまったのは偶然としかいいようがないものの、しかしそれこそは、ブライトヴァイザーも『マザーとフランクリン』の序文でいうとおり、マザーと並びフランクリンもまた、いかなる私的な事件も同時に公的な意義を帯びてしまう「時代の寵児」である証左ではなかったか。

人生を書物と見立ててその活字ひとつひとつに加筆修正を加えていく民主主義者フランクリン。それはたしかに、マザーやエドワーズの場合のように聖書に宿る御言葉に準じて生活を律していった神権制世代には決してありえなかった態度であろう。しかし、この話題に直面するとき、そして鱈釣りやポリー・ベイカーに顕著なフランクリン的「豊饒」のヴィジョンを観察するとき、想定せざるを得ないのは、彼が同時に印刷文明自体を新たな肉体として「自然」に生成するものと考えており、そのような把握こそは新たなる政治的効力を英米関係にもたらしえた可能性である。漁業を支持し原フェミニスト的言説を支持した果てに、彼は何よりも活字媒体を「産んでは増やす」ことに理神論的民主主義の究極を見ようとしていたのだと思う。もともとこうした「自然」の原理を反映して、英語では「私生児」を「自然の子」（natural child）と表現するが、少なくとも活字メディアの散種効果を前提にした場合、メディア・テクノロジーとはもともと絶対神を疑う理神論的民主主義転じては私生児の原理を絶対肯定する「第二の自然」であることを、フランクリンほど確信していた人間はいなかった。

そう考える時いちばん気になるのは、ポリー・ベイカー事件をひときわ鮮やかにひきたてる役目を果たしたウィリアム・スミスとL・アメリカヌスの存在である。大西洋を渡ろうとしたら一ヶ月は要しようという当時、彼らの投書が「弁論」発表以後の『ジェントルマンズ・マガジン』誌五月号・六月号を飾ったことには、あまりにも作為的な演出の匂いがしないだろうか。両投書者の正体はいまもって不明だが、前者と類似した名前は、因果関係は不明ながら、少なくともフランクリンが一七六三年三月二五日付メアリ・スティーヴンソン宛の書簡で「自分の敵」と名指した実在の人物のものとして確認することができるし、いっぽう後者については、それ以上に信憑性の高い例として、彼が「弁論」以後二〇年近く経た時点において発表した「テムズ川批判」（『パブリック・アドヴァタイザー』一七六六年八月二二日号）の署名が同じ「アメリカヌス」だった事実を見すごすことはできない。してみると、スミスにせよアメリカヌスにせよ、誰あろうベンジャミン・フランクリンその人のペンネームではなかったかという疑惑が湧きおこる。彼らの投書二通そのものが、いわばポリー・ベイカー事件におけるホークス内ホークス的な機能を発揮していたのではなかったか。あのあまりにも上手く出来すぎたポリー事件の展開は、じじつそう考え直してみてようやく、じゅうぶんに納得することができる。

ただし肝心なのは、この時の戯作者フランクリンが、べつだん敢えて人間的倫理から逸脱する行動に出たのではなく、むしろ活字的倫理に徹底的に準拠したにすぎない事実であろう。いったん活字によってポリー・ベイカーという活き活きとした女性人格が創造されたからには、彼女が旧約聖書を手玉に取って再解釈した「産めよ増やせよ」なる豊饒への倫理的要請は、一八世紀人間社会を超えて印刷文明自体の将来的展望を照らし出す。

基本的なヴィジョンは、すでに彼がちょうどウィリアムの生まれた一七三一年に発表したエッセイ「印刷屋のための弁明」（『ペンシルヴェニア・ガゼット』六月一〇日号）に明らかだ。これは一見したところ、印刷された論争の当事者たちから圧力を受けた印刷屋フランクリンの自己弁明という形式を採ってはいるものの、そこで彼が述べる「論争の当事者いずれの意見にくみしようと、印刷屋は支払いさえよければ従う（they...serve all contending Writers that pay them well）」「印刷屋自身がその印刷物すべてを是認しているという意見が理にそぐわないのは、この職業というのが対立し矛盾するきわめて多様な文章（such great variety of things opposite and contradictory）を印刷しなければならないからだ」「さもなくば自由にものを書くこと（Free Writing）が脅かされかねない」（『著作集』一七二～一七三頁）といった意見の根本を見るならば、すでにその段階において彼が理神論的かつ資本主義的論理からする民主主義的豊饒への指向を先取りしていたのがわかる。

フランクリンが時代の寵児であったのは、したがって、一般人には何の変哲もなく無害無臭のはずの印刷技術を楯に、まさしく資本と多様と自由に立脚する未だ見えぬ新たなイデオロギーを産んでは増やしていったからである。とりわけ彼の著作中「富へ至る道」が大衆の識字教育を促進する安価なチャップブック体裁で出版され大当たりをとったという事実は、まさしく資本主義的イデオロギーが大衆普及向け印刷テクノロジーと表裏一体化したエピソードとして記憶にとどめられてよい（ノイバーグ八一～一一三頁）。

じっさいに一九世紀中葉のアメリカにおいて、印刷技術そのものがひとつの母胎となり新たな印刷神学とも呼びうる体系が樹立されていたことについては、ロナルド・ズボレイの詳細な研究が存在している。だが、それに一世紀以上先行する時点で、フランクリンは多産女性の弁論を印刷すると同時に、印刷技術そのものが多産母型となりうる論理の逆転を図っていた。とりわけ彼のそうした意識史を表わす一例として引きたいのは、一七六四年から一七七五年まで、フランクリンがペンシルヴェニアはもとよりニュージャージーやマサチューセッツなどの植民地全権委任代表として滞英したさいに起こった、いわゆるトマス・ハッチンスンにまつわる「盗まれた手紙」事件である。キーマーのもとで働き最初の渡英を遂げた少年時代からこのかた、フランクリンの中にイギリスへの並々ならぬ憧憬があったのはたしかだが、この時期といえば、一七六六年の印紙条令紛争に加えて一七七〇年にはボストン虐殺事件が発生し、彼自身、イギリス帝国主義やその政治的腐敗に対する幻滅を日増しに感じていた過程と合致する。一七七二年、そんな状況下にあって、マサチューセッツ植民地総督トマス・ハッチンスンと副総督アンドリュー・オリヴァーの手紙をたまたま傍受し、しかもその内容がイギリスによる植民地のさらなる弾圧を要求するものだったとなれば、フランクリンが何らかの介入的行動に走りたくなったゆえんも想像するに難くない。ハッチンスンらは、のちにフランクリン自身の息子ウィリアムも加わることになるアメリカ側の親英保守主義者であったため、連中の動議をどうしても看過できなかったフランクリンは「複製するべからず」という指示とともにその書状をマサチューセッツ議会に送るが、その結果、意に反して書状は複製されたばかりか印刷までされてしまい、議会は英国国王に対してハッチンスンとオリヴァーの退任を望む嘆願を行なうに至る。フランクリンが窮地に陥ったのも無理はなく、以後の彼はアメリカのスパイ呼ばわりされる運命を甘受するのだ。

しかし、稀代の修辞家フランクリンのこと、騒ぎの収拾にしても一筋縄でいくわけがなく、のちに彼はこの事件に関し徹底した合理化を施している。クリストファー・ルービイが「スケープゴートの論理」と呼ぶその弁舌は、まず第一に、問題なのは手紙の暴露や複製自体ではなくそもそも書いた当人たちハッチンスンとオリヴァーであること、第二に、帝国と植民地における平和と調和はまさしくそうした極秘書簡さえ公開することによって (by producing all the confidential letters received from America in public

Affairs）保たれること（「ハッチンスン書簡について」、『パブリック・アドヴァタイザー』一七七三年八月三一日号、『著作集』六八七頁）、そして第三に、彼がつづく一七七三年の一〇月に発表した「プロシャ王の勅令」にも顕著なように（『パブリック・アドヴァタイザー』）、イギリスはアメリカに対して正当な支配権をふるっているように見えるが、じつはそれとて最初から合法的なものというよりも、かつてドイツによってイギリス自身が支配権をふるわれていた構造の反復にすぎないこと、つまりイギリスの植民地支配権の正当性というのも最初からオリジナルだったわけではなくあくまで歴史的に生成していった結果にすぎないことを、巧みに証明していく（同誌一七七三年九月二二日号、『著作集』六九八〜七〇三頁）。

フランクリンが責任の所在を先送りし遅延させてしまう手腕は、まことにみごとなものだ。ここで『自伝』が一七〇四年から六〇年までのことを一七七一年から八九年にかけて綴ったテクストであるのを連想するなら、ハッチンスン事件と「プロシャ王の勅令」はまさに『自伝』のカバーする時期以後に属するものでありながら執筆時期はぴったり一致することが判明しよう。すなわち、フランクリンは『自伝』で駆使した人生の誤植修正というレトリックをここでも存分に応用したのではないか。その結果、最大の「主権《オーソリティ》」を含んだ極秘書簡さえ公開してしまうこと、つまりはその正当性を剥奪しつつ「印刷《パブリッシュ》」してしまうことのみを正当とする活字倫理学的逆説が、まさしくプロシャ対イギリスの構図によってイギリス対アメリカの支配被支配関係の正当性を剥奪することこそ正当とする政治倫理学的逆説とのあいだに、ひとつの壮大なる歴史の交響楽を奏でてやまない。

もちろんブライトヴァイザー流にいうならば、それを一七世紀植民地時代のマザー王朝以来の「父の時代」がアメリカ独立革命の立役者フランクリンの演出した「子の時代」によって修正される運命として読み取ることも可能だろう。けれど、以上概観してきた鱈の記号論や原フェミニズム的服装倒錯、それに政治的書簡強奪から透視されるフランクリン的加筆修正の原理が究極的に示すのは、彼が単純素朴なエディプス的鏡像など、すでにやすやすと破砕してしまっていた可能性である。彼が最も忠実であろうとしたのは、複製技術から得られる論理ではない、あくまで複製技術ならではの「倫理」なのだ。ペンネームやホークスの乱発、アルファベット改革案などにより彼が演じたのは活字的私生児の乱造とも見えるかもしれないが、究極的に目指すところはそうした詐欺師的変身が活字文化的豊饒へと転じていく倫理的方向性であり、そのことは、フランクリンが父なるイギリスと訣別するばかりか、まったく未踏の荒野へ踏み出しかけていたことを暗示していよう。

5 もうひとつのアメリカン・フロンティア

このように考えながら、いま改めて本章冒頭で紹介した一九九四年の百ドル札偽造対策をまじまじと見つめ直し、まさしくニセ札防止のために「ベン・フランクリンの肖像画の位置が引越し」する羽目になったいきさつを復習するなら、むしろそうしたニセ札事件のいっさいが、あらかじめベンジャミン・フランクリンその人の思想から生まれながら当の思想自体をパロディ化しようともくろむ自己言及的戦略のようにも見えてくるだろう。じじつ、フランクリンの私生児の息子ウィリアムは、やがてイギリスへ荷担して父へ徹底して逆らっていく点において――さらにはウィリアム自身がさらに私生児をもうける点において――父型を克服しようと躍起になったフランクリン自身の人生を反復し偽造したのだった。したがって、「詐欺師フランクリン」の肖像を刷り込んだ百ドル紙幣が、二百年あまりのちの詐欺師によって「偽造」される運びになったこと、さらにそのさい、あたかも「人生の誤植修正」にも似た「紙幣デザインの修正」なる戦略が採られたことは、今日のアメリカ的無意識がすでにフランクリン的レトリックによって構造化されているばかりか、いかにそれ自体に自己言及さえしはじめているかを、明らかにしてくれる。印刷技術転じてメディア・テクノロジーがたゆまざる自己複製、自己改良ないし歴史改変をいとわないからこそ、アメリカは無限に延命していくのだという青写真は、まさしくフランクリンの段階でラフスケッチされたものであった。逆にいえば、フランクリンという父型をいかに消費していくかが、建国後のアメリカを稼働させる欲望装置最大の課題だったといってよい。

もちろん、これまで再確認してきたように、フランクリンはまず第一に、理神論や民主主義、それに原-資本主義を自家薬籠中のものとすることで旧来の正当性を非正当化しえたプラグマティストであるだろう。だが、これら複合的言説が、ニューイングランドという厳しい「自然」の下でこそ新たな文化的諸条件を「蓄積」するばかりか、印刷技術の進展とともに自ら変身し散種して「産み増やす」地母神《マトリックス》を開示する時、むしろかぎりなくダニエル・ブーンらに近い開拓者的なロマンスが予見されるのも、たしかなことだ。かくして、メディア・テクノロジーを制する者がデモクラシーを制し、ひいてはフロンティア・スピリットを駆動するという図式が、アメリカン・ヒーローとしてのフランクリンを保証する。この原型なしには、のちに電子時代の預言者トマス・エジソンや電脳メディア時代の設計者マーシャル・マクルーハンなど新たなアメリカン・ヒーローが生まれることもなかったろう。メディアこそ最大の荒野でありフロンティアであること、アメリカン・ヒーローにはそのような時空間をからめとるウィルダネス・ナラティヴ転じてはフロンティア・ナラティヴの想像力が不可欠であること。

ベンジャミン・フランクリンという存在が先覚者的だったのは、まさにこの意味において、アメリカ独立革命以後、北米というたえず拡大膨脹する文字どおりの時空間と同時に、活字宇宙という狡猾にして豊饒多産なもうひとつの未踏の大地をも幻視していたからではなかったか、その結果、グーテンベルク以後のいっさいの物語＝体験記をメディア・ナラティヴとして読み替える立場に立っていたからではなかったかと、いまのわたしには思われる。

4 共和制下のアンチ・ロマンス

タビサ・ギルマン・テニーの『ドン・キホーテ娘』と誘惑体験記《セダクション・ナラティヴ》の伝統

0 アンチ・ロマンスの出発

彼女の名前はドルカシーナ・シェルドン、四五歳の処女。フィラデルフィアから三〇マイルほど離れたデラウェア川上流L町にて、少なからぬ使用人を置く裕福な家に、母の死後、父とともにくらしている。必ずしも美人とはいえないけれど、もちろん二〇代からこのかた、言い寄る男は引きも切らない。さまざまな理由のためにいずれの結婚話も実現することはなかったけれど、しかしまだまだあきらめるときではなさそうだ。というのも、今日もまた、新たな求婚者が登場したのだから。

父親も頰をほころばせてやまないその相手というのは、お金が大好きな商人カンバーランド氏、五〇歳のやもめ。五人の子どももみな結婚済みで、ひとりぼっちで晩年を迎えるのに嫌気がさした彼は、友人のつてを頼ってドルカシーナの噂を、彼女の父親シェルドン氏の豊かな資産の噂を、そして彼女の愛すべき人柄の噂を小耳にはさむ。さてシェルドン氏自身の肝煎りで、ある晩ドルカシーナと対面することになったカンバーランド氏は、まんざらでもない。少々引っ込み思案な印象もある女性だが、逆にいえば都会育ちの妻をめとるよりはカネがかからなくてすむんじゃないか。とっても働き者のようにも見えるし……

ところが、自信満々のカンバーランド氏に対して、ドルカシーナ側の意見はおどろくべきものだった。いうまでもなく、ここまで婚期をのがした「娘」に対し、父親シェルドン氏が望むのはたったひとつ、彼女が幸せに結婚してくれることにほかならない。だが、彼女はどうもいまひとつ気乗りしない風情。そこで彼はこう説得に出た。「カンバーランド氏と結婚すれば、子供の手もかからないし、見栄えだっていい。暮らしも豊かだし、何といっても人柄がすばらしいのに」。

けれど、そう説得するシェルドン氏がまざまざと見ることになったのは、ドルカシーナにおいてようやく沈潜したとばかり思っていたあの「病」だった。娘はこう答えたのである。「何度でもくりかえすわ、パパ。あたしはいまでも、あの胸を焼き焦がすような恋の情熱を待ち望んでいるのよ。それを感じ取れるような出会いがあるまでは、あたしはパパとふたりぐらしで一向にかまわない」。

かくしてみごと肩すかしを食わされた求婚者は、すごすごとフィラデルフィアへの帰路につく。だが、それから三年後、最愛の父親に先立たれたドルカシーナはショックで家から一歩も出ない生活を送る。やがて精神的打撃から回復したころには、四八歳の彼女はほとんど六〇歳の老婆にも見えるぐらいに変わり果てていた。肉は殺げ肌は土気色を帯びて皺だらけ、前歯はすっかり抜け落ちて頭は総白髪。しかも、その老けこみを取り繕って若く見せようと、白のモスリンのワンピースをまとって現われたのだから、気色の悪さも限度を超える。

それればかりではない。この期に及んでもなお、ドルカシーナは燃えるような恋愛への望みを棄てることなく、あろうことか使用人ジョンを「高貴な生まれを隠している不幸な生い立ちの男」と解釈し、結婚を前提に逢瀬を重ねるようになる。さて、そのころの彼女のいでたちときたら、時に「魔女」とも見まごう凄絶なものであり、子どもも怯えてわめきだすほどになっていた……

1 ドルカシーナの場合は

一読して新手の女性虐待小説《ミソジニー》かモダンホラー映画のスクリプトかと見誤りそうな右の展開は、昨今どころか、ゆうに二百年近くも前のアメリカにおいて発表された物語の後半に属する一部分にほかならない。ニュー・ハンプシャー生まれの女性作家タビサ・ギルマン・テニーが一八〇一年に発表した彼女唯一の小説『ドン・キホーテ娘――ドルカシーナ・シェルドンの夢想癖と大遍歴』(*Female Quixotixm : Exhibited in the Romantic Opinions and Extravagant Adventures of Dorcasina Sheldon*)が、その正体である。

とはいえ、作家名にしても作品名にしても――英米における文学辞典のたぐいには拾われているにもかかわらず――いわゆるアメリカ文学史のたぐいにおいては、従来あまりになじみが薄かった。これまで評価されてきた共和制作家はたいていアメリカン・ゴシックの祖ともいわれるチャールズ・ブロックデン・ブラウンや、コネティカット・ウィッツに数えられる文学者たちが中心。昨今ではようやく、アメリカ最初の小説がもうひとりのブラウン、つまりウィリアム・ヒル・ブラウンが一七八九年に出版した『親和力』(*The Power of Sympathy*)であるのを明記する文学史が増えているとはいえ、この同じ時期というのがほかならぬ女性作家たちの抬頭期であったという視点に立つ再評価については八〇年代中盤、キャシー・デイヴィッドソンや佐藤宏子の緻密な論考を待たねばならなかったし、彼女たちの実作品に接するのも、さらに一九八〇年代後半に入り、オックスフォード大学出版局の初期アメリカ女性作家シリーズがスザンナ・ローソンの『シャーロット・テンプル』、ハナ・フォスターの『コケット』などの注釈付再版を出しはじめてやっと可能になった。そんな発掘作業が必要なのも、女性作家作品は、当時いくらベストセラーを記録したところで、のちの文学史が男性作家中心で形成されたために、どんどん埋もれていってしまったことによる。だから、そうしたテクスト／コンテクスト双方にわたるアメリカ文学史再構築の尽力があって初めて、わたしたちは従来の共和制時代が英米の相剋転じて「父と息子のドラマ」として捉えられがちだったいっぽう、そこには同時に「父と娘のドラマ」もまた並存していたことを痛感することができる。

じっさいテニーの『ドン・キホーテ娘』も、ご多分にもれず共和制アメリカにおける「埋もれた名作」のひとつだ。むろん現代読者の大半は、まずその表題に目を奪われるだろう。それは、低級な騎士道ロマンスばかりを読み過ぎたために発狂してしまったあのラマンチャの男のパロディであることを、あまりにも高らかに謳っているからである。セルバンテスの『ドン・キホーテ』(一六〇五〜一六一五年)においで旅に出る主人公が自分の本名アロンソ・キハーダ(あるいはケサーダまたはケハーナ)を偽って騎士らしくドン・キホーテと改名したり、プラグマティックな従者サンチョ・パンサと絶妙なかけあいを披露したり、田舎娘アルドンサを思い姫と幻視してドゥルシネーアの名を与えたりしたように、テニーのヒロインも一八歳になったとき本名ドルカスに嫌気がさしてドルカシーナへとねじかえ、洞察力に富んだ下女ベティとたえず議論を交わし、のちに使用人ジョンを偽装した紳士と思い込んで周囲にもブラウン様と呼ばせたりする。しかも、三歳で母親と死に別れた結果ドン・キホーテ的夢想家の性格をもつようになったヒロインは、父の影響により娘時代から五〇年近くにもわたって、今日であればハーレクイン・ロマンスに属するジャンク・フィクションばかりを読みあさり、その過程で夢想癖がエスカレートしたあげく、いつかドラマティックな恋愛の主役を自分自身が演じられるものと盲信しはじめ、とうとう婚期を逸してしまうという展開。要するに、ドン・キホーテとドルカシーナ最大の共通点は、たとえば通俗文学の過剰摂取によって現実と虚構の区別がつかなくなり、瑣末な現実ですら壮大な物語であるかのように読み誤ることのみ多いところなのである。

それを今日の文学的尺度で読み直すならば、そこには共和制アメリカにおいて小説を読むことのアレゴリーを、同時代教育制度への批判を、はたまたアメリカ文学における喜劇的伝統の原形質を、それぞれ読み取ることができるかもしれない。後世の有力なる文学史家F・L・パッティーは、そのようなテニーの『ドン・キホーテ娘』こそ、ストウ夫人の『アンクル・トムの小屋』（一八五二年）登場以前のアメリカでは最も人気を博した小説であると断言しているが、じっさい同書が一八〇一年の初版以後、五版を重ね、『アンクル・トムの小屋』出版時の一九世紀中葉には依然入手可能な小説だったという事実を見るかぎり、『ドン・キホーテ娘』は同時代的にして何かしら超時代的なテクスチュアリティを含んでいることを否定するわけにはいくまい。

ここでふまえておくべき出発点は、すでにして騎士道ロマンスのパロディだった『ドン・キホーテ』をさらにパロディ化したのが『ドン・キホーテ娘』だったという事実である。その点で、この女性作家がすでに文学ジャンルの約束事を熟知した人物であり、そのパロディの標的が、女性読者という設定により読書や読者を批判するところにあったと断定したシンシア・ミェチニコウスキの見解は、いちおう妥当なもののように見える（「パロディ様式と父権制的要請」一九九〇年）。なるほど本書冒頭では、「編纂者」と名乗る人物が、「小説《ノヴェル》とロマンスを読むすべてのアメリカの若き令嬢たちへ」と題する序文を掲げている。

半年間ほどフィラデルフィアに滞在していたあいだ、ドルカス・シェルドン嬢の人生に関することまごまとした噂がしょっちゅう入り、耳をそばだてていたものだった。あまりにも奇想天外な話だったので、彼女の人生すべてを知りたくなった。そう考えたわたしは、ついに彼女の友人バリー夫人の家で、本人と対面することになる。そして、知り合って数週間したころ、わたしは彼女の恋愛遍歴を詳しく話してくれるよう頼み込み、しかるべきものとわかれば、若い女性たちのためにもぜひ出版したいと説得にかかった。

かくして、女性読者諸姉よ、この作品がお目にとまるようになったというわけである。願わくば、読む気になっていただきたい。ひとつには、ずいぶんな時間をかけて本書を編纂し、大枚はたいて出版にまでこぎつけたわたしのために、そしてもうひとつには、あなたがたご自身のために。というのも、本書は誰よりも女性読者に役立つよう目論まれているのであるし、女性読者に対してこそ最も切実に捧げられているのだから。

もちろんじっさいに本書をお読みになれば、これがあまりに奇々怪々な人生の記録であるため、ただのロマンスではないか、ホガース流の風刺画ではないかという印象を植えつけられ、とうてい実話（a true picture of real life）と信じる気にはなるまい。けれど、あのすばらしいラマンチャの英雄、その名も聞こえたドン・キホーテに関する信ずべき伝記（the authentic history）においても、いくらでも奇妙奇天烈なくだりがあったわけで、それと本書とをお比べになりさえすれば、ここで語られているのがまちがいなくひとりの夢想癖にかられた田舎娘の嘘偽りなき伝記であることがわかるはずだ。彼女はむやみやたらとノヴェルやロマンスを読み耽ったがために、のぼせあがってしまったのである。ドルカス嬢はどこから見ても聡明で分別に富み愛すべき娘であるにもかかわらず、ノヴェルやロマンスの有毒なる効果に侵されてしまった——だからこそあなたがたには、彼女をよく見て、ドルカス嬢の人生を悲惨きわまるものにした恥辱・災厄から逃れてほしいというのが、わたしの痛切なる願いなのである。（三頁、傍点引用者）

傍点部分のみからでも、テニーが『ドン・キホーテ』を強烈に意識していたことは明らかだろう。ポール・アザールによれば、一六七五年にはシェルトンの英訳が再版されていたほか、一八世紀に入れば、一七〇〇年にはピーター・アンソニー・モトゥーの英訳、一七四二年にはジャーヴィスの英訳、そして一七五五年にはトバイアス・スモレットの英訳がぞくぞくと出版されている。『ドン・キホーテ娘』第二部第一〇章には、ドルカシーナがスモレット一七四八年作品『ロデリック・ランダム』を「現代的すぎて趣味ではないが（ほかに読むものがないため）読み耽る」場面が認められるから（二二七頁）、テニーの読んだ『ドン・キホーテ』テクストがスモレット版である可能性も高いが、いっぽうサミュエル・パトナムによれば一七二五年の第五版がアメリカではいちばん親しまれた『ドン・キホーテ』であるという。いずれにしても、テニーを主題に徹底的調査を行なって博士号請求論文を書いたサリー・フープルによれば、残念ながら作家が読んだテクストを確定できる証拠は残っていない（フープル八〇〜

八一頁)。

しかし、右の序文から理解されるもうひとつ重要な点は、すでにして編纂者自身が『ドン・キホーテ』という「虚構」であるはずのテクストを「信ずべき伝記」と断定するような倒錯的センスの持ち主であることだ。アメリカ文学史上、ここで語られている「ノヴェル」や「ロマンス」といったジャンル名を見ると、わたしたちは、そのジャンル的定義が下されるのはテニー作品からちょうど半世紀を経たのちに発表されるナサニエル・ホーソーン一八五一年のロマンス『七破風の家』序文だったことを思い出す。こちらの序文執筆者は、「ノヴェル」を人間の現実的経験に即したジャンル、「ロマンス」を人間の心の真実を選択し創造するジャンルとしてきっぱり弁別してみせた。そこでは、少なくとも現実と幻想を二項対立と見る発想が保持されたうえで、ホーソーンにおけるロマンス形式の優位が主張されている。この定義の影響力は大きく、今世紀においてはリチャード・チェイスやダニエル・ホフマンらの主要アメリカ小説論の大枠を決定してしまう。ところが、共和制アメリカにさかのぼり、しかも従来文学史では抹殺されていた女性作家をひもといてみれば、そこではすでにロマンス批判が主題化されているばかりか、アンチ・ロマンスの走りとしての『ドン・キホーテ』そのものを実話として錯誤するような視点が「序文」からして貫かれていたというわけだ。もちろん、テニー序文の文脈に見るロマンスは「恋愛小説」のニュアンスが強く、のちのホーソーン的な「想像力の物語」のニュアンスは一見希薄に映るのだけれども、ただしこの点については必ずしもそう単純に割り切れないため、のちほど再考する。

では『ドン・キホーテ娘』においては、同書編纂者自身からしてドン・キホーテ的なのか、それともこれは、読者対象を痛烈に意識した上での欺瞞なのか？

少なくとも、本書の「ドン・キホーテ的なるもの」が、現実と虚構を弁別できないドルカシーナの人物造型どころか、そもそも彼女をも一部分とするテクスチュアリティの形成基盤自体に関わっていることだけは、まちがいあるまい。服装倒錯をふんだんに盛り込んだシェイクスピア流間違い喜劇のテクニックが目立つゆえんも、そのあたりに求められそうだ。このように現実と幻想の錯誤という仕掛けをあえて序文から組み込む人物は、信頼されざる語り手ならぬ「信頼されざる編纂者《アンリライアブル・コンパイラー》」にほかなるまい。いかにも同時代女性読者のための教訓本として本書を編纂したのだとでもいいたげなお仕着せがましい口ぶりも、大いに疑ってかかる必要があるだろう。

したがって、この問題をつきつめようとしたら、前掲ミェチニコウスキ論文のように、セルバンテス作品とテニー作品、ドン・キホーテとドルカシーナのあいだにほとんど直線的なパロディ関係を見出して比較対照してみせる素朴な方法論には、異議を唱えざるをえなくなる。大切なのは、原典をパロディがいかに模倣し揶揄したかということではない、むしろすでにパロディとしても紋切型と化していた「ドン・キホーテ」なるモチーフの意味作用が、一六〜一七世紀ルネッサンス期のスペインから一八世紀〜一九世紀共和制下のアメリカという政治的コンテクストへ移植される過程でいかなるゆらぎをきたしたか、あるいはまさしくそのゆらぎがいかなる文学的搾取の対象となっていったか、それが問題だ。

2　共和制アメリカの作法

タビサ・ギルマンは、サミュエル・ギルマンとリディア・ロビンスン・ギディング・ギルマンの長女として、一七六二年四月七日、ニュー・ハンプシャー州エクセター市に生まれた。ギルマン家の祖先は同州のパイオニア的存在であり、社会的にも職業的にも同市の名家である。とはいえ、一七七八年、タビサがまだ一六歳の時に父親が死亡、のちの彼女は家事を切り盛りしつつ六人の弟妹の面倒を見た。やがて一七八八年、独立戦争に従事していた医師サミュエル・テニーと結婚、タビサ・ギルマン・テニーとなる。とうとう子どもを成すことはなかったけれど、ふたりは以後、タビサが一八三七年五月二日に亡くなるまで幸せな結婚生活を送る。サミュエルのほうはのちに政治や科学的研究へ関心を抱きはじめ、一八〇〇年に移ったワシントンでは三期にわたって連邦議会議員を勤めた。そしていっぽうタビサは、一七九九年に最初の本『楽しいマナー読本』を出版。ただしこれは若い婦人を対象に、いかに知性を磨き作法を改め社会的にふるまっていけばいいかを伝えることを主眼に編まれた古典文学のアンソロジーであり、彼女自身の書き下ろしではない。以後の彼女がアメリカ文学史上重要になるのは、一八〇一年に出版する『ドン・キホーテ娘』ただ一冊の力に尽きる。その他のことは、エクセター郷土史のたぐいにおいてサミュエルが「立派な風采で威厳ある人物」と形容され、タビサが「学識ある貴婦人」と形容されていたこと以外、ほとんど知るすべはない。

　ただし、このていどのデータからであれ、女性作家タビサを包囲していた当時の文学的言説空間について、わたしたちはひとつ決定的な局面を手に入れる。タビサ・ギルマン・テニー一冊目の本『楽しいマナー読本』は、当時のニューイングランド女性教育のためにおびただしく流通していた「作法教本《コンダクト・ブックス》」のジャンルに属していた。今日、このジャンルの要請した理想を一瞥すれば、そこには「母性」の意義を強調し、女性に「純潔」と「敬虔」と「自己犠牲」と「家庭的性格」ばかりを求める極度に保守的な女性像が見えるばかりだが、しかしこれこそがのちに一九世紀アメリカにおける「真の女性像礼讃」なる言説の基礎をなすのだから侮れない。

パトリシア・ジュウェル・マカレクサンダーの説によれば、植民地時代初期のアメリカにおいて、女性は男性を助けるべく活発で自己充足的な存在だったけれども、一八世紀、国家の経済的発展につれて田園よりは都市の人口が増大し、その結果「男は外、女は内」といったイデオロギーが浸透しはじめたのだという(二五二頁)。だが、そうした都市化が進展したからこそ、逆に女性たちは家庭内でありあまる余暇の時間を読書へ注ぎ込むようになった。当初はイギリスやヨーロッパから輸入された作法教本のたぐいは必ずしも広くは読まれなかったが、やがて、そうした作法教本が叩き込む「貴婦人像」に倣うアメリカ女性たちこそは文化的理想であるとする言説が支配的になっていく。もちろん、このような言説浸透の背後に、転倒したかたちとしてのピューリタン的女性虐待《ミソジニー》があることは、即座に推断できる。端的な例が、当時最も典型的な作法教本ともいえるウィリアム・ケンリックの『女性の義務の総体』だろう。あたかも同時代に出たルソーの『エミール』(一七六三年)と呼応するかのように、同書は一七六一年に出版されてから一七九七年にいたる三〇年あまりのあいだ、何と九版を重ねたというから、その長期的人気のほどはたやすくうかがわれようというものだが、そこで見られるのは、「女性とはイヴのごとく弱きもの、誘惑されやすきもの」なのだから、政治など社会的な活動は「賢明なる男性たち」に任せておけばよい、男は思考せねばならないが女はただ存在していればよいとする前提だった(マカレクサンダー二五三〜二五四頁)。

かくして、作法教本という形式は、父権制が理想と定める女性の行動規範を共和制アメリカへ浸透させる一助となる（ナンシー・アームストロング『欲望と家庭小説』第二章）。しかし、これは同時に、父権制内部における女性観の紋切型を知るためには絶好の手引書ともなったはずであり、テニーを含む作家たちがその側面を逆利用しようとしたとしてもおかしくない。セアラ・エミリー・ニュートンの一九九〇年の研究を参照するならば、作法教本のノウハウをそっくりそのまま小説化してみせたのが、いわゆる「作法《コンダク》教育小説《ト・フィクション》」のたぐいであり、それは俗称「役に立つ小説」とも呼べる混成ジャンルをなし、代表格として再検討されるべきなのはスザンナ・ローソンの『メントーリア、または若き淑女の友』（一七九一年）やハンナ・フォスターの『寄宿学校、または女教師から女生徒たちへ』（一七九八年）であるという。ニュートンはさらに、当時、女性が誘惑され堕落させられる危険を描く誘惑小説《セダクション・ノヴェル》のジャンルとこうした作法教育小説のジャンルのあいだに類関性をみとめながら（同じローソンの『シャーロット・テンプル』やフォスターの『コケット』が優れた誘惑小説だったことを想起すればよい）、これらの小説群がいずれも婚外交渉を「許されざる罪」と見なしている点で、共和制下の結婚理念を教え諭す効用をもつと述べている。かくして誘惑体験記《セダクション・ナラテイヴ》のヴィジョンが形成される。その背後を支えていたのが、家族は国家の基礎であり、国家そのものがひとつの巨大な家族であるものと見る共和制イデオロギーにほかならない。その論理にしたがえば、婚外交渉は婚外だから不道徳なのではなく、父権制家族をモデルとする国家理念にいささかも貢献するところがないからこそ不道徳だったのである。

　このように概観するならば、学識ある女性と見られていたテニーが、一七九〇年代当時の作法教本や誘惑小説などのジャンルはもちろんのこと、とりわけ両者のハイブリッド形式である作法教育小説といったジャンルの勃興を睨みながら『楽しいマナー読本』を編集し、おそらくはそのコンテクストにおいて『ドン・キホーテ娘』を発表したであろうことは、容易に推察される。じじつ、一七五〇年生まれのドルカシーナが娘時代から老境に至るまでつきあうことになる相手役男性は七名にのぼり、すべて彼女は結婚を前提にして考えるのだが、いずれの場合も挫折してしまう。その教訓は何か。プロットを再確認する意味で、ドルカシーナの恋愛遍歴をまとめてみよう。

第一部は一八章構成。そこには三人の男が登場する。最初は、彼女が二〇歳の時、父親の友人の息子として引き合わされる二五歳の青年ライサンダーであり、知性も品格も申し分なかったのだが、あえなく彼の求婚を拒絶することになるのは、ずばり彼の手紙がロマンス小説ほどにロマンティックではないという一点にかかっていた。つぎに、彼女が三四歳を迎えて知り合う二一歳のアイルランド人男性パトリック・オコナーは、彼自身の意図が資産めあてで「ライサンダーの友人」と偽って近づいてきたとはいえ、まさしくドルカシーナ好みの「ロマンス的約束事」を堪能させてくれる人物であり、彼女のほうもぞっこんになり、いったんは宿屋にまで連れ込まれるにもかかわらず、父親シェルドンの不興を買うばかりか、期せずしてオコナーの詐欺師的悪事がつぎつぎと暴きだされてしまう。さてオコナーが町から姿を消した直後に出現した一九歳のインテリ青年フィランダー・スミスはニュー・ハンプシャーの大学を出たばかりだったが、L市に来るやいなや年収千ポンドの令嬢ドルカシーナの恋愛遍歴の噂ばかりが耳に入ってくるのでそれを純粋におもしろがり、当初は手紙だけで交流するも、やがて女装して登場したり荷車でドルカシーナを連れ出したりと、悪戯の限りを尽くす。そのうちに、オコナーがフィラデルフィアで逮捕され、公開鞭打ちの刑とともに三ケ月の懲役を宣告されたというニュースが入る。

第二部（同じく一八章構成）に登場する四人の男はどうか。この時、ドルカシーナはすでに四一歳。まず、戦争で負傷したバリー大尉がシェルドン家でしばらく療養することになる。この状況設定そのものはドルカシーナの考えるロマンスの理想にぴったりなのだが、しかし大尉のほうはといえば、痩せて青白いにもかかわらず若造りの彼女を見て怖気をふるうばかりだし、やがて下男のジェイムズがバリー大尉になりすましたり偽の駆け落ちを演出したりという邪魔が入り、どうにもうまく進まない。つづく商

オコナーの宿屋を訪れるドルカシーナ

人カンバーランド氏との出会いについては本章冒頭ですでにご紹介したとおり。さてシェルドン氏の死後、四八歳を迎えても燃えるような恋を断念しないドルカシーナは、とうとう読み書きすらできぬ下男ジョン・ブラウンをロマンスの定石どおり「高貴な人物の変装」と信じ真剣に結婚を考えはじめたため、親しい隣人でありそのころにはバリー大尉と婚約中の娘ハリエット・スタンリーがとうとう意を決し、美貌の騎士モンタギューに変装してドルカシーナの気をそらそうと試み、その甲斐あってか、ジョンはロード・アイランドの田舎へ帰って別の娘と結婚する。すっかり精神に不調をきたし、見るからにやつれはてたドルカシーナは、いったんスタンリー家の農場を管理するジャイルズ家へ半年ほど隔離されてしまう。折しも、その町へ教師になるべく訪れシーモアと変名した五〇歳の詐欺師ウィートンは、彼女の資産額を聞くや否や、本の話題で彼女を誘惑しようとするも、彼を追ってきたウィリアムソンによって正体を暴露され、愛の真意を確かめようとするドルカシーナにむかってこう叫び返す。

「もちろんあんたのカネに目をつけてたのさ、どうしようもなくなってだますことにしたんだ。あんたもあんたでまったく度しがたいマヌケ婆さんだぜ、おだてりゃおだてるほどすっかりのぼせあがるもんだから、それにつけこむなっていうほうがムリな注文じゃないか。その年で、しかも白髪頭でまだ恋愛しようなんて、見栄っ張りもいいかげんにしな。心からご尊敬申し上げてるからいわせてもらうが、そういう夢物語だけはさっさとあきらめたほうがいい。まかりまちがってあんたと結婚したいなんて物好きもいるかもしれないが、カネ以外の理由なんてありゃしないんだよ」(三一五頁)。

同書序文において、本書が「女性読者のため」の物語であると宣言されているゆえんは明らかだろう。通常の作法教育小説が未婚の若い娘たちを主人公にしながら同世代の娘たちを教え諭すジャンルであるのに対して、テニーが資産家の老嬢ドルカシーナの妄執を目を覆うばかりに露呈してみせた裏には、痛烈なアイロニーが作用している。『ドン・キホーテ娘』におけるヒロインのグロテスクさは、明らかに作法教育小説というジャンルの成立条件そのものをグロテスクなまでに反転させるメタパースペクティヴなのである。

そのことを確認するには、前述したように、作法教本というジャンルが、女性から母性へ、女の仕事が母親業へ発展するという論理をごく自然な流れとして前提していたことを思い出せばいいだろう。そうした作法教本のジャンル的約束事をことごとく粉砕するかのように、テニーの主人公ドルカシーナは女であっても母親に先立たれ、自ら結婚して母親になることもない。この点についてサリー・フープルは、正当な母性に恵まれているかどうかがテニーにとって正当な教育を受けられるかどうか、正当な読書生活を送れるかどうかの決め手であったと示唆する。というのも、一八五六年のダイキンクによるアメリカ文学辞典には、作家テニー自身が幼くして父親に先立たれており、にもかかわらず母親から絶妙な読書教育を受けたという記録が残っているからである(フープル一九〜二五頁)。しかも、テニー夫妻には子供がなかったとはいえ、結婚生活の一時期、タビサ側の遠縁の従姉妹にあたる娘と夫サミュエル側の親友の娘が同居していたこともあるというから、タビサ本人がかぎりなく母親業に近い役割を演じていた可能性はあるかもしれない。そのように、作家テニー自身が重視した母性すなわち母親業の問題を考え合わせると、あらかじめ母親による養育に恵まれなかったドルカシーナは、それだけで知的環境を欠落させたグロテスクな存在として表象されざるをえなかったのだ。サリー・フープルはさらに、そんなドルカシーナのすがたをアンチ・ロマンスならぬゴシック・ロマンスのヒロインとして再解釈することを勧めているが、このことはのちにもういちど考え直したい重要な指摘である。いまの段階で取り急ぎ吟味しておきたいのは、それほどまでにテニーがこだわった「理想の母性＝母親業」を、はたして共和制下の家父長制支配下で形成された「理想の共和的女性像」とそっくり通底するものと断じてよいものかどうかという点だ。

ここでマカレクサンダーやニュートンを参照するならば、彼らは、こうした作法教本や誘惑小説に表象された結婚理念がそう単純に共和制イデオロギーへ収束しない可能性をも主張している。こんなにも多くの作法教本が出版されたのは、むしろ独立革命とともに女性もまた自主独立精神を見せはじめたことへの、体制側からする警戒心の反映だったとも推測されるためである。ウェンディ・マーティンによれば、独立革命期のアメリカ女性たちの中には、家庭に閉じ籠っていては経済的不安を解決できないので食料品店を急襲した集団もあったらしく、さらにインディアン捕囚体験記などは子どもをさらわれた母親たちの怒りとともに女性ならではの表現形式を編み出す最大の媒体になったという。ここでそもそも「キャプティヴィティ・ナラティヴ」なるジャンル名が、のちに捕囚体験記のみならず誘惑体験記一般を指していくことも付言しておかなくてはならない（ディヴィッド・トロッター一九九三年）。折も折、一七九二年にはイギリスの元祖フェミニストであるメアリ・ウルストンクラフトが『女性の権利の擁護』を発表、そこでは保守的父権制が女性に押しつけてきた「弱さ」のイメージに対する徹底的批判が試みられており、アメリカでも広く共感を呼ぶ。その傍証としては、一七九四年に同書のアメリカ版がフィラデルフィアで出て、『ニューヨーク・マガジン』『フィラデルフィア・レイディーズ・マガジン』『レイディーズ・マガジン』といった雑誌がのきなみ同書抜粋を掲載したこと、一七九〇年代全般にわたり、彼女を支持し同調する論客がベンジャミン・ラッシュからジェイムズ・ニール、ジュディス・サージェント・マレイまで、男女問わずぞくぞくと出現するようになったことを指摘しておけばじゅうぶんだろう（マカレクサンダー二五五〜二五六頁）。

こんな時代であったから、女性作家たち自身も、文学的手腕に長けていればいるほど、たとえば理想的な結婚をめぐる作法教育小説のように限定されたジャンルを内部から搾取して、因襲的な作法のみならず革新的な反作法への可能性を巧みに刷り込んでいったのではないかと仮定するのは、決して不自然ではない。その意味で、テニーの『ドン・キホーテ娘』序文で、「ホガース流の風刺画」が言及されるのも、おそらくはホガースの皮肉な連作「当世風の結婚」（一七四三年）を念頭に置いてのことであろう。母性に恵まれず知性にも恵まれないドルカシーナはきわめてグロテスクな存在として描かれるけれども、それは逆にいえば、母性＝母親業そのものがじつはいかに複合的か、いかに内部に父権制を解体するような目論見を張りめぐらした知的戦略であるかということを暗示する。かくして共和制女性作家としてのテニーは、ロマンス内部にアンチ・ロマンスを溶かし込むというジャンル的挑戦を行なうことで、父権制的言説によって堅固に構築された「現実」そのものがいかにグロテスクであるかを、内部から露呈させようとした。仮にテニー自身が誰よりもドン・キホーテたらんと自覚していたとすれば、まさにそんな壮大なる文学的野心においてであろう。

3 ロマンティック・ウーマン

右の社会的コンテクストを前提にするならば、ドルカシーナの読書生活ひとつをとっても、一筋縄ではいかない。なるほど、表面的物語においてスケッチされる彼女は、ジャンク・フィクションばかりを読み漁ったがために気がふれて現実性を失ない、正常な判断力を欠落させてしまった壮大なるカンちがい女であろう。だとするとバカな小説を読み耽るバカな女についてのバカバカしい物語、それが『ドン・キホーテ娘』か？　ただし忘れてはならない、そんな印象を与えることにこそ、テニーがまさしくバカなロマンスを読み耽るバカな郷士についてのバカバカしいアンチ・ロマンス『ドン・キホーテ』を搾取した意図もあるのだということを。

むろん前述したとおり、必ずしもセルバンテス作品とテニー作品の関係は直線的ではない。なるほどポール・アザールやハリー・レヴィン、榎本太らの研究が例証するように、『ドン・キホーテ』の発表以来、英米圏にかぎっても、そのパロディを試みる傾向はますます増えるばかりだ。イギリスではヘンリー・フィールディングの『イギリスにおけるドン・キホーテ』（一七三四年）や『ジョゼフ・アンドルーズ』（一七四二年）にはじまり、ロレンス・スターンの『トリストラム・シャンディ』（一七五九〜六五年）、前掲スモレットの『ロデリック・ランダム』や『サー・ランスロット・グリーヴズ』（一七六〇年）、チャールズ・ディケンズの『ピクウィック・ペイパーズ』（一八三六〜三七年）に至るまで。アメリカではヒュー・ヘンリー・ブラッケンリッジの『現代的騎士道』（一七九二〜一八一五年）から、ハーマン・メルヴィルの『白鯨』（一八五一年）、マーク・トウェインの『アーサー王宮廷のコネティカット・ヤンキー』（一八八九年）、ウラジーミル・ナボコフの『ロリータ』（一九五五年）に至るまで。

連綿たるドン・キホーテ礼讃小説の流れはとぎれることなく、まさにドン・キホーティズムを実証するかのように文学史の背後を彩りつづけているのだが、ここで強調しておきたいのは、アメリカ生まれ

ホガース「当世風の結婚」I

「当世風の結婚」II

のイギリス女性作家シャーロット・レノックスが一七五二年に発表した『ドン・キホーテ女』からテニー一八〇一年の『ドン・キホーテ娘』へ、そしてアメリカ現代女性作家キャシー・アッカーが一九八六年に発表したフェミニスト・メタフィクション『ドン・キホーテ』にまで貫かれる女性作家群の伝統である。

彼女たちはいったいどうして男性作家セルバンテスを相手取ったのか。愚問かもしれない。というのも、一八四三年、『あれか――これか』の中で、哲学者キルケゴールは、レノックス作品もテニー作品も知らないまま、『ドン・キホーテ』は女性版が書かれてしかるべきであると主張しているからだ。レヴィンはこの意見をすこぶる妥当なものと見て、以下のように述べている。「心優しい読者の典型であれば、作家によって語りかけられ、もてなされ、ふりまわされるわけだから、なるほどその立場は女性のようなものだ」(九四二頁)。それは、女性の読者云々という問題以前に、すでにして読者という存在自体が女性的であることを、したがって読者代表ドン・キホーテにはもともと女性的部分が強いことを喝破した洞察といえるだろう。

とりわけレノックスの『ドン・キホーテ女』は、夢想癖に富みロマンス好きな主人公アラベラがドン・キホーテさながらの愚行をさんざんくりひろげるも、従兄にあたる寛大で忍耐深いグランヴィルはその求愛をあきらめることなく、ついに結婚への道を歩み出すというプロットをなしており、テニー作品に直接影響を与えたテクストとして再評価しなければならない。レノックスはまた、一七六〇年に自分自身の雑誌『レイディーズ・ミュージアム』をスタートさせており、その中で新しい女性像を、「学識を愛し、女性の悪徳から逃れ、男性的模範に倣いながら、秩序ある家庭の中にこそふさわしい表現を見出す冷静かつ規律正しい人格形成」の中に展望している（シェヴェロウ一八〇～一八六頁）。ここで気がつくのは、イギリス人女性作家レノックスが最終的に家族を容認しようとする立場にいるのに対し、アメリカ人女性作家テニーは旧来の家族観を全否定するような物語を織り紡いだことだ。両者のちがいは、いったい何を教えてくれるだろうか。

前述したように、幸福な結婚こそが平和な国家の基礎にほかならないと見る共和制イデオロギーがWASP中心の論理で成り立つ範囲において、女性差別、人種差別、階級差別は不可避であった。それは、『ドン・キホーテ娘』のストーリイの中にも、転倒した女性虐待として、あるいは黒人／インディアン差別や使用人差別のかたちで、如実に表現されている。とりわけ政治思想に関しては、彼女が一貫

「当世風の結婚」IV

「当世風の結婚」V

「当世風の結婚」VI

してローマ・カトリックやジャコバニズム、啓蒙主義、無神論といった外来思想に対しプロテスタント国家アメリカの安定を突き崩す脅威とみなしたことが窺えるから、その意味では、自身ジョージ・ワシントンを尊敬していたテニーを、ナショナリズムに沸くアメリカに現われた典型的なナショナリストと結論するのも、たしかに可能であろう（一七八〜二四五頁）。

しかし、仮にそうしたテニーの政治的保守性がテクストから読み取れるにせよ、だからこそ気になるのは、まさにそうした厳密なるハイラルキー内部からさえ逸脱する要素をテニーが幻視したために、ドン・キホーティズムという名の隠喩が要請されたのではないかという点である。

ドン・キホーティズム転じてドン・キホーテのようであらんとすること――それは狂気と痴愚をあわせもつ夢想家のようであらんとすること、フーコーに倣うならば言葉と物の類比の中へ疎外された狂人たらんとすることだ。しかし、いったい誰が狂気と狂気でないもの、痴愚と痴愚でないもの、夢想家と夢想家でないものを決めたのかといえば、そのつどそのつどの時代の支配的イデオロギーにほかならず、そのような政治的言説装置が可能性とともに限界をも垣間見せる時に限って、ドン・キホーテ的人格に表象される「賢い愚者《ワイズ・フール》」の隠喩がくりかえし再登場させられる。もちろん、近代を円滑に運営していくためには、何らかの父権制発動が不可欠であったろう。けれども、そうしたエンジンばかりを特権化するあまり、父権制に邪魔なものはすべて狂気であり痴愚であり夢想であるとして切り捨てていったのが共和制イデオロギーだったとするならば、まさにそのさなかより、すべての「女性性」を「ドン・キホーテ的なるもの」と見て片づける倒錯した論理が出てきてもおかしくなかった。

そしてじっさいのところ、右の論理は何ら仮想現実ではなく、共和制アメリカの現実そのものだったのである。ロバート・ワイナンズ一九七五年の調査によれば、共和制アメリカに見るひとつの特徴は、出版業と読者層の飛躍的な拡大にほかならない。一七七五年から一八〇〇年のあいだに、ニューイングランドの人口は二四七万人から四六二万人へ、ほぼ二倍に膨れあがったが、だいたい同じ時期、一七七三年から一七九八年のあいだに書物販売業者は六三から二一九へ四倍近くにも、一七七〇年代から一八〇〇年までのあいだに市民図書館は二二から二二六へ一〇倍にも、増加している。だが、その中で最も興味深いのは、共和国大衆の趣味を最も反映したはずである巡回図書館において、一七六五年にはカタログ一〇%ていどの割合だった小説が一八〇〇年には六五%を占めるようになったという統計である（ワイナンズ二六八〜二七一頁）。

これが重要なのは、まったく同じ一八世紀後半こそは、ピューリタン的伝統に立脚した小説批判が激越をきわめた時期と一致しているからだ。小説は不道徳であり、非現実的であり、時間の無駄であるというのがその論拠である。とりわけ一七七九年の『マンスリー・ミラー』誌に載った女性の小説読書に対する批判は、当時の支配的言説の典型をなす。その筆者によれば、小説こそはアメリカにおいて増大しつつある女性の堕落の元凶だという。小説がその読者に対して注入するのは「愛が自然なものであるとか愛情の発露が宿命的なものであるとかいった誤謬ばかりであって、こんな自由気ままなものの見方がはびこるからこそ人間がダメになる」（マカレクサンダー二六一頁）。

こうした意見は、前述したハンナ・フォスターがほぼ同時期、一七九八年に書いた作法教育小説『寄宿学校』におけるジュリアナの人物造型を想起させる。というのも、空想と読書にのめりこむジュリアナは、読んだ小説から得たロマンスの理想にこだわるあまり、周囲の反対にもめげずにロマンティックに映る男と結婚するも、たちまちそれが彼女の財産目当てのだましうちだったということを知るからだ。ただし、より正確な歴史的起源にさかのぼるなら、ジュリアナ的な悲劇のヒロイン像の原型は、一七八八年七月二五日、ロマンス読書をたしなむコネティカット州出身の三七歳の美女エリザベス・ホイットマンが恋人に捨てられ子どもも死産に終わり、そのせいで自分自身も命を失ってしまったという実話に求められよう。この事件は『セイラム・マーキュリー』紙の同年七月二九日号で報道されて広くセンセーションを呼び、ウィリアム・ヒル・ブラウンの手になるアメリカ最初の小説『共感力』(一七八九年)でも言及され、ハンナ・フォスターも実話に即してエリザ・ウォートンなるヒロインをつくりあげ『コケット』(一七九七年)の中に結実させた。だから『コケット』の一年後の『寄宿学校』にも、同じ悲劇のヒロイン像がジュリアナの中に継承されているのは、エリザベス・ホイットマン事件の反響を考えれば、当然のことだ。

ただし、どんな悲劇も、繰り返されれば喜劇にならざるをえない。それからさらに三年経ってドルカシーナを登場させた時、テニーはそのことを多分に意識していたはずである。かくして彼女が行なったのは、実際の悲劇の主役エリザベス・ホイットマンとそれをモデルにした小説ヒロイン群像に対する一定の悪意を孕んだパロディ化だった。仮に共和制時代の女性が、正式によい小説わるい小説、現実的なるもの虚構的なるものを識別しうるような教育を施されていたにせよ、それもまたもうひとつの父権制イデオロギーへ再回収される道でしかない。肝心なのは、仮にそうした女性の読書生活が、傍目にはあまりに空想的で痴愚的で狂気の香りさえ漂うドン・キホーテ的雰囲気を漂わせていたにせよ、それをこそ「女性的自由」として再定位するような視座である。

ジョセフィーヌ・ドノヴァンによれば、まさしくそうした父権制批判の立場から、当時の女性作家たちはドン・キホーテ的女性像を好んで描いたという。レノックス作品のみならず、さらに英国作家マライア・エッジワースの『ラクレント館』（一八〇〇年）などをも模範としながら、彼女たちは男性作家得意の誘惑小説のモチーフを女性ならではの風習小説の形式で語り直し、そのさいドン・キホーテ的女性に道化を演じさせては、因襲的な結婚の制度を積極的に皮肉ってみせる（ドノヴァン一一～二四頁）。

テニーとの関連でさらに傍証を重ねるならば、独立宣言署名者のひとりで熱心な教育改革者として名を馳せていたベンジャミン・ラッシュ（一七四五～一八一三年）のことには、ふれておく必要があろう。共和制アメリカでは一時期首都でもあったフィラデルフィア（一七九〇～一八〇〇年）に居を定め、一八世紀末にはすでに多くの著作を世に問うていた彼は、明らかにテニーが同時代言説の形成者とみなしていたと思われる人物である。ロナルド・タカキによれば、ラッシュこそは、アメリカを共和化するために、教育問題、母性＝母親業の問題、そして精神医学の問題を徹底的に考えようとした知識人にほかならない（二一～二二頁）。彼は、当初こそはジョナサン・エドワーズらの大覚醒運動の影響をうけていたが、やがて医師になると、それが精神と肉体の関係性を前提とする点で代理牧師とでも呼ぶべき職業であることを自覚する。その結果、彼は共和制女性に語りかけた論文「女性教育論」の中で、アメリカの腐敗が女性に起因すること、女性たちは残念ながらアディソンらの不朽の文学よりもロマンスを好むため教会にも危機が訪れていること、したがって女性たちも何とか理性によって自己管理していくべきことを説く（二六四～二六五頁）。これは一見、女性教育に対して理解を示しているようだが、じっさいのところは共和制家族観の常識によって「真の女性像」すなわち「真の母性像」を縁取る父権的言説形成へ再寄与しているにすぎない。ところが、一七八三年以降、ペンシルヴェニア病院で臨床治療をはじめたことをきっかけに、ラッシュはアメリカ精神医学の父とも呼ばれるのだから皮肉である。

さて、これらのコンテクストをふまえたうえで、母性に恵まれず教育にも恵まれなかったジャンク・ロマンス狂ドルカシーナの精神的健康を懸念する隣人たちが、彼女をジャイルズ家の農場へ隔離するくだりを思い出してほしい。それはまさに、ベンジャミン・ラッシュの重んじた教育・母性・医学の三領域を最大の悪意をこめて皮肉ろうとする物語学ではないか。その過程において、テニーは古典と通俗、正気と狂気、道徳と腐敗とを明確に弁別していく近代的体系そのものを、グロテスクに戯画化しようとしたのではないか。

そう考えるならば、ドルカシーナが終章、ハリエットへ宛てた書簡で「自分にまともな教育さえ施されていれば」と嘆きながら、やはり「想像力の文学にいちばん惹かれる」とも付言せざるをえない部分のアイロニーも意味をもつ(三二五頁)。

共和制時代、まともな教育を受けることはロマンスを中心にした小説読書を放棄することだった。にもかかわらず想像力の文学を貪り読む者は、フランス革命やトマス・ペイン思想と同調するような「自由」という名の、はたまた「民主主義」という名の娼婦(サミュエルズ一八七〜一八八頁)を貴婦人と見誤るドン・キホーテに等しい。ドルカシーナ・シェルドンを教育にも母性にも健康にも恵まれないグロテスクな狂女として片づけるのは簡単だが、それは逆に、では母性を規定しているのは誰か、知性を規定しているのは誰か、健康を規定しているのは誰かという問いを浮かび上がらせる。そうしたテニーの批判的な視線が焦点をむすぶところに潜在しているのが、たとえばアメリカ建国の父のひとりベンジャミン・ラッシュのすがたではなかったか。

4　パティ・ロジャーズの日記

以上のパースペクティヴから『ドン・キホーテ娘』を再定位する時、今日ではおそらく最も重視されている秘密の文書にふれぬまま締めくくるわけにはいかない。そのテクストは、キャシー・デイヴィッドソンがアメリカ古文書協会で広範な調査中に得たという貴重な資料である。

彼女が発見したのは、ニュー・ハンプシャーはずばりエクセター市に住んでいたテニーの同時代人パティ・ロジャーズの日記であり、そこには一七八五年当時、同市内に暮らしていた若者たちがどのように異性交際していたかが、高度に修辞的な表現を駆使して記録されていたのだった。パティの叙述は、古今の文学作品からの引喩をふんだんにたたえ、人物名も当時流行の文学的キャラクターの名称で偽装されていたために、同協会においても当初、この日記は「日記」ならぬ「幻想文学《ファンタジー》」のたぐいとして分類されていたという。だが、そこに繁茂する多様なレトリックを解きほぐしていくと、「フィラモン」の名でサミュエル・テニーが、「T-Gm-嬢」の名で――パティより一歳年下の――タビサ・ギルマンがそれぞれ登場し、この日記の書き手である女性はどうやらこのふたりとのあいだに恋愛上の三角関係を結んでいたらしいことが推測されるというのが、デイヴィッドソンの説である。

結論からいえば、この日記からは、サミュエルが「立派な風采で威厳ある人物」どころか一種のプレイボーイとして、お茶目なパティと真面目なタビサを両天秤にかけ、しかもパティと戯れているさいには「タビサなんてとりたてて好きなわけじゃないさ」とうそぶいていたことまで露呈するのだ。なるほど、おそらくは機転が利きホットな娘であったろうパティに対して、タビサがあまりにも実直かつクールな印象を残したであろうことは、エリザベス・ドウ・レオナードの回想録からも知られる。「『そんなにゆっくりしゃべるなんてタビサ・テニーみたい』というのはエクセター市のことわざと化していたほどだ」（四七頁、オックスフォード版 xxv 頁に引用）。つまり、サミュエルはタイプのちがう娘たちふたりとかなりセクシュアルな意味合を含む交際をつづけながら、けっきょく結婚ということになると聡明さで勝るタビサのほうを選んでしまったというわけだ。そして、おそらくはそのためであろう、恋に敗れたパティは、恋敵タビサに対し決して美辞麗句を選んでいない。「T–Gm–嬢は……とりわけあたしにとって不愉快な人物だったわ。ひどいことされたからいうわけじゃないけど、彼女のふるまいにはどこかしら怖気をふるわせるようなところがあった」（デイヴィッドソン『革命と言語』一九一頁に引用）。

デイヴィッドソンは以上の発見に立脚しつつ、タビサ・ギルマン・テニーは『ドン・キホーテ娘』のヒロイン・ドルカシーナの人物造型においてパティという人格をモデルにしたのではないかと推断する。たしかにこの「日記」が示すように、パティは小説を読むのが大好きであり、それをフィクション仕立てで語ることにおいても作家顔負けだ。それは、ジャンクな騎士道ロマンスにのめりこみ、新しい求婚者に向かってさえ従前の恋愛遍歴をとうとうとまくしたてるドルカシーナ・シェルドンを思わせてやまない。タビサがパティの日記をじっさいに読んだのかどうかはまったく不明だし、むしろそうした事実などありえそうもないのだけれど、少なくともタビサ本人にとってもパティは恋敵だったはずで、そうした人間関係に着目するかぎり、タビサはドルカシーナ描写においてようやくパティへの復讐を果たしたとも考えることができる。

5　読むことのゴシック・ロマンス

けれども、この日記断片を一瞥しつつ『ドン・キホーテ娘』を再読する時いちばん興味惹かれるのは、必ずしも実体的なモデルというリアリズム的「起源」が推定しうるためではない。少なくともわたしがデイヴィッドソンの発見でいちばん興味深く思うのは、パティ・ロジャーズの日記が、まさしくその構造において、いかにドン・キホーテ的なるものを「反復」したかという点、すなわち彼女のあまりに華麗な修辞のためにそれが「日記」と思われず「幻想文学」として分類されていたという一点だ（デイヴィッドソン序文v頁）。

その錯誤の要因としては、ほんらい男性によって書かれていればどのような日記でも正しく分類されていたかもしれないが、まさしく女性の手になるものゆえに荒唐無稽扱いされたのだという性差の政治学を措定することができる。だがいちばん大切なのは、そうした分類ミスが、『ドン・キホーテ娘』の解釈についても最も啓発的なヒントを与えてくれることである。この視点は、これまでわたしたちがくりかえし検証してきた主人公ドルカシーナ・シェルドンの描写について、根本から考え直させる。

たとえば、従来の視点で読むかぎり、『ドン・キホーテ娘』は一種の風刺小説にほかならない。主人公ドルカシーナは、無教養ゆえに発狂した悲劇のヒロインであるものの、その常軌を逸し現実を無視した行動は、共和制国家の約束事とともにロマンスの約束事をも揶揄するアンチ・ロマンスとして、ほとんど悲喜劇的に描かれる。ところがいっぽうで、グロテスクな風貌のドルカシーナを風刺小説どころか幻想小説の登場人物と仮定してみれば、彼女はテニー自身の家庭的事情に端を発する個人的怨念と階級差別によって創り出された屋根裏の狂女として、パティどころかテニー本人をあるていど刷り込んだ主体として、いわば二重の読みを可能にするだろう。その根拠は、作家以外のモデルがいようがいまいが、そもそもタビサ（Tabitha）もドルカス（Dorcas）も語源的には同じ意味「かもしか」（gazelle）であることを挙げれば足りる。きわめて素直なアンチ・ロマンスとばかり想定された本書は、まったく同時に精密なるゴシック・ロマンスの条件を満たす（フープル五四〜六三頁）。それは、エドガー・アラン・ポウにもワシントン・アーヴィングにも先駆ける。しかもドルカシーナの場合は、たんにロマンス読書に耽溺して虚実の見境がなくなったロマンス読者の主体形成そのものがゴシック・ロマンス的に演出されていくような、いわば読むことのゴシック・ロマンスとして演じられるのだ。

たしかに、髪をふりみだした屋根裏のドン・キホーテ女ドルカシーナは、それだけでも衝撃である。しかし、そんな彼女の性格造型は、共和制国家内部を風刺するアンチ・ロマンスとともに、共和制家庭内部を告発するフェミニスト・ゴシック・ロマンスが形成されはじめていたからこそ、むしろそれら両ジャンル間の記号的相互交渉を経たからこそ可能だったのではなかったか。そして、そう考えるのは、必ずしもドン・キホーテ的夢想ではあるまい。

5 モルグ街の黒人

エドガー・アラン・ポウの探偵小説と殺人体験記《マーダー・ナラティヴ》の伝統

文学史がたえまなく作家評価を更新していくさなかにあっても、ひとりだけ奇妙に残存しつづける存在がいるとしたら、わたしたちはそれにどう対処すべきだろうか。大詩人シェイクスピアには完成度においてとうてい匹敵しないし、アメリカ文学において、いや主流文学の文脈においてさえとうてい容認されない場合もあるというのに、にもかかわらず批評史の変転の節々に必ずや立ち現われては読者に文学的準拠枠を再考させてやまない、そんな英語文学作家がいるとしたら?

今日のエドガー・アラン・ポウは、多くの読者にとってまさにそのような位置を占めている。けれど、このように歴史を生き延びているからこそ偉大なのか、不変の文学性を備えている証拠になるのか? それとも、F・O・マシーセンのいうように、もともと文学的実質よりは作家的影響力だけが評価されるべきであるのか? あるいは生き延びたどころか、文学教育上あるていど有用なためにたえず教材の一例として利用されてきた、つまり生き延びさせられてきたにすぎないのか?

たしかにポウは、どのような批評ファッションの時代にあっても、つねに批評意識を刺激してやまない存在だった。新批評の時代にはコールリッジの人気が高く、脱構築の時代にはワーズワスの人気のほうが高いといったような露骨な歴史作用からは、ポウは免れているように映る。彼の主要作品の評価の歴史を整理することは、だからそのまま新批評から現象学・構造主義・ポスト構造主義的精神分析へと至る文学批評史の総体を復習する作業にならざるをえない。最近では、それらの時代すべてにわたって彼の代表短編「盗まれた手紙」がどのように読まれてきたか、代表的批評を一挙にまとめた『盗まれたポウ』（一九八八年）や、唯一の中編『ナンタケット島出身のアーサー・ゴードン・ピムの体験記』を構造主義以後の多様な批評方法論によって代表的学者たちが読み解く『ポウの「ピム」』（九二年）のような論文集も出た。とはいえ批評の本質をベンヤミン=デリダ流にその不断の翻訳作業すなわち延命作業に設定する謀略も、いったいなぜポウひとりが悠然と英米文学批評史を生き延びて／生き延びさせられているのかという問いには答えてくれない。

ここで提案したいのは、文学批評家であり推理小説の創始者とも目される彼自身が「読むこと」の発見者だった事実を再吟味することだ。もちろん、一九世紀中葉に活躍したアメリカン・ルネッサンスのロマン主義作家たちをふりかえってみれば、彼らはいずれも「文字《レター》」“letter”の記号的可能性と不可能性をどう読むべきかについて、深く考えめぐらしている。ポウの「盗まれた手紙」（一八四四年）を同時代のホーソーンの『緋文字』（五〇年）やメルヴィルの「バートルビー」（五三年）と併読すれば、それらが各々、「手紙=文字《レター》」の寓喩的運動に、「緋色の文字《スカーレット・レター》」の象徴論的生成に、そしてずばり「宛名不明郵便《デッド・レター》」の反人間主義的運命に関心を抱きつつ、言語と意味の接近と乖離について物語っていることが判明しよう。南北戦争前のアメリカでは、まさしく文字制御能力《リテラシー》の消費活動そのものが新たな「文学的創造活動」として生産され、再発見され、そして再探求されていた。マイケル・ギルモア九一年の論文「生産時代の消費様式」はこの点を突いて、「初期アメリカ文学ではフィクションはそれ自体を歴史とか真実とか呼ぶことでその有用性や実用性を強調した」いっぽう、アメリカン・ルネッサンスの時代には、「歴史もまたフィクションと見なされ、従前の約束事自体が転覆されてしまった」ことを指摘する（一四七頁）。それはこの時代が、現実を虚構が模倣するという古典的な文学観そのものを読み直す姿勢のうちに、ロマンティシズムからやがてはポストモダニズムにまで継承されるラディカルな言語観を孕んでいたことを意味する。

けれど、なかでもポウという作家にとって、読むことはそれによって何かを発見する手段という以前に、そもそも読むこと自体が発見だった。書くことが事実を映すことと同一視されてきた歳月において、読むことはそうして映しとられた事実をさらに映しとることにほかならず、まさか読むという行為そのものに物語性《ナラティヴィティ》が介在しようとは、それまでほとんど想像すらされてこなかった。

その背後にはむろん、植民地時代から語りそのものを事実と見なす「物語‐体験記《ナラティヴ》」の認識論的伝統が脈々と流れる。してみると、アメリカの文学批評史がポウを無条件に特権化してきたというよりは、むしろ読むことの発見者ポウによって文学批評のほうが生き延びさせられているのかもしれない。文学批評がポウを利用したのではなく、むしろポウによっていまも文学批評のほうが利用されつづけているのかもしれない。今日ポウ作品を読み直すのは、だからアメリカ文学史上において「読むこと」そのものがいかにもうひとつの文学ジャンルとして、ひいてはもうひとつの「物語‐体験記《ナラティヴ》」として胚胎し成長し変貌してきたのか、まさにその諸位相を「読む」ための政治学になるはずである。

1　オランウータンその人種・性差・階級——または殺人体験記《マーダー・ナラティヴ》の伝統

一八四一年、世界初の推理小説「モルグ街の殺人」の第一行目が書きつけられた瞬間、西欧小説はその内部に初めて「読むこと」を刻印した。いや、その可能性はすでに小説の見えない周縁に最初から埋め込まれていたのだが、ポウを待ってようやくその可能性が顕在化したというべきか。それは何よりも、当時雑誌文学《マガジニズム》の渦中に身を置いていたポウが小説ジャンル群の網の目を読み、新商品を開発した偉業に等しい。じっさい一九世紀中葉の文学的ジャーナリズムがいかにセンセーショナリズムと結託して発展し、その過程においていかに猟奇と恐怖と猥褻を軸にする多様な煽情小説サブジャンルを輩出したか、そしていかにそうしたエロ・グロ・ヴァイオレンス好みの文脈の中で作家ポウの主体が形成されたかという歴史については、デイヴィッド・レナルズ一九八八年の詳細な研究『アメリカン・ルネッサンスの地層』が雄弁に分析するところである。

もちろん煽情的なる言説はこのころ唐突に出現したものではない。それがエロスとタナトスを売り物にする煽情小説という明確な文学ジャンルを形成するはるか以前、すでにピューリタン植民地時代から、センセーショナリズムは無数の「物語‐体験記《ナラティヴ》」のかたちでアメリカ的無意識を構造化してきた。仮にそうした視点から「モルグ街の殺人」を読み直せば、そこに描かれる残虐は一見一七世紀以来の「インディアン捕囚体験記《キャプティヴィティ・ナラティヴ》」を連想させるものの、それ以上に本論でおいおい再考察していきたいのは、ポウが確実に「強姦体験記《レイプ・ナラティヴ》」や「殺人体験記《マーダー・ナラティヴ》」の言説的伝統をも着実に読み直し、それにひとひねりを加えるかたちで新ジャンルを編み出していることである。結論を先取りすれば、強姦事件や殺人事件を「物語る＝体験化するレトリック」の内部に、それらの事件について「読むことのレトリック」があらかじめ胚胎しているのを再発見した時、新しい文学ジャンルとしての推理小説が誕生したといってよい。その結果、作家自身が新傾向としての推理小説をジャンル的革新かつ流行として充分自負するに至り、その意識は一八四六年八月九日フィリップ・ペンドルトン・クック宛の書簡において、ポウ自身のジャンル命名になる"ratiocinative tales"(ratiocination 英語史上の初出は一五三〇年、形容詞形初出は一六二〇年)という新語とともに露呈する。

かくして、後世の批評家たちはポウを探偵小説"detective fiction"(detection 英語史上の初出は一四七一年、形容詞形初出は一八四三年)の元祖としてまつりあげるに至った。しかし今日もっと興味深いのは、そのような「ジャンルを読むこと」とともにまさしく「読むことのジャンル」の可能性を考えさせる様式としての推理小説にほかならない。

ここで推理小説作家としてのポウに関する大方の評価を概観しておこう。いちばん好評を博しているのは、彼の推理小説系統最後の第五作であり名探偵オーギュスト・デュパン三部作としても第三作に属する「盗まれた手紙」(一八四四年)である。これについては、ジャック・ラカンやジャック・デリダの論争に立脚して独創的な脱構築を試みたバーバラ・ジョンソンによる名分析「準拠枠」(一九七七年)が絶大な影響力をふるい、以後、前述の論文集『盗まれたポウ』編纂の引き金となった。それに匹敵するぐらい人気のあるのは、デュパン・シリーズからは外れるが暗号解読を最初に持ち込んだ宝探し「黄金虫」(一八四三年)。これについてはマーク・シェルが貨幣経済の側面から読解を試みた新歴史主義批評の論文「『黄金虫』――文学産業への手引」(一九八二年)が決定版となり、それを継承するかたちで「黄金虫」内部の方言に注目したジェニファー・ディラーラ・トナー一九九三年の論文や、暗号論的解釈に新境地を開いたテレンス・ホエーレン九四年の論文がつづく。メタ推理小説ともいえる最後の「おまえが犯人だ」（一八四四年）は文脈のついでに論評されることがほとんどであり、第二作の「マリー・ロジェの謎」（一八四二年）に至っては最も不評。というのも、この作品は、現実のメアリー・ロジャーズ殺人事件をあくまでアームチェア・デテクティヴの立場からリアルタイムで解決しようともくろんだポウが雑誌連載をはじめるところまではよかったが、途中で自分の推理の誤謬に気づきあちこち足を運んで路線変更した結果、いささか論旨がふらついてしまりのない、注釈ばかりの多い出来を呈してしまったためである。ただし、その執筆の事情をポウ顔負けの推理力で論証しきったジョン・ウォルシュの労作『名探偵ポオ氏』（一九六八年）は、それじたいがとびきり上質の推理小説のようなおもしろさだ。

このような批評史の流れから概観すると、「モルグ街の殺人」（一八四一年）は推理小説第一作という栄誉の印象ばかりが強くて、決定的な分析にはいまなお恵まれていないことが了解される。たしかに小説としても本作品は、「盗まれた手紙」ほどの完成度には欠けて見える。逆にいえば、「盗まれた手紙」というテクストがあれだけ現代批評において高い評価に恵まれたからこそ、さかのぼって推理小説の原点「モルグ街の殺人」の存在価値が保証されているというのが実情だろう。仮に本格的再評価がなされることがあっても、その焦点がデュパンの推理能力から外れることがないのは、ジョン・アーウィン九二年の論文「ポウの知的能力を読む——『モルグ街の殺人』に見る政治学と数学と観念連合」が証明するところである。

いったいどうして、このような批評史的空白が生じてしまったのか。ゆえんのひとつを探るなら、現代的視点から見ると致命的におかしな部分を挙げなくてはならない。殺人犯の「声」について、デュパンが以下のような説明を加えるところだ。

殺人は誰か第三者たちによって犯された、ということになる。そしてこの第三者たちの声は、言い争っているように聞こえる声だったんだ。……証人たちは荒々しい声についてはﾞ(フランス人の声であると)意見が一致している。ところが鋭い声についての特異な点は……彼らの意見が一致しなかったという点じゃなく……イタリア人、イギリス人、スペイン人、オランダ人がその声を説明するに当って、めいめいがそれを外国人の声だと言っていることなんだ。自分の同国人の声じゃない、ということは、めいめいが確信を持っている。しかも、めいめいが、自分がその国語を話せる国の国民だとは言わない……」(M2、五四九—五五〇頁)

「モルグ街の殺人」全体のプロットについては多言を要すまい。ある日、パリはモルグ街のとある邸宅の裏庭でレスパネー夫人の刺殺屍体が、四階の密室でその娘カミーユ・レスパネーの窒息屍体が、それぞれ発見される。警察には不審な点が多すぎてその実情が解せない。そこでデュパンが登場する。彼は、殺人のあまりに残虐的で奇怪《グロテスク》かつ超人的な手口と、それを漏れ聞いた各国籍の証人たちがひとり残らず犯人の声を自分の国語以外を喋る外国人のものと決めつけたという事実、加えるに母娘の屍体から発見された人間ならざるものの体毛などといった状況証拠から、真犯人を最近ボルネオから輸送されて逃走中だったオランウータンと断定、殺害現場のふたつの声はその所有者たるフランス人船員とオランウータン自身の声であったという結論に達する。

ただし、フランス人証言者である警官イジドール・ミュゼーと銀細工業者アンリ・デュヴァルの二名は、前者が犯人の声をスペイン人だったというのに対し後者はイタリア語だったというのだが、じっさいには前者がスペイン語ができるわけでも後者がイタリア語ができるわけでもない。また、ドイツ人の料理店主オーデンハイメルはあれはフランス人だったというが自分がフランス語がしゃべれるわけではなく、イギリス人の洋服屋ウィリアム・バードはドイツ人だったというが自分がドイツ語ができるわけではない。スペイン人葬儀屋アルフォンゾ・ガルシオはあれはイギリス人だったというが英語を習ったことのない人物だし、イタリア人の菓子職アルベルト・モンターニはロシア人だったと言い張るも、ロシア人としゃべった経験のある人物ではない。事態をさらに錯綜させているのは、右のミュゼーは犯人の性別は不明としているものの、オーデンハイメルがこれを男性と確信し、デュヴァルとバードの二名が女性の声だったかもしれないと憶測していることだ。ほかの状況については全員の証言がほとんど一致しているにもかかわらず、犯人の人種と性別に関しては混乱をきわめている。

言語混淆《ヘテログロッシア》と性差撹乱《ポストジェンダー》が所与のものとなったモルグ街。いいかえれば、デュパンの推理というのは、言語から推論される人種も声色から推論される性差も明白ではないので犯人を人間の外部に求め、最後にフランス人船員に会った上、オランウータンこそ犯人だと確認するのである。

だがそれにしても――いくら他の諸点を差し引いたとしても――現代人読者であればまずまちがいなく以下のように問い直したくなるだろう。誰の耳にも外国人の言葉のように聞こえるのでオランウータンの声であるという結論が下され、しかもその推理が的中してしまうというプロットの道筋は、いくら何でも安易にすぎるのではないか？

けれども、このようなプロットがなぜ説得力を発揮したかについては、少なくとも以下のふたつの理由を推定することができる。

ひとつには、歴史的に見直した場合、このように異常かつ非人間的なる猟奇殺人という設定そのものが、一八世紀後半以来、今日でいうスプラッタ・ホラー風味の残虐描写を中核に据える殺人体験記《マーダー・ナラティヴ》の言説をきわめて忠実に反復していること。かつてミシェル・フーコーは「人間」なる概念が一八世紀啓蒙主義時代に発明された言説装置にすぎないと喝破したが、いっぽうこうした「非人間」なる概念もまた、「人間」とまったく同時に発明されたもうひとつの言説装置であり、そのために何よりも力を貸したのが殺人体験記《マーダー・ナラティヴ》の言説史であった。

ふりかえってみるならば、ニューイングランドにおける殺人体験記《マーダー・ナラティヴ》の傾向は、一七五〇年を境に大きく分岐する。まず一七五〇年以前、ピューリタン神権制がまだ根強く残存していた時代には人間性悪説が支配的であったから、そもそも誰かが殺人を犯したとしても、殺人者個人の動機はいっさい問われず、その犯罪はすべてのピューリタンの心に潜在するあくまで普遍的なものと見なされた。したがって、たとえば一七〇一年に記録が出版されている当時の有名な殺人者エスター・ロジャーズやジェイムズ・モーガンの場合でもわかるように、犯罪者にはむしろ周囲の深い共感が寄せられ、死刑の日の説教《エクシキューション・サーモン》には四千人から五千人にのぼるほど多くの会衆が群れ集い、共同体全体に潜在する罪を嘆き救済を祈るのが習慣的だったのである。カレン・ハルトゥーネン九三年の論文「初期アメリカの殺人体験記《マーダー・ナラティヴ》」によれば、当時の殺人記録としてはまだ殺人者一人称のものは存在せず、牧師の三人称による死刑の日の説教しかなく、しかもその説教たるもの、殺人事件そのものについてはほとんど語らないか、語っても曖味に済ませるかという展開のものが大半だったという（七六頁）。ひとつの殺人罪はピューリタン全共同体がエレミヤの嘆きを反芻するための契機であった。ところがそうした趨勢が、一七五〇年以降の時代に入って一変する。それまで支配的だった牧師による死刑の日の説教から具体的な犯罪記録へと重点が移動し、そこに至って初めて、殺人者個人の一人称による殺人体験記《マーダー・ナラティヴ》が形成され始めるのだ。

たとえば一七六〇年に妻を殺したジョン・ルイスによる殺人体験記《マーダー・ナラティヴ》や、一七七三年にロバート・ホワイトを殺したフランシス・バーデット・パーソネルによる殺人体験記《マーダー・ナラティヴ》がどんどん人気を博し、きわめつ

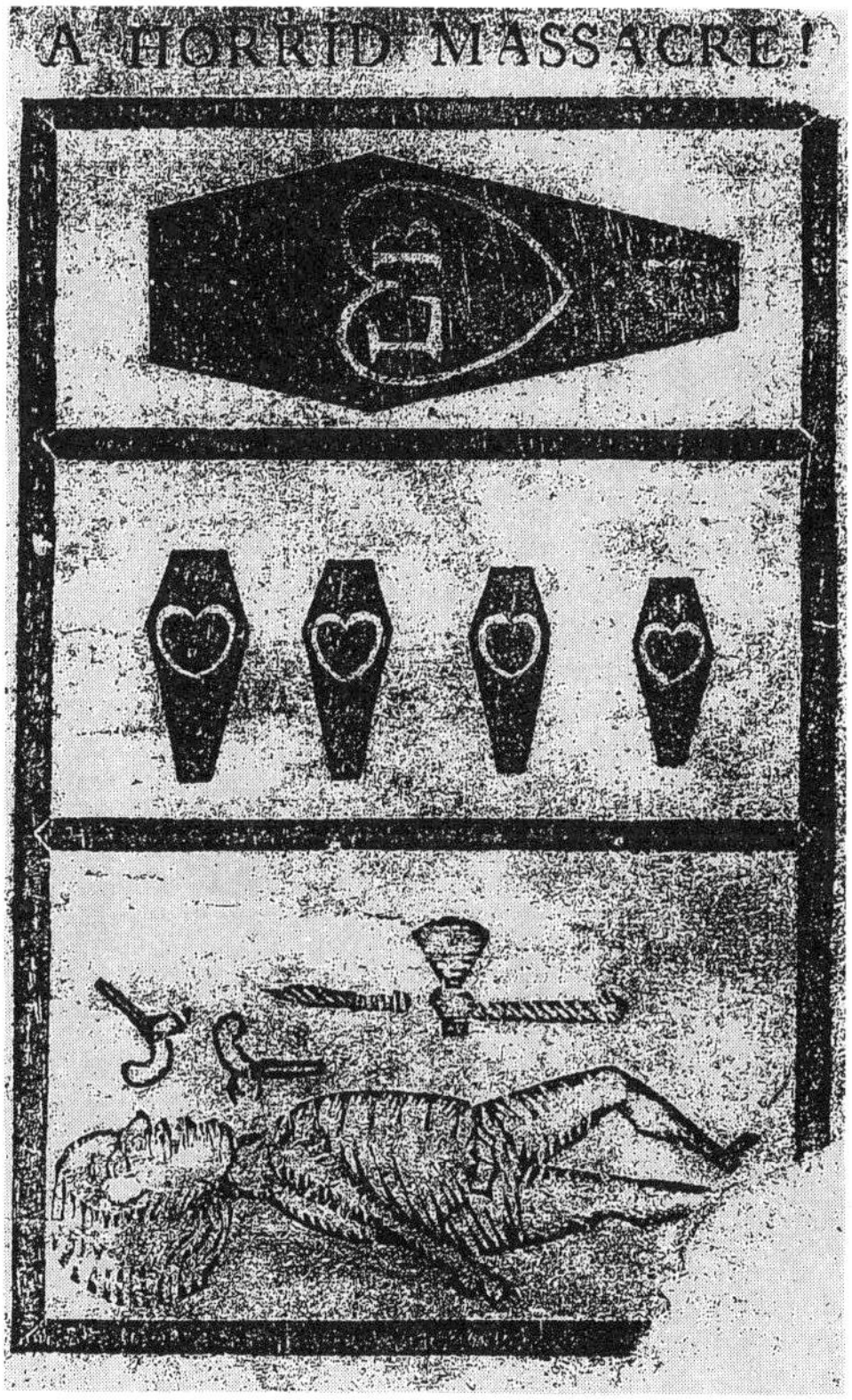

ウィリアム・ビードルの殺人体験記の口絵

けとしては、一七八三年に独立革命期の生活難のため一家心中を図ったウィリアム・ビードルによる殺人体験記が一大センセーションを呼び、『一家惨殺!』(A Horrid Massacre!)のタイトルで出版される。すなわち、殺人事件をめぐる言説ひとつにしても、ピューリタン神権制が啓蒙主義を経てアメリカ民主制へ移行していく時代のパラダイム・シフトを免れていないのだ(やがて二〇世紀末高度資本主義社会ではいまいちどパラダイム・シフトがおこり、ブレット・イーストン・エリス一九八八年の『アメリカン・サイコ』のように、殺人の超民主主義とでも呼べる無差別虐殺さえ着想されるようになった)。

一七五〇年以前には殺人者個人の動機よりもピューリタン共同体に潜む罪の普遍性のほうが強調されていたのが、一七五〇年以降には殺人者個人の動機すなわち殺人個々の独創性《オリジナリティ》が強調されるようになる。神の計画よりも人間の謀略のほうに重きが置かれ、共同体全体の罪意識よりも殺人者内部の心理的怪物性が前景化される。啓蒙思想が「自然」という言説をいかに組織化するかという点に邁進したのとまったく同時に、殺人体験記《マーダー・ナラティヴ》は何よりも心理的逸脱者の証言する「反自然」という名のもうひとつの言説を浮上させた。かくしてハルトゥーネンはいう。「一七八〇年代から九〇年代にかけて英米の大衆小説ではホラーが流行したが、じつのところそうした流行はそれに数十年ほど先行して、殺人事件を記述したアメリカのノンフィクション文書に見られたものである(後略)」(八五頁)。そして彼女は、右の論文の注五七や結論部において、殺人体験記の精神が以後のアメリカ文学史/文化史ではチャールズ・ブロックデン・ブラウンやポウ、ジョージ・リッパードらのゴシック文学はもとより、アルフレッド・ヒッチコックの『サイコ』やトマス・ハリスの『羊たちの沈黙』にまで連綿と受け継がれている可能性をほのめかす(八四〜八五、九九〜一〇一頁)。

このような殺人体験記《マーダー・ナラテイヴ》の言説史が一八世紀啓蒙主義以来のアメリカ的無意識をあるていど構造化していったとすれば、それこそはまさしく、一九世紀作家ポウをしてごく自然に「反自然的非人間」を代表する殺人鬼オランウータンを着想させたゆえんのひとつであったといってよい。むろん、従来の記号論以後の批評がオランウータンをどう解釈したかといえば、前述した言語混淆・性差解体の状況そのものをポウ文学のディコンストラクティヴな本質と捉えて、たとえばルイス・レンザのようにまさしくこの「猿《エイプ》」"ape"は作者エドガー・アラン・ポウ自身のイニシャル署名"E. A. P"をアナグラムにして刻印したものと読んだり、たとえばバートン・ポーリンのようにまさしくデュパン"Dupin"という固有名詞じたいが語ることすなわち「騙ること」"Dupin(g)"であるのを刻印したものと読んだりする方向は、脱構築的分析としては典型的な部類に属する。推理小説に展開される真実の効果を読み進んでみれば、それは作者が読者をまんまとかつぐ、いわば文学的ホークスの一ヴァリエーションだった、作品を読んでいた読者自身が実は作品から読まれていたという認識論的苦境を看破するのは、たしかに読者反応論以後いちばん典型的な図式化であろう。その限りで問われていたのは一種の文学的関係論、つまり作者‐作品‐読者を三位一体とする相互作用の構造であり、そこからあらゆるテクストに読解不能性を措定するド・マン的な脱構築批評までは遠くない。

しかし新歴史主義以降の現在批評は、読む主体そのものが、すでにしてイデオロギー的言説に支配されているのではないかと考え直す。一口に文学は現実を模倣するといっても、すでにその現実自体が、読む主体個々を生産してきたイデオロギー制約から決して自由ではない。ポウに鑑みるなら、たしかに現在のわたしたちが「モルグ街の殺人」を読めば不可解きわまる論理が頻出する。ただし、それを考える時にもまた、作家が当時まったくの所与、まったくの常識とみなしていたもろもろの事柄が、現在のわたしたち読者側における所与や常識とはそれこそまったく相容れぬものであった可能性に留意しないわけにはいかない。

そして、そう考えて初めて、作者ポウがまさにオランウータンを殺人鬼に仕立てあげることこそ最も自然な物語学と判断するに至った、もうひとつの理由を推理することができる。というのも、地政学的に見直した時、南北戦争前のアメリカでは、このような推論がまったく唐突でもなければ安易にも響かないような社会が築かれていたのだから。

従来の「モルグ街の殺人」読解は、七〇年代まで神話批評を担ったダニエル・ホフマンから八〇年代において新歴史主義批評の一員となったドナルド・ピーズ、それに前掲ジョン・アーウィンに至るまで、さしたるちがいはなかった。それらをまとめてみるなら、名探偵デュパンの推理を特色づける分析的知性は、ひとえに「読みの作用」であり「知性の強さの結果」であり、具体的には「相手の心に没入して一体となること」であるが、それはこの事件の場合、デュパンが人間の心内部に普遍的に巣食う獣性をあらかじめ知っていたからだ、かくして獣の構造と同一化することによって名探偵は事件を解決したのだ、とするオーソドックスな読みが浮上する。このような解釈は、いくつかの映画化のうちでも、たとえばロイ・デル・ルース監督一九五四年の映画『謎のモルグ街』（Phantom of the Rue Morgue）のように、ソルボンヌ大学生物学教授ポウ・デュパンが殺人容疑者として逮捕されてしまうという大胆な脚色とも、鋭く呼応し合う。それは、人間的本質のメタファーとしてのオランウータンを現出させる。

だが、そもそも人間的本質とは何か。特にアメリカ南部特有の貴族制がしっかりと機能していた一八

映画『謎のモルグ街』(1954年)

四〇年代にあって、二〇世紀後半の「人間的本質」がいかなる助けになるというのか。こう考えるとき、読者は途方に暮れてしまう。時間的距離の溝を埋めるためには、平均的読者はせいぜい強引なメタフォリクスに依存するしかない。ただし、今日のメタファーが一五〇〇年前にも同じメタファーとして機能した保証は微塵もないのだ。

　では、今世紀的な人間的本質が通用せず、したがって今世紀的なメタフォリクスもまた適用しえないとすれば、そもそもポウにおける一九世紀前半アメリカ南部の文字どおりの現実《リテラリティ》とは何か。こう考えるとき、このころ「モルグ街の殺人」のオランウータンとまったく同じく、人種の外部、性差の外部に存在させられていた黒人奴隷を、そして彼らを生産・再生産しつづけた南部奴隷制イデオロギーの根強さを連想しないわけにはいかない。

　なるほど、語り手の表現を使えば「狂人」の仕業と見えたものがじつは獣であるオランウータンの仕業にすぎなかったという種明かしは、今日のわれわれにとってたんに「意外な犯人」という推理小説スタイルシートに即したプロット展開に見える。けれども、ポウはべつだん、それによって人間内部の残虐をメタフォリカルに逆照射したというよりは、彼の呼吸する同時代の人種的線引きを、まったくストレートに表象したにすぎない可能性も高い。バーナード・ローゼンタールはポウが匿名発表した奴隷制肯定の書評をも収録した『奴隷制とアメリカ・ロマン派』（一九七六年）の序文で、ポウの黒人観を典型的にあらわすものとして『ナンタケット島出身のアーサー・ゴードン・ピムの体験記』とともにこの作品をとりあげ、以下のように述べている。「たしかに『モルグ街の殺人』が持つ複雑な意図を全面的に理解するには、ポウの人種問題に対する見解の認識が不可欠であるが、その一方、彼の政治的志向と芸術の間に矛盾相剋が一切ないのも確かである」（二〜三頁）。この視点は以後ジョアン・ダイアンに継承され、彼女は九一年代に入り、ロマンスの物語学が奴隷制の言説史とほぐしがたく絡みあっている記号的構図そのものを、自身のポウ研究の根幹に据えるようになった（「ロマンスと人種」一九九一年）。

つまり、奴隷制が当然すぎるほどの政治的常識であるような「現実」がごく自然に表象されたもの、それが「モルグ街の殺人」という「作品」ではなかったのかという読み。ローゼンタールやダイアンの意見を敷衍するならば、「モルグ街の殺人」に想定された人種の外部に、オランウータンの形象と黒人の形象とがかなりのていどオーヴァラップしたものと見えてくるのは不可避であろう。その瞬間、ポウの内部に浸透して彼の「現実」を字義的なものとして形成するのに寄与していた人種・性差・階級のイデオロギーが明るみに出る。

2 南部を読むことのアレゴリー――または識字力の主題

一八世紀から一九世紀前半にかけて、黒人（奴隷）が人類よりもむしろ霊長類の枠組で位置づけられてきたことには、すでに多くの証言が認められる。一八世紀前半、啓蒙的貴族の中には、黒人の子供を白人の子供とともに教育し、人類の進歩改良可能性を実証しようとする「実験」が見られたが、そこで企まれたのは、黒人が存在の大いなる連鎖の上のいかなる位置を占めるものか、それを確認しようとする方向であった。その結果、アフリカ生まれの黒人をヨーロッパ人種よりは低次の存在として、オランウータンよりは高次、あるいはオランウータンと同格の存在として定位する発想が、このころより常識化していく。それは、黒人とオランウータンの間には「失われた環《ミッシング・リンク》」があり、それを結ぶべき密接な関連の中には、両者の雑婚もあったはずだとする観点である。このような言説はエドワード・ロングの『ジャマイカ史』（一七七四年）を経て、ダーウィン以後の一九世紀後半、人類学者エドワード・B・タイラーが示したような社会進化論の中へ継承される。いってみればこれは、そもそも西欧的イデオロギー中心に「存在の大いなる連環《グレート・チェイン・オブ・ビーイング》」を徹底網羅し階層秩序化していこうという、一八世紀はカール・リンネ以後の博物学的関心が発展していった帰結であって、その基本は、同時代のアフリカ大陸という「空間」を人類史上大幅に遅れた原始という「時間」として再解釈する植民地主義的支配の言説にほかならない。

右の文脈における黒人奴隷観が特に一九世紀アメリカ南部貴族制社会において依然濃厚であったこと

は充分推測可能であり、それがヴァージニア・ダンディを気取ったポウのイデオロギー形成に大きく寄与したことについても、すでに少なからぬ証拠がある。スティーヴン・パイスマンの「黄金虫」注釈によれば、ポウも共有した当時の南部的思考において黒人はせいぜい子供ていど、知性においては飼い犬ていどとみなされていたという（二四六頁）。

たしかにポウはボストン生まれであるけれども、たとえば一八四五年一〇月一六日にボストンで行なわれた講演ではニューイングランド文壇、とりわけロングフェローを批判するさいにボストン生まれであることを大袈裟に恥じて見せたものだし、一八四一年フレデリック・トマス宛の書簡では「私が自分のことをヴァージニア人と思うのは、人生の大半を、つい数年前まで、リッチモンドで暮らしてきたことが大きい」と述べている。また、南部イデオロギーを主導した『サザン・リテラリイ・メッセンジャー』誌（一八三四年創刊〜一八六四年終刊、以下SLM）の胎動期である一八三五年から三六年まで同誌編集の職につき、実売部数を数百部から五千部にひきあげ、同誌一八三六年四月号では、ジェイムズ・カーク・ポールディングの『南部の擁護』書評の体裁で「奴隷の奉仕を命ずることは、何ら人的あるいは神的な法則を犯していることにはならない」と結論する奴隷制肯定論を残した（前掲ローゼンタール『奴隷制とアメリカ・ロマン派』所収）。編集職をクビになったあとも同誌との因縁は長く深く、一八四五年に編集長となった『ブロードウェイ・ジャーナル』誌（以下BJ）三月二二日号末尾には「SLMこそは南部貴族のエリートがこぞって購読中の雑誌」と謳う広告頁を出したばかりか、同号の雑誌紹介欄では「同誌購読者は経済的にも思想的にも洩れなく南部貴族文化のエリートたちであり、同誌寄稿者は概してあらゆる話題において南部の世論をリードする人々ばかりだ」と喧伝しているほどだ。時折しも奴隷制廃止運動かまびすしく、運動の中心を担っていた週刊紙『リベレイター』は間髪入れず、その三月二八日号に右のような保守的言説に傾くBJ誌そのものを罵倒するロバート・カーターの投書を掲載する。「SLM誌の方針など最悪のたぐいのもので、ひたすら特異な制度を支え黒人を罵り奴隷制廃止運動家を誇るにすぎないというのに、この悲惨なBJ誌は同誌の広告を挟んだばかりか上げ底の内容評価を与え、大々的に購読者募集を買って出たりしている」(『ポウ・ログ』五二一頁)。

奴隷制廃止運動は一七七五年ベンジャミン・フランクリンによる組織が結成されたことから本格化するが、この『リベレイター』紙が発刊されたのは一八三一年、ナット・ターナーによる大規模な奴隷暴動が起こって南部プランテーションを震撼させたのと同年である。ということは、奴隷制廃止運動がいっそう激越をきわめつつあった当時にもかかわらず、いやそうであるからこそポウは決然とSLM誌の貴族主義を賞賛したことになり、ここに彼の毅然たる南部人意識を再確認していいだろう。

さらに大切なのは、今世紀に入って、ポウが思想のみならず行動においても奴隷制社会を日常的に生きていた証拠が発見されたことである。もともとリッチモンドのポウの養父ジョン・アランの家には三人の奴隷が働いていたが、とりわけ一八一一年一月一日にマスター・チータムから二五ポンドで購入された女奴隷ジュディスはエドガー・ポウ自身の乳母役をつとめ、彼をよく教会へ連れていったという。同市は一八三〇年代には奴隷売買がピークを迎え、特に奴隷市場はSLM誌編集部からほんの二ブロック離れたところに位置していたから、ポウが売り買いされる奴隷の行列を日常的に目撃していたのはまずまちがいないと、ジョアン・ダイアンは断言する(「恋の束縛——ポウと淑女と奴隷たち」二六四頁)。さらに決定的なのは、『ボルティモア・イヴニング・サン』紙の一九四〇年四月六日号に寄稿されたメイ・ギャレットソン・エヴァンズの文章が、ずばり「エドガー・アラン・ポウが奴隷を売却した時」という題で、この作家が一八二九年一二月一〇日、伯母であり義母であるマリア・クレム夫人所有の奴隷エドウィンをチャールズ・ストリート近辺在住の労働者ヘンリー・リッジウェイに四〇ドルという破格に安価な値段で売却した事実を明かし、証拠として当時の売却票全文を掲載していることだ。それにはたしかにポウが冒頭から自分を「メリーランド州ボルティモア郡ボルティモア市のマリア・クレム夫人の代理である私エドガー・A・ポウ」と言明しているのが読まれる（同紙四頁）。ちなみに、この発見が報告された同じ紙面には、ナチス・ドイツの脅威を意識する記事も掲載されており、当時のアメリカには二〇世紀全体主義の影と一九世紀奴隷制の影を二重映しにする視点があったことも、大いに推察できる。

もちろん、じっさいのポウはヴァージニア大学を満足に卒業したわけではないうえに、南部支配階級ともとりたてて密接な関連があるわけではない。ポウが作品に表象したのは幻想の南部だったかもしれない。けれど、それをいいだせば、リチャード・グレイも指摘するように、すでにしてオールド・サウスそのものが歴史に鑑みつつ幻想の貴族的家父長制を再生産し表象した人工空間だった（一八五〜一八六頁）。あらゆる「地域」はけっきょく根底的に「表象《イメージ》」の集積として生産される運命を免れることはできない。こう考えるとき、ポウの南部が現実か虚構かという点はさほど問題ではない。南部のどのような側面が作家をしてどのような表象形態《レトリック》を選択させるか、おそらくはそのことだけが重要になる。

ここで仮にハリー・レヴィンが『ピム』の白人対黒人（ツァラル島人）の抗争に同時代アメリカ南部を読み込んだ方式に一定の妥当性があるとすれば、「モルグ街の殺人」もまた、もうひとつの南部を読むことのアレゴリーとして再解釈できないだろうか。

たとえばローゼンタールも示唆しているように、ピムがツァラル島内部の洞窟で発見した形象のひとつはあたかも「南」を指す人物像のように見えたが、それはまさに南極の白い彼方どころか南部の黒い深奥を指していた可能性が高い。同様に考慮すべきなのは、たとえばデュパンにしてもフランス人探偵としてよりはアメリカ南部の知的貴族として読むこと。容姿と富裕に恵まれたレスパネー母娘についてもは南部社会が自らの尊厳のモデルとした高潔なる南部白人女性として読むこと。オランウータンにしても、そのような南部白人女性が「不実な黒人奴隷によって強姦されるかもしれないという心理」（W・J・キャッシュ八九頁）を、その結果、黒人＝猿《エイプ》"ape"に南部社会全体が根底から強姦《レイプ》"rape"されるかもしれないという恐怖を表現したものとして読むこと。

右の読解が信憑性を持つのは、第一に、「モルグ街の殺人」の舞台となる建物自体、アメリカ的建築の特色を移植した構造を備えている事実があるからである。犯人が窓の中へ飛び込む鍵となるもののひとつに「窓から五フィート半ほど離れて立っている避雷針」があるのだが、ポーリンの指摘によれば、ベンジャミン・フランクリン一七五七年の発明になる避雷針はアメリカでこそ家庭用品として広く宣伝されたとはいえ、素材の高価なこともあって、同時代のパリでは公共の建物以外これを設置している家はなかったはずだという（二四六頁）。アメリカナイズされたパリ、それが物語の舞台にほかならない。

第二に、オランウータンと黒人がメタフォリカルな関係どころかリテラルな類縁であるのが常識的前提になっている点。ここでポウ一八四五年の短編「タール博士とフェザー教授の療法」において、狂人と化した精神病院の院長が看守たち一〇人の体をタールと羽根《フェザー》だらけにして地下室に閉じこめたすがたが「まさしくチンパンジーやオランウータン、また喜望峰に住む黒ヒヒ」にたとえられていた文脈、あるいは一八四九年の短編「ホップフロッグ」において、主人公の道化が余興と見せかけ王たちの体にタールと羽根ならぬ麻糸を塗りこめてオランウータンに偽装させ、自分の復讐を果たしていく文脈との関連が避けがたい。「タールと羽根《フェザー》」"Tar and Feather"は、一八世紀以来きわめてポピュラーなリンチ形態で、すでにホーソーンは短編「ぼくの親戚モーリノー少佐」（一八三二年）において独立革命当時、タールを塗り羽根をまぶされた老少佐を描き出したが、これは一九世紀になるとわけても奴隷制廃止論者や黒人奴隷自体に対して行なわれ、のちにマーク・トウェインの『ハックルベリー・フィンの冒険』（一八八四年）の中でもクローズアップされる。

　ここで注目したいのは、右のポウ作品群において、タールと羽根あるいは麻糸で偽装したすがたが必ずオランウータンにたとえられていること、そして、ほんらい奴隷や奴隷制廃止論側に対して行なわれるはずのリンチが、逆に制度側や支配者側を陥れる謀略として再解釈されていることだ。「モルグ街の殺人」でいうオランウータンと、タールと羽根によって形象歪曲《ディスフィギュア》された黒人とは字義的に等価であった。黒人奴隷という形象は、逆にいえばタールと羽根の欠落したオランウータンにすぎない。もちろん、黒人と猿とが字義的に等価であるというのは、ポウ的南部観に制約された現実だからこそ可能な連環であって、その連環の本質は無根拠であろう。その無根拠を、しかし西欧的な民族的無意識がカッコにくくってしまう。現在では黒人と猿の間にはメタフォリカルな関係しか成立しえないが、当時の奴隷制イデオロギー内部にあっては、両者はリテラルな類縁にほかならない。その場合、タールと羽根は黒人と猿が互いに互いを換喩化するダブル・メトニミーとして機能する。黒人奴隷がその肉体にタールと羽根を付加すればオランウータンになるというかぎりで存在が保証されるいっぽう、オランウータンはその肉体からタールと羽根を欠落させれば黒人奴隷になるという限りで存在が保証されるという相互換喩化の構図。だが、リンチされた黒人奴隷あるいは奴隷制廃止論者は、いつの日か彼ら自身の手によって、リンチする制度の側に復讐するかもしれない。「モルグ街の殺人」の言語混淆や性差解体は見えない人間転じて聞こえない人間を表象するが、同時に、彼らによってアメリカ南部制度がいつか内部解体するのではないかという恐怖が肉薄してくる。

第三に、何よりもオーギュスト・デュパンその人の推理方法論がこの作品を最もアメリカ的なものに

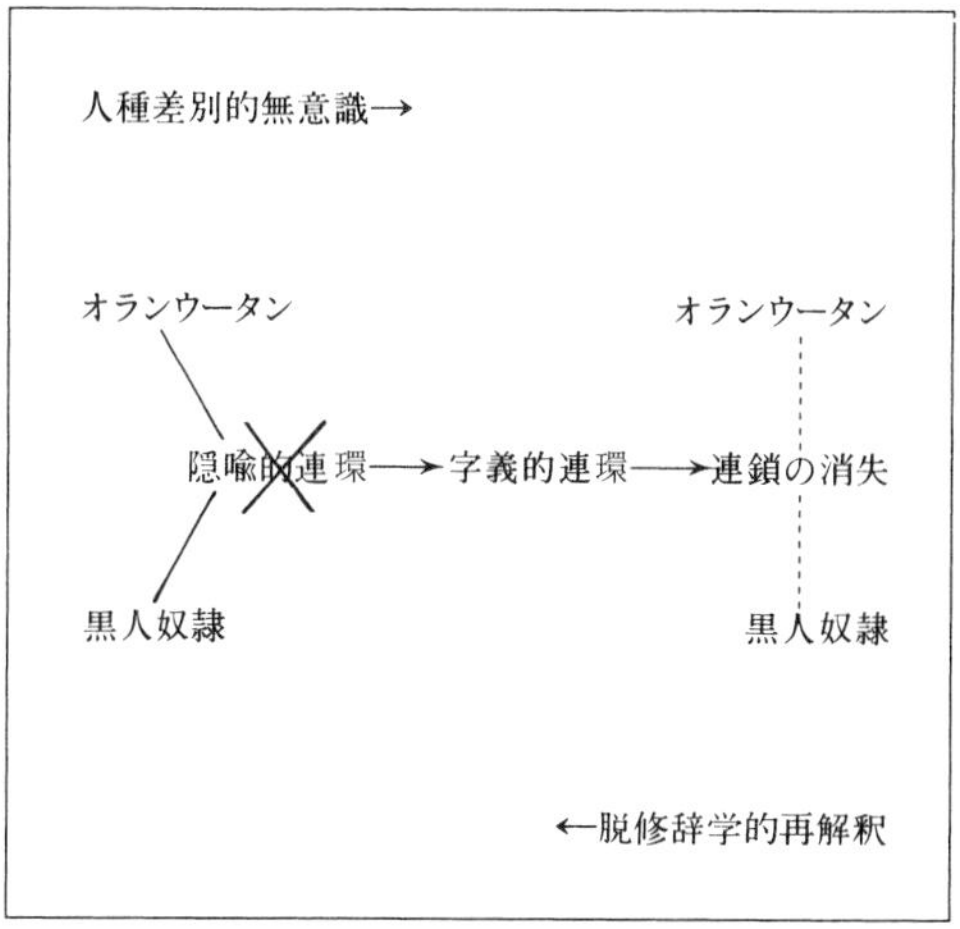

「モルグ街の殺人」におけるメタファーの熱死

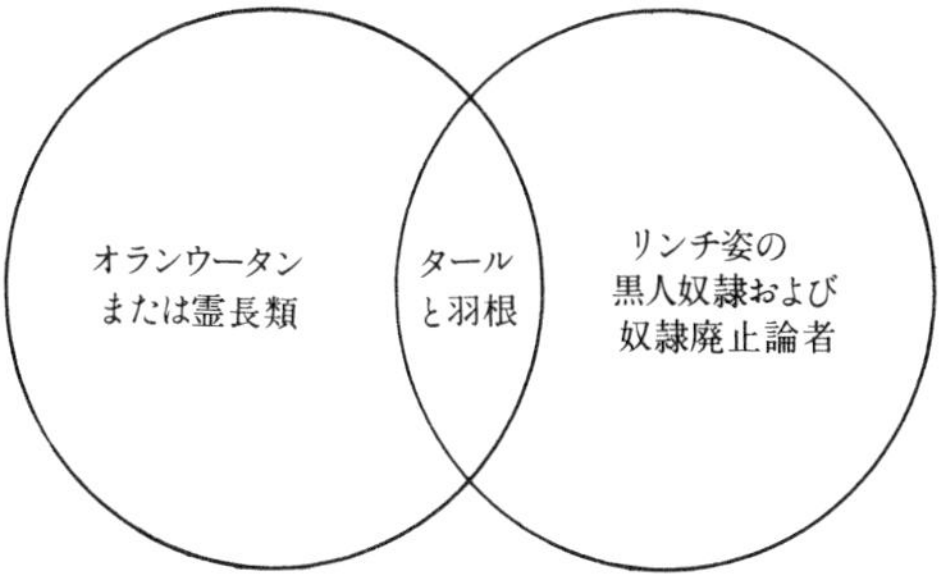

「モルグ街の殺人」のダブル・メトニミー

していることを指摘したい。彼は分析的知性に富み、グロテスクな邸宅では書物三昧の日々を送り、昼夜逆転した暮らしをしているロマンティックな南部知的貴族の典型である。彼が事件を解決できたのは、おそらくここにフランス的ならぬアメリカ南部的な構造を看破したからであろう。かくて名探偵は、犯人の奇怪な言語表現《シンフィアン》に関する証言を総合して言う。「その口調には、ヨーロッパの五大国の国民に馴染みの深いものが全然なかったんだよ！　アジア人の声かもしれぬ、と君はいうだろうね。さもなくば、アフリカ人の声だろうと。ところがパリには、アジア人もアフリカ人もそう大勢住んでいないんだけどな」（M2、五五〇頁）。しかし、この発言は、仮に舞台がアメリカ南部であれば、アフリカ出身者に関してもあてはまる。聡明なデュパンは、右のように説明しつつも、すでに自らの位置させられている作品の舞台が十二分にアメリカナイズされているのに気づいていたのではないだろうか。したがって、彼は、美貌と知性にあふれた良家の母娘が惨殺されるその事件の背後に、南部的女性像転じて南部社会全般が「（黒人奴隷による）レイプを受けるかもしれないという心的圧迫感」を読み取り、残された獣毛から犯人がオランウータンであることを突きとめることができたのではないか——むろん、リンチ姿の黒人としての。

このような視点から再びアメリカン・ナラティヴの貯蔵庫へ立ち返ってみれば、「モルグ街の殺人」の物語をあらかじめ構造化した殺人体験記《マーダー・ナラティヴ》としては、黒人殺人者アブラハム・ジョンストンの告白が一七九七年に出版されているほか、さらにそれに先立って、黒人青年ブリストルが白人女性エリザベス・マッキンストリーを焼き殺し八つ裂きにした事件が一七六四年には出版されていることにいきあたる。ブリストルはエリザベスにアイロンをふりかざして襲いかかり、顔を焼き、斧でバラバラにしてしまったという（ハルトゥーネン八六頁）。かてて加えて、ダニエル・ウィリアムズもいうように、そもそも一七世紀以来のピューリタン強姦体験記《レイプ・ナラティヴ》の言説史において、強姦は女性に対する犯罪というより所有物の侵害として捉えられてきたことを考え合わせるならば、黒人男性による白人女性への暴行は、白人社会が奴隷社会から逆奴隷化される脅威を帯びた象徴的事件として、殺人体験記《マーダー・ナラティヴ》と強姦体験記《レイプ・ナラティヴ》の融合した言説をあらかじめ形成していた可能性が高い。そして、そのように言説的伝統内部で培われた黒人殺人者像を、ポウはオランウータン造型に巧みに再利用したのだ。ちなみに、今世紀に入って何度か試みられた本作品の映画化のうち、一九七一年のゴードン・ヘスラー監督作品が「オペラ座の怪人」とかけあわせた内容で、じっさいオランウータンのぬいぐるみ内部に黒人ならぬ狂人が入りこみ犯罪に走るという設

映画『モルグ街の殺人』（1971年）

定だった。原作ではデュパンの友人である語り手がまず犯人を「狂人《マッドマン》」と誤読するが、映画版はその意見をも成り立たせるよう造っている。ポウにとって言語の外部、人種の外部に位置した黒人は狂人とも大差ないものと捉えられていたふしがあるから、オランウータンの〈皮〉を被った狂人という発想は、タールと羽根を付加した黒人という形象に最も近接するだろう。読むことの達人デュパンが解読したのは、まさしくそのような一九世紀アメリカ南部地政史のテクスチュアリティであり、ジョアン・ダイアンの言葉を借りれば、ロマンスの物語学が奴隷制の言説史とほぐしがたく絡みあっているポウ文学の記号的構図そのものである（ダイアンI）。

ロマン主義的貴族デュパンのそうしたプラグマティックな知的能力《リテラシー》がどのように形成されたのか、その背後の文化史をいまいちど考えなおすには、ウォルター・オングの『声の文化と文字の文化』（一九八二年）を一瞥すればよい。彼は、かつて口承文芸では聴衆を意識したエピソードの断片が中心だったが、活字技術の発達が小説を生むと直線的で複合的な起承転結プロットが内省的に構造化されるようになった、そのピークが「モルグ街の殺人」ではじまるポウの推理小説であった、という（原著一四八〜一五〇頁）。ロバート・ギディングズは、その見解を発展させて、テクノロジーは推理小説形式のみならずその主題についても、たとえばデュパンが新聞を読んで事件解決に向かう点にも現われているといい、そのような活字印刷テクノロジー導入により小説内部で読み書き能力《リテラシー》そのものが主題化されたという（九七頁）。「モルグ街の殺人」のエピグラフにはサー・トマス・ブラウンから「セイレーンたちがどんな歌を歌い、アキレスが女たちのなかに姿を隠したときどんな偽名を使ったかは、たしかに難問だが、まったく推測できぬというわけでもない」という一節が引用されているが、この場合の「推測《コンジェクチャー》」にもリテラシーの強調を垣間見ることができる。

一七七六年の独立革命以降、国家の概念が形成されてくるにしたがい、実生活に無縁な教育よりは、実用的にも役立つ教育が重視されるようになり、読み書きの正誤を判定するキャノンが作られ、リテラシーは新世界の通貨となって、それに長けていればいるほど美徳の持ち主と見られるようになった。背景を制御するアメリカ・ピューリタニズムはリテラシー称揚の風潮に伴って自由と民主主義、そして一種の国粋主義を膨脹させていく。あたかもそれに呼応するかのように、とりわけ一八三五年から一八五五年に至る二〇年間は、アメリカ人口も八〇%増大したが、出版のほうも一挙に八倍増大してピークを迎える時期に当たる（ロナルド・ズボレイ）。そんな時期に生まれたポウの推理小説が、ほんらいの南部貴族精神と少々矛盾しても、テクノロジー発展とリテラシー向上に伴う一種の実用主義に対応してしまうことになったのは不可避であった。つまりデュパンの肖像は、推理すること＝読むことそのものを商品として売ることのできる新たな階級の誕生を意味している。

考えてみれば、「モルグ街の殺人」前半で、デュパンと出会った語り手は彼の読書範囲と想像力に感銘を受けて「こういう人物との交際こそ実に貴重な宝だと考え……ぼくが彼の許しを得て金を出し……古びたグロテスクな邸を借り」ていた（M2、五五三頁）。「マリー・ロジェの謎」になると、事件解決のために警察が一千フランから三万フランにまで懸賞金を値上げしていくいきさつが説明され、「盗まれた手紙」では、警視総監からの報酬が五千フランと設定される。いってみれば、デュパン個人はさしたる経済資本に恵まれずとも、圧倒的なリテラシーを備えているために、彼はそこからする「読み」を商品と化し貨幣と交換することができた。この点にこそ、奴隷資本のシステムから文化資本のシステムへ転換する、アメリカ一九世紀中盤の制度的亀裂が予見されるだろう。

デュパンという知的貴族は、パリという都市にアメリカ南部の言説構造を――とりわけ南部的な人種・性差・階級イデオロギーを――読みこむことでまんまと事件を解決するが、彼自身は旧来の貴族精神から逸脱しはじめていたというアイロニーが、ここにある。

ではその要因はどこに求められるか。

3 貴族主義の凋落、農地再分配の波紋――または文学観の発見

デュパンにおける詩的想像力と数学的分析力の背後を制御しているのが、貴族的なものと民主的なもの、奴隷制と資本制、不変資本と可変資本、要するにリチャード・ローティいわくのロマンティシズムとプラグマティズムというアメリカ的相剋だったことは、改めて指摘するまでもない。もともとポウという作家には、初期の詩「ソネット――科学に寄せる」（一八二九年）の中に顕著な、科学技術を「詩人の心を食い荒らす……退屈きわまる現実の翼を持った禿鷹」にたとえる傾向と、後期の風景庭園譚「アルンハイムの地所」（一八四七年）のように地上に天使的想像力としての芸術＝技術《アート》によって第二の自然を創出したい傾向とが並存していた。前節のオングの意見にしたがえば、詩から小説への比重の移行は、まさに活字印刷技術の実用的進歩に作家自身が身を任せた結果ということになるから、風景庭園譚においてほんらいの貴族精神とは相容れぬ「人間の進歩改良可能性《パーフェクティビリティ》」を体現したかのようなエリソン氏を主人公に据えたのは、やや自嘲的なセルフ・パロディの趣さえ孕んで見える。

この謎を解くためには、当時、奴隷制廃止運動がポウのような人物にとってどれほど脅威となったかをいまいちど再確認しておく必要がある。たとえばT・O・マボットの「モルグ街の殺人」全集版注釈によれば、ほんらいボルネオやスマトラで樹上生活を営むオランウータンがアメリカに輸入され初めて展示されたのは一八三一年あたりだが、ポウ作品のヒントになったのは一八三四年八月、英国はイプスウィッチ市で起こった見世物用ヒヒによる邸宅襲撃事件のニュースである可能性が最も高く、ほかにも床屋のペットの猿が主人の代役に立ったら凄惨な結果をきたしてしまったり、同じくペットの猿が主人の猿真似をしたら自分の喉を切ってしまったりというソースのたぐいには事欠かない。さて、これらのエピソード群は、たんなる奇譚のたぐいとしてでなく、教育された猿に関するケーススタディとしての共通性をもつ。「モルグ街の殺人」の構造が、人間（狂人）の仕業かと思ったら猿（オランウータン）の仕業であったというプロットに尽きているとすれば、ひとまず猿に「動機ある完全犯罪」という人間並みの知性を仮定しなくてはならない。じじつ、最初に犯人と間違われて投獄されたのは、ミニョー銀行の役員であるアドルフ・ル・ボンであった。一九二八年の映画化作品においてマッドサイエンティストが巨大猿エリックをキングコングならぬ「人間の頭脳を持ったゴリラ」として超人化しようとしたり、前述のヘスラー映画のように狂人がオランウータンを演じる役柄だったりするのは、必ずしも誤読ではなく、むしろ「人間並の猿」という原作コンセプトを正読した結果ではないか。そしてこの人間並の猿が与える恐怖こそは、当時に鑑みるなら、白人並の読み書き能力《リテラシー》を備えて奴隷制廃止運動に邁進していた黒人たちの与える恐怖とオーヴァラップしたはずだ。

　知性を示さないかぎり黒人奴隷はそもそも「人種」の範疇にさえ属さないが、いったん知性を得てしまえば、南部女性のみならず南部社会を根幹から強姦するかもしれない「闇の力《パワー・オブ・ブラックネス》」と化す。黒人文学者ヘンリー・ルイス・ゲイツ・ジュニアの脱構築的研究『黒の修辞学』（一九八七年）は、一七〇三年生れの黒人ウィルヘルム・エイモの事例を援用し、猿と黒人を等価視する西欧的支配言説を内部から転覆するためには、黒人側が白人に劣らぬ読み書き能力を誇示し、あるときにはその知性によって白人を出し抜くことが必要だったといい、逃亡奴隷の代表格フレデリック・ダグラスへ至る道筋を示している。じっさいダグラスの奴隷体験記《スレイヴ・ナラティヴ》からしばしば引用されるのは、以下の部分であった。「奥様がわたしめにアルファベットを教えてしまったのが運の尽き、もはやつけあがるなというほうが無理な話であった」"Mistress, in teaching me the alphabet, had given me the *inch*, and no precaution could prevent me from taking the ell"（八二頁）。

だが同じくゲイツの『シグニファイン・モンキー』（一九八八年）も説明するように、むしろ黒人内部の側から西欧白人中心の人種差別言説を逆手にとり、自らをあえてアフリカ神話に由来するトリックスター「いたずら猿《シグニファイン・モンキー》」にたとえ、白人言語を撹乱しようとしたというアイロニカルな反戦略があったことも忘れてはなるまい（五二頁）。その好例として、「モルグ街の殺人」のパロディとしても評価される二〇世紀の黒人作家リチャード・ライトの『アメリカの息子』（一九四〇年）が挙げられる。この小説は、一九三八年に実在の黒人青年ロバート・ニクソンが犯したそれこそ「モルグ街の殺人」並みの婦女殺害事件が、この黒人犯罪者をジャングルの野獣にたとえて新聞報道されたことにヒントを得て書かれた（『シカゴ・サンデー・トリビューン』三八年六月五日号、第一部六頁）。したがってこの小説には、あたかもその報道記事を反復するかのように、シカゴの富豪の一人娘メアリ・ドールトンを殺した黒人青年ビッガー・トマスが逮捕されたのち、見物人のひとりである白人少女が「猿《エイプ》そっくりの男だわ！」と叫ぶ場面ばかりか、つづく小説内新聞記事が彼をさらに「ジャングルの野獣」「けもの」にたとえる場面さえ登場する。リンダ・プライアーに倣うなら、「モルグ街の殺人」が猿を人間と誤読する小説ならば、『アメリカの息子』は逆に人間を猿と誤読する小説であるというアイロニー。それがほんとうにパロディだとすれば、ライトというシグニファイン・モンキー《シグニファイン・モンキー》いたずら猿がポウという白人作家を出し抜こうとした計略としても興味深い。

さらに例証を重ねれば、ライトの『アメリカの息子』からさらに四〇年以上を経た最近になってさえ、「モルグ街」的フォーミュラを揶揄しようとするアメリカ黒人作家はあとをたたず、たとえばチェスター・ハイムズが八四年に発表した長編小説『ある強姦事件』(*A Case of Rape*)などは、離婚直後の白人女性エリザベス・ハンコックがパリのホテルで強姦殺害された折、たまたま四人の黒人男性が周囲にいたために彼らがたちまち容疑者となったものの、じつのところそのレイプは彼女の離婚した元の夫、すなわち白人紳士の手によるしわざだったことがわかるという、とてつもなくアイロニカルな展開を持つ。そして、このように後世の黒人作家がほとんど伝統芸能的にポウを意識し「モルグ街の殺人」を書き直そうとすればするほど、かえって今日のわたしたちは、いかにポウの時代の南部白人貴族社会において黒人的形象そのものが恐怖の対象として捉えられていたかを実感することになる。一九世紀南部の言説空間において、知性のある猿の登場は、何らかの比喩であるどころか、文字どおり知性のある黒人がやがて自分たちの所与としている「現実」を根底から突き崩す「恐怖」の潜在的可能性を示していたのである。

もっとも、このアメリカ南部一八三〇年代から四〇年代という時空間において、じつは猿と黒人の字義的類縁性といった事柄は、むしろ表層的な大衆的知識に属す。より肝心なのは、そのような知識を温存し制御しなければならないという政治的権力が着実に胎動しており、それにはポウ本人も一枚嚙んでいたという歴史のほうだ。当時の南部知識人からはじつは奴隷制以上に罪悪と見られたもの、それはアグレリアニズム“agrarianism”（初出一八〇八年）という名の言説であった。

奇妙に聞こえるだろうか。なるほど今日アグレリアニズムといったら、トマス・ジェファソン的なユートピアニズムからアメリカ新批評のオーガニック・フォームに至る思想の背景を成し、理念的に何ら悪印象を残しているようには見えない。南部といえば奴隷農場であり、それに立脚してこその南部貴族制社会であろう、にもかかわらずアグレリアニズムのいったいどこが悪かったというのか？

当然の疑問だ。たしかにルイス・ダグラスも編著『アメリカ史におけるアグレリアニズム』で述べるとおり、今日とは全く逆に、一八〇〇年のアメリカ社会はその八〇％が農業、残り一〇％が非農業であった。じじつ、一九世紀初頭において高額所得者の九〇％が農業に従事していたことを考え合わせるなら、当時、農業に従事する者こそは公私にわたる美徳の持ち主とされ、業績の観念も平等の観念もすべてそれにからんで形成されていたことが判明する（xi頁）。だが、このように主流を成したアグレリアニズムの根本に土地再分配を促進する理念があり、それがたとえばトマス・ペイン一七九八年の『農業的正義』の中で、真に農業を理想とした社会を築くためには一般市民も農場を所有するよう農地再分配しなければならないとする提案に結実していたとしたら、南部の貴族精神はどう反応するだろうか。一八三〇年代において、この傾向はいわゆるジャクソン大統領率いる民主的改革運動と手を結ぶけれども、当時の保守派知識人の中には、まさしく農地再分配こそは私的所有権の剝奪に等しいと弾劾した者がいたのも否定することはできない。C・C・ヘイズウェルもいうように、このころアグレリアニズムを唱道する者は神の恵みとしての私有財産を顧みない点において無神論者よりも悪質と見られた。無神論者は、まだしも私的所有を容認するからである。当時「アグレリアニズム」の一語が最悪のニュアンスを醸し出した理由について、『アトランティック・マンスリー』一八五九年四月号の同題の論文で、彼はネガティヴな意味合いを込めてこう説明している。「アグレリアンの名のもとに含まれるのは、なるほど社会悪を是正する連中ではあるが、同時にその依存する方法ときたら不安定で危険きわまるものだ……最近よく耳にする単語に社会主義だとか共産主義だとかフーリエ主義といったものがあるが、アグレリアニズムはそれらすべてを包括してしまうのだから」（三九三～三九四頁）。

すなわちアグレリアニズムとは、当時何よりも私的所有を容認しないラディカルな共産主義の一形態だったのであり、万一この言説が蔓延すれば、まさしく奴隷制という南部に根底的な私的所有形態にとって最大の脅威となるのは、あまりにも容易に想像された。端的にいえば、いままで自分の持っているものが不当にも奪われるという恐怖、これである。

このような恐怖を抱えて南部社会の未来を真剣に再検討していた保守派知識人の代表格として、ポウの前掲書評「奴隷制」の末尾にも名前が言及される経済学者トマス・ロデリック・デュー（Thomas Roderick Dew, 一八〇二年～一八四六年）がいる。彼は一八三六年にはヴァージニア州ウィリアムズバーグにある名門校ウィリアム・アンド・メリー大学の学長におさまる人物だったが、この彼がポウ編集時代のSLM誌の常連寄稿者のひとりであり、ポウは彼の思想の賛嘆者のひとりであった。そのことは、ポウ自身がデューの病気で講演草稿入手が遅れたときなど雑誌発行そのものを遅延させたり、数号あとにデュー絶賛の記事をものしたりしていることからも推察されよう。その講演の全貌は、SLM一八三六年三月号誌上で読むことができる。そして、「連邦共和政治の文学及び人間性に与える影響に関する講演」と題されたこの論文こそは、じつに穏やかな口調ながら、奴隷制を擁護するその手でアグレリアニズムを徹底的に糾弾するたぐいのものだったのである。

全文はSLMのフォーマットにしてゆうに二〇ページを数えるから大部のものだ。その大半は、共和制に比して君主制がもはや時代遅れになっているという論理、すなわち共和制が潜在的な人材を発掘できる制度であるのに対して君主制はその中心に位置する者はともかく、周縁に生まれてしまった者は向上の機会など与えられない不均衡な制度でしかないという論理の繰り返しで成立している（二六四〜二六五頁ほか）。つまり反復が多い。しかも、その反復の内部には、いくつか相互矛盾する論点が見え隠れする。できるかぎり単純にまとめてしまえば、デューの主張は、第一に南部にも将来的には鉄道や蒸気機関などを可能にした北部的テクノロジーの導入が不可欠であること（二六六頁ほか）、第二に、南部では同一階級内部の人々以上に階級上下間、特に奴隷所有者と黒人奴隷、資本家と労働者間の関係のほうが円滑であるゆえに、奴隷制廃止の必要は全く感じないこと（二七八〜二七九頁ほか）、第三に、奴隷制は共和政治の精神に最もふさわしいものであるのに、今日アグレリアニズムの台頭がそれを脅し、国家的規模で所有権を震憾させていること（二七六〜二七八頁ほか）。つまり、北部のおいしい部分であるテクノロジーは導入したいが、南部的伝統である奴隷制については絶対に譲歩できない、だから北部的民主主義には断固反対するとともに、アグレリアニズム的な共産主義にも断固抵抗するのだという、聞きようによってはまことにご都合主義的な論旨がデューの講演の本質を成す。

だが、そのようなご都合主義が、ポウをはじめとする多くの自称南部人の絶大なる共感を呼んだのだから、まさにデューはもうひとりの時代の寵児であったのだろう。アグレリアニズムによって「いままで自分の持っているものをいきなり奪われる」ことは絶対に看過できないとする南部知識人のイデオロギーが、かえって文学的表象における黒人奴隷を露骨なものとした。ポウ自身、デュー講演の翌一八三七年よりSLM連載をはじめた『ナンタケット島出身のアーサー・ゴードン・ピムの体験記』では黒人を闇の力以外のものとしては描かなかったし、一八四〇年の未完作品『ジュリアス・ロドマンの日記』においては、黒人奴隷少年トビイがいわゆるステロタイプな描写の中に登場するばかりか、一七九二年にケンタッキーに奴隷農園が存在したという虚偽まで記入している。だが、一八四〇年、つまりポウの作品執筆当時にしてみれば、ケンタッキーにはたしかに農園があったし、黒人奴隷が存在した。むろん、現在の視点によって過去を改竄してしまうのは、あらゆる歴史学の宿命かもしれない。だが、ここで記憶しておきたいのは、ポウは奴隷制廃止運動とアグレリアニズム、及びデモクラシーの台頭によって「いままで自分の所有していた歴史をいきなり奪われる」恐怖におののいていたことだ。その恐怖が、ポウをして歴史的時空間の歪曲に走らせたであろうことは想像に難くない。その手法は、保守的南部イデオロギーを南極やパリという空間のみならずアメリカ一八世紀末という時間にまで拡張していくためのレトリックとして編み出された。

加うるに、折しも一八三七年にはニューヨーク中の銀行の正貨支払いが不能になり、五月には恐慌が起こっている。それがポウの経済状態・精神状態を不安にしたのはウィリアム・ビットナーの伝記にもうかがえるとおりである。そのような制度変貌への不安が、南部的理念としてのレスパネー母娘を襲うタールと羽根の怪物となって表象されたのが、『ジュリアス・ロドマンの日記』の明くる年一八四一年に発表された「モルグ街の殺人」だったのではないか。そこにはじつは、義母クレム夫人と妻ヴァージニアというもうひとつの母娘への切々たる思いも反映していたのではあるまいか。「あるものを否定し、ないものを説明する」というのは「モルグ街の殺人」末尾でデュパンが警視総監を揶揄してほのめかす言葉だけれど、それはまさしく「すでにある私的所有を否定し、あるべきでない農地再分配・奴隷制廃止・民主主義政策を説明する」という南部的危機感をデュパンが読んだ結論なのではあるまいか。

先に指摘したように、植民地時代に書かれた強姦体験記《レイプ・ナラテイヴ》の眼目は女性虐待批判というよりも所有権侵害批判にあったけれども、その文脈からいくなら、理想の淑女像を中核とする南部的理念の侵害とともに土地所有権侵害そのものを恐怖する「モルグ街の殺人」は、いってみれば、殺人体験記《マーダー・ナラテイヴ》を脱構築した果てにメタ強姦体験記《レイプ・ナラテイヴ》とも呼べる仕掛けを稼働させる物語だったかもしれない。あるいは、これまで支配階級だった者が、いままで自分の持っていたものを不当にも奪われ、あげくの果てに自分自身がもうひとつの奴隷階級に転落しかねない恐怖をも考え合わせるならば、「モルグ街の殺人」は、アンチ奴隷体験記《スレイヴ・ナラテイヴ》とさえ呼べるかもしれない。

もっとも、そうした恐怖とは裏腹に、ポウが同じ一八四一年、自ら新編集長となった『グレアムズ・マガジン』は大成功を収め、本作品は同誌四月号に掲載されてフランスではその盗作まで登場、ポウは一気に国際的名声を獲得していく。資本主義的文学市場における成功は、やがて推理小説の力点をオランウータンに残存していた奴隷資本からデュパンという文化資本へ移行させる。一八四三年、もうひとりの知的貴族ルグランを主人公にした「黄金虫」の黒人ジュピターがすでに解放奴隷の地位を得ていたことを、ここで思い出してもいいだろう。「有を無にしてしまう」反制度への南部的恐怖を訴えた「モルグ街の殺人」から、「無（暗号）から有（財産）をもたらす」新制度への経済的転換を期待させる「黄金虫」へ。

そして、じっさいポウは、名探偵を文化資本にしたデュパン・シリーズを三部作というジャンル商品にすることによって文化剰余を生み、まさにそのことが読むことを隠喩化しうる新たな文学市場を、ひいては読むというジャンルそのものを誘発した。すべての推理小説およびポストモダン小説は、ここから生まれている。だが、それらが可能になり自明のものとなるためには、一九世紀南部イデオロギーの死体置場《ル・モルグ》自体が根本から忘却されなければならなかったことをも、わたしたちは想起しなければならない。

6 屋根裏の悪女

ハリエット・アン・ジェイコブズの自伝と奴隷体験記《スレイヴ・ナラティヴ》の伝統

人種という名の病が、南北戦争以前のアメリカを襲う。

もちろんピューリタン植民地時代から、人種の本質に病を見る疫病体験記《イルネス・ナラテイヴ》は少なくない。一七世紀、ジョン・ウィンスロップやコットン・マザーはインディアンに蔓延した天然痘に民族的宿命を見たし、一八世紀の教育家ベンジャミン・ラッシュはアフリカ黒人の肉体的特徴自体をハンセン氏病によって形成された病であり治療しなければならない徴候と診断し、さらに一九世紀の医師・宗教家サミュエル・カートライトは黒人奴隷がそもそもプランテーションから逃亡を企てるという心理状態自体が一種の精神病なのだと断言した上、それを「ドラプトマニア」(Draptomania) と命名したほどである。人種が病なのか、それとも人種内部に病を無理にでも想定しようとする感受性そのものが病なのだろうか。

ここで指摘しておきたいのは、しかし必ずしも隠喩としての病ではない。そうではなく、人種の本質を病と見る言説が形成されるのにしたがって、いかに人種を病と同じように自然で字義的な現象と見る言説が形成されていったかという病の脱隠喩学／脱修辞学である。少なくとも奴隷制が依然敷かれていた一九世紀中葉のアメリカ南部にあって、「人種」というのは白人男性支配階級が異民族を制御するために編み出した隠喩的言説にすぎないのに、それに立脚した霊長類学的人種差別はごく自然、ごく本質的、ごく文字どおりの「常識」としてまかりとおった。ナット・ターナーの反乱を契機に奴隷制廃止運動に正比例するかのように、こうした人種差別は弱まるどころかますます増長していく。あたかもカートライトの疑似精神病理学と連動するかのように、このころトマス・ロデリック・デューやジェイムズ・フィッツヒューといった論客たちは、奴隷制こそが最も自然で平和で道徳的な制度であることをくりかえし説く。かくして奴隷制支持の言説というのは、奴隷制廃止運動そのものを廃止すべきもうひとつのホットな反対運動として形成されたのだった。

とはいえ、いわゆる「奴隷体験記《スレイヴ・ナラティヴ》」という名の文学ジャンルがはっきりと形成されるのも、まさしく奴隷制廃止にはるかに先立つ南北戦争前のこの時代なのである。フランシス・フォスターやヘンリー・ルイス・ゲイツらの研究に従えば、奴隷体験記の幕開け自体は一八世紀後半に定めるのが妥当だろうか。黒人奴隷ブリトン・ハモンが一七六〇年に出版した『ある黒人奴隷ブリトン・ハモンの異常な苦難と驚異的な救出』やジョン・マラントが一七八五年に発表した『ある黒人ジョン・マラントに与えられた神の奇跡的な恩恵に関する体験記』は、いずれもインディアンによる捕囚体験を含んではいるものの、まぎれもなく最も初期の奴隷体験記であり、それ以後このジャンルは着々と書き継がれて、一八四五年には、今日では文学史的に奴隷体験記の代名詞として広く知られることになるフレデリック・ダグラスの『自伝』が出版される。ダグラスの『自伝』が最初の四ヶ月で五千部を売り切り、一八四七年までには一万一千部が、一八六〇年までには三万部が売れたことは、疑いもなく南北戦争前のアメリカにおいて奴隷体験記ジャンルが顕在化したことを示す。

しかし同時に、こうした奴隷体験記の人気は、フレデリック・ダグラスの『自伝』が出るまでの時点で、すでに奴隷体験記特有のレトリックが洗練されてきた歴史を裏づけるだろう。つまり、奴隷制を支持する言説が「黒人奴隷」の人種的劣等を自然化しようとするのと同じぐらい、黒人側においても「黒人奴隷制」の邪悪を自然化するための修辞的戦略が磨きあげられたということである。しかも、奴隷体験記の中には、当時の白人文学のフォーミュラを巧みに取り込んでいったものも少なくない。ダグラス以後の奴隷体験記において最大の主題になるのは、奴隷制支持の偽善的言説をいかに打破するかという点もさることながら、奴隷体験記ジャンルそのものの人工性を隠蔽しつづけながらもいかにその文学的可能性を開花させていくかという点なのだ。そしてまさにそんな時期だったからこそ、一八六一年にノースキャロライナはイーデントン出身の混血黒人女性奴隷ハリエット・アン・ジェイコブズ（c。一八一三〜一八九七年）が出版した『ある奴隷娘の生涯で起こった事件』（以下『事件』）は、奴隷制廃止論者のあいだで強い支持を得る。

1　あまりに上手く、あまりにメロドラマティック

ハリエット・ジェイコブズの『事件』を最も型どおりに読むならば、そこには奴隷制批判とともに家父長制批判が透けて見えるだろう。まず注意しなければならないのは、本質的に本書は自伝であるにもかかわらず、奴隷制廃止以前の時代、一八五〇年の逃亡奴隷法設定以後の時代に書かれたために、あえて登場人物の実名を使っていないということだ。実名で語れば、逃亡奴隷はたちまち正体が発覚し元の主人のところへ送還され、逃亡奴隷を手助けした人々にも被害が及ぶ。そのため、ハリエット自身であ

るところのヒロインも、リンダ・ブレントという名前ですがたを現わす。一八一三年ごろ、南部に生まれたこの美しい混血奴隷娘リンダが、その思春期に厳格な医者である主人ドクター・フリント（本名ジェイムズ・ノーコム）から度重なる性的虐待《セクシュアル・ハラスメント》を受け、それに辟易したあげく、同じ街に住む有力政治家サンズ氏（本名サミュエル・トレッドウェル・ソーヤー）の愛人となり、ふたりの子どもを出産して北部へ逃亡し、奴隷制廃止運動にも加担していく物語。典型的な奴隷体験記の手順が踏まれているのは、明らかだ

ハリエット・ジェイコブズ（1894年）

ろう。というのも、フランシス・フォスターも指摘するように、奴隷体験記のフォーミュラはまず第一に無垢の喪失、第二に自由になるための決意、第三に逃亡の実行、第四に自由の獲得という順序で進行するからである（『奴隷制証言』、八五頁）。その意味では、黒人奴隷制という悪を暴露し弾劾するという奴隷体験記ジャンルの主要目的を、本書はまずとどこおりなく果たしているといってよい。

けれども、ジェイコブズのテクストをくりかえして読むうちにわたしたちが感じるのは、何よりも文学的な完成度の高さである。だからこそ、どうやらこれは奴隷体験記として奴隷制の悲劇を訴えるという目的と同時に、じつはもうひとつの重大な目的を孕んでいるのではないかと推察されるのだ。じっさいフレデリック・ダグラスの『自伝』が最初、文学史的には取るに足らないと片づけられていたいっぽうで、ハリエット・ジェイコブズの『事件』はむしろ、あまりにも文学的に上手く出来過ぎた体験記であるため、これはそもそも黒人女性奴隷の手によって書かれたのではないのではないか、誰か白人女性作家が匿名で出版したのではないかという嫌疑がかけられたほどである。そうした意見の代表格ジョン・ブラシンゲームは、一九七二年の研究書『奴隷共同体』の中で、本書が「あまりに上手く出来過ぎていて……あまりにメロドラマ的でありすぎる」（too orderly...too melodramatic）と断じてみせた（二三四頁）。そのため、最終的にジェイコブズの原稿の編集を一手に請け負うことになったフェミニスト作家リディア・マリア・チャイルドこそは『事件』の事実上の作者ではないのかと長いこと信じられてきたのであり、その定説は、一九八一年にフェミニスト黒人文学者ジーン・フェイゲン・イェーリンがジェイコブズとチャイルドの書簡を詳細に検討しジェイコブズの「主権＝著作権《オーソリティ》」を再確認した論文を発表するまで、覆ることがない。

しかし、ふりかえってみれば、ブラシンゲームの「あまりに上手く出来過ぎていて……あまりにメロドラマ的でありすぎる」という誤読ほどに、ジェイコブズの『事件』テクストにおけるある種の本質をみごとに言い当てたものもなかったかもしれない。ひとつの根拠は、その前書きにもはっきりと見られるように、ジェイコブズが最初からアメリカ北部の中流階級白人女性読者をはっきり自分の読者層として定めていたこと。「自分の生涯など、黙っていられたらそれにこしたことはなかったろう。……けれど、ここで強く要望するが、北部の女性たちには南部で奴隷にされている二百万にもおよぶ女性たちに気づいてほしい。彼女たちはわたしと同じ苦汁をなめており、その大半はわたし以上に悲惨なのだから」（六頁）。

彼女が当初、自分の体験をハリエット・ビーチャー・ストウ夫人（一八一一〜一八九六年）の手で物語化してもらいたいという強い願望を抱いていたことからも理解されるように、ジェイコブズがこの時念頭に置いていたのは、ずばり『アンクル・トムの小屋』（一八五二年）の読者市場であった。しかし、のちに詳しく説明するように、この同世代として生まれほぼ同時期に亡くなったふたりのハリエットは、とうとう意見の一致を見ないまま、運命的ともいえる対立状態に陥ってしまう。

いまここで大切なのは、このように自分の読者層を明確に想定していたハリエット・ジェイコブズが、彼女たちの注意をどのように引けばいいのか意識していないわけがなかったということ、そのための文学的訓練も十二分に積んできていたということである。彼女にとっての焦点は、じつは「黒人奴隷制の悲劇をどう訴えるか」ではなくて、むしろ「白人女性読者の心をどうつかむか」にあった。肉体にではなく言語に、奴隷資本としての告白ではなく自ら文化資本を手にしていることの証明のほうに、彼女の関心はあった。とはいえ、ジェイコブズが最終的にいわゆる人種と性差の分断不可能な部分を見ようとしたのか、それとも人種を超えた女性の連帯をめざしたのかについては、いまなお論議の分かれるところである。現時点ではとりあえず、ハリエット・ジェイコブズには黒人奴隷制を表現しようとすればするほど黒人文学ならぬ白人女性文学の約束事から出発せざるをえなかったという逆説を指摘するにとどめておく。

では、そのような「あまりに上手く出来過ぎたメロドラマ」によって、ジェイコブズはいったい何をしようとしたのか。この問題を考えるために本論が踏もうとしている手続きは、おおむね以下の三つに集約される。まず彼女がいったいどのように自分のリテラシーを制御したのか、つぎにどうレトリックを操作したのか、さいごにどんなかたちで当時のイデオロギーと折り合いをつけていったのか。これらはすべて、ハリエット・ジェイコブズが南北戦争以前のアメリカとのあいだでいかなる政治的駆引を演じることになったかという問題を照らし出すための重要な鍵を成す。

2 「情動《アフェクト》」は誰のものか

奴隷体験記において読み書き能力《リテラシー》自体がクローズアップされるのは、そう珍しいことではない。ヘンリー・ルイス・ゲイツ・ジュニアもいうように、読み書きの学習シーンとその学習が禁じられてしまうシーン、それにそうした抑圧的制度自体へ反旗をひるがえすシーンは、奴隷体験記の定番と化している(チャールズ・デイヴィースとの共編『奴隷の体験記』序文二八頁)。奴隷資本でしかなかった者たちがその境遇から脱出するためには何よりもまず文化資本が要請されることを、奴隷体験記はくりかえし説き聞かせる。げんにハリエット・ジェイコブズの『事件』の冒頭にしても、最初の女主人によって読み書きを仕込まれ深く感謝するリンダのすがたを描く。ただし、女主人の遺書を読めるようになった彼女が知るのは、女主人の死後、約束どおりリンダが解放されるわけではなく、その権利が女主人の妹の五歳になる娘にシフトするにすぎないというもうひとつの悲劇だった（一五頁）。肉体の奴隷制を脱出したと思っても、それは言語というもうひとつの奴隷制へ、言語の牢獄へ足を踏み入れることにすぎないことを、この時のリンダ・ブレントほどに痛感した者はいないだろう。

こうした奴隷制の蟻地獄から脱出するにはどうしたらいいのか。ここで注目しなくてはならないのは、言語能力を得たことでかえって二重の奴隷制へはまりこんでしまった人生の「事件」を描くその表象方法自体において、ハリエット・ジェイコブズがむしろ言語の力で逆に他者の肉体を制御するような「物語」の戦略を採用したという点である。言語という文化資本を巧みに操作して、こんどは他者の肉体を奴隷化するべく働きかける戦略。その核心をなしたものこそ、ヴァレリー・スミスの指摘するとおり『事件』の原形質ともいえる英国作家サミュエル・リチャードソンの『パミラ』（一七四〇～四一年）であるし（オックスフォード版スミス「序文」xxxi～xxxii頁）、ジーン・イェーリンも類似性を見出すアメリカ女性作家スザンナ・ローソンの『シャーロット・テンプル』（一七九一年）に代表される誘惑小説《セダクション・ノヴェル》の伝統にほかならない（ハーヴァード版イェーリン「序文」xxx頁）。こうした伝統については他の呼称もあり、イェーリンからスミスにおよぶジェイコブズ研究家のあいだでもその呼び方はまちまちなのだが、ここではレトリックの本質から考えて、敢えてジェイコブズの『事件』の枠組を「煽情小説《センセーション・ノヴェル》」的なものと規定したいと思う。

ヒロインであるリンダがいかにドクター・フリントの性的嫌がらせをうけたかという「事件」をあとになって再構成するさいに、ジェイコブズは何よりもまずそうした大衆小説の、とりわけ煽情小説の「物語」の約束事を活用することによって、より効果的に彼女の読者の心をつかむことに成功したのだ。というのも、そうした煽情小説最大の効果は、まさに小説の言葉によって読者の肉体へじかに作用し、読者の喜怒哀楽を操作してまんまと涙を流させたり欲望をかきたてたりするところにあるのだから。かくしてわたしたちは、言語の牢獄で苦悶する純朴なるジェイコブズのすがたよりは、むしろ言語によって他者の肉体を制御しようと試みるきわめて狡猾なるジェイコブズのすがたを見ることだろう。

たとえば、本書の前半でいちばん煽情《センセーショナル》的な場面のひとつは、先にもふれたように、リンダ・ブレントがほんらいは人種・階級差別主義者であるはずの主人ドクター・フリントからしきりにモーションをかけられ、卑猥な言葉をささやかれて、あわや貞操の危機にあうかもしれないというサスペンスがえんえんとつづくところだ。リンダは亡くなった女主人の遺言どおりその妹フリント夫人の五歳になる娘の所有物となったわけなのだが、フリント夫人はといえば、あたかも当時の南部家父長制を支配していた「真の女らしさ」(true womanhood) のステロタイプと呼応するかのように色白で病弱だが神経だけは太いという女性。いっぽうその夫であるドクター・フリントのほうは、医者として町の名士であるとともに豪邸といくつかのプランテーション、そして五〇人におよぶ奴隷を所有する人物であり、本名ジェイムズ・ノーコム名義による書簡や日記はのちにノースキャロライナの歴史家が引用するほどに、南部の第一級歴史的資料の一環をなす。たとえば一九三七年に出版されたギオン・グリフィス・ジョンソンの

『南北戦争以前のノースキャロライナ』を参照するならば、わたしたちはドクター・フリントの原型ドクター・ノーコムが、娘のエリザベスの結婚に関しては階級が低い男は相手にならないとあからさまな階級意識を記録している部分や（一八四六年、同書一九二頁）、クリスマスの時期には黒人奴隷たちがジョン・クナリング（John Kunering）と呼ばれる騒がしい祭りを演じるのを苦々しげに許容している部分（一八二四年、同書五五二〜五五三頁）を読むことができる。そうした差別意識が増長して奴隷たちへの凄絶な扱いとして現われているところは、ジェイコブズが鋭く描写しているとおりだ。たとえば料理が気に入らないといって奴隷料理人を鞭打ちするなどは序の口であって、ペットの犬が死んでしまったのは犬の餌がよく調理されていなかったためだといって奴隷料理人にその餌を食べさせたり、さらには彼自身が女性奴隷に子どもを孕ませたためはじまった奴隷間の夫婦喧嘩については、仲裁するどころか男性奴隷のほうをさんざん罰したあげく奴隷夫婦もろとも遠くへ売り払ってしまったりするような人格の持ち主なのである（第二章「新しい主人と女主人」、オックスフォード版二一〜二四頁）。

ところが、それほどに自分の地位に対してプライドをもつドクター・フリントが、黒人奴隷娘リンダ・ブレントにだけはいじらしいほどに執心してやまなかった。リンダの初恋の相手は、彼女自身の叔父にあたる男性奴隷ベンジャミンだったけれども、それを知ったドクター・フリントがことごとく介入したため、怒ったベンジャミンはとうとう主人に暴力をふるい、北部へ逃走してしまった。では、ドクター・フリントは具体的にリンダに対してどのような性的虐待を行なったのか。彼は最初のうち、リンダの耳に卑猥な言葉をささやき（四四頁）、彼女は自分の「所有物」なのだから愛人になるのは当然であるとほのめかし（四五頁他）、町から何マイルも離れたところにリンダだけを住まわせる家を建ててやると言い出した（八二頁）。そして、一八三五年ごろのこと、彼女がそうした虐待に耐え切れなくなってサンズ氏とのあいだに子どもをもうけたあとも、ドクター・フリントは「このガキどもはいずれたくさんカネをもうけてくれるだろう」とつぶやいたり（一二二頁）、「愛人になりたくないのならプランテーションで労働させる」と宣言してリンダを追いつめたりするのだった（一二八〜一三〇頁）。したがって基本的に、彼女が最終的に逃走を企てるのは、ドクター・フリントが代表する南部家父長制の暴虐に耐え切れなくなったからである。

ただし、ここで注意しなくてはならないのは、かといって本書でハリエット・ジェイコブズは、序文で本書の対象と定めたような白人女性読者転じては女性一般との間に単純な連帯を結ぼうとしたわけでもないという点だ。逃走後の彼女は、なるほどさまざまなかたちで白人女性の協力を得ていくし、中にはリンダの祖母の友人の白人女性のように、名前を出さない条件で逃亡奴隷である彼女をかくまう人格者もいたほどである。ジーン・イェーリンはこの点を最大限に評価して、性差と人種の問題が容易に切り離せない点を突く（「テクストとコンテクスト」、一九八一年）。けれど、熟読するかぎりにおいて、さてリンダは白人女性に全幅の信頼を置いたのかといえば、必ずしもそうとは断言できないのだ。というのも、夫が女性奴隷に言い寄っているのに嫉妬したフリント夫人自身が、リンダに対してもうひとつの性的虐待を働いた可能性を、ハリエット・ジェイコブズは示しているのだから。文字どおり「嫉妬に狂う女主人」と題された第六章において、フリント夫人はリンダを自らの監視下に置くため、自室の隣の部屋に彼女を寝かせることにする。

「ふと目が覚めると、フリント夫人がわたしにおおいかぶさるように身を屈めているような時もよくあった。また、フリント夫人が何ごとか耳にささやくことがあり、それがあたかもドクター・フリントが語りかけてきてわたしの返事を待っているかのような仕草そっくりなこともあった。……わたしはついにこの暮らしがおそろしくなった」（五四頁）。このシーンなどは、暴君ドクター・フリントに優るとも劣らぬ、レズビアン・レイピストの潜在的可能性を表わしているだろう。

もうひとつ印象的なのは、のちにサンズ氏の妹がリンダの息子ベンジャミンを、サンズ氏の妻サンズ夫人がエレンをひきとりたいと申し出た瞬間の、語り手リンダの激怒である。彼女はこの件を祖母から聞いた時、「耐えがたい苦痛」を覚えた。というのも、「むろん将来は保証されると思うが、それにして

ジェイムズ・ノーコム

ノーコムの屋敷

もわたしは、奴隷所有者が奴隷の『親子関係』をいかに軽く見ているかを知りすぎていた」からだ（第二七章「子供たちの新たな運命」、二〇八頁）。ここでは、子供たちの将来を憂えながらも母性本能を抑えきれないリンダの白人女性批判のニュアンスが窺われるだろう。

　そしてさらに強調が必要なのは、ニューヨーク・シティへ逃亡したのちのリンダの経験である。彼女はそこで、作家・編集者・ジャーナリストとして著名なブルース氏（ナサニエル・パーカー・ウィリスがモデル）の家で娘の子守をすることになり、とりわけ一八四四年、ブルース夫人にはリンダの娘エレン（ルイーザ）ともどもボストンへ逃走する手助けをしてもらったりするのだが、このブルース夫人が亡くなったあとに来た後妻のブルース夫人は、あくまでリンダへの好意から彼女を解放奴隷にするよう尽力するものの、その時に採った手段ときたら、リンダを激怒させるに足るものだった。ドクター・フリントの娘はいまは結婚してドッジ夫人となっていたが、彼女の夫が何としてもリンダを回収すべく追ってきたからである。時あたかも一八五〇年の逃亡奴隷法が通過してしばらく経った一八五二年のこと、リンダはとうとう自由になるのだが、それは何と、三〇〇ドルという金額と引き替えだった。奴隷制に反対する人も、いざとなれば奴隷制の論理に依存してしまう悲劇を、このエピソードは表わしている。かくてリンダは叫ぶ。

「売却票だって！　この言葉を聞いて、わたしは衝撃をうけた。ではわたしはついに売られてしまったのだ！　このニューヨークという自由都市で人間が売買されるなんて！　売却票は記録され、未来の人々はそれを見て、このキリスト教国家では一九世紀後半に至るまで女性が商売の対象だったことを知るだろう」（三〇〇頁）。

もちろん表面上、それらの手筈を整えたブルース夫人への「愛と義務と感謝」の気持ちをリンダは隠してはいないし、彼女が「友」であることをはっきり言明してもいる（三〇二〜三〇三頁）。けれども、そうした筋の展開こそが、ブラシンゲームも評したように本書が「あまりに上手く出来過ぎている」ところなのではなかったか。

もともとブルース氏のモデルである作家ナサニエル・ウィリスというのは、ワシントン・アーヴィングやエドガー・アラン・ポウと親交の深い奴隷制肯定論者だった。彼は同時にフランシス・オズグッドなど女性作家をも大いに援助していたから、ウィリス家に住み込んだことでリンダがまたとない文学的環境に恵まれたことは、大いに想像できる。おそらくウィリス家の環境と、彼女自身の弟ウィリアム（ジョン・ジェイコブズ）の関与する奴隷制廃止運動の環境とが、リンダに類い稀なる文学的素地を与えたであろうことについては、すでに多くの研究者が納得するところである。物語も終盤にさしかかった時、「読者よ、こうしてわたしの話は自由になることで終わり、ふつうの話のように結婚することでは終わらないのだ」と述べるリンダのすがたには、彼女がいわゆる家庭小説の常識を熟知して応用しながらも敢えてズラしてみせたのだとでもいいたげな、物語作者としての自信が見え隠れする。しかし、のちに自分の奴隷体験記の出版をウィリス自身にはついに頼まなかったことからも察知されるように、リンダはウィリス家に勤めながらも一歩距離を置いていた。しかも、その夫人が彼女を自由にするのに奴隷制の論理を復活させてしまったとあっては、リンダは女主人に対して一定の憤りを感じないわけはなかったろう。にもかかわらず、そうした感情が書かれていないのは、そうした感情がもともと欠落していたからではなく、あたかも登場人物をすべて匿名に仕立て上げたように、ジェイコブズが感情をもテクストの表面から隠匿したことによるはずだ。それは情動の操作こそ、黒人女性奴隷が示しうる最大の政治学であることの証である。

すでに彼女自身、まだ少女のころに、こんなことをいっている。「これまで伊達に一四年間も奴隷としてやってきたわけじゃない。わたしは充分見聞を広め感性を磨いてきたから、人々の人格を読むこともできるようになったし、周囲の連中の動機も読めるようになった」（第四章、三一頁）。

彼女が読み書き能力《リテラシー》を習得したということは、いわば白人小説を読めるようになったとともに、それを通して人間の「情動」を言語操作する方法を覚えたということ、それを文化資本として文学を政治的に再利用できるようになったということを意味する。

3 政治としての出産

アン・チェトコヴィッチが一九九二年に出版した画期的な一九世紀煽情小説論『複雑な感情』は、そもそも人間の情動は自然なものでも解放的なものでもなく、むしろ煽情小説こそが人間の情動を生産したのだということを説き明かす。読者は物語を読んで感動する自分の肉体的な気持ちを自然なものだと思っているが、そもそも感動を自然なものだと思い込ませる言説戦略が、すでにして煽情小説のレトリックの一部分を成すのだ。煽情小説の勃興自体が資本主義やテクノロジーの進展と無縁ではないし、このジャンルにおいては、人間の肉体さえ生産消費システムにつながれた機械と見なしうる。だから、情動の生産者としての作家たちは、まさしく文学の政治学を体現するだろう、とチェトコヴィッチは主張する（第一章〜第二章）。

こうした最先端の煽情小説論をふまえるならば、リンダ・ブレントと白人政治家サンズ氏とのあいだの奇妙な恋愛についても、効果的に説明することができる。なるほど、サンズ氏はまだ独身のころ、リンダの祖母と親しく話し、一五歳のリンダに好意を示したし、彼女もサンズ氏に好意を抱いていた。けれども、リンダはもともとほんとうにサンズ氏を愛していたのだろうか。つまり、のちにリンダが子どもふたりを出産してあてにならないサンズ氏に見切りをつけ、しきりに母性の問題へ言及するのを読むならば、彼女がじつは最初から高度に政治的な意図をもってサンズ氏を恋人に選んだのではないかという疑いをおさえきれなくなる。その原因はどこにあるのだろうか。

ふりかえってみれば、第七章「恋人」の時点においてリンダが語っているのは、自由黒人の大工と結婚する可能性だが、それについてもドクター・フリントは徹底的に妨害し、奴隷仲間で結婚することしか許さず、彼は彼女のことを「わが人生の疫病」とさえ呼んでいる。だからこそ、リンダが独身で自分の所有者でもない白人政治家との交流を大切にしていくうちに、彼女の気持ちには決定的な要素が混じり込むようになった。つまり、サンズ氏を恋人にすることが、ドクター・フリントへの「復讐」になったのである。

独身で主人でもない白人男性の興味の対象になることは、奴隷娘にとってはじつに誇らしく胸躍ることなのだ、もし悲惨な境遇にもかかわらずそうした誇りや情緒が保たれていれば。……だから、やがてドクター・フリントが愛人用の小屋を建てはじめた時、わたしはそうした気持ちにさらなる感情が混じりあうのを感じた。サンズ氏の優しさに対して誇らしく思う気持ちに加えて、復讐心と損得勘定が、入り込んできたのだ。わたしが他人を愛しているとなれば、それ以上にドクター・フリントを怒らせることはないだろう。ささいなことかもしれないが、それこそは無慈悲な主人に対してわたしが勝利を収めるための道である。……サンズ氏はドクター・フリントとは比べものにならないほど寛容と思いやりを備えており、サンズ氏の力によってわたしは容易に自由になれるものと思われた。運命における危機はすぐそこまで迫っていたので、わたしも必死だった。ドクター・フリントとのあいだに子どもができた時には、どんなおそろしい定めが待っているだろう。というのも、主人が奴隷に子どもを生ませた場合、主人次第で、そうした奴隷は子供もろとも売り払われてしまうのだから。（第一〇章「奴隷娘の生涯における危険な時代」、八五頁）

論理的に考えれば、最終的にドクター・フリントの手から逃がれたいのだったら、かえってさっさと彼とのあいだに子どもを作ってしまったほうが道は拓けたかもしれないが、ただし、彼のほうでも自宅から離れたところに愛人宅を建築するなど、リンダとは長期的な愛人関係を結ぼうとしていたのだから一筋縄ではいかない。かくして、この時のリンダにとっては、自由を獲得することのみならず、何とかしてドクター・フリントへの復讐を企てることが人生の目的となり、だからこそ積極的にサンズ氏との肉体関係を結ぶ。もちろん、その場面は、彼女が「イチかバチかの賭けに出た」（headlong plunge）と書いてあるほかは、「有徳なる読者」に対して「わたしを哀れみ、ゆるしてほしい」「奴隷であるというのがどういうことか、わかってはもらえないだろう」とぼかして綴られているにすぎない。しかし、そのすぐ次のページでは、愛人用の小屋が建築されたという報告をうけて、彼女はドクター・フリントに対し「わたしは行かないわ、だって数ヶ月もしたら、赤ちゃんが生まれるんですもの」と答え、彼が驚きの余り声も出ぬままその場を立ち去るというシーンが描かれている。もちろん、リンダ・ブレントが勝利の美酒に酔い痴れたのはいうまでもなく、その結果、彼女はぶじベンジャミンとエレンというふたりの子どもを出産する。

さて、わたしがいちばん着目したいのは、ここに見るリンダ・ブレントの出産がいったいどのような意味作用をもつかということだ。前述したように、本書末尾で語り手リンダは「この話は自由になることで終わり、ふつうの話のように結婚することでは終わらなかった」と宣言していた。通常の家庭小説が白人男女の結婚をその主題のひとつとしているのは当然だが、ジェイコブズの奴隷体験記はそうしたジャンル的約束事を意識しながらも、恋人同士が幸せに結婚して愛の結晶を出産するという通俗的ハッピーエンドを保証してはいない。さらにいうなら、ジェイコブズのテクストは、いわゆる男性奴隷体験記ともズレており、南部から北部へ逃亡してたんなる「自由」を求めるという手続きは踏まず、むしろ子どもを軸にした「家庭性」を求める方向を打ち出してみせた。そしてじっさい語り手リンダは、最初から北部への逃亡を試みず、むしろ同じ街近辺の友人のところにかくまってもらい、ひいてはドクター・フリントの屋敷からは目と鼻の先に位置する祖母の家の屋根裏に何と七年間も息をひそめていたのだった。

北部の自由都市ではなく、南部の屋根裏に自由を求めること。それはたしかに一見ひとつの隠遁生活と映るかもしれないが、まったく同時に、その生活は白人女性にとっては自然なはずの「家庭」すら黒人女性は戦って獲得しなければならないという「自由への逃走」にほかならない。それは第二五章「知恵比べ」において、まさしくこの屋根裏からリンダがドクター・フリントを出し抜くべくおびただしい偽造書簡を書き綴り、自分があたかもすでに北部に逃げおおせてしまったかのように信じこませようと頭をしぼる場面においても明らかだろう。彼女は屋根裏の七年間で読み書き能力をさらに磨くことができ、だからこそそのちにフィラデルフィアでペイン牧師から自伝出版を勧められるに至る。彼女にとって「家の中《ドメスティシティ》」は平和で安泰な理想郷ではなく、知性のかぎりを尽くして勝ち取るべき場所だった。

もちろん、このように素直にプロットを追ってくるとき、読者の中には、リンダが悲惨な奴隷娘であるどころか邪悪なほど手練手管をわきまえた「屋根裏の悪女」ではないのかと思う向きもあろう。しかし、それについては、テクストの随所で語り手リンダが「有徳なる読者」に対して、奴隷制の犠牲者が「悪事を働いている」と思っても「既成の尺度で裁かないでほしい」（第一〇章「危険な時期」、八六頁）とか、「読者はわたしの言っていることが信じられないかもしれないが、しかしこれはすべて事実である」（第二九章「脱走の準備」、二二四頁）と再三にわたって忠告していることをわきまえればよい。なるほど、今日的な倫理尺度にあてはめる限り、語り手リンダ・ブレントは、未婚の母になるばかりか友人たちの善意につけこみ男たちを手玉に取って――男たちの「感情」を巧みに制御しながらうまく立ち回って――自分の奪い合いを演じさせ、そのあげくまんまと自由を手にいれるとんでもない悪女であろう。しかも彼女は、そうした人生を後悔するどころか自慢しているようにさえ見える。げんにダナ・ネルソン（・サルヴィーノ）は『黒白の言語』の中で、リンダの戦略が「奴隷主人と奴隷主人同士を相争わせ、王と王をケンカさせる」という狡猾なる同毒療法《ホメオパシー》だったことを指摘している（一三七頁）。

ではジェイコブズの『事件』は、奴隷体験記としても煽情小説としても欠陥品なのだろうか。しかし、キャシー・デイヴィッドソンやヘンリー・ルイス・ゲイツ・ジュニアの研究を参照するならば、一九世紀前半から中盤にかけて、女性作家たちは多くのフェミニスト・ピカレスク小説を書いており、黒人作家たちもその形式を踏襲しつつブラック・ピカレスク小説に手を染め始めた。そもそも奴隷が白人のものを盗むのは奴隷制そのものが悪であるせいなのだから、悪賢い黒人奴隷が描かれれば描かれるほど、それは結果的に反奴隷制の言説を補強することになるというのが、その背後に胚胎したであろうジャンル的論理である。その意味で、ハリエット・ジェイコブズの奴隷体験記は、白人女性文学の約束事を換骨奪胎しながらみごとに黒人女性版ピカレスクというジャンルへ一歩踏み出した作品といえる。黒人奴隷娘リンダは、サンズ氏と恋愛したというよりも、むしろまんまと白人男性の子種を盗むことに成功したピカロならぬピカラであろう。カレン・サンチェス＝エッペラーが提唱する肉体と言語の駆け引きを重視するならば、ここであたかも語り手のリンダ・ブレントが白人との混血児を出産した論理を反復するように、作家ジェイコブズもまた、白人文学の伝統を盗みながら混血ジャンルとしてブラック・フェミニスト・ピカレスクを生み出したのだ（『自由とは何か』一九九三年、八七〜八八頁）。

考え直してみれば、自分自身が混血として生まれたリンダ＝ジェイコブズにとって、まさに肉体の混血を言語の混血が反復することこそが「自然」であった。けれども、混血が「自然」であるという発想自体、もともとアメリカ奴隷制時代において混血の肌の色そのものが何よりも「政治的」であることを隠蔽したうえで成り立っているイデオロギーではなかったか。トマス・ジェファソンと奴隷娘サリー・ヘミングスの愛人関係を原型とする「悲劇の混血奴隷娘《トラジック・ムラータ》」のステロタイプは、ウィリアム・ウェルズ・

ブラウンの『クローテル』(一八五三年)やハリエット・ウィルソンの『アワ・ニグ』(一八五九年)、それにハリエット・ジェイコブズの『事件』に至る歴史において形成されてきたが、そこで判明するのは、肌の白っぽい黒人奴隷ほど絶好の性的玩具はないことだ。生まれた時から奴隷資本であり性的商品であることを運命づけられた人間は、いったん知的教育《リテラシー》を施されれば、こんどはいかにそうした肌の色そのものを政治的に再利用できるかを考える。その意味では、ジェイコブズは「悲劇の混血奴隷娘」という人物類型をいかに「ピカレスク・ムラータ」へ変身させるかに留意した点でも、一種の文学実験を行なったことになろう。

このような文脈をふまえるかぎり、サンズ氏との関係からリンダが混血児を出産したことは、高度に制御された政治的判断にほかならない。政治としての出産。正確を期せば、もちろん最初リンダはサンズ氏を深く愛していたのかもしれないけれど、ここでわたしが問題にしたいのは、少なくとも語り手リンダを性格造型している書き手ジェイコブズ自身が、この出産を恋愛上の帰結としてではなく政治的な効果として描いているという「語り方」のほうなのである。この出産によって、彼女自身が自由への道を期待した。けれど、のちに議員としてホイッグ党から出馬するサンズ氏は、子供たちを買い上げて祖母と住めるようにしてくれたのはいいが、解放奴隷への道だけは切り開いてくれない。だが、本書で政治的な説得力を痛感させられるのは、リンダ・ブレントがそうした困難に直面しても、何らかの個人に固執することなく、きわめていさぎよく他の可能性を模索することだ。げんに彼女は、最終的にサンズ氏の親戚に娘エレンを預けることに同意している(第二七章、二〇九頁)。その折に、母と娘が別離を悲しみ、奴隷制そのものを呪う場面はじゅうぶん涙を誘うけれども、やがてリンダ自身がブルース夫人によってフリント家の魔手から逃げ切るまで、わたしたちが本書に一貫して感じるのは、主人公が必ずしも白人ネットワークそのものから逃走するのではなく、それをあくまで政治的にフル活用するという身振りのほうなのである。傍証を重ねるならば、一八四五年に夫人に先立たれたブルース氏とともにイギリスを訪問する彼女は「一〇ヶ月の滞在のあいだに一度として人種差別に出会わなかった」と述べており（第三七章「イギリス訪問」、二七八頁）、その好印象があったため、彼女は一八五八年、まずイギリスの奴隷制反対論者のところへ行って自伝を出版しようと考えたほどであった。いうなれば、リンダ・ブレントは白人男性にしても白人女性にしても個人としては必ずしも全面的に受け入れてはいないのに、彼女が自由になるためには白人ネットワーク、いわば構造としての白人社会は不可欠の条件だったのだ。白人文化を内部から脱構築することと、構造としての白人社会を再搾取していくことは、ハリエット・ジェイコブズにおいてほとんど矛盾のない政治学だったといえよう。

4 アングロアフリカン・ナショナリズム

では、いったい具体的なところ、書き手ハリエット・ジェイコブズはどのように「政治的」だったのか？　彼女の奴隷体験記には黒人教会や奴隷制廃止教会、それにフェミニスト集団との関わりが克明に記録されているが、そうした背景はジェイコブズの文学をどのように「政治化」したのだろうか？

この問いに答えるためには、もういちどだけ、ジェイコブズの『事件』が白人女性小説の約束事をパロディ化しているというジェイコブズ批評史上の共通了解へ立ち戻ってみなくてはならない。

なるほど、わたしたちはあまりにも邪悪で嫉妬深いドクター・フリントの性的嫌がらせを目にして、いつリンダ・ブレントが彼の毒牙にかかるかをハラハラドキドキしながら見守っていく。彼女がブルース氏によって危機を脱出し、さらに追い討ちをかけるドクター・フリントに対しては自らの文化資本を総動員した知的謀略を練りに練る。感情の喚起と氾濫する駆け引きは煽情小説の十八番である。自伝というのが、体験記としてのナラティヴから出発しながらたえず物語としてのナラティヴをも混ぜあわせていくジャンルであることを、ジェイコブズは最も効果的に演出してみせた。しかし、そのようにして奴隷体験記を文学化するにさいして、彼女が白人女性小説の技法とともにアメリカ・ピューリタン的予型論の逆操作をも行なっていたことは、決して見逃がしてはならないだろう。逆にいうなら、そうした伝統的レトリック内部に組み込んだからこそ、その煽情小説的物語も最大限の効果を発揮しえたのではなかったか。

たとえば、第一七章「逃走」においてリンダがとうとうドクター・フリントの前から姿を消したのち、第一八章「危険な月日」においては隠れ家も危険なために薮の中に身を隠すという展開が見られるのだが、この時リンダは、何らかの爬虫類に足を噛まれる。「やがて疼きはじめた痛みから、わたしはそれが有毒のものであるのを知った」。彼女は友人を通して「ヘビかトカゲの毒に利く薬」を探す（一五〇〜一五一頁）。

このエピソードが肝心なのは、これ以後、リンダがたえずヘビを比喩的に意識するようになることで、たとえば第二〇章の「新たな危険」において、文字どおり「ヘビの沼」（Snaky Swamp）とよばれるディズマル・スワンプに身を隠し狂おしい一夜をすごすところでは、以下のような表現が読まれるのだ。

「だが、これほどに巨大で有毒な蛇でさえ、文明的と呼ばれる社会の白人男たちよりは、わたしの心を脅かすものではない」（二七一〜二七二頁）。しかも第三四章「旧敵再び」に入れば、すでにブルース家につとめはじめたリンダをいまいちど呼び戻そうと画策するドクター・フリントに対して、以下のように形容するくだりさえ見られる。「気候が暑くなってくるとヘビと奴隷所有者がそろって首を出すが、これらの有毒生物、わたしはどちらも好きじゃない。こんなことが自由にいえるようになって、まったくホッとする！」（二六三頁）。

ここで大切なのは、当初たんなる病気の原因として表象された字義的なヘビが、やがて白人男性を表象するための換喩的なヘビと化し、ついにはドクター・フリント自身を表わす有毒なる生物の隠喩として語られていく修辞的マジックだろう。かつてコットン・マザーの予型論はインディアンを排撃するのに「蛇」（serpent）の比喩を用い、彼の内部では異教徒も黒人も悪魔も蛇も性的欲望も「内なる光」もすべて同じカテゴリーに分類されていったものだが、フレデリック・ダグラスやジェイコブズは、まさしくそうした白人ピューリタン予型論の約束事を利用しながら、それをこんどは表面的には敬虔なる白人男性奴隷所有者を形容するための兵器として再改造してみせる。そうした「蛇」の再修辞化《リフィギュレイション》においては、かつて人種を病と見た白人的レトリックさえ、黒人側の視点で逆転させられてしまう。

このような逆予型論《アンチ・タイポロジー》がもたらされる土壌は、じつは『事件』の第一三章「教会と奴隷制」の中ではほのめかされている。一八三一年八月のナット・ターナーの反乱のあと、奴隷所有者たちは奴隷たちにきちんとした宗教教育を施すのが適切だと判断した。ここではその成果の一端を覗くことになるのだが、ジェイコブズは巧みに監督教会に属する保守的なパイク牧師と彼を継いだラディカルな牧師とを対照してみせる。パイク牧師は、いわゆる神への従順を奴隷所有者への従順として解釈するようくりかえしたにすぎなかったが、彼のあとに来た牧師は奴隷たちを人間並みに扱い、肌よりも心を重んじ、その妻は奴隷たちに読み書きの手ほどきまでしたのだった。キリスト教ひとつにしても、白人を中心にしたものと黒人を中心にしたものとでは解釈が根本的に異なること。こうした描写については、しかし一八三一年のナット・ターナーの反乱と一八六一年の『事件』出版とのあいだに何が起こったかを念頭に置いて理解する必要がある。

ちょうどこの時期にアメリカ黒人の間で行なわれていたのは、まさしく白人的なキリスト教を黒人的な視点で本質的に読み替える作業であり、それはとりわけ白人的な「エレミヤの嘆き」のレトリックを内部解体してそれを「出エジプト記《エクソダス》」的言説を強調したアメリカ黒人奴隷独自の選民思想へと造り替えるというプロセスを踏んだ。第三一章「フィラデルフィアの出来事」において、語り手リンダがジェレマイア・ダーラム（Jeremiah Durham）という名の黒人牧師に出会うのは、その意味で象徴的である。そもそも、こうした眼で本書の二つのエピグラフを読み返してみれば、そのうちのひとつがイザヤ書第三二章第九節から選ばれていることに留意せざるをえない。「のんきな女たちよ。立ち上がって、わたしの声を聞け。能天気な娘たちよ。わたしたちの言うことに耳を傾けよ」"Rise up, ye women that are ease! Hear my voice, ye careless daughters! Give ear unto my speech." このパセージは、イザヤ書の文脈では反エジプト的感情の表明にほかならないが、ひとたびジェイコブズの自伝エピグラフとして選び取られれば、たちまち反奴隷制感情の意味合を帯びて息を吹き返す。げんに三九章、リンダが娘エレンに対して自分の苦渋にみちた人生を告白しつつ奴隷制の悲劇を訴えるくだりが本書の隠れたクライマックスを成していることは、まさしくこうしたアフロアメリカン・エクソダスの言説がいかにこのテクストを通貫しているかを裏書きしてやまない。イザヤ書で呼びかけられる「のんきな女たち」同様、奴隷娘たちもまた、いつまでも「能天気な娘たち」（"careless" は "carefree" に通ずる）でいるわけにはいかないのだ。

ほんらいアメリカ国家が衰えを示した時にはたえずエレミヤの嘆きのレトリックが要請されるものだが、奴隷制アメリカが危機に瀕した一九世紀中葉のアメリカにあっては、アメリカ黒人のエレミヤが理論化されるのは歴史の必然だった。デイヴィッド・ハワード＝ピットニーの研究書『アフロアメリカのエレミヤ』（一九九〇年）によれば、フレデリック・ダグラスこそはエレミヤの嘆きを彼独自のかたちで脱構築し、みごとにブラック・ナショナリズムと接ぎ木してみせた人物として再評価されなければならない。そして、その背景には、アメリカ黒人は白人と分離するのではなく、あくまで白人と融合しなくてはならないというダグラス独自のアングロ・アフリカニズムがあった。今日ではアングロフィリアとして再評価される彼は一八五七年五月一四日、ニューヨーク・シティにおける演説「この共和国における黒人の権利」において、アメリカ白人と黒人の関係をノルマン人とノルマン人に征服されたサクソン人との関係になぞらえ、アングロサクソンも以前は奴隷同然だったことを暗示している（『ペーパーズ』第三巻、一四六頁）。ダグラスによれば、そもそもアングロサクソン自身が人種複合した民族なのであって、アメリカにしても人種融合した多民族国家としての道こそはふさわしい。ウィルソン・ジェレマイア・モーゼスによれば、アメリカにおけるブラック・ナショナリズムは一八五〇年から一九二五年のあいだに黄金時代を迎えるが、その言説空間にあってダグラスのヴィジョンは、ナショナリズムや同化政策《アシミレーション》を必ずしも矛盾しないものとして扱う。ハリエット・ジェイコブズはすでに一八四九年の三月の時点で、そんなダグラスの編集する反奴隷制新聞『ノース・スター』編集部の上にある奴隷制廃止運動の事務所や読書室で働くようになったから、そうしたダグラスの思想形成期の雰囲気を存分に呼吸したであろうことは想像にかたくないし、『事件』出版直後に最も好意的な書評を掲載して「肉体的苦痛よりも精神的苦痛を語る書」と評価したのもずばり『ウィークリー・アングロ・アフリカン』と称するメディアの一八六一年四月一三日号だった（書評者はジョージ・W・ロウザーと目される）。

したがって一八五〇年代、とりわけ一八五三年から一八五八年にかけて彼女が『事件』を書き上げた時には、そのように白人との同化政策と両立するダグラス的エレミヤのレトリックとブラック・ナショナリズムのイデオロギーが相互交渉した結果、ごく自然なかたちでテクストを構造化していったものとも見られる。したがって、先程から問い直してきたリンダ・ブレントの出産は、じつはダグラス的アングロ・アフリカニズムの混血政治学の思想を文字どおり実演すべきものとして物語化されたのではなかったか。

5 混血という物語

さいごに注目しておきたいのは、本書『事件』を何とか出版するためにハリエット・ジェイコブズが多くの文学関係者と交わした書簡をさぐってみると、わたしたちには容易に了解しえないふしぎなエピソードがひとつ、浮かび上がってくることだ。ジェイコブズの数奇な体験については、すでに一八四二年の段階でリディア・マリア・チャイルドの耳に入っていたが、最終的にはジェイコブズの原稿が一八六〇年にチャイルドの編集を施され、そののち出版社の倒産でいくぶん時間がかかりはしたものの、一八六一年には世に出ることになる。しかしジェイコブズが当初切望していたのは、自分の手で奴隷体験記を書くのではなく、『アンクル・トムの小屋』（一八五二年）の作者ハリエット・ビーチャー・ストウ夫人に口述筆記してもらうかたちで出版することだった。かくして彼女は、一八四八年七月にセネカ・フォールズにおける最初の米国フェミニスト集会に参加した友人エイミー・ポストを通して、少々特殊なアプローチのしかたを提案する。すなわち、ストウ夫人がイギリスへ行くことを知ったジェイコブズは、その旅行にストウ夫人が自分の娘ルイーザ（作中のエレン）を同行させてはくれまいかと申し出るのだ。その意図は三つあった。まず、ルイーザを通してストウ夫人がジェイコブズの人生に興味をもつはずであること。つぎに、そうした旅行がルイーザのためになること。そして、ルイーザこそはイギリス人の前に出しても一向に恥ずかしくないアメリカ南部女性の代表であること（一八五三年八月一四日、ジェイコブズからポストへの手紙、ハーヴァード版二三三〜二三四頁）。

この申し出はさっそくストウ夫人から却下され、最低限、もしジェイコブズの体験がほんとうならばストウ夫人自身が完成しかけている『アンクル・トムの小屋』続編（一八五三年）に組み込むことができるけれども、という留保が付されるばかりであった。これを知ったジェイコブズは大いに激怒してストウ夫人に根深い不信感を抱くに至る。だが、考え直してみれば、自分の体験を語るのに、ジェイコブズはそもそもなぜ自分の娘を差し出したのか、こんなふしぎなことはない。

この謎を解くために、可能な解答はいまのところひとつだけある。つまり、黒人女性奴隷ハリエット・ジェイコブズは読み書き能力を獲得してはいたものの、いざ自分の体験を物語るとなれば、直接書き下ろすのではなく、黒人社会特有の口承伝統を応用することこそがたぶん最も誠実な態度だったのだと思う。その点で、自分の娘をストウ夫人に差し出すということは、アメリカ黒人独自の文学伝統を謹んで白人女性作家に提供しようとした行為にほかならない。ハリエット・ジェイコブズにとって、まず出産が政治であったとしたら、じっさいに出産され育てられた子どもは物語作品そのものなのだ。けれど、白人側が文学としての子どもを受け入れる準備ができていないとすれば、黒人側から白人文学の約束事を受け入れ白人文を表象していくのがブラック・ナショナリズム特有の同化政策であろう。その意味において、ハリエット・ジェイコブズの『ある奴隷娘の生涯で起こった事件』は、じつは彼女の生んだ三番目の物語作品であるとともに、初めて政治と文学を同化しえた言説的混血児なのである。

終章
ニュー・アメリカニズム

かつてのアメリカは、もう少しわかりやすい存在だった。必ずしもアメリカの本質がよりよく理解されていたというわけではない。むしろ、アメリカ文化の輝きが世界を照らし出し、だからこそかえってその光源が見えにくい時代、アメリカ的本質そのものは問われないで済んだという意味においてのみ、「わかりやすいアメリカ」の時代が確実にあった。

たとえば、あの痛快なフィンガー・スナップのリズムとともにマンハッタン上空からぐんぐん降りてくるカメラのレンズ。一九六一年に公開され、アカデミー賞一一部門を総ナメにしたロバート・ワイズ監督のミュージカル『ウエスト・サイド物語』は、封切りとともにアメリカのみならず世界を興奮のるつぼに叩き込む。なるほど、ニューヨークの下町を舞台にしたイタリア系不良少年グループ・ジェット団とプエルト・リコ系不良少年グループ・シャーク団の飽くことなき抗争、およびその犠牲となるトニーとマリアが展開する現代版ロミオとジュリエット物語は、陳腐といえば陳腐かもしれない。人種間闘争というシリアスな主題を、古典的メロドラマのチープな枠組でやんわりくるんだ、あまりにも口当たりのいいカクテルだったかもしれない。だが、まさしくポップなうえにもポップな歌と踊りのフォーミュラに支えられていたからこそ、『ウエスト・サイド物語』はその観客に対して「人種間闘争の解決可能性」というイデオロギーを巧みに植え込んだのではなかったか。

1 るつぼとサラダとサイボーグ

『ウエスト・サイド物語』劇中、トニーは、レナード・バーンスタインのメロディにのって「何かが起こりそう」と歌う。恋人トニーに実兄ベルナルドを殺されたマリアは、「あんな男だけれどわたしは愛している」と歌う。それらは、人種のるつぼとしてのアメリカにもやがて人種間の愛と一体感にみちみちたロマンスが「起こるかもしれない」という「国民的自由」の幻想を、隠喩化せざるをえない。

ふりかえってみれば、独立革命当時から二〇世紀初頭に至るまでのあいだ、アメリカはアングロサクソン主導すなわちWASPへの「同化《アシミレーション》」政策から人種間の「融和《アマルガメーション》」政策へと移行してきた。今世紀初頭以降、人種的雑居を積極的に容認する「多元主義」の時代が到来したのは、その流れの帰結である。ただし、ここで肝心なのは、たしかにそうした多民族国家の本質を「るつぼ《メルティング・ポット》」のメタファーで捉える傾向が独立革命から二〇世紀前半までの過程で培われ、第一次文化多元主義《カルチュラル・プルーラリズム》時代のはじまる一九一五年あたりには、ユダヤ人哲学者ホラス・カレンのように「るつぼ」から生まれ落ちるであろう成果を「オーケストラ」に発展解消させようともくろむ発想さえ出てきたものの、戦後、とりわけ六〇年代以降の第二次文化多元主義時代すなわちブラックパワーその他の抬頭期に入ると、伝統的な隠喩としての「るつぼ」そのものが飽和状態を迎え、新たな隠喩「サラダボウル」に取って代わられた経緯だろう（綾部恒雄編『アメリカの民族』序文）。折しも一九六一年に製作された『ウエスト・サイド物語』は、ちょうど「るつぼとしての文化多元主義的アメリカ」から「サラダボウルとしての文化多元主義的アメリカ」へのイデオロギー的移行と共振したものと見られる。

多様な異分子がどろどろに溶け合う「るつぼ」状ではなく、部分的には異質でも全体として美味しい「サラダ」状の様相を呈するアメリカ像へ。たしかに、このメタファーは美しい。けれども同時に忘れてはならないのは、当時のアメリカが、史上稀にみるハリウッド・スター的大統領ジョン・F・ケネディによって冷戦緩和への道を、多様な矛盾を抱えながらもそれらを一気に呑み込んでしまう「コンセンサス」への道を、ひいてはソ連周辺共産主義国家への多大な援助によって最終的にはソ連そのものを攻略してしまおうとする「封じ込め政策《コンテインメント》」強化への道を踏み出そうとしていた「歴史」だろう。サラダボウルとしての多元主義イメージが有効なのは、まさにその隠喩的美しさによってコンセンサス指向や封じ込め政策を隠蔽しうる点においてである。そして、そのような隠喩的隠蔽のためには、文字どおり歌と踊りと人種のサラダボウルを綾なすミュージカルこそが最も役立つ。その結果、大衆は一九五〇年代以降のパクス・アメリカーナを容認したのだし、広く「わかりやすいアメリカ」像が自然に成立していったのだった。

しかし今日、一九九〇年代においてはどうか。いまのわたしたちが『ウエスト・サイド物語』を観て学ぶのは、おそらく最も大衆的なジャンル形式の中にこそ最も政治的なイデオロギーが浸透しているというフーコー的な真理以外にない。このことは、そもそもわたしたちがこれまでアメリカについて「何をわかっていたのか」を、根本から問いただす。レトリックの変質がポリティクスの操作と不可分であるというアイロニカルな構図。だが、いちばんのアイロニーは、『ウエスト・サイド物語』において

「明るく陽気な（つまりわかりやすい）アメリカ」を最もパワフルに表象していたとおぼしき人物像が積むことになる意外な経歴の内部に潜む。

ジェット団を引退したトニーは、明るく陽気で自由でひたすらマリアとの恋を貫こうとする青年。そしてこのキャラクターを、彼以外に適役はない、まさにこの役のために生まれてきたのではなかったかと思わせる演技で完遂したのが、新人リチャード・ベイマーだった。一九三九年アイオワ州生まれの彼は、一〇歳のころからハリウッドに居住、五三年に『終着駅』で子役デビューを果たしたあとはTV出演しながら高校に通い、とうとう五九年、二〇歳のときにジョージ・スティーヴンス監督『アンネの日記』で主役を射止め、六一年には『ウエスト・サイド物語』のトニー役を獲得。あたかもケネディ政権下で国民所得ともども上り坂の「明るく陽気で自由なアメリカ」を一手に象徴するかのようなラッキーボーイの経歴なのだが、さて、それではいったい以後のベイマーはどんな歩みを見せたかをたどってみ

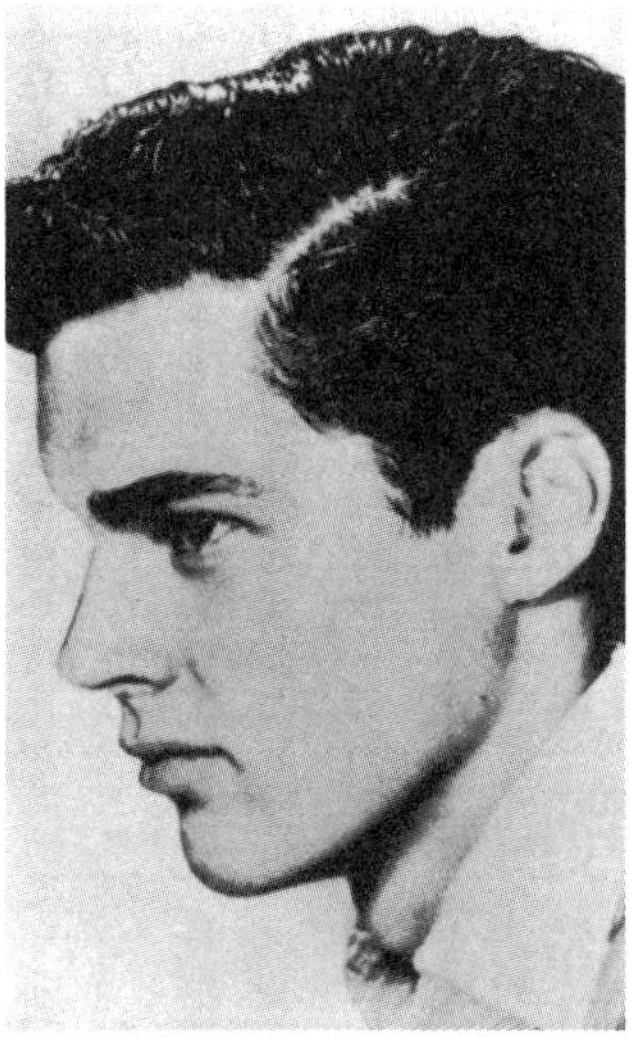

『アンネの日記』の
リチャード・ベイマー

『ツイン・ピークス』の
リチャード・ベイマー

るならば、いささかの驚愕が待ちかまえている。主要劇映画は六二年の『史上最大の作戦』ほか一一作品のほとんどが六〇年代に作られたきりだし、七四年に自作自演した『ザ・インタビュー』があるものの、これはドキュメンタリーにすぎない。青春俳優として一世を風靡したベイマーの俳優生命は、まさしく彼自身の青春期の終わりとともに終わったかのように見えた。ところが八〇年代も過ぎ去ろうとするころ、リチャード・ベイマーは奇跡のカムバックを遂げる。舞台はカルト的人気を呼んだデイヴィッド・リンチ／マーク・フロスト監督の連続TV映画『ツイン・ピークス』、しかも役柄は同作品中でもひときわ強烈な印象を残す悪徳事業家ベンジャミン・ホーン（!）。この男、たんに町の有力者というばかりでなく、売春窟は経営するわ不倫には走るわ狂気の淵に立たされるわという、まったく闇の権化のような人物なのだけれども、それを六〇年代『ウエスト・サイド物語』ではあの光輝くトニー役を演じた同じベイマーが演じているのだから、これ以上のアイロニーはまず考えられまい。

けれども、これはたんにリチャード・ベイマーという一ハリウッド俳優の人生にふりかかったひとつのアイロニーにすぎないだろうか。仮にトニー役を演じたベイマーがアメリカ的ナショナリズムを鼓舞するところが少なくなかったとするなら、このアイロニー自体が決して偶然ではない。「明るく陽気で自由なトニー」から「権謀術数に長けたホーン」への性格的転回には、まさしく「ケネディ政権に象徴されるアメリカ五〇〜六〇年代」から「レーガン政権に象徴されるアメリカ八〇〜九〇年代」への言説的転回が反映していたのではあるまいか。

このことは、いかに「明るく陽気で自由」に見える主体であっても時代的言説から決して自由ではなく、いかに「権謀術数に長けた」ように見える主体であっても時代的言説という権力だけは計算しえないというもうひとつのフーコー的真理を実感させる。主体が何かをするよりも早く、あらかじめ何ものかによって主体自身が形成されているということ。こう考えるとき、そもそも「明るく陽気で自由なトニー」という典型的ミュージカル・スターを演じたときのリチャード・ベイマーさえ、歌は吹き替え、ダンスも脇が受け持つ部分が多かったという事実は強力な傍証になるだろう。ベイマーが作られたスターであるといいたいのではない。そもそもスターが作られた主体であり、そのような存在に感情移入するミュージカル聴衆もまた作られた主体であるように、最も自然に見えた時代のアメリカ国民意識にしてもまた、じつのところは人工的に生産された主体の効果にほかならないのだから。そして、そのような主体生産の歴史こそ、植民地時代のコットン・マザーからポストモダン作家トマス・ピンチョンまでを貫くアメリカ的言説史の特徴であることは、マーティン・グローグもすでに指摘するところである(一九九二年)。フーコー哲学がたまたまアメリカに移入されたというよりは、むしろアメリカ的精神史がフーコー的理論の中にこそ二〇世紀末に最もふさわしいモデルを見出だしたのだ。

いかにアメリカがフーコー化されたかではなく、フーコーがいかにアメリカ化されたか、それが問題である。伝統的なメルヴィル学者リチャード・ブロッドヘッドの最近の仕事を一瞥しても、フーコー的ディシプリン理論を換骨奪胎した上でのみ、ピューリタン的肉体刑罰からゴシック的な魂の受苦、そしてアメリカ的教育における知性の鍛練へ至る「伝統」を再読しアメリカ文学思想史を再構成するに至っている(一九九一年)。それを可能にしたのは、従来のアメリカ研究が前提していた「自然と文化」という二項対立の図式そのものが文化的装置にすぎないというフーコー的認識のアメリカ的応用につきるだろう。

自明なものとしての自然から文化的効果としての自然へ——ここにある種のパラダイム・シフトを看破することが許されるならば、たぶん多元主義の隠喩としてのサラダボウル的主体から境界解体の隠喩としてのサイボーグ的主体（ダナ・ハラウェイ）への転回を措定することができる。ハラウェイのいうサイボーグ概念は、もともと電脳文化というよりは霊長類学的フェミニズムと密接に関わっており、彼女の親友であるトリン・ミンハらによって表象されるクレオール概念とも大きく共有する部分の多い多元文化主義《マルチカルチュラリズム》時代ならではの混成主体《キメラ》を意味しているからだ（『猿とサイボーグと女』二三九—二四〇頁）。

るつぼからサラダボウルへ、ひいてはサイボーグへ。白人的主体から混成主体へのパラダイム・シフトにおいて、こうした隠喩的転回が思いのほか重要であるのは、これから詳述するニュー・アメリカニズム理論の仕掛人ドナルド・ピーズが共編著『アメリカ帝国主義の諸文化』の中で、アメリカ史研究の大御所リチャード・スロトキンから前掲ハラウェイ、ひいては日本文化研究者メアリ・ヨーコ・ブランネンまでを含む壮大なパースペクティヴを提出していることからもわかるだろう。そのような転回の具体的な環境を耕したのが、カリフォルニア大学バークレー校のルネッサンス学者スティーヴン・グリーンブラットやルイス・モントローズらであり、同サンタクルース校のメタ歴史家ヘイドン・ホワイトや文化人類学者ジェイムズ・クリフォードらであったことは否定できない。

いかに自然なるものでも文化的圧力を免れない運命——世紀末アメリカはまさにそのように暴露された「自然」観にこそ最も自然な運命を再発見することになる。

では、そうした理論的展開そのものを自然な思考の道筋として捉えているわたしたち自身の批評的主体は、いったいどのような歴史を経てきたのだろうか。

2 濫喩としての歴史

一九八三年、ポール・ド・マンが逝き、一九八四年、ミシェル・フーコーが逝った。

これらの訃報は、ちょうど八〇年代中頃、ド・マンがイェール大学を中心に推進した脱構築批評がピークを迎え、まったく同時に、フーコーがカリフォルニア大学バークレー校中心に蒔いた新歴史主義批評の種子が芽を吹きはじめた時期と一致する。ディコンストラクションからニュー・ヒストリシズムへ——来るべき文学史は、これを二〇世紀末アメリカ文学批評が経験した大規模な理論的パラダイム・シフトの時代として叙述するはずだ。とはいえ、この「転回」はいったいどこまで決定的なものだったのか。

たしかにド・マンはレトリックを代表しフーコーはポリティクスを代表したが、両者は一見そう見えるほどに区分しやすいものではない。最も端的な例として、両者の死後、ともに両者が深遠なる理論的思索者であった歴史を一気に忘れさせるようなスキャンダルがおこったことを想起してもよい。ド・マンは戦時中のナチ的全体主義への政治的加担が暴露され、フーコーは西海岸でのゲイサウナ通いが暴露されている。ド・マンの批評は非歴史主義の印象が強く、フーコーの思考は肉体さえ文化的言説の産物と断ずるものであったから、これらのゴシップはまさに生前の両者の仕事と若干の齟齬をきたす点において、ジャーナリズムの格好の餌食となりえた。言論と行動が矛盾すればするほどゴシップはスキャンダルの度合を増すのであり、じじつ欧米のマスコミはそうしたゴシップの原理に忠実に従って報道したのだった。

けれど、それはほんとうに彼ら個人のゴシップだったろうか。ド・マンの非歴史的に映る脱構築レトリックがじつは戦時中に全体主義ポリティクスに徹底して関与した結果であると知らされて、アメリカ知識人があれほどまでに過剰反応したのは、折しも一九八〇年代後半、レーガン政権下で着実に新保守主義のかたちが醸成されていた戦略防衛構想、転じてはスター・ウォーズ計画への恐怖が引き金となっているかもしれない。フーコーのディシプリン理論に根ざすポリティクス思考がじつは彼の実生活におけるSMボンデージ趣味と不即不離であったと知らされて、いわゆる文化評論家が根底的な衝撃を感じたのも、ちょうど一九八〇年代の終りに冷戦が解消され、全地球的高度資本主義化《アメリカナイゼーション》による搾取の網の目が現代人をサイボーグ的な規律《ディシプリン》＝訓練の成果として再構成しつつあったからかもしれない。ド・マンやフーコーのスキャンダルについて思いめぐらせばめぐらすほどにはっきりしてくるのは、むしろ歴史的と見えるものと非歴史的と見えるもののあいだにさほど本質的な一線が引けるわけではないのだという、「歴史」そのものをめぐる記号的スキャンダルのほうなのである。

こう考えるとき、ド・マンにしてもフーコーにしても、ともに比喩の乱用を理論的基礎に置いていたことを忘れるわけにはいかない。ド・マンからフーコーへ、ディコンストラクションからニュー・ヒストリシズムへと展開するアメリカ批評史の橋渡し役となったのはウォルター・ベン・マイケルズだが、彼がその理論的接続を可能にしたのは、まさに比喩乱用としての「濫喩《キャタクレシス》」の局面に着目したことによっている。脱修辞学批評《ディスフィギュレイション》とも呼ばれるこのアプローチは、ふつう字義的に「基盤」（fundamental）と考えるものがじつは「大地を求める気分」（fundus＝bottom）の隠喩にすぎず、字義的に「概念」と考えるものがじつは「ものをつかむ仕種」(capio＝to take) の隠喩にすぎぬことを（デリダ「白けた神話」一九七四年）、いっぽう「椅子の脚」(the legs of the chair) や「山の顔＝斜面」(the face of the mountain) はほんらい人間ならざるものの擬人化であるにもかかわらず字義的にふるまいつづけていることを、明るみに出す（ド＝マン「メタファーの認識論」一九七八年）。

自己の隠喩性を忘れて字義としてふるまう言語の裏に「死んだ隠喩《デッド・メタファー》」の残骸を残し、非人間を人間並に扱って平然としている言語の怪物性、これが「濫喩《キャタクレシス》」である。古典文学において言語は現実を鏡のように映し出すというミメシスの原理が疑われることはないが、にもかかわらず、そもそも「鏡のように」という概念そのものが鏡の左右反対称化機能を隠蔽したうえで成立している濫喩なのだ。そして、マイケルズの『金本位制と自然主義の論理』（一九八七年）を熟読すればするほど、こうした脱修辞学的体系そのものの秘める政治的可能性が幻視される。いわば、隠喩が字義と誤読されてきたという言語の脱修辞学ばかりでなく、わたしたちがいかにこれまで、たんなる白人的概念操作の効果でしかないものを「人種一般」として、たんなる父権制支配政略の産物でしかないものを「性差一般」として、たんなる支配階級側戦略の結実でしかないものを「階級一般」として読み誤ってきたかという、イデオロギーの脱修辞学が顕在化するのである。それは、つまるところ、従来わたしたちが「文化」的範疇生産の結果でしかないものをいかに「自然一般」として読み誤ってきたかという、濫喩と誤読の歴史を物語る。

このような批評史的背景をふまえてこそ、のちに詳説するニュー・アメリカニストのひとりハワード・ホルヴィッツの大著『自然の法によって』も理解しやすくなるだろう。ここに収められた卓抜なるマーク・トウェイン論の中で、彼はたとえば、ミシシッピー川は一五四〇年、スペイン人探検家デ・

ソートーによって発見されたにもかかわらず、彼は発見しようとして発見したわけではなく、その時点ではべつだん大した価値を持たなかったという。いうなれば、当時のミシシッピー川は自然以前の存在だったのである。ところが一八〇二年にスペインが介入したとき、アメリカ側は初めて「ミシシッピー川は自然の法によってわれわれのものである。というのも、われわれこそはこの川を改修工事してきたのだから、それにかけた労力のぶんだけ所有権を持っている」と主張するのだ。いかなる国家、いかなる人種がミシシッピー川を改修したのかという問題、改修したぶんだけ所有権が主張できるはずだという問題――この視点が浮上したときに初めて、ミシシッピー川は「自然」と呼ばれるだけの価値を帯びた。いってみれば人工的な「制度」が対立的に確立されて初めて、ミシシッピー川は「自然」になったのである。ホルヴィッツはつづけて、トウェインが水先案内人ほど自由ですばらしい商売はないと考えたのは、川を読む仕事によって、彼は他の人々の先頭に立てる、要するに君主制度を敷くことができると考えたからだと説明している。川があってそれを解釈するのではない、読むという文化的行為が権力への意志をみたすからこそ、その結果としてミシシッピー川が「自然という言説」として培われるのだということ。このように形成される脱修辞学的な「読み」のコンテクストこそ、ド・マンとフーコーが邂逅する瞬間といってよい。

したがって、ヘイドン・ホワイトがフーコーの文体を説明しながら、それが規範的言説によって保証されるあらゆる意味を乱用することで成り立っていると喝破したのは正論だった。フーコー的言説は歴史や哲学や批評すべての領域を横断するが、にもかかわらずそれらすべてに拮抗するアイロニカルな反定立を成す。いわばメタ・ディスコースとでも呼べるものによってディスコースの成立基準を、字義と隠喩の境界線自体を乱用しその分解を目論む者、それがホワイトの考えるフーコー像であり、フーコー的言説が濫喩とならざるをえない根拠である（『形式の内容』第五章）。

この図式化を経るならば、そうしたフーコー理論が思いのほか八〇年代アメリカにフィットしたゆえんも察知されよう。なるほど、字義的な歴史の上ではレーガンはスターウォーズ政策によって冷戦構造に拍車をかけた人物であり、その役割を説明する作業こそ通常でいうヒストリシズムにほかなるまい。ところがまったく同時に、スティーヴン・グリーンブラットの「文化の新詩学」の意見を発展させるならば（『悪口を習う』第八章）、そもそも大統領でありながら元ハリウッドの映画俳優であり、大統領演説と同時に映画作品引用集成でもあるというインターテクスチュアルな語りをもつレーガンだからこそ、結果的に映画産業と政治国家の区分を、レトリックとポリティクスの区分を、ひいてはそもそも歴史を支えていた事実と虚構という二分法自体をゆらがせるばかりか、皮肉にも冷戦に代表される二極構造そのものの緩和を演じてしまったのだという正反対の読み方、すなわちニュー・ヒストリシズムが成り立つ。この視点に立つ限り、レーガンに代表される八〇年代アメリカにおいて、冷戦促進のポリティクスの盲点に冷戦解消のレトリックが息をひそめていたという経緯が透視できる。オリバー・ストーン監督一九九一年の『ＪＦＫ』がスキャンダラスでありながらきわめて「現在的」に映るのも、レーガン以後の政治学からケネディ暗殺を再構成するという歴史操作が、フーコー以後のアメリカ像を思いのほか反映しているためなのである。

3 ニュー・アメリカニズム論争

ただし、ここでひとえに「フーコー以後の歴史観」とはいっても、それが一九八〇年代以後のアメリカ文学批評の文脈において、おおむね三つの潮流へ分岐し始めたことは指摘しておかなければならない。

第一の流れは、いうまでもなくグリーンブラットからハラウェイまでを含む西海岸フーコー学派である。すでにこの系統については前述した上に紹介も進んでいるので多言は費やさないが、現時点から見直すかぎり、少なくとも文学批評としてのニュー・ヒストリシズムが顕在化する裏には、先にも示唆したように、同じくフーコー系統で編み出されたメタ歴史学から脱性差理論、霊長類学的フェミニズムにまで及ぶ裾野があったことは明記しておいてよい。

第二の流れは、最終的にはフーコー以後のアメリカ文学研究において近年とみにはなはだしいヘーゲル復権運動である。昨今の文化批評ベストセラー・リストを一瞥しただけでも、保守派論客アラン・ブルームが一九六〇年代ラディカリズム以前の時代への回帰を切望した『アメリカン・マインドの終焉』(一九八七年)や、フランシス・フクヤマが六〇年代どころか日本の江戸時代以降の主体形成との関連から冷戦以後の全地球的資本主義化を理念化した『歴史の終わり』(一九八九年)といったニュー・ヘーゲリアンの業績が目立つ。それらがいずれもニュー・ヒストリシズムならぬポスト・ヒストリーのヴィジョンからそろって過去の時代にそのモデルを求めているのは皮肉であるが、しかしふりかえってみれば、植民地時代以来のピューリタニズムからトランセンデンタリズムに至るまで、もともとヘーゲル弁証法と和解しやすい心性がアメリカの史的論理を築いてきたというのは、ベイナード・コーワン&ジョゼフ・クロニックが共編したヘーゲル復権運動マニフェスト『アメリカ文学の理論化――ヘーゲル、記号、歴史』（一九九一年）において、とりわけ同書に収録されたグレゴリー・ジェイの労作「ヘーゲルとアメリカ文学史記述の弁証法」において喝破されたところである。

テクストとしてのヘーゲルがアメリカで熱心に研究され始めるのは南北戦争時代、ヘンリー・ブロクマイヤーを中心とするセントルイス運動を契機とするが、彼らの翻訳活動も訳の品質に問題があり、出版にさいしては大いに難航した。コーワンの洒脱な論評によれば、このヘーゲル翻訳に関するエピソードほどに、「精神の意図を考えさせるまさにその媒体がその意図実現の上で最も抵抗力の高い条件」とするヘーゲル哲学の神髄に肉薄するものはない。だが、にもかかわらず、アメリカを第二のカナンに、植民地提督ジョン・ウィンスロップをバビロン捕囚から逃亡した人物ネヘミヤにたとえ、アメリカ史の彼方に至福千年を幻視するピューリタン的黙示思想にせよ、自己依存の原理によって人間が神との一体化を図ろうとするエマソン的超絶主義《トランセンデンタリズム》思想にせよ、それらはヘーゲル的「精神」が「歴史」を経て究極の「自由」を獲得するという目的論とたやすく合流すると同時に、アメリカ保守派イデオロギーの根幹である自由主義《リベラリズム》が植民地時代以来の潜在的伝統であることを証明する。それは、まさしくナショナリズムの助長こそはヘーゲリアニズム最大の属性であることを想起させてやまない。

じっさい今世紀に入れば、戦後、四〇～五〇年代には文化的多元主義に立脚したニューヨーク知識人のひとりで革新主義的イデオロギーを徹底批判するライオネル・トリリングが、六〇～七〇年代にはピューリタン予型論を応用してアメリカの発展を聖書的預言と世俗的事件の弁証法から成る救済史とみなしたサクヴァン・バーコヴィッチが、それぞれヘーゲル的弁証法を換骨奪胎した理論構成にのぞむ。八〇年代に入ってからは、ミッチェル・ブライトヴァイザーのように脱構築理論の影響下、コットン・マザーやメアリ・ホワイト・ローランドソン、ベンジャミン・フランクリンからスコット・フィッツジェラルドへ至るテクストにおけるレトリックとポリティクスの相互影響を再読しながら、まったく同時にアメリカ・ピューリタンにおける悲嘆の言説を語るさいにはヘーゲル『精神の現象学』の実存的ヴィジョンに全面依拠する論者もあらわれた。ブライトヴァイザーはカリフォルニア大学バークレー校在籍時におけるグリーンブラットの同僚であるけれども、にもかかわらず彼の批評的冒険は、フーコー以後の新歴史学とヘーゲル復興から来る脱歴史観の接点を執拗に求める点で、いわゆるニュー・ヒストリシズムとポスト・ヒストリーの双方の限界を超えるフロンティアをめざす。それは、フーコー的影響下にありながらも、その理論を徹底的にアメリカ再読のために再構築していくもうひとつの潮流の存在を暗示するだろう。

この第三の流れが、目下、ニュー・アメリカニズムの名で呼ばれる批評運動である。もちろん、とりたててこの名で呼ばずとも、すでにグリーンブラットのレーガン論でも見られたように、いわゆるニュー・ヒストリシズムは、いかにヨーロッパを対象化したにせよ、けっきょくいずれも何らかのかたちでアメリカ論へ収束せざるをえない。しかも、マイケル・ギルモアの批判するところによるならば、正統派ニュー・ヒストリシストと目されるグリーンブラットにせよマイケルズにせよ、一見無縁の歴史的事項同士を驚異的論理で接続してしまうという超絶的批評技術を駆使するためきわめて劇的演出が強くなり、まさしくその「演出過剰《シアトリカリティ》」という一点でレーガン的政治ジェスチャーさえ反復してしまう。いずれにしても、フーコー系のアメリカ現代批評をレーガン以後のアメリカ八〇年代という文脈からことごとく解放するのは難しそうだ。けれど、まさにそのような構図が判明したからこそ、むしろ冷戦以後の言説を最初から前提に据えてアメリカ文学の歴史的研究に乗りだす批評家たちが出現するようになる。彼らこそ、ニュー・アメリカニストにほかならない。そして、その実態に迫るためには、八〇年代末から九〇年代初頭にかけて、カリフォルニア大学バークレー校教授フレデリック・クルーズとダートマス大学教授ドナルド・ピーズのあいだで戦わされた論争がいちばんの参考になるだろう。

クルーズはアメリカ文学批評界では大御所格に属し、ナサニエル・ホーソーンやヘンリー・ジェイムズの研究書をはじめ優れた教科書を出版、グリーンブラットやブライトヴァイザーと同じカリフォルニア大学バークレー校英文科で学科長の役職をもこなす。さて、この彼が、いわゆるニュー・ヒストリシズムの方法論を用いてアメリカ文学研究にいそしむ若手研究者たちの著作を中心に、徹底した批判を繰り広げた長文書評「アメリカン・ルネッサンスはだれのものか?」が『ニューヨーク・レビュー・オヴ・ブックス』一九八八年一〇月二七日号（二五周年記念号）に掲載された。アメリカン・ルネッサンスというのは、F・O・マシーセンが一九四一年にずばり『アメリカン・ルネッサンス』と題して世に問うた一冊によって成立した一九世紀中葉のアメリカ・ロマン主義文学時代すなわちアメリカ文学最初の黄金時代のことを指す。以後、同書の理論的可能性がアメリカ文学史上の正典策定《キャノナイゼーション》に貢献した度合は計り知れない。しかし、今日、ニュー・ヒストリシズムの勃興とともに、マシーセン的キャノンを再考する修正マシーセン主義者とも呼ぶべき論客の話題作がぞくぞくと発表されたことにクルーズは注目し、彼らをニュー・アメリカニストの名称で一括する。かくして、ジェイン・トムキンズの『煽情的な構図』（一九八五年）やサクヴァン・バーコヴィッチとマイラ・イェーレン共編の『イデオロギーと古典アメリカ文学』（一九八六年）、ドナルド・ピーズの『幻影の盟約』（一九八六年）やデイヴィッド・レナルズの『アメリカン・ルネッサンスの地層』（一九八七年）といった諸作が、つぎつぎと俎上にあがっていく。

これらの批評書・研究書群はいずれも、マシーセンのキャノンでは無視されざるをえなかったアメリカ・ロマン派の女性作家や大衆小説家、ひいては同時代の新聞雑誌一般に至るまでを視野に収めた、まさしくフーコー以後に人種・性差・階級論議かまびすしいアメリカ学界ならではの収穫である。むろんクルーズ本人も彼らの仕事の重要性について、それらが来るべき時代の新たな制度と化すであろうことについてはいささかも疑っていない。だが、にもかかわらず、そのような批評方法はあまりにも簡単に従前の文学史的伝統をたんなる虚偽意識《イデオロギー》と見なしがちである上、「奴隷制やインディアン隔離、領土拡張政策、帝国主義などといった恥辱のアメリカ史」ばかりに留意し、文学と歴史の差異を認めないばかりにテクストの修辞的曖昧性さえ政治的優柔不断と片づけてしまうきらいがあるため、クルーズは憤懣をあらわにする。その意味で、ニュー・アメリカニズムというのは、当初クルーズが揶揄的に捏造したかなりネガティヴな範疇であった。

むろん、標的となったニュー・アメリカニストたちも黙ってはいない。対クルーズ論争の急先鋒となったのは、著書『幻影の盟約』を論難されたドナルド・ピーズである。彼は、前衛批評誌『バウンダリー2』一九九〇年春季号で堂々「ニュー・アメリカニスト――文学的規範への修正主義的介入」と題する特集を組み、その特集序文において、クルーズの批評的立場がニュー・アメリカニストをイデオロギー終焉論議以後にイデオロギー復権論を説く者と見なす還元主義であること、クルーズの想像界にはマシーセンの『アメリカン・ルネッサンス』からR・W・B・ルイスの『アメリカのアダム』（一九五五年）、リチャード・ポワリエの『別の世界』（一九六六年）など多様な正典がひしめくが、中でも核心的なのはライオネル・トリリングの『リベラルな想像力』であること、そしてクルーズが自らのリベラルなイデオロギー終焉論的コンセンサスとニュー・アメリカニズム的闘争活動とのあいだに厳然たる一線を画すためにバーコヴィッチ流のディセンサス理論を導入しようとしてはいるものの、けっきょくはバーコヴィッチ自身が保守派リベラリズムを補強するにすぎないことを述べ立てたのだった。トリリングからクルーズに至るリベラリストはナショナリズムに加担しやすいがゆえに、ピーズらニュー・アメリカニストにとって非難すべき存在なのである。

リベラリズム対ニュー・アメリカニズム——この対立の背後には、むろんヘーゲル的弁証法の保守的効果をフーコー的政治学の反全体性指向によって粉砕しようとする闘争がうかがえるだろう。冷戦開始後の時代、トリリングらはアメリカ研究が本質的にリベラルかつ反共的コンセンサスの姿勢を含むものであることを強調したが、その意味でピーズらは伝統的アメリカ研究を根本から転覆させることを目論んでいる。ここで、一九世紀アメリカ文学を扱うのに、いったいどうしてピーズは今世紀の政治的対立から出発するのか、ニュー・アメリカニズムの本質ともいえる問題から考え直さなくてはならない。

ピーズの第一著書に戻ってみよう。『幻影の盟約』を特色づけているアイデアは、一見あきれるほどにダイナミックな印象を残す。ピーズはまず、一八世紀末のアメリカ独立革命が以後のアメリカ的無意識の中にヨーロッパの歴史とアメリカの現在を区分して対立項を明確にしていく「独立革命神話《レヴォリューショナリー・ミュトス》」

を形成していったことを述べ、その国民精神の構造は二〇世紀戦後社会においてソ連に代表される共産主義的全体主義とアメリカに代表される民主主義的自由主義の両極からなる国際的な冷戦構造において反復されるという。そして、まさしく一九世紀に入ってより細分化した諸問題に直面したのち「独立革命神話」が徐々に失効していくように、二〇世紀後半の冷戦にしても六〇年代ヴェトナム戦争を経過してのち、人種・性差・階級もろもろにわたって矛盾が生じ、当初の素朴な反共的コンセンサスや封じ込め政策をも維持しえなくなったという。もはや四〇年代のように冷戦が闘争の構図を内包する時代は終わり、六〇年代以降には冷戦そのものが闘争の対象と化す時代が到来した。アメリカ的主体形成にとって脅威なのは、すでに冷戦の片方の極としてのスターリニズムではなく、逆にリベラルな反共コンセンサスそのものである。ピーズによれば、その結果、独立革命から南北戦争へ至る過程で二項対立では収まりきらないほどの問題紛糾がおこったが、アメリカ・ロマン主義作家たちは素朴な独立革命的リベラリズムを超えて、もっと積極的に政治加担すべく自らの文学作品を社会とのあいだの「幻影の盟約」へ仕立て上げていったのであり、まさにそのようなスタンスこそは、冷戦以後の反共的コンセンサスが飽和状態を迎えた現在において、ニュー・アメリカニズムの選択すべき脱リベラリズム的盟約にほかならない。

まとめれば、独立戦争から南北戦争へ至るリベラリズム批判の歴史が、右の文脈では第二次世界大戦からヴェトナム戦争を経て顕在化した反共的コンセンサス批判の歴史と完全にパラレルをなすものとして捉えられ、そんな変質の時代と格闘せねばならなかった一九世紀ロマン主義作家の位置自体も、二〇世紀末ニュー・アメリカニスト批評家の位置と完全にアナロジカルなものとして解釈されている。このようなパースペクティヴから「冷戦以後のメルヴィル」という奇想が生まれ、エイハブ船長の中に全体主義的イデオロギーを、イシュメルの中に多元主義的リベラリズムをいったん措定しつつそれらの対立項そのものがしだいに紛糾していく過程を記述するという、ピーズならではの批評戦略が打ち出されていく。だからこそ、トリリング＝クルーズ流の理論は保守的コンセンサスを補強すべき言説として、ピーズが乗り越えなければならない制度であった。かくして、前述した『バウンダリー2』の特集序文後半においてピーズは、ニュー・アメリカニズムの目論見というのがアメリカ文学研究の原風景《フィールド・イマジナリー》における素材の変化と、かつてモダニズムによって打ち棄てられた文化と政治の相互関係の回復、ロマン主義小説像の再構築、そしてこれまで抑圧されてきたコンテクストのニュー・ヒストリシズム的再解釈にあることを明らかにする。

　こう考えるとき、クルーズの背後にはトリリングを経由したヘーゲルが、ピーズの背後にはグリーンブラットを経由したフーコーがひそむ点が気になるだろう。ヘーゲル対フーコー？　けれども、いま大切なのは、あくまでアメリカナイズされたヘーゲルとアメリカナイズされたフーコーの闘争である。それは、すでにクルーズやピーズの内部において、ヘーゲルやフーコーがすでに意識するまでもないほど構造化されたイデオロギーとなり、フレデリック・ジェイムソン流にいう政治的無意識と化してしまっていることを意味する。したがって、クルーズ対ピーズの論争も、以後、あくまでアメリカ的なモダニズム／ポストモダニズム間の矛盾をさらけだしていく。

　たとえば、クルーズは一九九二年の著書『激しく批評する者が神の国を奪う――アメリカ小説とアカデミー』第二章に前掲論文「アメリカン・ルネッサンスはだれのものか？」を再録しつつ、同書序文および序文注釈において徹底的にピーズへの再批判を試みている。序文においてクルーズは、広義の意味でリベラリストたることに何の違和感も感じていないことを表明し、ポスト構造主義は虚無的決定論の一変種にすぎないのだからそれをふりかざして「自由」を唱えたり「革命意識」を抱いたりすることは論理的矛盾をきたしかねないことを看破する。だが、中でもピーズにとって最大のアイロニーと見えるのは、クルーズが文学批評を一握りのエリートのためのものでなくあくまで民主主義のためのものであると宣言した上（序文）、その観点からピーズの特集序文「ニュー・アメリカニスト」が前衛的批評用語に頼ったあまりにも「脆弱なる過激ブリっ子」でしかないと断定した部分だろう（序文注釈3）。

クルーズの非難は、とりわけピーズの精神分析用語の多用に集中している。たしかにピーズはジャック・ラカン系の精神分析批評をアメリカ研究全体に適用し、モダニスト・リベラリズムの時代を幼児洗礼的な鏡像段階に、ポストモダン・ニュー・アメリカニズムの現在をポスト鏡像段階に、それぞれたとえてみせた。ラカンはいわば、アメリカ文学研究に新たなる局面をもたらすための理論的図式化の一助として応用されているにすぎないのだが、にもかかわらずそれが結果的に一般読者を無視した衒学的効果をもたらし「文学批評がエリート主義である」かのような印象を与えているというのが、クルーズ流の「理論への抵抗」であろう。公正を期していえば、ラカン的鏡像段階理論は、『幻影の盟約』においての独立革命から南北戦争への言説的展開を論じた時からピーズ的批評方法論の重要な部分をなしており、その構図をアメリカ文学批評史におけるリベラリズムからニュー・アメリカニズム、アメリカン・ヘーゲルからアメリカン・フーコーへの言説的展開にも流用してみせたところに、ピーズの独創性があったはずだった。しかも、エリート主義と民主主義の二項対立というのはむしろクルーズ的モダニズムにおける特徴であったはずなのに、まさに同じ図式がピーズ的ポストモダニズムへの批判として反復されてしまったのだからアイロニカルである。そして、そのように一般読者を無視する泥仕合が判明した時点において、クルーズ対ピーズ論争は終焉せざるをえない。両者はともども理想主義に走り、いわゆる大衆文化の政治学を捨象してしまったのだ。ヘーゲル的アメリカニズムとフーコー的アメリカニズムが、時に袖ふれあうかと思えば時に空中分解を起こしてしまうことの、これは一例である。

4 封じ込め政策のレトリック

こうした袋小路への打開策としては、まずデイヴィッド・サッチョフ一九九二年の論考「ニュー・ヒストリシズムと封じ込め政策——脱冷戦時代の文化理論をめざして」を挙げなくてはならない。

第一節でもふれたように、るつぼからサラダボウルへ、さらにはサイボーグへと二〇世紀アメリカの主体が変貌していく中ではっきりしてきたのは、いわゆる多元主義そのものがきわめて多元的な言説の様態を生産しうるということ、そしてまさにその点において、いわゆる自由主義《リベラリズム》が自由という管理装置を生産しつづける制度と連動しうることだった。多元主義はせいぜいリベラリズム的保守派イデオロギーの補完装置にすぎず、その限りで冷戦的コンセンサスを助長するにすぎない。それは歴史性から大衆の目をそらしてしまう。けれども、脱冷戦的批評をめざすニュー・アメリカニズムは、たとえば小説がいかに社会経済と結託し、いかに大衆文化が芸術を支配しかねないか、いわゆる「物語」がいかに大量消費社会と共謀していくかを暴露しようとする、とサッチョフはいう。それはもちろん、グリーンブラット八〇年の『ルネッサンスの自己成型』からヒントを得た姿勢だろう。彼は同書で、「自由」を社会管理のために使うリベラリズム文化の歴史的起源を探ってみせた。そうした探究が可能になったのも、グリーンブラットが冷戦後期の政治的無意識を生きているためであり、その範囲で彼の批評は冷戦後期の自由社会批判に一役買っているばかりか、そもそもグリーンブラット独自の用語である「交　渉《ネゴシエーション》」にしても、冷戦開始後、国務省政策企画局長ジョージ・ケナンが一九四七年に提唱した「封じ込め外交政策《コンテインメント》」のコンセプトあってこそ導き出されたヴィジョンにちがいないというのが、サッチョフの見解なのである。かくして彼は、いったいどうしてアメリカ八〇年代のポスト構造主義批評がフーコー系の「歴史」観を受容しやすかったかという点について、ひとつの決定的な手がかりを与えてくれる。

アメリカ史に即して復習するならば、ケナンの封じ込め概念は、トルーマン大統領の政策に大きな影を落としていた。アメリカはソ連に対して真っ向から軍事力対決を図るのではなく、むしろソ連の政治的脅威を政治的に封じ込めていくことこそ肝要であるというのが、その骨子であった。つまり、アメリカはソ連の周縁に位置する西ヨーロッパ諸国を中心に経済的・軍事的援助を与え、ソ連の勢力膨脹を長期にわたって封じ込め、その国家体制を自壊させようというのがケナンの企みであり、アメリカ国内にはそれにかかる膨大な出費を案じた批判があいついだにもかかわらず、結果的にこの方向はトルーマン・ドクトリンやマーシャル・プランはもちろん反共マッカーシイズムとも言説的に連動しつつ、以後アイゼンハワーからケネディ、ジョンソンへと継承される冷戦期アメリカの主要政策を成していく。のちにデイヴィッド・ホロヴィッツはその編著『封じ込め政策と革命』（一九六七年）の中で、封じ込め政策を「地政学的に何ら特定しうる戦場をもたない戦争」でありながら「自由主義社会における国家権力と水面下の権力行使に関するパラダイム」として再定義してみせた。

さて、サッチョフはまさにこのような「水面下の権力行使」こそ、フーコー系ニュー・アメリカニズムの文学批評の主たる関心であることに着目する。封じ込め政策とフーコー的権力論の酷似――先にわたしはヘーゲル登場以前からアメリカにはヘーゲル受容を円滑にする宗教思想的素地があったと述べたが、それと同時に、フーコー登場以前からアメリカにはかぎりなくフーコー的な政治思想的基盤が潜在していたことの、これは強力な証左になるだろう。だから、そのことに気づいているニュー・アメリカニストたちは、いずれも多元主義的リベラリズムの内部に封じ込め政策の復権を見出して、その全体化指向を内部から崩壊させるシナリオをさまざまに編み出す。

たとえばウォルター・ベン・マイケルズは文化的多元主義が人種的多様性を許容するようでいてじっさいには本質的な人種差別意識に根ざしていることを鋭角的に分析しつつ「反帝国主義的アメリカニズム」の可能性を模索し（一九九二年）、いっぽうヘンリー・ジローは、共通文化も多元文化も一挙に否定し去り権力と文化の相互関係を再考させるような教育「境界《ボーダー》侵犯的ペダゴジー」の方法論を宣言してみせた（一九九二年）。アメリカン・フーコーの視点が封じ込め政策を再発見させ、高度資本主義社会ではいわゆる「自由」や「多元性」さえ管理装置の部分にすぎないことを実感させたからこそ、ニュー・アメリカニストたちはかえってヘーゲル的弁証法に立ち戻り、自由主義社会的自由を超える自由、多元文化的多元性を超える多元性を希求し始めたように見える。かつてはヘーゲル的弁証法を脱構築する体系としてフーコー的歴史観は機能したはずだが、アメリカナイズされたポスト構造主義のコンテクストにおける限り、今日、フーコー的歴史観ほどヘーゲル的な再検証を待たれているものもありえない。このことは、じじつ一九七〇年のコレージュ・ド・フランス就任講演において、フーコー自身が「ヘーゲル離脱の身振りにおけるヘーゲル的なニュアンス」というアイロニーを認めたことを思い出させる。フーコーディアン・アメリカンについて検討されればされるほど、むしろ顕在化してくるのはヘーゲリアン・アメリカの伝統なのである。

その意味で、先にもふれたハワード・ホルヴィッツの『自然の法によって』は正当に評価しておかなくてはならない。同書において、ホルヴィッツはあくまでリベラリストたらんとするが、その論理構築が一筋縄ではいかないのだ。彼が自然を文化構築物と見なしていることについては前述したが、そのようなフーコー的ヴィジョンと並列させて、彼はヘーゲル的かつエマソン的伝統を連想させる「超越的機能」を設定し、それをして「リベラリズムを完成させる装置」として定義する。だが、この超越的機能こそ、一見したところ「自由な主体」が目的とする究極的自由を連想させながら、まったく同時に、その最大の特徴は「どのように自分勝手と思われるふるまいであっても、より大なる力によって条件付けられ、認可され、発動させられている」点なのだ。してみると、ここでホルヴィッツが構想している超越的機能というのはユダヤ・キリスト教以来の「神」であるとともに最も現代的な意味合における「言語」でもあるもの、つまりヘーゲル的な超越者とフーコー的な権力網を交錯させるという、それ自体きわめて実験的なコンセプトであるのが判明しよう。

ホルヴィッツの姿勢がスリリングなのは、歴史的起源をさかのぼればさかのぼるほど、最も現在的な言説的呪縛をまぬがれないということを、その批評そのものによって演じているからである。それは、いまのわたしたちがヨーロッパ思想と思っているもの自体が全地球的資本主義化《アメリカナイゼーション》の効果であり、ひいてはわたしたちの批評的主体そのものが決して「自然」なものではなくアメリカン・アカデミーを経由した教育的「文化」の効果にほかならないことを痛感させる。同じ点を、デイヴィッド・サッチョフは前掲論文をさらに発展させた一九九四年の研究書『批評理論と小説』において再吟味し、そうしたアメリカ的自由幻想の象徴として大衆文化を絡ませた。もちろんニュー・ヒストリシズム以降、高級文化と通俗文化がいかにして密かな共謀関係を結んできたかという問題意識自体は、すでにハリエット・ホーキンスら多くの論客が手を染めた議論にすぎない。だが、サッチョフは以上のような封じ込め政策の視点から、そうした文化史上の空間軸のみならず文学史上の時間軸から再眺望する立場で、たとえば反社会的・美学第一主義的モダニズムすらもがいかに現代社会の権力のパノプティコンによって制御されているか、モダニズムを批判することがいかに大衆文化の威力を強調することになるか、リアリティの根拠を欠いた時代にリアリズムたらんとすることは自己言及的文化批評を貫くモダニズムといかに変わらなくなってきているかを説く（九〜三九頁）。かつてポール・ド・マンは、歴史性を否定するモダニズムの身振りそのものが歴史化してしまうアイロニーを語ったが（「文学史と文学的モダニズム」、『盲目と洞察』所収）、サッチョフはその問題を冷戦以後の高度資本主義による文化侵略とそれに伴う二項対立の解体というコンテクストに置き直し、そこから生じるとてつもない空間錯誤と時代錯誤を強調する。前衛と通俗、知識人と大衆、写実と幻想の差異が脱構築された時代は、さてわたしたちがアメリカを見ているのか、それともアメリカを見るわたしたち自身があまりにもアメリカナイズされているのかという国家的区分さえ不分明になるような主体錯誤の時代に等しいからである。

5 パニック・アメリカニズム

このようにニュー・アメリカニズムの論理をつきつめていくと、わたしたちはニュー・ヒストリシズム／多元文化批評／ポストコロニアリズム批評系アメリカ研究の文脈以外に、さてこれまでアメリカによって他者として生産されてきたわたしたち自身の日本的無意識はどのように構築され変動してきたのかを考えざるをえない。

理論的指導者ドナルド・ピーズ自身の新展開にかぎっていえば、一九九〇年の最初のニュー・アメリカニズム特集号『バウンダリー2』に引き続き、その逆襲ともいえる一九九二年の再特集号、および前掲巨大アンソロジー『アメリカ帝国主義の諸文化』の編集、デューク大学からのニュー・アメリカニズム叢書発刊といった作業に集約される。彼はその過程で、それまでのナショナル・ナラティヴが白人側同化政策の視点から構築されてきたのに対し、冷戦以後のポスト・ナショナル・ナラティヴはそれまで白人側の規制を受ける側だった人種・性差・階級上の少数派が代わって主体の位置を奪い、従来のアメリカン・ナラティヴの前提条件を問い直していくのだとするヴィジョンを提出してみせた。

しかし、わたしが何よりも興味をもつのは、『アメリカ帝国主義の諸文化』において、ピーズと共編者エイミー・カプランとが、ニュー・アメリカニズムとはアメリカニズム批判であるという立場をしっかりと打ち出したばかりか、それを支えるに充分な根拠として、たとえばビル・ブラウンやダナ・ハラウェイに象徴されるサイボーグ＝補綴術の隠喩や、ウォルター・ベン・マイケルズが主張する反帝国主義的アメリカニズム、そして何よりも最終章にはビーズ自身のヒロシマ論やメアリ・ヨーコ・ブランネンによる東京ディズニーランド論、デボラ・ジワーツとフレデリック・エリントンのオリエンタリズム再考を収めていることである。ハイテク高度資本主義下で形成される混成主体《サイボーグ》をめぐる議論が、わたしたち日本的主体への視線としてここで再構成されているのは、まちがいない。それらの論考から浮上してくるのは、たとえばジワーツらも示唆するように、従来のアメリカニズムというのが「われ思う、ゆえに他者あり」とでもいうべき典型的な「帝国主義的他者支配の視線《オリエンタリズム》」を免れなかったのに対して、いっぽうブランネンらの議論を参照するなら、そうした帝国主義的抑圧をいったんは受け入れながらもまったく別の目的意識で作り替えてしまうような「他者思う、ゆえにアメリカあり」の視線、いわばもうひとつのアメリカニズムが生じてくる可能性である。

たとえば、本書序章「冷戦以後の魔女狩り」でもふれたマリーズ・コンデの『我が名はティテュバ』を読み返してみれば、これはもともと西インド諸島に育ちフランス語を母語とする二〇世紀アメリカ黒人女性作家が、まさしくバルバドス島出身の混血黒人女性奴隷ティテュバの立場を再演するかのように、一七世紀アメリカ東海岸での魔女狩りを幻視し、そればかりか二〇世紀アメリカ西海岸のフェミニズム的空気をもぞんぶんに注ぎ込んだ作品だった。コンデという卓越したポストモダン作家は、自らが他者である立場を利用して捕囚体験記や奴隷体験記の言説を再利用し、WASP的主体からはおそらくありえない創造的な時代錯誤《クリエイティヴ・アナクロニズム》、創造的な空間錯誤《クリエイティヴ・アナロキズム》を展開してみせたのだ。ここに、他者からの視線によるアメリカニズム批判がひとつの積極的なアメリカ再創造をもたらした好例を認めてよい。

同じ意味で、九四年に英国の学匠作家クリストファー・ビグズビーが学術論文ならぬ小説形式をフル活用して発表したホーソーン『緋文字』後日譚ならぬ前日譚『若き日のヘスター』のテクストも、精読に値する。ピューリタン植民地時代のニューイングランドを舞台に、冷徹なる医師ロジャー・チリングワースの妻ヘスター・プリンと謹厳なる牧師アーサー・ディムズデイルとの不倫の顛末を扱うアメリカ・ロマン主義文学の傑作『緋文字』は古典中の古典だが、これをパロディ化したポストモダン小説は少なくない。パンク作家キャシー・アッカーは八四年の『血みどろ臓物ハイスクール』でパンク娘ヘスターを登場させ、前掲コンデは『我が名はティテュバ』でヘスターとティテュバが獄中で出会うという設定を仕掛けたが、さてビグズビーの『若き日のヘスター』はといえば、イギリス時代のヘスターとチリングワースがどのように出会いどのように別れたか、その顛末から説き起こす。ヘスターは錬金術的研究と書物に没頭するチリングワースの知性に惹かれて結婚するのだが、あまりにも元気溌剌でエネルギーあふれる彼女は、いつしか自分をかまってくれない夫を見捨ててアメリカへ赴く。

住む場所がなくなって自らもアメリカへ渡ったチリングワースはインディアンに囚われる。これなどは原作にも暗示されている捕囚体験記の部分を誇張拡大した演出になって楽しいけれども、けっきょくここに登場するチリングワースがいわゆる人間よりはモノにこだわる偏執的コレクター気質、日本的にいえば典型的なおたくとしてクローズアップされているところは見逃せない。彼は自分の本分を知っていたのであり、別離はヘスターの勝手なのだ。しかも本書は最終的に、緋文字を究極の謎とするならディムズデイルは書き手、チリングワースは読み手であり、両者には敵対関係とともに同性愛的確執さえあった可能性をほのめかす。それは、チリングワース＝ヘスター関係のみならずチリングワース＝ディムズデイル関係もまた「結婚」の隠喩で語られていることからも明らかだろう（『若き日のヘスター』

一八三〜一八四頁）。してみると、最先端批評は、そうした潜在的な同性愛ロマンスの傍らに寄り添うヘスターを、典型的なホモを愛する魔女《ファグハグ》、日本語でいうところのおこげとして再定義するかもしれない。もともと本書は、英国人でありながらアメリカ文学を愛するビグズビーが『緋文字』を何とか英国化したい、テクストの英国的死角を照射したいと願う気持ちから書かれたはずだが、最終的には、むしろ高度資本主義的現在ならではの人物造型が意外にもぴったりホーソーン文学にあてはまることを実証してしまった。ピグズビーもまた、他者の視点からアメリカを、そして現在の環大西洋的視点から過去を読み直そうとする創造的アメリカニズムを試みている。それは、わたしたち日本人読者であればもうひとひねりして考えることのできるような解釈学的希望を残す。

あるいは、目下パリ在住のアメリカ黒人女性作家バーバラ・チェイス＝リボウがトマス・ジェファソン大統領とその美しき黒人奴隷の愛人、および両者の娘ハリエットの生涯を描いた『サリー・ヘミングス』（七九年）『大統領の娘』（九四年）の連作に目を移してもよい。民主主義国家アメリカ建国の父が残した最大のスキャンダルをめぐって、一九世紀以来、少なからぬ作家たちがこの謎を探究すべく、さまざまな小説を発表してきた。愛人サリー自身を扱ったものでは、昨今でもスティーヴ・エリクソンによる歴史改変小説『Xのアーチ』（九三年）の先例があるが、チェイス＝リボウの『大統領の娘』がひときわ皮肉な輝きを放つのは、白人と寸分変わらぬ純白の肌をもつヒロインがヴァージニア州モンティチェロからペンシルヴェニア州フィラデルフィアへ逃亡、元執事エイドリアンのはからいで白人上流階級の仲間入りをするという設定だろう。そこでハリエットは、生涯の同性愛的伴侶となるシャーロットや、のちに夫となる薬学専攻のウェリントン青年とも知り合い、将来は順風満帆のように見えた。けれど、いくらその肌の色のために「白人として通る」とはいっても、ハリエットが混血である限り——つまり一滴でも黒人の血が入っている限り——黒人は黒人。いったん正体が暴露されたら、異民族間雑婚という不法によって罪に問われるのは必至。げんにこの醜聞をネタにジェファソンを脅したジャーナリストも存在したし、ハリエットのもとにもいつ恐喝者が出現するかわからない。彼女は南北戦争以後、建国百周年を迎えてもなお過去の影におびえつづける。

あたかも黒人女性版『風と共に去りぬ』のような大河ロマンであるが、「白人として通る《パッシング・フォー・ホワイト》」という決まり文句の裏には、たとえば「上流階級として通る／偽る」「異性愛者として通る／偽る」といった脱修辞学的ニュアンスが溶かしこまれているのが興味深い。本書はもともとマーク・トウェイン一八九四年の異種族間雑婚小説『まぬけのウィルソン』に準拠して書かれながら、結果的にハリエットの人生に性倒錯的批評《クイーア・リーディング》の介入を許す余白を開拓することによって、逆に白人男性民主主義的異性愛文化の制度をスリリングなまでに暴露してみせるという、多元文化主義時代ならではの批評的再創造を達成した。そこではかつての奴隷体験記から誘惑体験記、今日の性倒錯体験記《クイア・ナラティヴ》ひいては民族異装体験記《パッシング・ナラティヴ》に至るまでの文学的伝統が、みごとにリミックスされている。

冷戦解消後の文学史が進めば進むほど、かえって独立革命以前に培われた文学史以前の物語原型《ナラ》＝体験記《ティヴ》が切実に迫ってくるという本質的なパラドックス。だが、そもそも独立革命後に成立したアメリカ小説自体がいかに産業革命以後の白人男性民主主義的異性愛者的主体によって高度に制御されたジャンルであったか、いかに西欧家父長的合理主義の稼働装置であったか、いかに帝国主義的な他者生産機関であったかを考え直せば——そしていかにそれがいま一定の限界を露呈しているかを痛感するならば——いまのわたしたちが、まだアメリカもアメリカ文学も正式には発明されていなかった時点へさかのぼってみたくなるのは、そしてそこにこそ伝統的アメリカニズムに限定されない多元文化的読者反応論の余地を感じるのは、むしろ当然かもしれない。

植民地時代のアメリカン・ナラティヴは西欧白人やピューリタンでない存在すべてを他者と見なしそれを活字化することによっていわゆるアメリカニズムを形成したが、いっぽう冷戦以後の現在では、まさしくそうした他者として生産されつづけてきた存在自身がアメリカニズムを批判的に再創造しようとしている。かつて非西欧の他者を生産し支配する言説のひとつはオリエンタリズムと呼ばれエキゾティシズムとも呼ばれたけれども、まったく逆に、いまわたしたちの直面しているのは、他者によって批判的に解読され再創造される無数のアメリカニズムの衝撃にほかならない。伝統的アメリカニズムから無限に逸脱することを恐れず、むしろ積極的に時代錯誤や空間錯誤を実験する他者たち。複数の他者たちによる複数のアメリカ像を炸裂させるパニック・アメリカニズムの戦略。アメリカという名のテクストが再び豊饒な可能性を示し始める瞬間を、わたしはここに幻視する。

増補Ⅰ　グラウンド・ゼロの増殖空間

――メルヴィル、サリンジャー、ヴィゼナー

1　ならず者国家の倫理とポスト植民地主義の精神

時は西暦二〇〇一年九月十一日午前八時四五分過ぎ、場所はアメリカ東海岸。カリスマ的指導者ウサマ・ビンラディンの指揮するイスラム系テロ組織「アルカイダ」のメンバーによってハイジャックされた巨大旅客機が、ニューヨークの世界貿易センタービル、通称ツインタワー・ビルとワシントンDCの国防総省、通称ペンタゴンに体当たりして自爆するという超弩級の惨劇が起こった。この信じがたい悲劇を、我が国では通称「同時多発テロ」（英語圏では"the terrorist attacks on 9.11"）の名で呼びならわす。

アメリカ合衆国第四三代大統領ジョージ・ブッシュはただちに「これは戦争だ」と宣言し、国家対国家ならぬ国家対テロ組織の戦争を合法化した末、同年十月七日にはアフガニスタン空爆を決断。十一月十二日には首都カブールを制圧していたタリバン政府を葬り去り、十二月二十二日にはカルザイをトップに据えるアフガニスタン暫定政権を発足させた。その時点までなら、尋常ならざる同時多発テロに立ち向かう正義の報復という大義名分を、かろうじて維持できたかもしれない。ところが明けて二〇〇二年、まだ同時多発テロの真相も究明されないままに、ブッシュ大統領はビンラディンとの関係を憶測ないし捏造してフセイン大統領の君臨するイラクへの攻撃を示唆し続け、ついに二〇〇三年三月十三日、

大量破壊兵器の隠蔽疑惑を理由に掲げて、イギリスとともにイラク戦争を開始。国連安保理決議を経ずに行われたこの武力攻撃は、一方的にある一国の政権転覆を目指しているため、国連憲章や国際法に違反するのみならず、民族自決主義の蹂躙と国家主権に対する侵害となり、その結果、いかなる他者とも理性的な対話によって相互理解をもくろむ国際理解の原則を自動的に放棄してしまう。同時多発テロでは世界がアメリカに同情したが、イラク戦争では世界で反戦運動が沸き起こり、しかも、戦争が一件落着したのち、肝心の大量破壊兵器はついぞ発見されなかったのだから、ますます始末が悪い。

ここで、先代の第四一代合衆国大統領ジョージ・ブッシュが湾岸戦争を「聖戦」と呼び、息子である第四三代ジョージ・W・ブッシュが毎朝聖書を読むのを日課にしていることに注目するなら、わたしはむしろ、一九九五年初版の本書序章「冷戦以後の魔女狩り」でスケッチした構図をそっくりなぞるかのように、一七世紀ピューリタン植民地時代において培われた論理を、二一世紀現在のアメリカ合衆国がいまもたえまなくリメイクしつつ稼働していることを実感するばかりだ。それは「魔女を狩る者こそはもうひとりの魔女にならざるをえない」という、一六九二年初頭に勃発したいわゆる「セイラムの魔女狩り」以来アメリカの深層を連綿と貫く論理である。この時に確立された神権政治的圧政の構図が現代アメリカの政治学にまで命脈を保つ。それは、米ソ冷戦下におけるアメリカが、リベラリズムの美名のもとに多元文化を容認するようでいてけっきょくは反共いわば現代の魔女狩りたる「赤狩り」の姿勢を強化し、その過程において、白人男性ピューリタン社会の伝統におけるあらゆる「少数派」を「異質なるもの」と見て包摂しつつ抑圧していったゼノフォビアの歴史そのものであろう。それは、イラク戦争へなだれこもうとするアメリカの暴走に異議申し立てを行い、国連安保理決議でブッシュ大統領やブレア首相の思惑を阻んだシラク大統領がたちまち悪役に仕立て上げられ、合衆国内部ではフランス製ワインやフランスパンが放逐された構図と、まったく変わらない。魔女を封じ込めるはずの魔女狩り自体が、ここではきわめて悪魔的なかたちを帯びてしまう。狩る者が狩られる者の構造を反復し、アメリカン・エデンがたちまちアメリカン・ソドムへと転化しかねないアイロニーは、戦時下にあっては忌むべきものだが、しかしそれと同時に、まさにこのアイロニーにこそアメリカというソフトウェアが稼働し続けるための本質がひそんでいたことも、否定するわけにはいかない。

このような「魔女を狩る者こそはもうひとりの魔女にならざるをえない」というピューリタンゆかりの論理と相性がいいのが、「平和を守るためにこそ、どんな兵器にも負けない超兵器を持たざるをえない」という、もうひとつの長い伝統を誇る論理である。かのロナルド・レーガン第四〇代合衆国大統領が一九八三年に樹立した戦略防衛構想（SDI=Strategic Defense Initiative）、すなわちソ連の戦略ミサイルを発射直後に宇宙空間から撃ち落とすスターウォーズ計画が、それだ。思えば、レーガン本人が二流のハリウッド役者だった時に出演した作品が、まさしくSDIの原型ともいうべきアイデアを孕む『宇宙の殺人者』"Murder in the Air"（一九四〇年）であった。ところが、ここで文化史家ブルース・フランクリンの見解を参照するならば、SDIの起源は共和制時代の軍事発明家ロバート・フルトン（一七六五年—一八一五年）の仕事のなかに求められる。彼は一七九七年、「恒久的平和」を達成しようと、世界初の潜水艇を発明し、アメリカ共和制を妨げる最大の障壁たるイギリス海軍を粉砕しようと考えた。「共和的平和」を死守するために「いっさいの敵を撲滅する超兵器」がここに開発されたわけであり、このうちにこそ、「世界の相対的平和は核の抑止力によって保障されなくてはならない」と信じる根拠がある。

「魔女を狩る者こそはもうひとりの魔女にならざるをえない」という論理は、「狩る者」と「狩られる者」の差異をなしくずしにしてしまう。かつて九・一一同時多発テロが起こったとき、多くの知識人がその決定的場面を一九世紀ロマン派作家ハーマン・メルヴィルの『白鯨』に、それもピークォド号が白鯨へ突進するクライマックスにたとえたが、さて、自爆テロリスト率いる巨大旅客機がエイハブ船長率いるピークォド号に、ツインタワー・ビルやペンタゴンが白鯨に相当するのかといえば、さほどはっきりとは割り切れない。代表的知識人エドワード・サイードはむしろ「オサマ・ビンラディンという白鯨を追跡するジョージ・W・ブッシュ演ずるところのエイハブ船長」と見立てている。たしかに、テロリストを狩る者こそはもうひとりのテロリストにならざるをえないのだと考えるなら、エイハブと白鯨のあいだはもちろん、ビンラディンとブッシュのあいだも、さほど明確に区別できなくなるだろう。そもそも一七世紀植民地時代以来、ピューリタンの共同体が夢見た「丘の上の町」すなわちアウグスティヌス的な「神の国」の近代版は、「善良なる移民のみならず、来る年も来る年もイギリスやアイルランドやその他の姉妹国家の牢獄から吐き出されるならず者ども（refuse）」（ベンジャミン・ラッシュ「共和制教育についてて」、一七八六年）をも、倦むことなく迎え入れてきた。アメリカは当初、必ずしもご立派なピューリタンの信じる「神の国」としてばかりでなく、半ば旧世界の廃棄物たる海賊や詐欺師など「犯罪者たちの流刑地」としても出発したのだ。近代世界システムの形成途上において、西欧的近代国家と海賊的共同体の区別、植民地主義者と反植民地主義者の区別、インサイダーとアウトサイダーの区別は、一見そう映るほど明快でない。そのような視点から、今日、ブッシュ大統領がイラクやイランや北朝鮮を「ならず者国家」（rogue nation）と呼んで罵倒している現状を見直すなら、そもそもアメリカ合衆国自体の起源に海賊共同体が存在してピューリタン共同体とのあいだに相互搾取関係を、いわゆる共犯関係すら結んでおり、それこそが近代民主主義国家の原型を成してきたことをも、意識せざるをえない。

アメリカ民主主義の雛型は一六二〇年、巡礼の父祖たちのメイフラワー誓約書に窺われる社会契約思想に垣間見られたが、しかしじっさいのところ、ピューリタン植民者たちの側もまた、アメリカ原住民に対して海賊的にふるまったであろう。現代アメリカに限っても、じつは投資用私企業カーライルをめぐってブッシュ家とビンラディン家がパートナー関係を結んでいた蜜月があること、ジミー・カーター第三九代大統領政権下のアフガン戦争においてケーシーCIA長官がパキスタンのISI（軍統合情報部）経由で資金援助と軍事訓練などを行い、結果的にオサマ・ビンラディン育成に荷担していたこと、そしてそもそもイラク戦争のきっかけとなった大量破壊兵器の素材というのは一九八〇年のイラン・イラク戦争以後、アメリカ側がイラクに供与したものであったことなど、ならず者国家の倫理とポスト植民地主義の精神がにわかには見分けがたくなる瞬間は、枚挙にいとまがない。

メルヴィルの『白鯨』のメタファーが息を吹き返す時というのはきまって、植民地時代の魔女狩りの論理がテロルの論理へ、ひいては戦争の論理へと一気に接続される瞬間である。『白鯨』の精神を忠実に継ぐポストモダン作家トマス・ピンチョンは、『重力の虹』（一九七三年）の中で、ドイツ系が開発したV2ロケットをアフリカ系ヘレロ族出身者が奪取し再利用するという展開を書き込んだが、一九九一年の湾岸戦争におけるイラク軍は、明らかにV2ロケットの末裔というべきミサイル〈アル・フセイン〉を開発していた。そこには、核の想像力が現実に浸透した今日、狩る者の論理を狩られる者が反復したあげくに各民族が等しく核の論理に訴え、全民族が、全世界がたちまち終末を迎えるであろうシナリオの最も簡潔明快な青写真がひそむ。かつて日本の爆心地だけに許された「グラウンド・ゼロ」の呼称が、九・一一以後のニューヨークの廃墟にも分け与えられた事実のうちに、わたしはとうに現実と識別困難になった核の想像力の効果を見る。

2 キューバ・ミサイル危機

もちろん、核爆弾投下が核戦争の恐怖に直接つながるわけではない。最初の核爆弾投下は、何よりも第二次世界大戦を終わらせる目的を担っていた。ところが、終戦はそっくりそのまま、米ソ冷戦というもうひとつの戦争の幕を開ける。そして、まさしく戦後から一九八〇年代までを貫く米ソ冷戦こそは、核戦争が起こりうる論理を培うばかりか、それがそのまま最終戦争になりうることの恐怖を煽り立てる。

自由主義にとっては輝かしいパクス・アメリカーナの時代が、共産主義にとっては暗い赤狩りマッカーシイズムの時代となりえた矛盾。その中で核戦争の危機をいちばん体現することになったのが、一九六〇年に選出されアメリカ第三五代大統領となるジョン・F・ケネディだったことは、いうを待たない。もちろん、そこへ至るには、軍人出身でケネディに負けず劣らずの人気を誇った前任者ドワイト・アイゼンハワー大統領が一九五三年から六一年に至る二期八年間、マッカーシー上院議員をバックにつけた反共主義と朝鮮戦争の解決、腐敗撲滅を掲げ、軍人として培った戦略によりピラミッド型の指揮系統を構成、それをフル活用したことを忘れてはならないだろう。アイゼンハワーはトルーマン大統領時代の「封じ込め政策」を一歩押し進めた「巻き返し政策」や、核兵器の優位を背景にした「大量報復戦略」や「瀬戸際政策」を促進した。

ところが、アイゼンハワー政権が始まって四年ほどが経過した一九五七年、ソ連が人工衛星スプートニクを打ち上げ、アメリカを出し抜いてしまったことにより、それが国家的威信を傷つける。かくしてロケットすなわちミサイルの技術に磨きをかけることがいっそう求められ、その結実がケネディ政権で構想されたニュー・フロンティアであり、宇宙開発競争だったといっても過言ではない。

そんな米ソ冷戦下でキューバ・ミサイル危機がなぜ始まったのか。時は一九六二年十月十四日、キューバ上空を偵察した哨戒機U－2が持ち帰った写真を解析したCIAが、そこに中距離弾道ミサイル（MRBM : Medium Range Ballistic Missile）発射用の地対地基地が建設途中である様子が写し出されているのを確認したのだ。遠因としては、一九六〇年代に入ってからというもの、CIAによるカストロ暗殺計画がエスカレートしてきたことが挙げられる。だからカストロがソ連に援助を求めてもおかしくはない。そこで、十月十六日の朝食時に地対地基地建設の事実を知らされたケネディ大統領は、さっそく各分野の専門家で構成される特別委員会（ExComm）を秘密裏に召集。その結果、CIAはキューバに設置されつつあるミサイルをSS4サンダルと特定し、それが三二基配備されつつあると判断した。ミサイル発射後、米国内に辿り着くまでの距離は二二〇〇マイルだが、それに要する時間はたった五分で、爆発すれば八千万人の生命が失われるのは必至。かくしてアメリカ政府はこれをソ連による先制攻撃政策とみなし、基地建設が完成する以前にキューバのミサイルを撤去すべきことが議論された。

ここで肝心なのは、ケネディ大統領の政治的判断と軍部の暴走とが、時に矛盾と軋轢を引き起こしていたことだろう。大統領は何としてでも戦争だけは避けなければならないと考えたが、軍部のほうは空爆と軍事侵攻を強く主張したのだから。けっきょくケネディの海上封鎖案が通過し、一九六二年十月二十二日に大統領の慎重なテレビ演説が行われた以降も、ソ連軍とアメリカ軍があわや海上で鉢合わせするかという瀬戸際を迎えたが、しかし十二月二十六日のフルシチョフからの書簡は「アメリカがキューバ侵攻をしないと固く約束さえすればソ連のミサイルを撤去する用意がある」というもので、その内容をケネディは受諾し、十月二十八日にはフルシチョフとのあいだで妥協案が成立。アメリカのキューバ侵攻は挫折したものの、ソ連は自らキューバからミサイルを撤去し、戦争なき平和を貫くことができた。十月十四日の地対地基地発見から十月二十八日の危機全面回避まで、足かけ十三日間。のちにケヴィン・コスナーが当時のケネディを演じたロジャー・ドナルドソン監督の映画が『十三日間』(二〇〇〇年)と題されたゆえんだ。

にもかかわらず、そのほぼ一年後、一九六三年十一月二十二日にはテキサス州ダラスをオープンカーでパレード中のケネディが暗殺され、たちまちアメリカの夢はアメリカの悪夢に変わってしまう。下手人として捕まったのはCIAの下級エージェントだったリー・ハーヴェイ・オズワルドであり、その背後には当時CIA幹部であったジョージ・ブッシュ元大統領の陰謀があったのではないかとする向きは、いまも根強い。これを、キューバ・ミサイル危機の折に不発に終わった軍事的想像力が、ケネディ暗殺というかたちでようやくその落としどころを見出したのだと説明することもできる。

かくして、リンカーン暗殺が事実上の南北戦争終結となったように、ほぼ一世紀のちのケネディ暗殺は事実上の核戦争危機解決となった。しかし、ここで慎重を期さなければならないのは、南北戦争がアメリカの問題を解決するよりもいっそう深めてしまったように、キューバ危機をピークとする米ソ冷戦もますます多くの問題を紛糾させるばかりだったことだ。アメリカが十九世紀で抱え、二〇世紀においていっそう深めてしまったトラウマの瞬間が、ここにある。

3 『博士の異常な愛情』再考――サリンジャーの弾丸

そうした国際的緊張の漲る一九六三年、すなわちケネディ暗殺の年にスタンリー・キューブリック＝ピーター・ジョージ＝テリー・サザーンの共同脚本になるブラックユーモア映画『博士の異常な愛情』が書かれ、翌年一九六四年に封切られた。それがカート・ヴォネガット・ジュニアの最終戦争小説『猫のゆりかご』や小松左京の世界全滅小説『復活の日』発表と同年であったことは、決して偶然ではない。『博士の異常な愛情』の共同脚本家ピーター・ジョージは、すでに一九五八年に『破滅への二時間』なる小説を発表しており、そこではアメリカ戦略空軍総司令部のクィンテン将軍のソ連に対する過剰なる意識から先制核攻撃を行うという物語が含まれていたから、キューブリックが当初はこの小説の忠実なる映画化を企んだのも筋が通る。ところが映画のトーンを最終的に「悪夢的喜劇《ナイトメア・コメディ》」にしようとしたキューブリックは、例によって方向を転換し、かくしてジョージのみならずサザーンをも巻き込んだ共同脚本が出来上がったというわけだ。げんに『博士の異常な愛情』では、発狂したジャック・D・リパー将軍が、ほんらいならばソ連の核攻撃への報復措置である「R作戦」を、いわばアメリカ側の先制攻撃として発令してしまい、その結果、通信回路を絶たれた哨戒飛行中の爆撃機がキング・コング少佐もろとも水爆を投下、それに応じてソ連側は自動的に地球上の生物を十ヶ月以内に殲滅する

「皆殺し爆弾《ドゥームズデイ・マシーン》」を発動するという展開にまとまった。

ふりかえってみれば、ケネディ大統領自身も政府の判断と軍部の暴走とのあいだで引き裂かれていたし、リパー将軍のモデルと想定されるのが、東京大空襲とともにキューバ危機にも関わったカーチス・ルメイ将軍だったとも言われているから、こうした演出そのものが限りなくブラックユーモアに近い。しかも最終場面では、もくもくとわきあがる無数のキノコ雲の背後にイギリスを代表するポップ歌手ヴェラ・リンの歌うスタンダード・ナンバー「また会いましょう」"We'll Meet Again"が何とものんびり歌われるのだから、ブラックユーモアもここに極まる。核爆弾が炸裂してしまっては、そもそも人類が生存しているかどうかもわからないのに、あえて「また会いましょう」の歌声が甘く優しく囁かれるというこのきわめつけのアイロニーこそは、おそらくすべてのポストモダニズム作家たちが共有していた戦後世界観の根底にひそむ喜劇的終末論《コミック・アポカリプス》の本質だろう。

ただし、ここでキューバ・ミサイル危機すなわち核戦争危機をふまえた六〇年代の代表的映画を分析する前に、ひとつ再確認しておくべき文学史的背景がある。

『博士の異常な愛情』の後半、爆撃機「ハンセン氏病患者収容所」(Leper Colony)を駆るキング・コング少佐が手違いで水爆「ハイ、ゼア」(Hi,There、小説版ではLolita)にまたがったまま落下し、その途上、テンガロン・ハットを盛大にふりまわして「ヤッホー、ヤッホー」と叫ぶ場面は超弩級の黒い笑いを誘うクライマックスとして映画史上でも名高いけれども、この場面の見取り図が、じつはかのJ・D・サリンジャーが『白鯨』からきっかり百年後の一九五一年に発表した青春小説の古典『ライ麦畑でつかまえて』の中にうかがわれるからである。大人のインチキな世界に異議申し立てをし続け家出する一六歳の少年ホールデン・コールフィールドを主人公に据えたこの本そのものは、今日でこそ純真無垢《イノセンス》を根本に据えた青春小説の代名詞として、あまりにも有名だろう。作者は当時三二歳、第二次世界大戦の終結から六年後。戦勝国アメリカは新たな希望を抱きながら繁栄の時代に足を踏み入れようとしていたものの、一方で共産主義という次なる脅威との冷戦が始まり、赤狩り旋風が吹き荒れたそんな時代に、精神病院で自身の青春をふりかえるホールデンの語りは、いまも読者を魅了し続けてやまない。

今日では境界例の典型ともいわれるホールデンは、大人の社会を「インチキ」phoneyの価値尺度で切り捨てながらも最終的には何一つ具体的な行動には出られない、優柔不断を絵に描いたような少年だが、さてその彼が、第一三章で誰かとケンカするとき正々堂々と殴り合うよりも「相手を窓から突き落としたり、斧で首をはねたりするほうがまだしも楽なんだ」とうそぶき、第一四章で娼婦とポン引きめいたエレベータ・ボーイにしてやられたあとには、逆にこの男を罠にはめ自動拳銃の引き金を引いて「毛むくじゃらのほてい腹に六発ぶちこんでやる」ことを想像し、この第一八章の末尾では「もし次の戦争がはじまったら、原子爆弾の上に進んでまたがってみようと思う」などと物騒な発言、読みようによってはテロリスト宣言ともいえる表明を残しているのだ。とくに第一八章末尾の発言は重要である。

D・Bのことで僕の気にくわないのは、あれほど戦争をきらっていながら、去年の夏には僕にあの『武器よさらば』っていう作品を読ませたことだ。兄貴はすばらしい作品だって言うんだが、それが僕には理解できない。ヘンリー中尉っていう男が出てきて、これがいい奴だとかなんとかいうことになってるんだな。しかし、どうしてD・Bは、軍隊とか戦争とかいうものをあれほどきらっていながら、あんなインチキな本が好きになれるんだろう。（中略）とにかく、僕は、原子爆弾が発明されて、うれしいみたいなもんだ。今度戦争があったら、僕は原子爆弾のてっぺんに乗っかってやるよ。自分から志願してやってやる。誓ってもいいや。（野崎孝訳『ライ麦畑でつかまえて』［白水社、一九六四年］、第一八章。中略以下の傍点部分は、村上春樹訳『キャッチャー・イン・ザ・ライ』［白水社、二〇〇三年］では「いずれにせよ、原子爆弾なんてものが発明されたことで、ある意味では僕はいささかほっとしてもいるんだ。もし次の戦争が始まったら、爆弾の上に進んでまたがってやろうと思う。僕はそういう役に志願しよう。ほんとに、真面目な話」）

この一節の影響力が絶大だったとしか思えないのは、のちのピーター・ジョージによる小説版『博士の異常な愛情』に以下のくだりが含まれているためである。

キング・コング少佐は爆弾倉へもういちど降りてみた。（中略）彼は水爆「ハイ、ゼア」をいとおしそうに撫で、もうひとつの水爆「ロリータ」によじのぼる。（中略）「ロリータ」は投下体制に入り、キング・コング少佐はともに落下していった。彼は「ハンセン病患者収容所」なる爆撃機から水爆とともに落下したのだ。あとのことは、ご想像にお任せする。（ジョージ、キューブリック＆サザーン『博士の異常な愛情』［バンタム、一九六三年］、一五二頁）

むろん、サリンジャーが原爆を肯定する文章をかの『ライ麦畑でつかまえて』に組み込み、『博士の異常な愛情』へ影響を与えたことに衝撃を覚える愛読者もいるだろう。主人公ホールデンはヘミングウェイ的な好戦主義者を嫌っているにもかかわらず原爆肯定論者であるという、一見矛盾した文脈がここで生じているが、しかしホールデンの自殺志向を考え合わせるならば、彼が単純な好戦主義者ではなく、自爆テロ志願者の素質を抱いていることが確認されるはずだ。しかも彼は第二四章において、アントリーニ先生が寝ている彼の手をふれただけで男色的気配を感じ取り、批判的態度をあらわにして飛び出していく。ホールデン的な強制的異性愛優先の価値基準は、左翼的知識人をおしなべて男色家とみなしていた赤狩りマッカーシイズムの価値基準と絶妙に袖ふれあう。こうした展開のうちに、表面的には戦争を否定しても、否応なしに同時代の政治的無意識と連動し核戦争に突入せざるをえないシナリオを読み取るならば、そしてそれが全面核戦争を支える自爆テロリストの無意識に制御されているとすれば、そこより『博士の異常な愛情』の物語学まではほんの数歩の距離しかない。

4　ポスト・ホールデンの群像

ひとつ強力な傍証を挙げておくなら、一九八一年三月三十日午後、就任まもない第四〇代ロナルド・レーガンをワシントンＤＣにて暗殺しようと企てながら失敗した若者ジョン・ワーノック・ヒンクリーの一件がある。彼は映画の『タクシー・ドライバー』に、とりわけヒロインである少女娼婦役のジョディ・フォスターに心酔しながらも想いを果たせず、映画の主人公であるタクシー運転手をそのままなぞるかたちで暗殺にのぞんだという。レーガン本人が二流のハリウッド俳優だった経歴を考え合わせると、まさしく映画が大統領を作り、大統領が映画によって殺されるかもしれない瞬間だったわけだが、ここでもうひとつ銘記しておかなくてはならないのは、この一九五五年生まれ、当時二十五歳の青年ヒンクリーが愛読してやまず、暗殺の瞬間にもたずさえていた小説というのが、何とサリンジャーの『ライ麦畑でつかまえて』だったことだ。

思い返してみれば、レーガン暗殺にわずかばかり先立つ一九八〇年十二月八日、ニューヨークで元ビートルズのジョン・レノンが、やはり当時二十五歳のマーク・チャップマンによって暗殺されたが、この時チャップマンはアルバム『ダブル・ファンタジー』にサインを求め、自らの愛読する『ライ麦畑でつかまえて』を肌身離さず携えていたという。その動機は、アンソニー・フォーセットの『愛と芸術革命家ジョン・レノン』を読み、かつてホールデン自身とほぼ同一視していた自身のアイドルが、平和を訴える歌、それも財産などないと想像してごらんと説く歌で巨大な富と権力を手に入れた狡猾なるビジネスマンへと転落してしまったことへの幻滅による。そう、ジョン・レノンはホンモノからインチキへと落ちた偶像に成り下がったのだ。ひとたびレノンに夢中になった世代にとって、それが存在論的な裏切りに映ったとしても、おかしくはない。

かくも暗殺者たちへ絶大な影響を与えたニセモノの断罪者ホールデンというアンチ・ヒーローを考え直す時、先に掲げた彼の原爆肯定をはじめとする自爆テロリスト妄想を忘れるわけにはいかない。チャップマンやヒンクリーは必ずしもサリンジャーをとんでもないかたちで誤読したのではなく、そこで性格造型されたホールデンの本質を限りなく正確に読み取り、全面核戦争の恐怖が押し寄せる時代ならではの自爆テロリスト未満を、自ら演じて見せたのではなかったか。ここに至って、ハリウッド映画のみならずロックンロール産業、ベストセラー小説といったさまざまなポップカルチュアの想像力が融合して、現実と虚構の区別をなしくずしにし、それこそメディア仕掛けの書割空間《リアリティ・スタジオ》のさなかより、若き暗殺者を産み落としてしまったのだ。かくしてマルコム・クラーク監督が二〇〇一年に撮った映画『ライ麦畑をさがして』では、サリンジャーに傾倒する少年がホールデンに憧れるあまり作家に手紙を書くも返答を拒否されたために、ニュー・ハンプシャーに隠遁する作家自身の家へ赴き、愛憎相半ばして、あろうことか作家本人に銃を向ける場面がクライマックスに設定されている。すでにチャップマンやヒンクリーといったホールデン的暗殺者たちを知っているわたしたちは、作家に銃を突きつける疑似ホールデンのすがたに、レノンを暗殺し、レーガン大統領を暗殺未遂に追いやることで痙攣した冷戦下の歴史そのものを重ね合わせてしまう。たんに作家個人をめぐる暗殺計画に見えるこの行動は、サリンジャー自身が放った『ライ麦畑でつかまえて』という名の弾丸が、めぐりめぐって著者自身へ跳ね返ってくる循環的構図を成す点で、報復攻撃を前提とする全面核戦争の論理に酷似する。

ちなみに、ヒンクリーによる暗殺未遂から二年後の一九八三年、先にもふれたように、レーガン大統領本人が戦略防衛構想すなわちスター・ウォーズ計画を促進しようと試みた。その根本には、アメリカ大統領が暗殺されるスペクタクルどころか、アメリカ合衆国自体が最大の暗殺者としてふるまう核時代のスペクタクルが秘められている。

5　ジェラルド・ヴィゼナー『ヒロシマ・ブギ――原爆投下後五七年』を読む

一九八〇年代半ば、レーガン政権におけるＳＤＩ戦略以後は、天文学者カール・セーガンから脱構築哲学者ジャック・デリダ、それに文学批評家デイヴィッド・シードに至る無数の知識人が、こぞって核の危機を語り始めた。それに呼応して紡ぎ出された核の文学は数多い。そのぶんだけ、核の文学は類型化されてきたともいえる。だが、こうした風潮をふまえつつ、一九六〇年代のヴォネガットやジョージ、キューブリック、小松左京に匹敵するほどの洞察力を備え、あくまで現在文学の核に迫る作品を選べと言われたら、わたしは迷うことなく、現在、カリフォルニア大学バークレー校で教鞭を執るネイティヴ・アメリカン、自称ポスト・インディアンにしてラリイ・マキャフリイ呼ぶところのアヴァン・ポップ作家のひとりジェラルド・ヴィゼナーが二〇〇三年に発表した長篇『ヒロシマ・ブギ――原爆投下後五七年』を挙げる。

ヴィゼナーの幼年期は劇的だ。一九三四年にミネソタ州ミネアポリスに生を享けた彼は、ホワイトアース居留地のアニシナベ族（チベワ族）の血が四分の一流れているため、自らをその一員として登録している。しかし、四歳になる前に実の父が殺害されたのち多くの家庭をたらい回しにされ、一時は母と養父とともに暮らすようになるも、母とのトラブルを経て、その養父自身も事故で亡くなるという憂き目を見る。一五歳になった時にはミネソタ州の州兵となり、そののちアメリカ陸軍に入って朝鮮戦争のころには一九五二年から五五年まで日本に駐在。帰国後、五五年から五六年までニューヨーク大学で学び、六〇年にはミネソタ大学を卒業して学士号取得、六二年から七〇年までは同大学大学院に学び、七四年にはハーヴァード大学ブッシュ奨学金も獲得した。

以後は多くの大学で教鞭を執ってきたが、一九九一年からはカリフォルニア大学バークレー校に腰を落ち着けている。一九八八年には長編小説『グリーヴァー――アメリカ版西遊記』によってニューヨーク・フィクション・コレクティヴ文学賞と全米図書賞をダブル受賞。現在では、詩集や小説、評論、傑作選など合わせると三〇冊以上の著作を持つ。

以上の経歴をふまえつつ、ヴィゼナーの文学理論を探ると、それは白人征服者によって「発明」された「インディアン」という概念を起源なきシミュレーション、あるいは白人流の「明白なる手口《マニフェスト・マナーズ》」の産物とみなして徹底的に批判し、自らを「ポスト・インディアン」と再規定するという戦略から出発しているのがわかるだろう。彼はフランス系ポスト構造主義をも深く読み込んだうえで自己の理論構築へ立ち至っているので、一見したところ、これは典型的なポストコロニアリズム批評の立場のようにも映る。たしかに彼が自分を「ポスト・インディアン」と名乗るとき、そこには明らかに「ポストモダン・インディアン」としての自覚が強い。彼は単純にアメリカ原住民の立場から白人的言説を批判するというだけではなく、自らの属するアナシナベ族特有のトリックスターであるナナボズホを、中国の誇る孫悟空と共通する者と解釈してみせる。さらに最新長篇の『ヒロシマ・ブギ』においても、三船敏郎に瓜二つのインディアンと日本人の混血青年ローニンに同様のトリックスター的役割を与えるという、多民族的戦略が練られているのである。

まずプロットを確認しておこう。

本書は全十三章から構成されるが、まずその第一ページを開くと、わたしたちは第一章が「羅生門の浪人《ローニン》」と題され、その第一行目が「原爆ドームこそおれの羅生門だ」と始まるのに、度肝を抜かれる。ここで注意すべきは「浪人《ローニン》」というのが芥川龍之介原作、黒澤明監督の『羅生門』の浪人とも、また『忠臣蔵』の浪人とも、そして何より主人公であるトリックスター的存在ローニン・ブラウンの固有名詞とも、二重写し、あるいは三重移しになっていることだ。

ローニン・ブラウンは日本人のブギウギ・ダンサーであるお吉《オキチ》と占領期にはダグラス・マッカーサーの通訳を務めたホワイトアース居留地出身のアニシナベ族の一員オリオン・ブラウン軍曹、別名ナイトブレーカーとのあいだに生まれた「三船敏郎そっくり」の混血児である。本書サブタイトルの「アトム57」というのは、原爆投下の年を初年度と設定して彼が独自に制作しているカレンダーが二〇〇一年で五七年目を迎えたことを意味する。そんなローニンが戦後、孤児として生きのびたあげく、広島平和記念公園に赴き、原爆ドームを「おれの羅生門」として親しみ、そこにたむろしているハンセン氏病患者オーシマや傷痍軍人キツツキ、元娼婦のオーサカをはじめとする浮浪者たち、それこそ「浪人」たちとこぞって、核の抑止力に保証された「平和」の概念そのものを問い直し笑い飛ばそうと、さまざまなパフォーマンスを、「羅生門」を現代的に脚色した彼いわくの「原子力歌舞伎」をくりひろげるのだ。ローニンは「精神的な浮浪者であり、平和の嘲笑者であり、そしてアイロニーの達人」である。だがまったく同時に、彼は「幻視者であり、永遠の生存に賭ける美学的兵士であり、混血サムライ」としても性格づけられる(第五章、六九頁&七一頁)。彼のいでたちは、ゴーグルにゴム手袋という、誰が見ても危険人物としか映らないもので、そのため物語の中で彼は何度も警察の職務質問の対象となる(第七章、八四頁)。かつて核物理学者ロバート・オッペンハイマーは最初の核実験後にヒンズー教徒の聖典ともいえる宗教的叙事詩『バガヴァッド・ギータ』を引用して「わたしは死神、世界の破壊者となった」と語ったが、これに対しローニンは「おれは記憶、平和の破壊者だ」と書き綴る。

ローニンの恋人になるのは、平和公園の子どもたちを描く水彩画家で、アンデルセン・ベーカリーでは売り子を、全日空ホテルではホステスとしても務めるミコ。だが、ここでも彼女のネーミングそのものが一筋縄ではいかない。ヴィゼナーは当然ながら、ミコの背後に神道的な巫女のすがたをも幻視しているからだ。ミコは芸術家とホステスを偽装した巫女であり「原爆ブギウギ・ダンサー」（第六章、八六頁）と記述されるところを見ると、そこには本書タイトル『ヒロシマ・ブギ』の本質を求めることもできるだろう。たしかに、ミコが描く水彩画は、現代の子どもたちを描いているようで、原爆投下後の子どもたちの亡霊を描いているようにも見える。やがて第七章中盤、平和公園のベンチでローニンとミコは愛の契りを結び、その恍惚の声に反応したオーシマら仲間の浮浪者たちがふたりを讃えて平和の鐘を鳴らし、カラスたちもそれに唱和する。物語のうちで最もブラックユーモアに満ち満ちた、これはクライマックスといえよう。第八章では、ローニンの胸の「見えない刺青」に反応したミコが、自分の背中に菊の刺青を彫ってくれるよう懇願する。西欧の刺青は個性の印だが、日本の刺青は集団に入るための通過儀礼であると言われる。だが少なくともローニンにとっては事情はいささか複雑だ。「ローニンが見えない刺青を施しているのは単独性の証だが、にもかかわらず彼の胸のメッセージ（アトム一年、八月十五日）は、その刺青と同じぐらい見えない存在である原爆犠牲者の子どもたちの亡霊に展望を与え記念を刻み込むものであり、さらに被爆者の生存を讃えるべきものであった」（第七章、一〇四頁）。

後半の舞台は、必ずしも広島市にとどまらない。第一一章、東京の靖国神社へ赴いたローニンは東条英機を罵倒するべく雄叫びをあげ、銀座で知り合ったボガートの運転するワゴン車で市街を通り抜けるさいにマヘリア・ジャクソンからジョニー・キャッシュに至るゴスペルやロックンロールを大音量で流して町中を狂騒状態に陥れてしまう。このくだりでのローニンは、日本的日常へ亀裂を走らせるのに驚くべきトリックスターぶりを発揮する。第一二章では、島根県松江市でミコが水彩画の個展を行っているためそこへ足を運び、クレオール文化の先覚者であったラフカディオ・ハーンすなわち小泉八雲に対して強烈な精神的絆を実感する。そして八雲の幻影と密かな会話を交わした彼は、とある早朝、宍道湖湖畔と思われる公園で姿を消す。警察は自分が宍道湖ないしはるか日本海に消えたと思いこむかもしれないが、自分は八雲と同じく鶴になって飛び去ったにすぎない、と書き残して。

ゆえに第一三章後半は、そんなローニンの書き残した原稿をもとにミコが彼の冒険物語を伝えるという形式を採る。というよりも、じつは本書『ヒロシマ・ブギ』の全体が、ミコという巫女が編纂したものであったらしいことが判明するのだ。やがて彼女はローニンの民族的起源であるホワイトアース居留地にも足を運び、鶴の羽根がアメリカ原住民文化でいう先祖のトーテムだったことを知らされる。

ヴィゼナーのどちらかといえばヴォネガットやジョゼフ・ヘラーを思わせるスラップスティックな筆致だけでも充分に魅力的だが、それでも彼がアメリカ原住民のみならず日本人やアイヌに至るまで、いわゆるモンゴロイド文化圏的な意識から核時代の文学を探り、そこにこそ二一世紀文学の核心を求めていることは容易に把握できよう。核による被爆の記憶を免れない文学が、グローバリズムの今日では混血かつ多文化的文化を見据えなければ成立しない文学の核を逆照射する。

そうしたパースペクティヴより、改めて芥川龍之介の短篇小説「羅生門」を読み直し、黒澤明がそれに同じく芥川の「藪の中」を加味した映画「羅生門」を観直すと、「原爆ドームこそ我が羅生門」とするローニンの言葉が、必ずしも突飛な類推ではなく、むしろきわめて論理的な隠喩であることが実感されよう。天災で荒れ果てた平安京を舞台にした盗人の小説「羅生門」は大正四年（一九一五年）の発表なので、そこにはまちがいなく第一次世界大戦の災厄が影を落としていたはずだが、まったく同様、同じ平安時代において検非違使に取り立てられた木こりや盗人たちの証言の不確実性を浮き彫りにしたもうひとつの小説「藪の中」を融合した映画「羅生門」は一九五〇年の製作であり、第二次世界大戦を終わらせた原爆投下後の惨状をじゅうぶん意識していたはずなのだから。

メルヴィルの『白鯨』で輪郭づけられた世界終末の予感は、そのきっかり百年後にサリンジャーの『ライ麦畑でつかまえて』において核爆弾投下志願の自爆テロリスト願望として表現され、キューブリックの『博士の異常な愛情』では全面核戦争の青写真が映し出される運びとなった。しかし、核時代の文学は、すべてが終わったあともなおすべてを語ろうとする意志、世界が全滅してもなお生き残り語り続けようとする意志にこそ、現代文学の核を見出す。『白鯨』のイシュメールはすべてが終わったことを語るためにのみ生き残ったが、『ヒロシマ・ブギ』のローニンはすべてが終わったあとの半世紀以上を生き延びながら忽然と消え去り、語りの主権を巫女としてのミコへ明け渡す。個人としてのみならず民族として生き残り、語り続けるために。

この戦略によってこそ、ジェラルド・ヴィゼナーの『ヒロシマ・ブギ』は、唯一の核被爆国である日本を経た爆心地《グラウンド・ゼロ》の物語学を、たんに日本一国の問題でも九・一一以後のアメリカの問題でもなく、グローバルな意識史の次元へと一挙拡大するのに成功した。そこには、ニュー・アメリカニズムの問題系をさらに深める水準において、二一世紀に最も有効な核想像力批評の可能性が示唆されている。

増補Ⅱ　おまえはクビだ！
――ナサニエル・ホーソーンの選挙文学史

1　セイラムの魔女狩り再び――または未完の独立革命

一七世紀末ピューリタン植民地最大の汚辱はセイラムの魔女狩りであった。

そして、一八世紀末アメリカ一三植民地最大の栄光は、独立革命であった。

一見したところ、二つの事件はまったく別の言説的準拠枠に属するように映る。片やピューリタン神権制下において中世的迷信が引き起こした瑣末なスキャンダルの一幕、片や世界初の民主制国家の起源を成す巨大なアメリカン・ドリームの起源だが、そもそもセイラムの魔女狩りはその呼称が連想を誘うほどに超自然的な事件ではなく、アメリカ独立革命はその達成と結びつけて考えられるほどには民主的な達成ではない(1)。つまり、セイラムの魔女狩りは時期尚早であったがゆえに挫折した未完の独立革命であり、独立革命は機が熟し名誉挽回に成功した魔女狩りではなかったか。そう考えざるをえないほどに、両者をもたらしたコンテクストは酷似している。そしてこれら両者はともに、今日われわれが想定するアメリカの「選挙」の概念を成立させるに際し重要な役割を演じていた。

本書序章で示した基本的構図をふりかえってみよう。まず一六九二年に勃発したマサチューセッツ植民地におけるセイラムの魔女狩りに四年ほど先立つ一六八八年の真夏、主導的牧師コットン・マザーはボストンで石工を営むグッドウィン家の娘が悪魔憑きの症状をきたすのを目撃するが、その原因はといえば同家の洗濯娘の母親にしてアイルランド出身のカトリック、ゲール語しか話さないグッドワイフ・グローヴァーによる呪いに満ちた悪態だったという事実がある。ちょうどそのころの植民地では、ピューリタン革命の立役者オリヴァー・クロムウェル護国卿の逝去を経た一六六〇年の王政復古の結果、一六八四年にはジェイムズ二世の命によりマサチューセッツ湾岸植民地の自治権を認める勅許状がいったん撤回されるばかりか、インディアン対策のために組織されたニューイングランド植民地連合（The United Colonies of New England）を解消して、翌八五年には、よりイギリス側の支配にとって都合のいい王領ニューイングランド（Dominion of New England）へ改組するという政変が起こっている。かくしてイギリス本国政府は、強大になりつつあったマサチューセッツの力を封じ込めるために、一六八六年には、豪腕のニューヨーク総督エドマンド・アンドロスを新総督として任命するのだ。それは、そもそも総督の決定が民選ではなく宗主国のトップダウンによる勅任となったこと、その結果、植民地人の同意を前提とする自治権を持つ植民地議会が否定されたことを意味する。しかも新総督は圧倒的な権力をふりかざし従来のピューリタンたちの土地の権利を脅かす政策を打ち出したばかりか、フロンティアをインディアンの攻撃から守ろうともしなかったため「隠れカトリック」と呼ばれるほどであった。その結果、一六八九年四月一八日、業を煮やした植民地の民衆はアンドロス総督を逮捕して「ボストン革命」を起こす（レヴィン 143-173）。

折しも、一六八八年の名誉革命の結果、イギリスはフランスとカナダに対する戦争、アメリカ側で呼ぶところのウィリアム王戦争に突入することになり、マサチューセッツ湾岸植民地からもウィリアム・

フィップスの指揮する小海軍の出動が要請されたが惨敗を喫したため、イギリス側はむしろその軍事的無能力に安堵し、一六九二年にこのフィップスを新たな勅任新総督に任命する。このように、宗教的にも政治的にも、「外部の圧力／見慣れない力《フォーリン・パワー》」（Forreign Power〔*sic*〕）が蔓延する時代にあって（ゴッドビア 188-89）、不穏分子を弾圧していかなければ植民地共同体を維持出来ないという危機感が高揚したあげく、その副作用のひとつとしてセイラムの魔女狩りが勃発したといってよい。万が一ボストン革命が順調に発展していれば植民地独立への第一歩になった可能性もあるものの、あいにく軍事的にも思想的にも機が熟していなかったがために一種の内ゲバならぬ内部的粛清に終わらざるをえなかったのだ。ピューリタン植民地を支えるユートピアニズムは、一点の曇りでもあれば誤解しかねないため、たえずその内部にテロリズムを孕む構図の起源が、ここにある。

他方、それからほぼ一世紀後に実現するアメリカ独立革命の側から見るならば、一七六〇年に即位して以降王権強化を図るジョージ三世と一七六三年に成立したグレンヴィル内閣は、フレンチ・インディアン戦争によって一挙に拡大してしまったアメリカ植民地の領土をいかに統御するか、その過程で従来からの重商主義政策を維持・発展させていくかに腐心した。その結果、課税による圧力を強めようと、一七六五年の印紙税法や一七六七年のタウンゼンド歳入法、一七七三年の茶税法などを編み出すのだが、それらがいずれも植民地側の強力な抵抗に遭う。六六年のニューヨークにおける農民の大反乱や駐屯軍兵士との軋轢は一七七〇年のボストン大虐殺や七三年暮れのボストン茶会事件を伴い、やがては一七七五年におけるレキシントンとコンコードの衝突によって独立戦争の火蓋が切って落とされ、戦闘は一七八一年まで続き、八二年にはイギリスとのあいだで予備条約が締結、翌年八三年には米仏同盟における講和条約も締結される。

以上はいかなるアメリカ史においても明記されている事実であるが、ここでトマス・ジェファソン起草になる、今日では通称「独立宣言」の名で知られている文書「一七七六年七月四日、大陸会議に集合せるアメリカの一三連合諸邦の代表による宣言」をいまいちど再読してみるならば、セイラムの魔女狩り前夜にあたる一六八九年、コットン・マザーらが、魔女たちとアンドロス総督を等しく共同体を「略奪」"plunder"し「侵害」"invade"し「強姦」"rape"する存在と捉え、恐るべき「外部の圧力／見慣れない力《フォーリン・パワー》」としてひとくくりにしてみせたレトリックが、今度は国王ジョージ三世への批判のうちに転用されているのが判明しよう。そこでは国王が「人民の権利の侵害（invade）に対して断固抵抗する代議院を、くりかえし解散させた」こと、「われわれの領海において略奪を働き（plunder）、われわれの沿岸を荒らし、われわれの町を焼き払い、われわれ人民の生命を奪った」こと、さらに「この期に及んで外国人傭兵の大軍（large armies of foreign mercenaries）を送り込み殺戮と破壊と暴虐の計画を完遂しようとしているが、そもそもすべての始まりとなった残虐と不誠実の諸事件というのが、いかに野蛮な時代にさえ例がなく、文明国家の元首にはまったくあるまじきものなのであった」ことが、激越な調子で弾劾されているのだから。

かつてセイラムの魔女狩りが「外部の圧力／見慣れない力《フォーリン・パワー》」によって共同体全体がレイプされるかもしれないという恐怖が最高潮にまで達した結果、植民地時代最大の汚辱を招いたとすれば、アメリカ独立革命は啓蒙主義精神が熟して経済力も軍事力も備えた植民地が、まさにその「外部の圧力／見慣れない力《フォーリン・パワー》」を突破することにより前世紀末の汚名を晴らし名誉挽回するための最大の機会であった。その結果、アメリカ合衆国憲法に準拠して、一七八九年には初代大統領ジョージ・ワシントンが選ばれることになる。さて、以上、セイラムの魔女狩りと独立革命を比較して来たのは、前者が植民地総督をめぐる紛争であり、後者が世界初の民主主義の実験場独自の元首すなわち大統領を成立させる戦争であったからだ。

植民地総督を大統領と比較することは奇異に映るだろうか。一足先にアングリカンが建設していたヴァージニア植民地がもともとヴァージニア会社の事業展開をもくろんでおり、いわゆるピューリタンの巡礼の父祖たち（ピルグリム・ファーザーズ）もプリマス植民地建設にあたってはヴァージニア会社から法的基礎を与えられていることにかんがみるなら、ピューリタンの総督《ガヴァナー》（Governor）は社長のニュアンスが強く、彼を支える参事（assistant）たちから成る「総会議」（court of assistants ないし the governor's council）は株主総会に近いという説は説得力を持つ（大西、五二頁）。一六二〇年にメイフラワー号が東海岸はプリマスに到着したとき、初代総督はジョン・カーヴァーであったが、彼は早くも逝去してしまったために翌年二一年に選挙が行なわれ、第二代プリマス植民地総督として歴史家としても名高いウィリアム・ブラッドフォードと参事アイザック・アラートンが選出された。やがて参事の枠は五名に増え、彼らは総督に助言するとともに植民地統治上の重要事項に関する投票権を行使するようになる。マサチューセッツ湾岸植民地においても、その経営は一六二八年に設立されたマサチューセッツ湾岸会社が請け負っており、それを統括する者としてマシュー・クラドックが初代総督に、ジョン・エンディコットが第二代総督に選ばれているのだから、彼らの役回りは今日でいう社長そのものなのである。

そして、総督が「ガヴァナー」と呼ばれていたことは、どうしてもアメリカ合衆国成立以後の州知事《ガヴァナー》を連想させずにはおかない。現在では「ガヴァナー」といえば州知事の印象があまりに強いために、アメリカ文学の専門家ですら、植民地時代における「総督《ガヴァナー》」を「州知事」と誤訳してしまっている日本語文献を少なからず見かける。そして、現代において、ひとまず選挙を経て州知事の地位を確保することが大統領へ至る道へ踏み出す第一歩と想定されていることを考え合わせるならば、植民地時代においても選挙によって決定されていた総督との関わりにおいて大統領の意義を再考することは、決して無益ではあるまい。何より、大統領を表す「プレジデント」（President）は、植民地時代の総督が演じていた「社長」の役割を忠実に継承しているのだから。二〇一六年末の選挙戦では、民主党候補ヒラリー・クリントンを負かして第四五代アメリカ合衆国大統領の座に付いた共和党候補ドナルド・トランプに政治的経験がほとんどないため「部外者《アウトサイダー》」すなわち「政治の素人《アマ》」と罵る声も強かったが、しかし仮に元CIA長官の経歴を持つジョージ・ブッシュ第四一代大統領のような「当事者《インサイダー》」すなわち「政治の達人《プロ》」でなくとも、彼は不動産会社を基本とする巨大コングロマリットを統御し文字通りの「社長《プレジデント》」を長年務めた経歴があった。まことに皮肉かもしれないが、それは植民地総督から合衆国大統領が引き継いだ社長的役割とも、決して矛盾しない。

さらに注意すべきは、日本語で言う「選挙」の語感が必ずしもアメリカ史上の「選挙」"election"とはしっくり噛み合わないことであろう。ひとつには、英語圏の選挙はユダヤ＝キリスト教信仰でいう選民（Elect Nation）の思想と無縁ではないからである。もともと、ピューリタンたちがオランダにおける会議で採択したドルトの信条五か条に「無条件の御選び」"Unconditional Election"が含まれていたことを想起しよう。これは、初期キリスト教最大の教父でありヒッポレギウスの司教でもあった聖アウグスティヌスが最初に表明した教義であり、神は世界を創造する以前の段階ですでに一定の人間を救済することを決めておられるのであって、その選定基準は救済対象が俗世間における美徳や長所を持つか否か、すなわち罪を犯しているかどうかといった人間的条件ではとうてい図りきれないとする理論である。ここには、ピューリタンの契約神学で「業の契約」（Covenant of Works）と対比される「恩寵の契約」（covenant of Grace）に通ずる論理がひそむ。前者は「聖化」（sanctification）の原理に即した救済準備主義、後者は「義認」（justification）を中心とする信仰至上主義だが、一六三〇年代には後者を優先させて前者をおろそかにしたとのかどでアン・ハッチンソンが反律法主義論争すなわち異端審問の標的となり、ロードアイランド植民地へ追放されるに至ったことは広く知られる。その意味で、これら世俗の美徳と究極の救済から成る二重の契約は、初期植民地が教会員を失わないために不可欠な二重の拘束だったと考えることができる。「無条件の御選び」の基準を容易に確証することはできないが、にもかかわらず神がいったい何を考えているか、その意図に近づくために、神が繰り出す暗号を世界のうちに読み解くことは決して不可能ではない。そのように考えることこそが信仰なのである。契約神学において、世界の随所に神からのサインを見出す予型論が重視されるゆえんは、そこにある。

ここでリアリズム作家ウィリアム・ディーン・ハウェルズが世紀転換期、米西戦争（一八九八—一九九年）から米比戦争（一八九九—一九一三年）へ至る過程で発表した短篇「イディーサ」（一九〇五年）の女性主人公が婚約者ジョージの躊躇にも関わらず彼の従軍を積極的に後押ししたのは、まさにアメリカが立ち向かう戦争が——たとえその真相が帝国主義的侵略に過ぎなくとも——「聖戦」（sacred war）と映ったためであるのを、思い出してもよい。それから約一世紀を経た二〇世紀末の湾岸戦争（一九九〇—九一年）や二一世紀の九・一一同時多発テロ以降のイラク戦争（二〇〇三—一一年）ですら、アメリカ合衆国が関わる戦争の大半には、いまなお予型論的なレトリックが使われ罷り通っているのを見よ。そこでは、プロテスタンティズムの倫理によって発展した資本主義の精神を拡大する自由主義こそが正義であり、それに抗う国家は「悪の帝国」、それを相手にする闘争は「聖戦」にほかならない。これが結局レトリックでしかないと知りつつも大多数が納得するのは、その一見合理的なロジックを受け入れさえすれば自らが選民国家の一員として守られるのを確信できるからである。

もちろん、神の選定基準は無条件であり、その真相について人間は到底知り得ないという前提があるにもかかわらず、アメリカ合衆国は選民国家として出発したからこそ抵抗勢力に対して聖戦を挑む権利があるという帰結は矛盾して聞こえるはずだ。だが、ふりかえってみれば、一六四二年よりイギリス国内の内乱として縺れ込んだピューリタン革命がついに一六四九年、国王チャールズ一世を処刑するに至ったのは、国王側のスコットランドを抱き込む内乱の謀略がことごとく失敗に終わり、ピューリタン代表オリヴァー・クロムウェルが自身の側をこそ神が味方したのだと——すなわち革命分子のほうをこそ神が選んだのだと——確信したからであった。国王を殺害するという暴挙に出たにもかかわらず、それが聖戦になり得たのは、国王処刑後にクロムウェルがこれを「残虐なる宿命」“Cruel necessity”と呼んだことからも一目瞭然であろう。神はアングリカンの首長をも兼ねるイギリス国王ではなく、ピューリタン代表にしてのちに護国卿となるクロムウェルのほうを選んだのだという確信が、その行動を正当化し必然的な「宿命」に仕立てあげたのである。一八世紀啓蒙主義の時代を迎えれば、ピューリタニズムはさらにその人間中心主義を深化させたユニテリアニズムへ、一九世紀ロマン主義の時代には自然においてて神なる存在との意識の融合を図るトランセンデンタリズムへと変容し、ピューリタニズムの内部にもともと潜在していた神の再発明への意志はますます肥大していく。

これをレトリックならぬご都合主義の極致と見る向きも多いであろう。だが、こうしたピューリタン的予型論に根ざすご都合主義がなければ、植民地はアメリカ合衆国として独立することもなく、かつて一七世紀には「荒野への使命」(errand into the wilderness) として親しまれた福音主義的な掛け声を一九世紀にはモンロー・ドクトリンの最初の更新版とも呼ぶべき「明白なる運命」(Manifest Destiny) なる明らかな領土拡張主義政策、転じては帝国主義的政策に転化し、それを二一世紀の今日でもなおグローバリズムの美名のもとに促進することもあるまい[2]。神がいかなるかたちの無条件によって特定の人間の救済を実現するのか、その根拠はわからなくても、人間は神が世界に残したさまざまな暗号を解読することによって誰が、どの国が選ばれているのかがほぼ理解できるとする恐るべき予型論的解釈学。その意味で、植民地は、巡礼の父祖たちが自らの大移住を出エジプト記の運命になぞらえるという予型論的想像力により新たなるカナンの地の資格を獲得したのであるから、そこに暮らす新たな共同体こそ新たなる選民であるのは、自明の事実であった。したがって、そんな植民地の総督を選ぶという行為は、選民中の選民を選ぶことだ。神を人間にも理解可能なものへと引きずりおろすピューリタンの予型論的想像力にとって、「選挙」とは教会員共同体によって神による「御選び」を代行し、神の代理を選び出す作業に等しい。

ある時は会社の社長ないし代表取締役、ある時はキリスト教共同体のうちでも選び抜かれた聖人、そしてある時は今日におけるアメリカ大統領の原型のひとつを成すピューリタン植民地総督。我が国とは異なり、アメリカ合衆国の選挙運動が半ば宗教的な熱狂的興奮とともに行なわれるのは、まさにピューリタン植民地神権制下の総督史のうちにその起源を持つためだ。現代的選挙が連携しているショウビジネスの要領すら、じつは植民地時代から胚胎した要素である。大統領の伝記が人気を呼びベストセラーになるのも、それがそっくりそのまま聖人伝《ハギオグラフィー》にほかならないからであり、アメリカにおけるこうしたジャンルの起源こそはコットン・マザーがピューリタンの名士たちを列挙した大著『アメリカにおけるキリストの大いなる御業――ニューイングランド教会史』（一七〇二年）であった。

さて、こうした植民地総督に絶大な権威を与えていたのが、一七世紀植民地時代から一九世紀末まで、毎年五月の「選挙日《エレクション・デイ》」の祝祭において行なわれた選挙日説教（Election Sermon または Election Day Sermon）の伝統である。選挙日説教を担当すること自体が圧倒的な名誉であったがために、ふさわしい牧師を選ぶにも総会議の参議たちによる慎重な選挙が行なわれていたのである。

2　選挙日説教のレトリック

もっとも、ピューリタン植民地総督の初代から選挙日説教が伴っていたわけではない。最初の選挙日説教は一六三四年、コットン・マザーの母方の祖父ジョン・コットンによるもので、一六六〇年以降に制度化されて一八八四年に廃止されるまで二世紀半ものあいだ続き、中断したのは合計二十年間程度だから、これはほぼ規則的な慣習と化していたといってよい。コットン以後にはトマス・シェパード、マザー親子、ウィリアム・ハバード、サミュエル・ダンフォース、ジョナサン・ミッチェル、サミュエル・ラングドン、サミュエル・マクリントック、そしてサミュエル・ミラーらそうそうたる顔ぶれが連なる。選挙日の時期は、毎年総会議が召集される五月中旬の聖霊降臨日（ペンテコステ）のあとの水曜日、すなわち復活祭の五十日後の水曜日。ピューリタンにとって聖霊降臨日はカトリックないしアングリカンの祝日に準ずるものであるから無視してもかまわないはずであったが、しかし選挙日を決定する場合だけは聖霊降臨日が目安だった。

それでは選挙日説教の主題は何か。従来、これを「選挙祝賀の説教」と誤訳する向きがあったのは、おそらくは現代的選挙における応援演説のたぐいが念頭にあったからであろう。しかし、選挙日説教は何らかの基調演説に似たところはあるものの、現代の応援演説や祝辞ではないのだから、候補者や当選者を祝う言説とはニュアンスが全く異なる。ピューリタン牧師の多様なジャンルにわたる説教におおむね共通しているのは、説教対象を個人に絞り牧師の私的な期待を述べるケースはほとんどないことだ。形式だけ取れば、中心となるのはあくまで聖書であり、キリスト教教義であり、その解説であり、牧師自身の生きる同時代における共同体への応用可能性である。そうした構成のうちに、たとえば指導者一般をめぐる思索や政治形態の考察をはじめ、そもそもピューリタンにとってニューイングランドにおける使命は何であったかを出エジプト記との予型論的弁証法から再確認させる「荒野への使命」の再検討、ひいては神との論争のうちにニューイングランド人が同時代における堕落から改悛し、歴史的過去の栄光を認め未来への黙示的展望を構築しなければならないとする「エレミヤの嘆き」におよぶトピックを盛り込んだのだ。つまり選挙日説教は、何らかの個人を祝うどころか、まったく逆に、選挙という機会を逃さず共同体全体を戒めるとともに希望をも与える黙示的伝統なのである。その結果、一七世紀から一八世紀にかけて、選挙日説教はアメリカ政治で最も影響力の強いイデオロギー的源泉となった。

具体的なシステムをつまびらかにしておこう。選挙日説教の長さは概ね一時間から一時間半で、聴衆は一七世紀半ばで約百二十名、一八世紀には約百五十から百七十五名。ほかのジャンルも含めれば、そもそも植民地時代の牧師たちは合計八百万にものぼる説教を行なったといわれており、教会員が平均七十歳の寿命とすると、ひとりあたり生涯に七千もの説教を聞き、その合計はほぼ一万時間という。ハリー・スタウトは、現代の大学であれば、これだけの授業を聞いたとすれば学士号が十個は取得できると計算している。このように質量ともに充実した説教に耳を傾ける過程で、ピューリタン植民地人は自分たちを断じて哀れな亡命者ないし奇人変人の一団なのではなく、あくまで神の選民なのだという意識を培ったのである（スタウト 12）。

それでは、選挙日説教はピューリタン植民地時代からアメリカ独立革命にかけての歩みをいかに補強して行ったのだろうか。

ここで、やがて独立宣言テクストを彩ることになる「幸福の探求」"The Pursuit of Happiness"が、そもそもひとつの選挙日説教から発していることに注目したい。牧師の名はウィリアム・ハバード（一六二一―一七〇四年）。エセックス州に生まれた彼は一六三五年に家族とともにニューイングランドに移住し、一六四二年にはハーヴァード大学の初代卒業生となるが、専攻は医学であり牧師になったのは一六五六年のことであった。当時、ボストンを代表する支配的牧師一家の指導者格にして前掲コットン・マザーの父インクリース・マザーは、一六七三年の説教「災いの日は近い」"The Day of Trouble is Near"などで植民地共同体の堕落と傲慢を嘆きインディアンとの戦争を予言し、典型的なエレミヤの嘆きを演じて改革を断行すべく提案して、総督や執政官の不興を買っていたが、マザーの代わりに選挙日説教を行なう牧師に選任されたハバードは一六七六年、まさしく総督や執政官を称えるかのごとき「統治者の叡智に導かれる人々の幸福」なるタイトルの説教を行なう。そこで彼は、かつてかたちを持たぬ混沌でしかなかった世界の聖なる構造を美しく輝かせているものこそは神の賜物としての秩序（Order）であるという前提より建築の隠喩を織り紡ぎ、神という建築家の偉業を賞賛する。

アダムを創造したこの建築家は、まずは最重要にして至高の部位に頭脳（the Head）を置き、そのうちにこそ、あたかも監視塔のごとくすべての五感の源を集積し、時に応じて修正しては、身体全体の安全と保全を図ったのである。この部位には窓から外を見る視覚も位置させられていて害悪や危険が接近してくるのを予知し、それによって下位の能力すべてに警戒態勢を取らせ、全身を守るのだ。
（Miller 249）

身体における頭脳の意義を説きながら植民地における指導者の意義を強調しているのは明らかだろう。さらにここでは、迫りくる災難への警戒心をも表現し、マザー一流のエレミヤの嘆きのレトリックをまんまと再利用してみせている。ハバードにとって「人民の幸福」とは、まさに優れた指導者を得て築かれる秩序を指す。

こうしたヴィジョンはそれから約一世紀を経た一七八八年、のちにハーヴァード大学学長となる牧師サミュエル・ラングドン（一七二三―九七年）がニューハンプシャー立法府に向けて行なった選挙日説教「イスラエルの民の共和国、またはアメリカ諸邦の雛型」において発展を見せる。彼はかのモーゼが神から与えられた十戒を守るようイスラエルの民に説くばかりか、年長者や役人のうちから七十名の執政官を選び事実上の元老院を構成するよう命じたこと、にもかかわらずイスラエルの民すなわち神の選民たるユダヤ人は堕落し腐敗しがちであり、ついには神の子イエス・キリストを処刑してしまったことを重んじ、まさにそうした歴史のうちに、アメリカにおける新たな共和国は教訓を引き出すべきであるとする。かくして、ラングドンは次のように叫ぶ。

立ち上がれ！　立ち上がって、すべての国家のうちより、聡明かつ知的な民として名を成せ！　政治的に生きるも死ぬも、あなたがた次第だ。あなたがたは自由で巨大で秩序を守る幸福な人民となれ！　進むべき道はすでに目前に用意されている。その道を選ぶ限りにおいて、あなたがたの繁栄は疑いない。もし選ばないなら、惨憺たる運命に翻弄されることだろう。（中略）あなたがたの指導者を選ぶ集まりが開かれる時には、みすみすそのチャンスを取り逃してはならぬ。何らかの政党からお呼びがかかり、卑劣な裏工作に出るかもしれないが、うかうかとその手に乗ってはならぬ。これは重要事項なのであるから、じっくりと熟慮して判断を下し、この国で最も信仰心の篤い人間を選び出せ。くれぐれも、宗教心や道徳意識のかけらもないような人間に法を委ねるな。そもそも神を目の前にしても恐れることなく主の戒律を踏みにじるような輩に、優れた法など制定できるわけもないのだから。（デイヴィッド・ホール 38-39）

同様な論理でアメリカ独立革命の宗教的意義を説くのが、ニュージャージー大学を卒業し、ニューハンプシャー邦グリーンランド会衆派教会に約半世紀ほども務め、フレンチ・インディアン戦争や独立戦争では従軍牧師の要職にあったサミュエル・マクリントック（一七三二―一八〇四年）である。彼が一七八四年に行なった「ニューハンプシャー州憲法実施に際する説教」は、まさにエレミヤ書を引き、陶工が粘土を手にしているがごとく神はイスラエルの民の運命を掌握しているのだという類推から出発する。「あるとき、わたしは一つの民や王国を断罪して、抜き、壊し、滅ぼすが、もし、断罪したその民が、悪を悔いるならば、わたしはその民に災いをくだそうとしたことを思いとどまる。／またあるときは、一つの民や王国を建て、また植えると約束するが、わたしの目に悪とされることを行い、わたしの声に聞き従わないなら、彼らに幸いを与えようとしたことを考え直す」（エレミヤ書第一八章第七節―八節）。

アメリカ独立革命を支えた啓蒙主義思想は、正統的な神を人間中心主義から読み替える理神論やユニテリアニズムを普及させたが、ここで興味深いのは、まさに理神論に即して「自然界はまさに神がわれわれに見えるかたちで作業を行っておられる証」（ホール 60）と予型論的思考を再定義し、アメリカ独立革命そのものが「早い方が勝つといった競争や強い方が勝つといった戦争」ではなく「神の勝利」そのものなのだと明言しつつ（同 63）、幸福な人民には賢明な指導者がつきものであり、アメリカ国民は「未来永劫、質量ともに発展を遂げ、地球上最大最強の帝国と化す」と断言していることだ（同 65）。

キリスト教というのは、人々の心と生活がその教えを正しく受け止めるところであれば必ず、最良の指導者と最良の人民を選ぶものだ。（中略）

いかに優れた政治がなされようとも、人間の情熱が法の足枷を振り払い暴力沙汰におよぶのは歴史が証明していよう。だからこそわれわれはこの卓越した憲法の下で暮らせることを神に感謝する。そしてだからこそ、友である限りすべての民が社会の秩序と平和と幸福を守り、自身の生命と財産を重視する者でも同様に、そんな社会を支え維持して行かねばならないことを肝に命じるのである。（ホール 68&72）

こうしてみると、マクリントックの説教が植民地時代の「エレミヤの嘆き」から独立戦争時代の「独立宣言」までを一本の線で貫く修辞的偉業であるのが判明しよう。それは信仰心衰退と連動して語られることの多い啓蒙主義の視点よりキリスト教の神のみならず信仰心そのものを再構築する離れ業である。このようにして選民国家はその法的成立そのものに神の摂理を確認し、その「最良の指導者」が選民中の選民であることを裏付ける。そこは、ピューリタン総督からアメリカ合衆国大統領へ至る道がある。

3　おまえはクビだ！――または選挙小説としての『緋文字』

以上の準備段階を経て、アメリカ文学史上に選挙日説教を最も強烈に最も広範に普及した一九世紀アメリカ・ロマン主義作家ナサニエル・ホーソーン（一八〇四―六四年）の世界文学的古典『緋文字』*The Scarlet Letter*（一八五〇年）を読み直す。同書の抜本的な再評価については、旧来我が国の翻訳では省略されることの多かった長大な自伝的序文「税関」"The Custom-House"をふまえた考察が少なからず作品の盲点を照射し、作品解釈を深めている。第一パラグラフより作家本人の「自伝的衝動」"an autobiographical impulse"（ノートン版4）を隠そうともしない「税関」が、新批評的発想では一種の自作解説のたぐいとして軽んじられた可能性は決して小さくあるまい。しかし、新歴史主義批評以降、いざ「税関」も含めた全体像が再評価されるに至っても、それは、もともと「あるロマンス」（A Romance）を副題とする『緋文字』そのものにおける文学ジャンルの自己言及装置として読み直されることのみ多かった。ホーソーン的なロマンス観の骨子である「現実の世界とおとぎの国のはざまに位置する中間地帯《ニュートラル・テリトリー》」(28)が言及されているのに留意さえすればよかったのである。一九八八年にシーモア・グロスらの共編で刊行されたノートン版『緋文字』の批評セクションを飾るニーナ・ベイムらにおいても、一九九一年にバーコヴィッチが新批評と新歴史主義批評を架橋する意図で上梓した『緋文字の役割』においても、はたまた我が国においても、大勢に変化はない。

だが、「税関」と『緋文字』はもっと強く有機的な絆で結ばれているのではないか。「税関」では民主党のポーク第一一代大統領の辞任後、一八四九年よりホイッグ党出身の新大統領ザカリー・テイラーが就任したことで、作家ホーソーンが税関検査官としての職をクビになるエピソードがあたかも処刑台の上の死刑囚にでもなったかのように切々と語る部分があるけれども、この構図はそれよりきっかり二百年前、一六四二年から四九年までのボストンを舞台とする『緋文字』においてベリンガム総督からエンディコット総督への移行期に牧師アーサー・ディムズデイルが選挙日説教を行なう栄誉に浴しながらも自らが罪人であり処罰対象であることを告白するかのごとくさらし台へ登る構図と響き合う。植民地総督選挙における牧師の役割と大統領選挙における税関検査官兼作家の役割は、こと『緋文字』に関する限り、絶妙な共振関係を結びつつ、一七世紀アメリカと一九世紀アメリカのあいだのダイナミックな対位法を構築している。

本書を俗に姦通小説とも称されるラブロマンスの一種として読む向きは、まずは『緋文字』の物語本体における一七世紀マサチューセッツ植民地に残る牧師ディムズデイルと医師ロジャー・チリングワースの人妻ヘスター・プリンとの姦通というスキャンダルに注意を惹かれ、筋の展開に従い、牧師の衰えとともに罪人であるはずのヘスターがアン・ハッチンソン的反律法主義を介してエマソン的「自己依存」を実現していく歩みに感銘を受けるだろう。ゆえに読者は物語部分読了後に初めて序文「税関」を読み、緋文字の女ヘスターをめぐる古文書がピュー検査官の包みとともに作家自身の務めていたセイラム税関で発見されたというくだりを、ひとつの註釈として読む。その時点で、当時の作家自身をめぐる苦境は、とりわけその同時代に関する知識がない限り、後書きめいた蛇足として捨象されるにちがいない。

だが、テイラー新大統領就任に伴うホーソーン解雇は、はたして蛇足だろうか。ふりかえってみれば、本書執筆時のホーソーンは自らの支持する民主党の縁故により、二度目の税関勤務にいそしんでいると ころだった。ボードン大学時代の同窓には当時のアメリカ文壇の帝王として君臨した学匠詩人ヘンリー・ワズワース・ロングフェローとともに、米墨戦争（一八四六—四八年）で軍功を立て、のちに第一四代アメリカ合衆国大統領となる民主党系のフランクリン・ピアースがおり、ホーソーンの大きな精神的支柱となっていたのは疑いない。当初は民主党出身のマーティン・ヴァン＝ビューレン第八代大統領の治世下で一八三九年に一度勤務し、二年間続けている。以後の政権はしばらくホイッグ党に奪取されるが、やがて民主党出身で南北戦争の導火線と言われる米墨戦争を戦うことになるジェームズ・ポーク第一一代大統領が誕生したため、一八四六年には税関職へ返り咲く。まさにそのポーク政権末期に「税関」を執筆したホーソーンは、退役軍人であるミラー将軍が税関勤務となったこと、そうした老人がこの職場には非常に多いこと、そして何より「大統領選挙という定期的に訪れる恐怖をのぞけば心を悩ます条件はほとんどなかったので、みな例外なく第二の人生を楽しんでいた」こと（11）をふりかえる。もっとも、彼はまったく同時に、税関で働く限り経済的安定は保証されるものの、作家としては想像力が乏しくなってくるのも否定できず、果ては老検査官と同じく「動物」“another animal”（31）ないし「老犬」“an old dog”（31）同然になってしまうのではないかという不安をも抱えている。

折も折、一八四八年の大統領選挙では民主党のポーク大統領のあとには、彼自身が再選を辞退したことも手伝い、ホイッグ党のテイラー大統領が選ばれたために、ホーソーンは税関の職を失う。かくして彼は職をクビになったことを文字どおりの「ギロチン」“guillotine”（31）にたとえ、民主党には「斬り落としたばかりの首を足蹴にするような習慣はない」（32）と間接的にホイッグ党をあてこすり、こう述べる。「首が斬り落とされる時“The moment when a man's head drops off”こそ人生でいちばん愉快な瞬間だなどという人などいるわけがない、とわたしは思う」（31）。しかしすぐに続けてホーソーンは、こんな理屈もひねり出す。「わたしは前々から役人生活には嫌気がさしていて、ぼんやり辞めたいと思っていたのだから、これはいちどは自殺を考えながら思いがけず殺害されるという僥倖に恵まれた人間の幸運に似ていた」（32）。はて税関職を失うことが無念なのか満足なのか、読者はよくわからなくなり、まさにホーソーンならではの曖昧なる論理に翻弄される。かてて加えて彼は自らを先輩作家ワシントン・アーヴィングの傑作短篇「スリーピー・ホローの伝説」（一八二〇年）に登場する「首なし騎士」“Headless Horseman”（31）になぞらえてみせるのだから、その曖昧のレトリックにはブラックユーモア風味すら漂う。

もちろん、ホーソーンはこの時点に先立ち、緋文字を着けた女の登場する短篇「エンディコットと赤十字」（一八三七年）や、悪名高いエドワード・ランドルフ総督らを再評価する連作集「総督官邸の伝説」（一八三八年）をすでに発表しているので、放っておいても、いつかは『緋文字』に結晶する物語を織り紡いだであろう。しかし、彼に決定的なモティヴェーションを与えたのが米墨戦争の英雄ザカリー・テイラーの大統領当選に伴う政変と失職であったのは疑いえない。ここで自らのクビを自虐気味に扱う筆致は、クロムウェルによるピューリタンの政変によって文字どおりイギリス国王チャールズ一世のクビが刎ねられた事件を彷彿とさせるが、その政変の期間が一六四二年から四九年であったことにかんがみれば、それは『緋文字』の物語が扱う七年間と精密に一致する。やがてピューリタンは一六八九年、前述のように、名誉革命と連動するかたちでジェイムス二世の代理であった植民地総督アンドロスを逮捕して実質上の解雇（クビ）に追い込み、一七七〇年にはのちに独立革命の導火線となるボストン大虐殺を引き起こす。他方、作家ホーソーンが生きた独立革命後のアメリカ、むしろ南北戦争を控えた一八四〇年代はといえば、米墨戦争はもとより人種暴動や経済恐慌や労働者ストライキが横行するばかりか、世界の終末とキリスト再臨を説く預言者ウィリアム・ミラー（一七八二―一八四九年）の率いるミラー教徒《ミライツ》が国中に大きな衝撃を投げかけていた時代、一八四四年にはニューヨークのアングリカン教会の司教ベンジャミン・オンダードンクが人妻数名を誘惑したかどで解雇されたばかりか、翌年にはその性的交渉の過程を赤裸々に綴った裁判記録がパンフレット仕様で出版されて広く読者の関心を集めていた時代であった。

　絶大な権威をもつはずの聖職者もまた本質的危機に陥り、絞首台としていつでも転用可能なさらし台にすら登る可能性があること、ひいては税関に勤める作家自身も大統領選挙ひとつでクビに追い込まれ経済的苦境に陥る可能性があることを表現するために、そして一九世紀中葉の同時代における言論検閲を回避するために、ホーソーンがあえて舞台を歴史的過去に属する一七世紀へずらし、ベリンガムからエンディコットへ至る総督史の文脈へ登場人物たちを放り込み、一四六九年の名総督ウィンスロップの死をひとつの重要な危機的瞬間に仕立て上げ、「荒野への使命」の一九世紀的消息について思索したとしても、不思議ではない。ここで肝心なのは、一九世紀中葉現在の問題意識を半ば自在に一七世紀植民地の物語へ盛り込む創造的時代錯誤《クリエイティヴ・アナクロニズム》の手腕である。

具体的に、本書最大のクライマックスを成す第二三章「緋文字の露呈」に見るディムズデールの選挙日説教を一瞥してみよう。

彼の説教の主題は、神と人間社会の関係についてで、その力点は彼らが荒野(the wilderness)に建設しつつあったニューイングランドとの関連に置かれていたように思われた。(中略)イスラエルの預言者たちは彼らの国に下された神の審判と破滅の予告をしたのに反して、彼の使命は主の御名のもとにあらたに結束した人たちの気高く栄えある運命(a high and glorious destiny)を予告することにあった。しかし、全体を通じて、また全説教を通じて、そこには深い、もの悲しい響きがあって、それは死期を悟った者がおのずと覚える嘆きとしか解釈しようがなかった。(168)

冒頭、ニューイングランド建設の現場たる「荒野」"the wilderness"が当然サミュエル・ダンフォースの選挙日説教「荒野への使命」"Errand into the Wilderness"を連想させることはこれまでにも言及されてきたが、さらに注目すべきは後半で強調される「気高く栄えある運命」“A high and glorious destiny”にはまず間違いなく、ホーソーンが「総督官邸の伝説」を発表した媒体である〈デモクラティック・レビュー〉の主幹にして次女ユーナの名付け親にもなるジョン・オサリヴァンが一八四五年に提唱した領土拡張主義政策のスローガン「明白なる運命」“Manifest Destiny”が影を落としていることだ。第一八章「あふれる日光」冒頭でヘスター自身が荒野の別名たる「野蛮なインディアン」“the wild Indian”(136)にたとえられ、ピューリタン文明の産物に対して「ほとんどインディアンたちが感ずる程度の敬意しか持ち合わせなかった」“with hardly more reverence than the Indian world would feel”(136)と記されているからには、そんなヘスター自身がディムズデールにとって「荒野への使命」を果たすべき手強い目的地だったと断じてもよい。さらにバーコヴィッチの『アメリカのエレミヤ』を援用するなら、その最終章「アメリカの象徴」末尾の『緋文字』再解釈において、ディムズデールの選挙日説教は一八五〇年に行なわれた若き法律家ウィリアム・アーサーの愛国的で雄弁なる説教に酷似するばかりか、旧約のモーゼがピスガ山で死の直前に行なった「預言の歌」をも彷彿とさせることが指摘されており、作家の創造的時代錯誤が生半可なものではないことを傍証する。以上の意味で、『緋文字』を選挙文学として読み直すことは、一七世紀植民地時代以来のアメリカ文学思想史を時代錯誤的かつ同時併存的に凝縮した文化的マトリックスを再確認することにほかならない。

4 結語——インクリース・マザーの革命

最後にもうひとつだけ、『緋文字』の創造的時代錯誤について、かねがね気になっていた部分を引く。

それは、第二二章「行列」において、選挙日説教のため列をなして教会へ赴く楽隊や役人、そして牧師自身を語るところに潜む、こんな描写である。

役人たちのあとに続いたのは、かの若く高名な聖職者で、その人の口から毎年恒例の選挙日説教が聞けることになっていた。当時の牧師というのは、政治生活におけるよりも、はるかに知的能力を発揮することのできる職業であった。この職業は、世間からほとんど崇拝に近い尊敬の念を集めていたので――より高邁な動機はともかく――きわめて高度の野心の持ち主の心もそそる魅惑を備えていた。政治的権力さえ――インクリース・マザーの場合のように――有力な聖職者の手の届く範囲内にあったのである。(161)

前述のとおり『緋文字』の舞台設定は一六四二年から四九年まで七年間のボストンである。そして当時最も支配的だったマザー家のカリスマ牧師インクリース・マザーは一六三九年誕生、一七二三年没。享年八四。ということは、『緋文字』の設定にはめ込む限り、どのように計算してもディムズデールが選挙日説教を行なうさいのマザーはまだ弱冠十歳にしかなっておらず、そんな児童が「政治的権力」に影響を及ぼしていたかのように性格造型するのは、いささか無理がある。百歩譲って、これはあくまで作家ホーソーンが一九世紀中葉の視点から加えた歴史的解説なのだと弁護しうるとしても、ディムズデールとインクリース・マザーがあたかも同世代であるかのごとく読者を誤誘導する手つきは確信犯的と呼ぶほかない。

それでは、いったいなぜホーソーンはかくもあからさまな時代錯誤を犯したのだろう。ここで『緋文字』で本来想定されていた舞台が一七世紀半ばのボストンではなく一七世紀末のセイラムであったとしたら、どうなるか。じっさいそのような創造的時代錯誤を認める先行研究も多数存在する。さらに言うなら、本書序章でも詳述し、二〇一八年にはノーベル文学賞中断のため設立されたニュー・アカデミー文学賞受賞に輝く黒人女性作家マリーズ・コンデが一九八六年にフランス語版原著を発表した小説『わが名はティテュバ――セイラムの黒い魔女』（英訳版一九九二年）では、セイラムの魔女狩りを引き起こしたとされるバルバドス島出身の混血黒人女性奴隷ティテュバが牢獄で『緋文字』のヘスター・プリンと意気投合する場面が、生き生きと描かれる。また、ローランド・ジェフィ監督、デミ・ムーア主演の一九九五年映画『スカーレット・レター』では、ヘスターの法律上の夫ロジャー・チリングワースのインディアン捕囚体験記を織り交ぜるのに一六七〇年代のフィリップ王戦争のコンテクストを用いているから、そこでも一六四〇年代の物語が三十年近く以後の時代と接合されている。つまり、ホーソーンが前掲の『緋文字』第二二章で牧師の圧倒的な「政治的権力」に言及した時、彼は一七世紀末、セイラムの魔女狩り前後のインクリース・マザーを念頭に置いていたとするなら、完璧に筋が通るのだ。

端的に言って、彼が圧倒的な政治的権威を発揮したのは、一六九一年にイギリス本国から来た勅許状がアメリカ植民地における自治権を制限するものであったため、旧特許状の回復を求めて活動せざるを得なかった事情に依る。そんな時に、イギリス側が直接任命することのできる初代のマサチューセッツ植民地勅任総督に決まり一六九二年より着任したのが、軍人出身のウィリアム・フィップスであった。かくも複合的水準において政情不安定な時代だったからこそ、まったくの同年一六九二年にセイラムの魔女狩りが勃発し、インクリース・マザーも魔女を狩りたてる側に廻る。マザーはさらに、選挙日説教では異例なほどに公共性よりは私的見解を強調し、総督に対する支配権を強め、ふつうは牧師の立場で総督候補の推薦などしないのに、やがては「主の御言葉」"The Word of the Lord"（Mather 18）を楯に堂々と候補者を擁立するようになったし、イギリス政府により絶大な権力を与えられた勅任総督フィップスに対しても支配は巧妙をきわめ、マザーの気に入らない閣僚人事は通らないほどになる。それまでの選挙日説教といえば聖書解釈をめぐってピューリタンの使命一般を確認するのがお定まりだったのが、マザー一六九三年の「原初的評議員の大いなる恵み」になると濃厚なるリアリズムによって政治色が強まり、ヨーロッパとアメリカの関係をより意識させてくれる代表的人間のほうに力点が移っていく。マイケル・ホールはマザーを「最後のアメリカン・ピューリタン」と呼んだが、アラン・シルヴァの言を借りれば彼は伝統的な脈絡における「最後の選挙日説教」を行い、まったく新たな領域を開拓したのだ（シルヴァ 71）。

こうしたマザー像が興味深いのは、それが明らかに神よりも人間本位の独立革命へ至る道を用意し、その結果、一九世紀に確立した近代的アメリカ人像をホーソーンが一七世紀を舞台にした『緋文字』のうちに絶妙な呼吸で刷り込んでみせるというフィードバック効果に結実したからだ。

たとえば第一一章「心の内面」でも明らかなように、ディムズデールは説教の公共的性格を知り抜いていたものの、そのさなかにヘスターとの関係への改悛から自分自身を「腐りきった嘘つき」"a pollution and a liar" と呼ぶほどの告白を導入したが、にもかかわらず信仰心の篤いピューリタンたちは彼が一般的主題として謙譲の美徳を語っているものと誤読し「この世の聖者だ！」"The saint on earth!" と感涙にむせぶ（99）。文字通りの真実を語っているのに比喩を語っているかのように聞こえてしまう皮肉を熟知しつつ説教を続けるからこそ、ディムズデールは自身の偽善を自嘲する。それは第二三章「緋文字の露呈」以降の人々の証言において曖昧さが拭いきれていない点でも同じである。だが、比喩でしかないものを字義的に読み込む受容体があらかじめ成立していなければ、そもそも一七世紀にミッチェルやダンフォースらが提唱した「荒野への使命」から一九世紀にオサリヴァンの提唱した「明白なる運命」を練り上げるアメリカ的精神はありえない。だからこそ民主党オサリヴァンの賛同者であったホーソーンは、敵対陣営たるホイッグ党のザカリー・テイラーの大統領当選により失職したことに起因する国家への危機感と、個人的な将来への不安、および文筆への希望を、彼独自の曖昧な美学へ結晶化したのだ。そうした複合的にして黙示的な感慨こそは作家ホーソーン個人が南北戦争以前の時代に我が身をもって体得することになるエレミヤの嘆きであり、彼の精神が植民地時代以来のアメリカニズムと絶妙に共振した瞬間ではなかったか(3)。

このように「税関」と『緋文字』の有機的連動に着目するなら、両者を含むテクスト全体が、たんに選挙日説教をも援用した小説というより、ホーソーン自身によるもうひとつの選挙日説教であることが実感されよう。そんな危機的状況下のホーソーンに対して卓越した解釈を施して来たサクヴァン・バーコヴィッチがウクライナ系カナダ人にしてユダヤ系左翼の両親を持ち、その名がユダヤ人冤罪事件で有名なサッコとヴァンゼッティに因み、リンカーン大統領を救世主に見立てたのは象徴的だ。

ピューリタン植民地時代における魔女狩りの危機と独立革命の危機、民主党からホイッグ党への政変が起こり米墨戦争から南北戦争へなだれ込んで行く危機、そしてユダヤ系左翼から見た一九六〇年代対抗文化から一九七三年ヴェトナム敗戦へ向かう危機に至る時間軸を裏返し、自在に、かつ同時存在的な秩序として組み替えていくアメリカ的想像力は、いまトランプ政権下、第二の米墨戦争、第二の南北戦争とすら呼ばれる国境の危機を、さらには半球間の危機を迎えた。これらすべての危機の交点で、いま二一世紀の『緋文字』は新たな熱を帯びている。

註

（1）独立革命後のアメリカではジョージ・ワシントンを帝王にしようとする動きがあり、彼が初代大統領に収まったのちも、フェデラリスト一党支配による互選が主流であったから、それはまぎれもなく貴族政治であった。

（2）バーコヴィッチは、マザーの『アメリカにおけるキリストの大いなる御業』が「荒野への使命」を「明白なる運命」への進化を促したと指摘している（The Puritan Origins xv.）。

（3）エレミヤの嘆きのレトリックは二一世紀に至るまで危機の局面で援用されるが、一九六四年の大統領選で民主党リンドン・ジョンソンと争う共和党バリー・ゴールドウォーターは、アメリカ合衆国がとくに危機的でない時に苦慮してエレミヤの嘆きを用い、落選している（Olson 307-314）。

あとがき

マサチューセッツ州セイラムからコンコード、ウォールデン湖を初めて回り散策したのは、アメリカ留学してまもないころ、一九八四年八月のことだったと思う。

それから約一〇年を経た九三年の夏。久々にセイラムは魔女博物館を再訪したわたしは、かつての第一印象がみるみる塗り替えられていくのに動揺を禁じ得なかった。同博物館最大の売り物である魔女狩り人形劇を、たんなる懐しさからもういちど観劇したのだけれども、以前はまったく気にも留めず記憶することすらなかった魔女狩りの火種・混血黒人女性奴隷ティテュバの存在が、こんどは誰よりヴィヴィッドに迫ってきたのである。むろん、こうした印象の落差が生じるためには、八〇年代から九〇年代にかけての――具体的には脱構築から新歴史主義にかけての――文学研究方法論上の大変動が介在していただろう。

だが、まったく同時にわたしには、ティテュバの陰から、独立革命時代にジェファソン大統領の愛人だった混血黒人女性奴隷サリー・ヘミングスや、南北戦争前夜に奴隷制廃止運動を促進した混血黒人女性奴隷ハリエット・ジェイコブズが跳梁するかのように見えた。それは、旧来のアメリカ文学思想史の準拠枠が、アメリカン・ナラティヴの物語学という視点を得て、とてつもなく魅惑的な輝きを帯びる瞬間だった。

＊

各章初出媒体の編集に関わったすべてのかたに感謝する。とくに『現代思想』元編集長・西田裕一、喜入冬子、現編集長・池上善彦、『ユリイカ』元編集長・歌田明弘、『へるめす』元編集長・坂下裕明、『英語青年』元編集長・守屋岑男、現編集長・山田浩平、上智大学アメリカ・カナダ研究所長・三輪公忠、同教授・高柳俊一の諸氏からうけたご厚意は忘れられない。

また、初出以前の段階あるいは加筆改稿の段階でお世話になった方々にも感謝する。

序章は、九三年一月三一日（日）に開催されたセイラム魔女狩り三〇〇周年記念講演の草稿が原型である（於・東京・浜離宮朝日ホール）。この折、同実行委員会代表・木下靖枝氏を中心とする方々よりさまざまな示唆を戴いたことが、結果的に本書全体を統御するヴィジョンを導いた。また加筆改稿段階では、ブラウン大学ジョン・カーター・ブラウン図書館における調査から大きな恩恵に与っており、それを可能にして下さった同大学教授バートン・セント・アーマンドと同大学院博士課程・松川裕子の両氏に深謝したい。

第一章は、その構想に限るなら本書中いちばん古く、コーネル大学大学院で学び始めた八四年の秋学期、現カリフォルニア大学ロサンジェルス校教授マイケル・コラカチオのクラスのために書いたタームペーパーに端を発する。帰国後、八八年一二月一七日（土）の日本アメリカ文学会東京支部例会シンポジウム「ニュー・ヒストリシズムの脚本」（於・慶應義塾大学）のために大幅に書き直した。同席された司会の成城大学教授・富山太佳夫、東京女子大学教授・佐藤宏子の諸氏からは文化史・宗教史的に重要な助言を頂戴した。

第二章は、慶應義塾大学より九四年度特別研究助成を受けた再調査段階にて、同大学助教授・岡田光弘、坂上貴之両氏をコーディネーターとする九四年度同大学総合講座「自我と意識」(六月二八日［火］&七月五日［火］)において抜本的に考え直す機会を得た。

第三章は、当初、九一年に前掲・富山太佳夫氏の勧めで書き始めたが、以後、慶應義塾大学教授・山本晶氏から洞察力あふれるヒントを授かり、その草稿を九二年四月一一日(土)の日本ナサニエル・ホーソーン協会東京談話会(於・専修大学、司会・日本女子大教授・斎藤忠利氏)、九四年四月九日(土)の栗本慎一郎自由大学比較文化論講座(於・東京農業大学)、九四年一〇月一一日(火)の愛知県立大学学術講演会(司会・同大学助教授・鵜殿えりか氏)、同月一四日(金)の青山学院大学英文科講演会(司会・同大学教授・岡三郎氏)、同月二一日(金)の明治大学理工学部総合講義B「イメージ世界――視覚メッセージの記号化」(司会・同大学助教授・浜口稔氏)において再検討し続けた。

第四章は、加筆改稿段階にて九四年五月二一日(土)の日本英文学会第六六回全国大会シンポジウム「よみがえる女性作家たち」(司会・前掲・佐藤宏子氏、於・熊本大学)に招聘された折、同席された関西学院大学教授・馬場美奈子氏、東京女子大学助教授・篠目清美氏と議論を交わしたのが決定的だった。

第五章は、最初九一年一月二六日(土)の日本アメリカ文学会東京支部月例会で読まれ(於・慶應義塾大学、司会・東京都立大学教授・折島正司氏)、同年七月三〇日(火)から八月二日(金)の札幌クール・セミナーにおけるブランダイス大学教授マイケル・ギルモアとの分科会(於・北海道大学、司会・同大学元教授・片山厚氏)のために英文版を作成、さらにそれ以後も九四年一一月五日(土)、津田塾大学言語文化研究所エドガー・アラン・ポウ研究会(司会・名古屋女子大学短大講師・羽澄直子氏)で再発表の機会を与えられた際に根本的な再調整を行なった。

第六章は、九三年夏にフルブライト委員会〈USAトゥデイ〉プログラムの援助で二ケ月間米国滞在した時の成果のひとつで、とりわけ当時カリフォルニア大学サンディエゴ校教授（現エモリー大学教授）フランシス・フォスター氏との対話から着想され、九三年一〇月一〇日（日）の日本アメリカ文学会全国大会シンポジウム「Antebellum Literature――文学と社会」（於・弘前大学、司会・岩手大学教授・星野勝利氏）で読んだ草稿が原型であり、同席された関西学院大学教授・大井浩二氏や筑波大学助教授・竹村和子氏、そして東京都立大学助教授・高野一良氏からは貴重な意見を賜った。

そして終章は、九二年九月のフルブライト・プログラム四〇周年記念全国大会でのパネル「比較文化・大衆文化」（於・パシフィコ横浜、司会・東京大学名誉教授・本間長世氏）において、同席された映画学者・平野京子、作家・小中陽太郎、東京都議会議員・三井マリ子、米国大使館・ロビン・ベリントンの諸氏との議論に触発されつつ書き上げられた。

加えるならば、本書全体の構想を再検討する段階で、九三年から九四年にかけての東京都立大学や金沢大学における集中講義の機会が有益だったのはいうまでもなく、最終的には筆者自身が司会した九五年六月の日本アメリカ文学会東京支部月例会シンポジウム「アメリカ小説史を読み直す」席上、成城大学教授・八木敏雄、成蹊大学教授・下河辺美知子、明治大学助教授・越川芳明の諸氏との激論から得たものが少なくなかった（同シンポジウムはのちに『英語青年』九五年一〇月号〈アメリカ小説史を読み直す〉特集号に組み込まれている）。

しかし誰をおいても、すべて草稿初期段階から目を通されたフェミニズム批評家・小谷真理氏の評言ほど本質的なものはない。そして、まだ本書の構想すら浮かばないころから激励し続けて下さった青土社の宮田仁氏には、最大級の感謝を捧げなくてはならない。

＊

本書をまとめているあいだ片時も離れなかったのは、ニュー・アメリカニズムの方法論自体について、こうしたらもっとおもしろくなるのではないか、ああしたらもっとスリリングに語れるのではないかとあれこれ想像たくましくする悪戯心だった。混成主体論から文化資本論、ジャンク・フィクション論、センセーショナリズム論、メディア・テクノロジー論にわたる関心が貫かれた部分的な要因は、そうした心理に因る。だがその背後には、ひょっとしたら筆者個人の動機を超えて、アメリカを再把握しようとする日本的無意識が作用していたかもしれない。アメリカ内部では死角に隠れている要素が、日本的主体にとってはとてつもなく魅惑的に映る部分は、たしかに存在するだろう。昨今では、高度資本主義的には伯仲するどころかアメリカ以上にアメリカ的とさえいわれる我が国だが、にもかかわらず日本的言説の中でのみ独自に再構成される「ちがうアメリカ像」が結果的に紡ぎ出されてしまうとしたら、それはもちろん、かつてのオリエンタリズムにすら肉薄する他者表象戦略、転じては仮想現実戦略が、誰よりもわたしたち自身の内部で稼働している証左である。しかし、だからといって「本来のアメリカニズム」とこうした「もうひとつのアメリカニズム」とを容易に識別しえないような、両者が双方向的に影響せざるをえないような時代に、いまのわたしたちは生きている。ニュー・アメリカニズムの言説的方法論が思いのほか未来に開かれているように感じるのは、このためである。

一九九五年一〇月四日　於・三田

著　者　識

増補新版へのあとがき

一九九五年の秋、『ニュー・アメリカニズム――米文学思想史の物語学』初版を刊行してから、今年二〇〇五年できっかり十年が経つ。その間、多くの好意的な批評を賜ったばかりか、九五年度の福沢賞を受賞し、いまも言及されることの少なくない本書は、ほんとうに幸せな書物であった(書評の一端については下記を参照。http://web.mita.keio.ac.jp/˜tatsumi/html/zensigoto/americanism_review.htm)。本書を用いて読書会や研究会を行った、本書をきっかけにしてアメリカの大学院留学を志したという新進気鋭に出会ったことも、数多い。正直なところ、脱稿後のわたし自身が、しばらくは本書で確立してしまった枠組と方法論をもてあまし、なかなか抜けだすことができなかったものである。

そのため、実質的な続編である『アメリカン・ソドム』(研究社)を完成するにも予想外の時間がかかり、〈英語青年〉連載をもとに刊行に漕ぎ着けたのは六年後、つまり二〇〇一年の春。『ニュー・アメリカニズム』がクリントン政権発足時の興奮とアメリカの夢の可能性から始まった一方、『アメリカン・ソドム』がクリントン政権末期の絶望とアメリカの悪夢の呪縛を再検討する書物になったのは、皮肉と言うしかない。だが、折しも同年には、ジョージ・W・ブッシュ政権が出発、わたしは前年二〇〇〇年より〈ユリイカ〉に連載していた『リンカーンの世紀――アメリカ大統領たちの文学思想史』(二〇〇二年)の母胎となる論考をふくらませ、二〇〇一年七月に完結させた。そして、そろそろ単行本化のための原稿整理にとりかかろうかと思ったその時である、二〇〇一年九月十一日の同時多発テロが起こったのは。

この時のショックは忘れがたい。何しろ、『ニュー・アメリカニズム』『アメリカン・ソドム』『リンカーンの世紀』というアメリカ文学思想史三部作の構想がゆらぐどころか、いささかも修正する必要がない、という事実が露呈してしまったのだ。げんに三部作で追究してきたアメリカン・ナラティヴは、セイラムの魔女狩りという内ゲバから始まり、ウィスキー一揆や海賊捕囚に象徴される独立革命前後の事件へと続き、やがて大統領暗殺というきわめつけのスペクタクルへ立ち至るけれども、その根本には、アメリカの夢という名のユートピアニズムがたえずアメリカの悪夢としてのテロリズムと表裏一体を成すという確信が横たわっている。アメリカの歴史を読み直せば読み直すほど、アメリカの現在に直接的に立ち至るのだという逆説を、この時ほど実感したことはない。

だが、いちど三部作を完結させた時点からも三年が経ち、九・一一同時多発テロの余波は、再び核時代の想像力を再検討する機会をもたらすようになった。

そこで、刊行十周年の時点でニュー・アメリカニズムの方法論がどのように有効であるかを示すために、長めの付記のつもりで一章分を増補し、装いも新たに送り出すことにした。これまでの三部作におつきあい下さった読者には、この増補において、三部作がじつはまだ完結しておらず、未来に向かって開かれていることを、実感していただけるものと思う。

新たな読者に出会える僥倖を期待しつつ、筆を擱く。

二〇〇五年五月十五日　於・三田

著者識

増補決定版へのあとがき

本書『ニュー・アメリカニズム――米文学思想史の物語学』の初版を上梓した一九九五年は、慶應義塾大学文学部英米文学専攻に勤務して間もない年だった。以後、二〇〇五年に増補新版を、そして今年二〇一九年、初版から約四半世紀を経て定年も間近な年に、青土社の菱沼達也氏のご厚意で、実質上の第三版に当たる増補決定版を出す機会に恵まれたのは、さらなる僥倖というほかない。

我が国では平成初頭から令和元年に跨るこの四半世紀、アメリカはめまぐるしく変転した。初の団塊《ベビーブーマー》の世代の民主党系大統領クリントンから彼と同世代でイラク戦争を引き起こす共和党系大統領ブッシュへ、ノーベル平和賞に輝く民主党系大統領オバマから人種差別的言説も辞さない共和党系大統領トランプへ。そこで今回の増補には、そもそもアメリカ合衆国における選挙とは何かを、ピューリタン植民地時代の選挙日説教から問い直す論考を収めた。

一九九〇年代、米ソ冷戦終了後にはアメリカ一強の印象が強くグローバリズムがアメリカニズムの別名たりえた時代から、九・一一同時多発テロ以降、タリバンやIS、米墨国境麻薬カルテルなど無数のテロリズムと戦争し続けなければならなくなった時代への推移は、一見したところ大転換に見えるだろう。けれども本書は、アメリカが冷戦以後に外部の他者による複数化、多様化を余儀なくされる可能性を当初より充分に理論化している。初版刊行当初より対談を繰り返してきた文化人類学者・今福龍太が今年出版した対談集『小さな夜を超えて』（水声社）には、一九九八年に行った『複数のアメリカ』を掘り起こす」が再録されたが、その目的を、彼はこう語る。「私たちの対話は、そうした『強いアメリカ』観なるものの表層的な理解に異議を唱え、『アメリカ』という歴史的概念をＵＳＡ（アメリカ合衆国）による独占状態から開放することによって、北米も含む『アメリカス』が長いあいだ内包してきた多様性、混血性、雑種性と、それにもとづく文化的寛容性の可能性を救い出そうという視点で行われたものである。同時代の著作である巽氏の『ニュー・アメリカニズム』（一九九五年）と私の『クレオール主義』（一九九一年）との興味深い接点を探ることも隠れた主題だった」（一三二頁）。

以後二十余年。「複数のアメリカ」を模索し旧来のアメリカ像を外部から相対化する試みは、イラク戦争以後、北米内部からのアメリカ批判の色彩が濃いガヤトリ・スピヴァクの惑星思考（二〇〇三年）やグレッチェン・マーフィの半球的想像力（二〇〇五年）、ワイ・チー・ディモクの環大陸的文学史（二〇〇六年）など様々な視点を理論的基礎としながら、シェリー・フィシュキンが提唱した「トランスナショナル・アメリカン・スタディーズ」（二〇〇四年）の方法論に収束する。二〇〇九年には彼女が音頭を取り、アルフレッド・ホーヌングや筆者らが編集委員を務める新学術雑誌「ジャーナル・オブ・トランスナショナル・アメリカン・スタディーズ」が創刊。同誌十年の成果は本年二〇〇九年春には現編集長のニーナ・モーガンとホーヌング、それに筆者の三名が共編した『ラウトリッジ版トランスナショナル・アメリカン・スタディーズ必携』に集大成された。

聞きなれない方法論だろうか。けれども、それはまぎれもなく、二十余年前に今福龍太や筆者が構想した「クレオール主義」や「ニュー・アメリカニズム」の延長線上に浮上した、もうひとつの夢だ。脱アメリカ的アメリカ研究の時代が、いま始まったのである。

二〇一九年七月一一日　於・三田

著者識

初出一覧

＊タイトルの若干異なるもののみ原題を付した。
＊いずれも大規模な加筆改稿修正を加えている。

序　章　冷戦以後の魔女狩り
上智大学アメリカ・カナダ研究所編『アメリカ文化の原点と伝統』（彩流社、一九九三年）

第1章　アメリカン・バロック
［コットン・マザーの『キリスト教科学者』と疫病体験記《イルネス・ナラティヴ》の伝統］
「マサチューセッツ最後の皇帝」、『現代思想』一九八九年二月号・特集ニュー・ヒストリシズム

第2章　荒野に消えたマリア
［メアリ・ホワイト・ローランドソンの自伝とインディアン捕囚体験記《キャプティヴィティ・ナラティヴ》の伝統］
「マリアの消えた荒野」、『ユリイカ』一九九二年三月号・特集アメリカ・インディアン

第3章　モダン・プロメテウスの銀河系
［ベンジャミン・フランクリンの戯作と開拓体験記《フロンティア・ナラティヴ》の伝統］
書き下ろし

第4章　共和制下のアンチ・ロマンス
［タビサ・ギルマン・テニーの『ドン・キホーテ娘』と誘惑体験記《セダクション・ナラティヴ》の伝統］
『へるめす』一九九三年三月号

第5章　モルグ街の黒人

［エドガー・アラン・ポウの探偵小説と殺人体験記《マーダー・ナラティヴ》の伝統］
『現代思想』一九九一年二月号・特集もう一つの〈世界文学〉
"Literacy, Literality, Literature: The Rise of Cultural Aristocracy in 'The Murders in the Rue Morgue'," *The Journal of American and Canadian Studies* # 12 (May 1995).

第6章　屋根裏の悪女

［ハリエット・アン・ジェイコブズの自伝と奴隷体験記の伝統］
『英語青年』一九九四年二～三月号

終　章　ニュー・アメリカニズム

『現代思想』一九九二年十月号・特集アメリカのフーコー

増補I　グラウンド・ゼロの増殖空間

［メルヴィル、サリンジャー、ヴィゼナー］
「核の文学、文学の核――メルヴィル、サリンジャー、ヴィゼナー」、『アジア太平洋研究』第28号・特集21世紀世界と「核」（二〇〇五年三月）

増補II　おまえはクビだ！

［ナサニエル・ホーソーンの選挙文学史］
「選民国家の選挙文学史序説――マザー、ホーソーン、バーコヴィッチ」、『アメリカ研究』第48号・特集選挙とアメリカ社会（二〇一四年三月）

ニュー・アメリカニズム　米文学思想史の物語学
増補決定版

二〇一九年八月一九日　第一刷印刷
二〇一九年八月三〇日　第一刷発行
ISBN978-4-7917-7197-4, Printed in Japan

著者　巽　孝之
発行者　清水一人
発行所　青土社
東京都千代田区神田神保町一―二九　市瀬ビル　〒一〇一―〇〇五一
（電話）〇三―三二九一―九八三一［編集］〇三―三二九四―七八二九［営業］
（振替）〇〇一九〇―七―一九二九五五

印刷・製本　ディグ

装幀　芦澤泰偉

索引

＊**太字**は巻末頁を示す。
＊項目の中には，見出し語個々というより，議論の文脈を重視して抽出されたものが含まれている。
＊文学作品は原則的に作者名を，映像作品は作品名を優先して『　』で括った（雑誌名は〈　〉内）。
＊学者・研究者の参考文献については，注釈上必要と思われる事項を厳選し，原則的に単行本の場合のみ書名を併記した。

ナ　行

ヤ　行

ラ　行

ワ　行

参考文献

序章　冷戦以後の魔女狩り

Achterberg, Jeanne. *Woman as Healer.* Boston : Shambala, 1990. 長井英子訳『癒しの女性史』(春秋社、1994年)。

Anonymous."Agenda : Broken Promise——Lawsuits, protests, confusion, and condemnation follow the president's compromise on gays in the military."*The Advocate* #636 (August 1993), pp. 24-29.

クリントン政権がゲイの支持を得た上で発足したのは事実であるが、以後、1992年1月以来、とりわけ軍隊におけるゲイ兵士の扱いについてクリントンは議会にて総攻撃をうけ、同性愛行為が発覚した場合の厳格な規定を呑まなければならず、同年7月にはとうとう妥協案に退いた。このことが、ゲイ活動家たちにとって大統領の本質的な「公約違反」になることは自明であり、クリントンは全米のゲイ&レズビアンからも総批判されることになった。ヴァージニア大学政治学教授ラリー・サバトの言葉を借りれば、この妥協によってクリントンは「両陣営の天敵《デヴィル》になってしまった」ことになる。ちなみに、上の記事を掲載した〈アドヴォケイト〉は、ロサンジェルスを拠点とする全米ゲイ&レズビアン専門情報誌（月二回刊)。

Balfe, Judith H. "Comment on Clarke Garrett's 'Women and Witches'." *Signs,* Vol. 4, No. 1 (Autumn 1978), pp. 201-202.

Ben-Yehuda, Nachman. *Deviance and Moral Deviance.* Chicago : The University of Chicago, 1985.

Boyer, Paul and Stephen Nissenbaum, eds. *Salem-Village Witchcraft : A Documentary Record of Local Conflict in Colonial New England.* 1972 ; Boston : Northwestern University Press, 1993.

Brownworth, Victoria. "The Salem Tercentenary : 300 Years of Anti-

Woman Violence" *San Francisco Bay Times*, Vol. 14, No. 3 (November 1992), pp. 8-9. この号の紙面トップを飾ったのが、クリントン政権誕生を称える "Ding. Dong. The Witch is Dead !" の見出しと記事である。

Burr, George Lincoln, ed. *Narratives of the Witchcraft Cases : 1648-1706.* 1914 ; New York : Barnes & Noble, 1968.

Canup, John. *Out of the Wilderness : the Emergence of an American Identity in Colonial New England.* Middletown : Wesleyan University Press, 1990.

Condé, Maryse. *I, Tituba : Black Witch of Salem* (1986 in French). Trans. Richard Philcox. Charlottesville : The University of Virginia Press, 1992.

Essex Institute. *Perspectives on Witchcraft : Rethinking the Seventeenth-Century New England Experience* (*Essex Institute Historical Collections,* Vol. 129, No. 1 [January 1993]). 最新の成果を活かしたセイラムの魔女狩り特集号としてきわめて充実した出来栄え。

Garrett, Clarke. "Women and Witches : Patterns of Analysis." *Signs,* Vol. 3, No. 2 (Winter 1977), pp. 461-470.

Godbeer, Richard. *The Devil's Dominion : Magic and Religion in Early New England.* Cambridge : Cambridge University Press, 1992.

Hansen, Chadwick. *Witchcraft at Salem.* New York : George Braziller, 1969. 飯田実訳『セイレムの魔術——17世紀ニューイングランドの魔女裁判』(工作舎、1991年)。

Karlsen, Carol. *The Devil in the Shape of a Woman,* 1987 ; New York : Vintage, 1989.

Kern, Louis. "Eros, The Devil, and the Cunning Woman," *Essex Institute Historical Collections,* Vol. 129, No. 1 (January 1993), pp. 3-38.

Kittredge, George Lyman. *Witchcraft in Old and New England.* New York : Russell and Russell, 1929.

Levin, David. *Cotton Mather : the Young Life of the Lord's Remembrancer 1663-1703.* Cambridge : Harvard University Press, 1978.

Masson, Margaret W. "The Typology of the Female as a Model for the

Regenerate : Puritan Preaching,1690-1730." *Signs* ,Vol. 2, No. 2 (Winter 1976), pp. 304-315.

Mather, Cotton. "A Discourse on Witchcraft ." Boston : Printed by R. P., Sold by Joseph Brunning, 1689.

なお、同書中、魔女が "plunder" し "invade" する存在として語られている文脈は以下のとおり（本章第 4 節参照)。

"Witchcraft is a Siding with *Hell* against *Heaven* and *Earth* ; and therefore a Witch is not to be endured in either of them.'Tis a Capital Crime ; and it is to be prosecuted as a piece of *Devilism* that would not only deprive God and Christ of all His Honour, but also plunder *Man* of all his Comfort." (p. 10, underline mine)

"Consider the *Multitudes* of them, whom *Witchcraft* hath sometimes given Trouble to Persons of all sorts have been racked and ruined by it ; and not a few of them neither. It is hardly twenty years ago, that a whole Kingdom in Europe was alarmed by such potent *Witchcrafts*, that some hundreds of poor Children were invaded with them. Persons of great *Honour* have sometimes been cruelly *bewitched.* (p. 18, underline mine)

他方、総督アンドロスが魔女と同様に "rape" し "invade" する "Foreign Power" として形容されていた証左は、ジョン・パーマーとナサニエル・バイフィールドが残した記録の中に発見される。

"Thus did Sir Edmund Andros and his Creatures,who were deeply concerned in the Illegal Actions of the Late Unhappy Reigns, contrary to the Laws of God and Men, commit a Rape on a whole Colony ; for which Violence it is hoped they may account, and make reparation (if possible) to those many whose Properties as well as Liberties have been Invaded by them" (John Palmer, "The Revolution in New England Justified" [1691], in *The Andros Tracts* I [Boston : The Prince Society, 1868], p. 128, underline mine).

"We do therefore seize upon the Persons of those *Ill Men* which have been (next to our Sins) the grand authors of our Miseries ; resolving to secure them,for what justice,orders from his Highness,

with the *English Parliament* shall direct, ere ye are aware, we *find* (what we may fear being on all sides in danger) ourselves to be by them given away to a Forreign *Power,* before such Orders can reach unto us ; for which Orders we now humbly wait" (Nathaniel Byfield, "Declaration of the Gentlemen, Merchants and Inhabitants of Boston" [1689], in *The Andros Tracts* I, p. 19, underline mine).

Miller, Arthur. "The Crucible." *Plays : One* (1958 : London : Methuen, 1988), pp. 221-329. 倉橋健訳「るつぼ」、『アーサー・ミラー全集』所収（早川書房、1984年）。

Petry, Ann. *Tituba of Salem Village.* New York : Harper Trophy, 1964.

Post, Constance. "Old World Order in the New : John Eliot and 'Praying Indians' in Cotton Mather's *Magnalia Christi Americana," New England Quarterly,* Vol. 56, No. 3 (September 1993), pp. 416-433.

Robotti, Frances Diane. *Chronicles of Old Salem.* New York : Bonanza Books, 1948.

Rosenthal, Bernard. *Salem Story : Reading the Witch Trials of 1692.* New York : Cambridge University Press, 1993.

Starhawk. *The Spiral Dance.* San Francisco : Harper San Francisco, 1979. 鏡リュウジ訳『聖魔女術』（国書刊行会、1994年）。

Starky, Marion L. *The Devil in Massachusetts : A Modern Enquiry into the Salem Witch Trials.* 1949 ; New York : Doubleday, 1989. 市場泰男訳『少女たちの魔女狩り』（平凡社、1994年）。

Williams, Daniel. "The Gratification of That Corrupt and Lawless Passion : Character Types and Themes in Early New England Rape Narratives." In *A Mixed Race : Ethnicity in Early America.* Ed. Frank Shuffelton. New York : Oxford University Press, 1993.

Williams, Selma and Pamela Williams Adelman. *Riding the Nightmare.* New York : Harper, 1978.

〈邦語文献〉

大橋洋一「ホモフォビアの風景――ホモソーシャル批評とクイアー理論の現在」、『文学』第六巻第一号（1995年冬季号）、138〜145頁。アーサー・ミラーの『るつぼ』をテクストに同性愛者狩りの構図を読み取ってみせ

たクイアー批評実践の好例。

斧川羔「魔女の世界——セイレムの魔女」、大下尚一編『ピューリタニズムとアメリカ』(南雲堂、1969年)、99〜128頁。

小山敏三郎『セイラムの魔女狩り——アメリカ裏面史』(南雲堂、1991年)。

佐多真徳『アーサー・ミラー——劇作家への道』(研究社、1984年)。

塩崎弘明「カフリニズムとマッカーシズムのカトリック的背景」、『アメリカ・カナダ研究』第7号(1991年春号)、23〜46頁。

島田太郎「セイレムの魔女裁判と『るつぼ』」、本間長世他編『現代アメリカ像の再構築——政治と文化の現代史」(東大出版会、1990年)、261〜272頁。

青土社『ユリイカ』1994年2月号(魔女特集)。アメリカ西海岸60年代以降のニューエイジ・エコロジーと連動した新しい魔女文化については、同号所収の秋端勉、小谷真理の論考、およびスターホーク「スパイラル・ダンス」翻訳を参照。

田川弘雄・鈴木周二共編『アメリカ演劇の世界』(研究社、1991年)。

浜野保樹『メディアの世紀』(岩波書店、1991年)。

浜林正夫・井上正美『魔女狩り』(教育社、1983年)。

藤田富雄『ラテン・アメリカの宗教』(大明堂、1982年)。

森島恒雄『魔女狩り』(岩波書店、1970年)。

保坂嘉恵美「『総督官邸の伝説』試論——独立革命をめぐるレトリックについて」(前・後)、法政大学教養学部『紀要』81&85号(1992年)。

八木敏雄『アメリカン・ゴシックの水脈』(研究社、1992年)。セイラム魔女狩り裁判記録からの大幅な訳出を含む洞察力あふれる論考。

1　アメリカン・バロック

Bercovitch, Sacvan. *The Puritan Origins of the American Self.* New Haven : Yale University Press, 1975.
——. "Cotton Mather." In *Major Writers of Early American Literature,* ed. Everett Emerson. Madison : University of Wisconsin Press, 1972. マザーの予型論を論じた古典的論文。

Blake, John. "Smallpox." *Dictionary of American History*, Vol. 6, pp. 315-316.

Breitwieser, Mitchell Robert. *Cotton Mather and Benjamin Franklin : The Price of Representative Personality*. Cambridge : Cambridge University Press, 1984. 脱構築批評以後の方法でマザーを読解した最初のもの。自我を「エントロピー」と呼び、マザーを「マックスウェルの悪魔」と呼ぶ。pp. 32&118 を参照。

Brumm, Ursula. *American Thought and Religious Typology*. New Brunswick : Rutgers University Press, 1970. 予型論によって16世紀から19世紀に至るアメリカ文学の流れを分析する。第3章が明快なサミュエル&コットン・マザー論。

Dinnerstein, Leonard. *Anti-Semitism in America*. New York : Oxford University Press, 1994.

Felker, Christopher. *Reinventing Cotton Mather in the American Renaissance : Magnalia Christi Americana in Hawthorne, Stowe, and Stoddard*. Boston : Northeastern University Press, 1993.

Fireoved, Joseph. "Nathaniel Gardner and the New-England Courant." *Early American Literature*, Vol. 20, No. 3 (Winter 1985-86), pp. 214-235.

Fuller, Robert C. *Alternative Medicine and American Religious Life*. New York : Oxford University Press, 1989. 池上良正・池上冨美子訳『オルタナティブ・メディスン』(新宿書房、1992年)。ただし、同書ではコットン・マザーが同毒療法の先駆者だったという記述はなく、わずかに以下の指摘があるにすぎない。「コットン・マザーは彼の高潔な神学的慧眼のみならず、大便と小便から作った湿布薬の使用を推奨したという事実によっても記憶にとどめられている」(邦訳28頁)。

Gay, Carol. "The Fettered Tongue : A Study of the Speech Defect of Cotton Mather," *American Literature*, Vol. 46, No. 4 (January 1975), pp. 452-481.

Hall, Michael G. *The Last American Puritan : The Life of Increase Mather*. Middletown : Wesleyan University Press, 1988.

Jaher, Frederic Cople. *A Scapegoat in the New Wilderness : The Origins*

and Rise of Anti-Semitism in America. Cambridge : Harvard University Press, 1994.

Johnston, Parker H. "Humiliation Followed by Deliverance : Metaphor and Plot in Cotton Mather's *Magnalia.*" *Early American Literature,* Vol. 15, No. 3 (Winter 1980-81), pp. 237-246.

Kibby, Ann. *The Interpretation of Material Shapes in Puritanism : A Study of Rhetoric, Prejudice, and Violence.* Cambridge : Cambridge University Press, 1986. 主としてマザーの祖父ジョン・コットンを中心に、脱修辞批評的なアプローチが展開される。

Levin, David. *Cotton Mather : The Young Life of the Lord's Remembrancer.* Cambridge : Harvard University Press, 1978.

Mather, Cotton. *Magnalia Christi Americana ; or, The Ecclesiastical History of New England.* London, 1702 : rpt. New York : Russel&Russel, 1967.

——. *Curiosa Americana* (82 letters, 1712-1724). 部分的に公表されたものもあれば、原稿で回覧されたり他書に収録されたりした。

——. *The Christian Philosopher : A Collection of The Best Discoveries in Nature, With Religious Improvements.* London, 1721 : rpt. Gainsville : Scholars Facsimiles & Reprints, 1968.

——. *The Christian Philosopher.* Ed. Winton U. Solberg. Urbana : University of Illinois Press, 1994 . 最新の編集による詳細な序文と注釈に恵まれたテクスト。編者は、啓示神学と自然神学を対立させ、マザーは後者の立場から自然内部に神の目的を見出す立場を採ったことを強調、執筆過程から当時の評価、今世紀の評価を徹底的に洗い出す。ソルバーグによれば、本書の意義のひとつはその文学性にあり、膨大な種本を抱えながらも種本以上におもしろく書いてしまうマザーの文章力こそ評価すべきだという。

——. *The Angel of Bethesda : An Essay Upon the Common Maladies of Mankind.* Completed in 1724, Barre : American Antiquarian Society & Barre Publishers, 1972.

——. *Manuductio ad Ministerium : Directions for a Candidate of the Ministry.* Boston, 1726 : rpt. New York : Columbia University Press,

1938.
———. *The Threefold Paradise of Cotton Mather : An Edition of "Triparadisus."* Ed. Reiner Smolinski. 1726／1727 ; Athens : The University of Georgia Press, 1995. 民族的接ぎ木に関する重大な理論を含む。
———. *The Diary of Cotton Mather* (2 vols.) New York : Frederick Ungar, 1911.
Nelson, Dana D. *The Word in Black and White : Constructing Race in American Literature, 1628-1867.* New York : Oxford University Press, 1992. 植民地時代から南北戦争時代まで、白人作家の表象した民族観と黒人作家の表象した民族観を交差させながら論じる野心的な研究。コットン・マザーからクーパー、ポウ、メルヴィル、ハリエット・ジェイコブズに至るテクストを分析する。とりわけ第2章ではマザーが黒人に理性を認めながらもあくまで白人よりは劣る理性として差別化を図っていたことが再検証される。
Pollak, Michael. *Mandarins, Jews, and Missionaries : The Jewish Experience in the Chinese Empire.* Philadelphia : The Jewish Publication Society of America, 1980.
Searl, Jr. Stanford J. "Perry Miller as Artist : Piety and Imagination in The New England Mind : The Seventeenth Century." *Early American Literature,* Vol. 12, No. 3 (Winter 1977-78), pp. 221-233.
Silverman, Kenneth. *The Life and Times of Cotton Mather.* New York : Columbia University Press, 1984. 最新にして最高の伝記。1985年度ピューリッツア賞受賞。
Simpson, Alan. *Puritanism in Old and New England.* Chicago : The University of Chicago Press, 1955. 大下尚一・秋山健訳『英米に於けるピューリタンの伝統』(未来社、1967年)。
Stoehr, Taylor. *Hawthorne's Mad Scientists.* Hamden : Archon Books, 1978.
Stowe, Harriet Beecher. *Oldtown Folks.* New York : AMS Press, Inc., 1967. 全集版。マザーへの言及は概して多いが、具体的に「ニュー・イングランドの祖母」と呼んでいるのは262～264頁、ジョナサン・エドワーズとの徹底比較を行なっているのは414～417頁。なお、ストウ夫人

の宗教的背景については佐藤宏子『アメリカの家庭小説――19世紀の女性作家たち』（研究社出版、1987年）第5～6章で詳述されている。

Takaki, Ronald. *A Different Mirror : A History of Multicultural America.* Boston : Little, Brown Company, 1993.

Takahashi, Keiko. "Cotton Mather as Religious-Scientific Figure in *The Angel of Bethesda," Sophia English Studies* #18 (1993), pp. 69-82.

Trachtenberg, Allan. "Chronicles of the Plague Years : A Social History of tuberculosis uses 'illness narratives' to chart a disease from the patient perspective." *New York Times Book Review,* April 3, 1994, pp. 9-10.

Vartanian, Pershing. "Cotton Mather and the Puritan Transition into the Enlightenment." *Early American Literature,* Vol. 7, No. 3 (Winter 1973), pp. 213-224.「ニシマス・カジム」の概念を軸に、マザーにおける中世的思想から啓蒙主義への移行を浮き彫りにする。前掲ブライトヴァイザーと補い合う論考。

Winslow, Ola Elizabeth. *A Destroying Angel : The Conquest of Smallpox in Colonial Boston.* Boston : Houghton Mifflin Company, 1974. 1706年に自身の黒人奴隷からすでにアフリカ系の接種について学びながらマザーは長くそれを公表しなかったが、1714年にコンスタンティノープルに住むエマニュエル・ティモニアス博士の接種報告がロンドン王立協会の会報に載った。それを読んだマザーは、その報告がアフリカ系のものとほとんど同じであるのを知り、1716年に入って協会宛にその旨を伝える書状を書く。

Wood, Forest. *The Arrogance of Faith : Christianity and Race in America from the Colonial Era to the Twentieth Century.* Boston : Northwestern University Press, 1990.

〈邦語文献〉

秋山健「ピューリタンの文学」、大下尚一編『ピューリタニズムとアメリカ』所収（南雲堂、1969年）。

梅木博夫「ベテスダ池の歓喜」、キリストの幕屋編『生命の光』500号（1993年11月号）、27～29頁。

シモン・ヴィーゼンタール『希望の帆』徳永恂・宮田敦子共訳（新曜社、1992

年)。コロンブスがユダヤ人だったという説に基づいて、新大陸発見とユダヤ人追放の本質的関連を説き明かそうとする研究。この仮説に立脚して人工知能における神秘主義的伝統を巧みに分析した論文に、西垣通「カバラと現代普遍言語機械——第五世代コンピュータの挫折」がある(『ペシミスティック・サイボーグ』第8章所収[青土社、1994年])。

向井照彦『ウィルダネス研究序説』(英宝社、1995年)。

森本あんり『ジョナサン・エドワーズ研究』(創文社、1995年)。

渡辺正雄編『アメリカ文学における科学思想』(研究社、1974年)。第1章が編者自身の筆になる「新世界の科学——コトン・マザー」で、『キリスト教科学者』の科学史的意義を吟味したもの。

2　荒野に消えたマリア

Adams, Henry. "Captain John Smith." *North American Review* 104. (1867), pp. 1-30.
Breitwieser, Mitchell Robert. *American Puritan and the Defense of Mourning : Religion, Grief, and Ethnology in Mary White Rowlandson's Captivity Narrative.* Madison : The University of Wisconsin Press, 1990.
Brodhead, Richard. "Sparing the Rod : Discipline and Fiction in Antebellum America." *The New American Studies : Essays from Representations,* ed. Philip Fisher (Berkeley : University of California Press, 1991), pp. 141-170.
Brown, Charles Brockden. *Edgar Huntly.* Eds. Sydney Kraus et al. 1799 ; Kent : Kent State University Press, 1984. 八木敏雄訳『エドガー・ハントリー』(国書刊行会、1979年)。
Caldwell, Patricia. *The Puritan Conversion Narrative : the Beginnings of American Expression.* Cambridge : Cambridge University Press, 1983.
Demos, John. *The Unredeemed Captive.* New York : Alfred Knopf, 1994.
Derounian-Stodola, Kathryn Zabelle and James Arthur Lvernier, *The*

Indian Captivity Narrative 1550-1900. New York : Twayne, 1993.

Fiedler, Leslie. *The Return of the Vanishing American.* New York : Stein and Day, 1968. 渥美昭夫・酒本雅之訳『消えゆくアメリカ人の帰還』（新潮社、1972年）。

Fitzpatrick, Tara. "The Figure of Captivity : The Cultural Work of the Puritan Captivity Narrative," *American Literary History,* Vol. 3, No. 1 (Spring 1991), pp. 1-26.

Green, David. "New Light on Mary Rowlandson." *Early American Literature,* Vol. 20, No. 1 (September 1985), pp. 24-38.

Jacobus, Mary. *Reading Woman : Essays in Feminist Criticism* (New York : Columbia University Press, 1986).

Lemay, J. A. Leo. *Did Pocahontas Save Captain John Smith?* Athens : The University of Georgia Press, 1992.

Lowance, Jr., Mason I. "Biography and Autobiography" in *Columbia Literary History of the United States* (New York : Columbia University Press, 1988), pp. 67-82.

Mather, Cotton. *Magnalia Christi Americana* (1702 ; Hartford : Silus Andrus & Son, 1858).

——. *Days of Humiliation : Times of Affliction and Disaster.* Introd. George Harrison Orians. 1696-1727 ; Gainesville : Scholar's Facsimiles and Reprints, 1970. マザーの説教９編を収める復刻版。ハンナ・ダスタンの捕囚体験記にふれた "Humiliations, follow'd with Deliverance" は同書87～136頁に再録されており、ダスタンの体験の概要とマザー自身による道徳的な所感は127～136頁（原本では41～50頁）で読むことができる。

Minter, David. "By Dens of Lions : Notes on Stylization in Early Puritan Captivity Narratives," *American Literature,* Vol. 45, No. 3 (November 1973), pp. 335-347.

Pearce, Roy Harvey. "The Significance of the Captivity Narrative," *American Literature,* Vol. 19 (March 1947), pp. 1-20.

Romero, Lora. "Vanishing Americans : Gender, Empire, and New Historicism," *American Literature,* Vol. 63, No. 3 (Septermber 1991), pp.

385-404.
Rowlandson, Mary White. "The Sovereignty and Goodness of God, Together with the Faithfulness of His Promises Displayed ; Being a Narrative of the Captivity and Restoration of Mrs. Mary Rowlandson" (1682). In *The Meridian Anthology of Early American Women Writers,* ed. Katherine M. Rogers (New York : Meridian, 1991), pp. 53-99. ローランドソンからの引用はこのテクストによる。
Shuffelton, Frank, ed. *A Mixed Race.* Oxford : Oxford University Press, 1993.
Slotkin, Richard. *Regeneration through Violence.* Hanover : Wesleyan University Press, 1973.
Tilton, Robert. *Pocahontas : The Evolution of An American Narrative.* Cambridge : Cambridge University Press, 1944.
Toulouse, Teresa. "My Own Credit : Strategies of (E)valuation in Mary Rowlandson's Captivity Narrative." *American Literature,* Vol. 64, No. 4 (December 1992), pp. 655-676.
Vanderbeets, Richard. "The Indian Captivity Narrative as Ritual," *American Literature,* Vol. 43, No. 4 (January 1972), pp. 548-562.
Vaughan, Alden T. and Edward W. Clark. *Puritans among the Indians : Accounts of Captivity and Redemption 1676-1724.* Cambridge : Belknap／Harvard, 1981. 主要な捕囚体験記が集められた最も簡便なアンソロジー。編者はシェイクスピア『テンペスト』のポスト・コロニアリズム的研究でも著名。ジョン・ウィリアムズ、ハンナ・ダスタンの引用はすべてこのテクストによる。
〈邦語文献〉
今津晃他編『アメリカ史を学ぶ人のために』(世界思想社、1987年)。
加藤恭子『大酋長フィリップ王』(春秋社、1991年)。
亀井俊介・鈴木健次編『自伝でたどるアメリカン・ドリーム』(河合出版、1992年)。大西直樹「内側から見たインディアンの記録」がメアリ・ローランドソンを分析している。
白井洋子「北米先住民のみた『新世界』――17世紀前半期の先住民社会とキリスト教布教活動」、『アメリカ研究』26号(1992年3月)、27～48頁。

富田虎男『アメリカ・インディアンの歴史』(雄山閣、1986年)。
藤永茂『アメリカ・インディアン悲史』(朝日新聞社、1974年)。

3　モダン・プロメテウスの銀河系

〈Primary Sources〉
Benjamin. Franklin. (1) *Autobiography and Selected Writings.* Introd. Dixon Wector and Larzer Ziff. 1948 ; New York : Holt, Rinehart and Winston, 1959.
(2) *Autobiography.* Eds. J. A. Leo Lemay and P. M. Zall. New York : W. W. Norton & Company, 1986.『自伝』からの引用はこのテクストに準拠する。
———.(3) *Autobiography and Other Writings.* Ed. Kenneth Silverman. New York : Penguin, 1986.
———.(4) *Writings.* Ed. J. A. Leo Lemay. New York : The Library Of America, 1987.『自伝』以外の作品については概ねこのテクストに準拠し、以下『著作集』と記す。なお、以上すべてのテクストについて、西川正身他訳『自伝』(岩波文庫)および池田孝一訳『ベンジャミン・フランクリン』(研究社・アメリカ古典文庫)を参照した。
〈Secondary Sources〉
Aldridge, A. Owen. "The Alleged Puritanism of Benjamin Franklin." In Lemay 3), pp. 362-371.
Barbour, Brian. ed. *Benjamin Franklin : a Collection of Critical Essays.* Englewood Cliffs:PrenticeHall, 1979.
Bosco, Ronald. "'*Scandal,* like other Virtues, is in part its own Reward' : Franklin Working on the Crime Beat." In Lemay 3), pp. 78-97.
Breitwieser, Michel. *Cotton Mather and Benjamin* Franklin. Cambridge : Cambridge University Press, 1984.
Carhill, Robert Ellis. *Olde New England's Sugar and Spice and Everything.* Salem : Old Saltbox, 1991.
Cohen, I. Bernard. *Benjamin Franklin's Science.* Cambridge : Harvard

University Press, 1990.
Craven, Wayne. "The American and British Portraits of Benjamin Franklin." In Lemay 3), pp. 247-271.
Davidson, Cathy. (1) *The Revolution of the Word.* New York : Oxford University Press, 1986.
——, ed. (2) *Reading in America.* Baltimore : The Johns Hopkins University Press, 1989.
Fender, Stephen. *American Literature in Context I : 1620-1830.* London: Methuen, 1983.
Ferguson, Robert. "What is Enlightenment? Some American Answers." *American Literary History,* Vol. 1, No. 2 (Summer 1989), pp. 245-272.
Fried, Debra. "Cape Cod's Nomenclature." MS. for MLA Convention, 1984.
Gilmore, Michael T. (1) "Franklin and the Shaping of American Ideology." 1977 ; rept. in Brian Barbour, pp. 105-124.
(2) *American Romanticism and the Marketplace.* Chicago : The University of Chicago Press, 1985. 片山厚・宮下雅年訳『アメリカのロマン派文学と市場社会』(松柏社、1995年)。
Gipe, George. *Back to the Future.* New York : Berkeley, 1985. 山田順子訳『バック・トゥー・ザ・フューチャー』(新潮社、1985年)。
Hall, Max. *Benjamin Franklin and Polly Baker : The History of a Literary Deception* 1960 ; Pittsburgh : The University of Pittsburgh Press, 1990.
Hart(wo)man, D'Artemes. "Holy Whores ! " *boing boing* #10 (1993), pp. 21-22.
Larson, David M. "Franklin on the Nature of Man and the Possibility of Virtue." *Early American Literature,* Vol. 10, No. 2 (Fall 1975), pp. 111-120.
Lee, A. Robert. ed., *First Person Singular : Studies in American Autobiography.* New York : St. Martin's Press, 1988.
Lemay, J. A. Leo (1) "Lockean Realities and Olympian Perspectives :

The Writing of Franklin's *Autobiography."* In *Writing the American Classics,* eds. James Barbour and Tom Quirk (Chapel Hill : The University of North Carolina Press, 1990), pp. 1-24.

———. (2) "The Text, Rhetorical Strategies, and Themes of The Speech of Miss Polly Baker." In *The Oldest Revolutionary : Essays on Benjamin Franklin.* Ed. J. A. Leo Lemay (Philadelphia : The University of Pennsylvania Press, 1976), pp. 91-120.

———, ed. (3) *Reappraising Benjamin Franklin : A Bicentennial Perspective.* Newark : University of Delaware Press, 1993.

Lenz, William E. *Fast Talks and Flush Times : The Confidence Man as a Literary Tradition.* Columbia : University of Missouri Press, 1985.

Looby, Christopher. (1) "Phonetics and Politics : Franklin's Alphabet as a Political Design," *18th Century Studies,* Vol. 18, No. 1 (Fall 1984), pp. 1-34.

———. (2) "Franklin's Purloined Letters." *Arizona Quarterly,* Vol. 46, No. 2 (Summer 1990), pp. 1-12.

———. (3) *Benjamin Franklin.* New York : Chelsea House, 1990.

Mather, Cotton. *Diary of Cotton Mather,* 2 vols. Ed. Worthington C. Ford. New York : Frederick Ungar, 1911. 1717年11月5日、息子インクリーズが娼婦を妊娠させたことを知ったマザーは大いに嘆き悲しみ、7日には断食して特別な祈りを捧げている。

Miles, Ellen. "The French Portraits of Benjamin Franklin." In Lemay 3), pp, 272-289.

Neuburg, Victor. "Chapbooks in America : Reconstructing the Popular Reading of Early America." In Cathy Davidson (2), pp. 81-113.

Olney, James. "The Autobiography ofAmerica." *American Literary History,* Vol. 3, No. 2 (Summer 1991), pp. 376-395.

Pangle, Thomas L. *The Spirit of Modern Republicanism.* Chicago : The University of Chicago Press, 1988.

Patterson, Mark. *Authority, Autonomy and Representation in American Literature : 1776-1865.* Princeton : Princeton University Press, 1988, pp. 3-33.

Silverberg, Robert. "Reflections : The Last of the Codfish." *Asimov's Science Fiction* #226, Vol. 19, No. 1 (January 1995), pp. 4-8.

Simpson, Lewis P. "The Printer as a Man of Letters : Franklin and the Symbolism of the Third Realm." 1976 ; rept. in Brian Barbour, pp. 30-49.

Randall, Willard Sterne. *A Little Revenge : Benjamin Franklin at War with his Son*. New York : Quill/William Morrow, 1984.

Sappenfield, James. *A Sweet Instruction*. Carbondale : Southern IIlinois University Press, 1973.

Spengemann, William. *The Forms of Autobiography : Episodes in the History of a Literary Genre*. New Haven : Yale University Press, 1980.

Strout, Cushing. *Making American Tradition : Visions and Revisions from Ben Franklin to Alice Walker*. New Brunswick : Rutgers University Press, 1990.

Thoreau, Henry David. "Cape Cod." In *Thoreau,* ed. Robert Sayre (New York : The Library of America, 1985).

Warner, Michael. "Franklin and the Letters of the Republic." *Representations* #16 (Fall 1986), pp. 110-130.

Weber, Max. *The Protestant Ethic and the Spirit of Capitalism*. Trans. Talcott Parsons. 1930 ; New York : Charles Scribner's Sons, 1958. 大塚久雄訳『プロテスタンティズムの倫理と資本主義の精神』(岩波書店、1989年)。

ただしウェーバー的な洞察が真に優れているのは、彼の理論を援用して初めて、マザーの『善行論』(1710年)やエドワーズの『決意』(1720〜23年のノート)の伝統という点からフランクリンの『貧しきリチャードの暦』(1732〜57年)にはじまる著作の再読が可能になる点だろう。こう再編成してみて初めて、それぞれの著者が、敬虔転じて勤勉となる生活論理を種々の徳目の中に列挙して日々の自分への戒めに替えるという特性を共有していた事情が判明する。そして、このようなウェーバー系フランクリン観の影響下において再構築されたアメリカ文学史は、今日決して少なくない。

最も広く行われているのは、たとえばフランクリンの啓蒙主義とも呼

ぶべき傾向をアメリカ国家の進歩主義的イデオロギー「アメリカの夢」とオーヴァラップするもの、かつ20世紀文学に至るまでアメリカ文学の無意識を通貫していくものであると考える歴史的言説である。前掲カッシング・ストラウトらの論脈によれば、ナサニエル・ホーソーンの「ぼくの親戚モリノー少佐」(1832年)やハーマン・メルヴィルの『イズラエル・ポッター』(1855年)、ヘンリー・ジェイムズの『アメリカ人』(1877年)、ウィリアム・フォークナーの『アブサロム、アブサロム!』(1936年)とつづく文学史的伝統には、いずれもフランクリンその人を彷彿とさせるような功利的合理主義を反映させた人格《キャラクター》が登場するが、彼らはまさにその点において、国家アメリカの特質《キャラクター》を、ひいてはアメリカ文学そのものを代表しえたのだと解釈できる(ストラウト9〜21頁)。このシナリオは、たいていの場合、そのように「フランクリン的なるもの」がジャズ・エイジの代表格スコット・フィッツジェラルドへ、とりわけ彼の代表的主人公のひとりジェイ・ギャツビーにまで連綿と継承されていることを指摘してピリオドを打つ。ただし昨今では、前掲オーウェン・アルドリッジのようにウェーバー理論の妥当性を根本から批判してかかるフランクリン論も存在している。

いっぽう、フランクリン批判を見出していく文学史的アプローチのほうも、枚挙にいとまがない。それは、彼の方法論を表層的利益に拘泥し内面的真実を見ないものと措定するところから出発する。したがって反フランクリンの急先鋒として真先に挙げられてきたのは、アメリカ・ルネッサンスを代表する超絶主義思想家ラルフ・ウォルドー・エマソンだった。とはいえ前掲ブライアン・バーバーもいうように、注目すべきは、エマソンが信条としたロマンティックな理念「自己信頼」が、自身の好むと好まざるとにかかわらず、フランクリン的個人主義の再解釈といった様相を呈していることだろう(25〜29頁)。フランクリンが人間主体へ依存したのはそれを富の蓄積につながる自己目的的な手段と見たからだったが、いっぽうエマソンは自己への依存を、あくまで神への信頼にもとづきながら物質界を超越し、やがては人間主体を浄化するための一手段として再吟味していく。いうなれば、フランクリンからの解放を望めば望むほど、それは逆説的に、エマソン自身の内部でいかにフランクリン的呪縛が根強かったかを再証明してしまう。しかも南北戦争後の

北米に出現した金メッキ時代は、いかにマーク・トウェインが論難しようがフランクリン的なるものの何らかの帰結であるにちがいない。

White, Donald. *The New England Fishing Industry : A Study in Price and Wage Setting.* Cambridge : Harvard University Press, 1954.

Wilson, R. Jackson. *Figures of Speech : American Writers and the Literary Market-Place, from Benjamin Franklin to Emily Dickinson.* New York : Alfred A. Knopf, 1989.

Wright, Louis B. "Franklin's Legacy to The Gilded Age." 1946 ; rept. in Brian Barbour, pp. 161-170.

Zall, P. M. *Franklin's Autobiography : a Model Life.* Boston : Twayne, 1989.

Zboray, Ronald J. "Antebellum Reading and the Ironies of Technological Innovation." In Cathy Davidson 2), pp. 180-200.

〈邦語文献〉

植条則夫『魚たちの風土記——人は魚とどうかかわってきたか』(毎日新聞社、1992年)。

植村峻『お札の文化史』(NTT出版、1994年)。

大輪盛登『グーテンベルクの鬚』(筑摩書房、1988年)。

岡田泰男編『アメリカ地域発展史』(有斐閣、1988年)。

亀井俊介『アメリカン・ヒーローの系譜』(研究社、1993年)。

斎藤光「フランクリンとマックス・ウェーバー」、『明星英米文学』第2号(1987年)、71〜83頁。

林以知郎「不在の革命——晩年のベンジャミン・フランクリンとフランス革命」、『アメリカ研究』27号(1993年3月)、1〜18頁。

松尾弌之『アメリカン・ヒーロー』(講談社、1993年)。

森田勝昭『鯨と捕鯨の文化史』(名古屋大学出版会、1993年)。

渡辺利雄『フランクリンとアメリカ文学』(研究社、1980年)。

4　共和制下のアンチ・ロマンス

〈Primary Sources〉

Brown, William Hill. *The Power of Sympathy.* 1789 ; Boston : New Frontiers Press, 1961.

Cervantes, Miguel de. *Don Quixote.* Tr. John Ormsby. Eds. Joseph. R. Joneset et al. (New York : Norton, 1981).

Foster, Hannah. *The Coquette.* 1797 ; New York : Oxford University Press, 1986.

Tenney, Tabitha Gilman. *Female Quixotism.* Foreword by Cathy Davidson. Eds. Jean Nienkamp et al. New York : Oxford University Press, 1992.

〈Secondary Sources〉

Armstrong, Nancy. *Desire and Domestic Fiction.* New York : Oxford University Press, 1987.

Cohn, Jan. *Romance and the Erotics of Property.* Durham : Duke University Press, 1988.

Davidson, Cathy. *Revolution and the Word.* New York : Oxford University Press, 1986.

Donovan, Josephine. *New England Local Color Literature.* New York : Continuum, 1983.

El Sattar, Ruth Anthony et al. eds. *Quixotic Desire ; Psychoanalytic Perspectives on Cervantes.* Ithaca : Cornell University Press. 1993. フロイトのセルバンテス読解に立脚して、『ドン・キホーテ』がいかに精神分析理論に貢献するかを実証した刺激的な論文集。

Hoople, Sally. *Tabitha Tenney : Female Quixotism,* Ph. D. dissertation submitted to Fordham University (Ann Arbour : UMI [# 8506333], 1984).

Levin, Harry. "The Quixotic Principle." 1970 ; *Don Quixote,* pp. 936-944.

Martin, Wendy. "Women and the American Revolution," *Early American*

Literature, Vol. 11, No. 3 (Winter 1976-77), pp. 322-335.
McAlexander, Patricia Jewell. "The Creation of the American Eve : The Cultural Dialogue on the Nature and Role of Women in Late Eighteenth-Century America." *Early American Literature,* Vol. 9, No. 3 (Winter 1975), pp. 252-266.
Miecznikowski, Cynthia J. "The Parodic Mode and the Patriarchal Imperative : Reading the Female Reader(s) in Tabitha Tenney's *Female Quixotism.*" *Early American Literature,* Vol. 25, No. 1 (1990), pp. 34-45.
Newton, Sarah Emily. "Wise and Foolish Virgins : 'Usable Fiction' and the Early American Conduct Tradition." *Early American Literature,* Vol. 25, No. 2 (1990), pp. 139-167.
Paulson, Ronald. *Hogarth Vol. 2 : High Art and Low : 1732-1750.* New Brunswick : Rutgers University Press, 1992. セルバンテス、フィールディング、ホガースとつづく系譜がいずれも宿屋（イン）を重要な中継地点とする伝統をもつという指摘は重要。このことは、おそらくはホガースの連作『当世風の結婚』（1742～45年）を意識したテニー作品にもあてはまる。
Radway, Janice A. *Reading the Romance.* 1984 ; London : Verso, 1987.
Rush, Benjamin. "On Women's Education." In *Theories of Education in Early America* 1655-1819, ed. Wilson Smith (Indianapolis : Bobbs-Merrill, 1973), pp. 257-265.
Samuels, Shirley. "Infidelity and Contagion : The Rhetoric of Revolution." *Early American Literature,* Vol. 22, No. 2 (Fall 1987), pp. 183-191.
Shevelow, Kathryn. *Women and Print Culture.* London : Routledge, 1989.
Takaki, Ronald. *Iron Cages : Race and Culture in* 19*th-Century America.* New York : Oxford University Press, 1990.
Trotter, David. *The English Novel in History 1895-1920.* London : Routledge, 1993.
Winans, Robert B. "The Growth of a Novel-Reading Public in Late Eighteenth-Century America." *Early American Literature,* Vol. 9, No. 3 (Winter 1975), pp. 267-275.

〈邦語文献〉

ポール・アザール『ドン・キホーテ頌』円子千代訳（原著1931年、法政大学出版局、1988年）。

榎本太『ドン・キホーテの影の下に』（中教出版、1980年）。

大井浩二「共和国の娘たち──『女性のドン・キホーテ精神』を読む」、『関西学院大学英米文学』第38巻第1号（1993年12月20日発行）、33─45頁。

佐藤宏子『アメリカン・ガールの形成』、研究社刊『英語青年』連載（1991〜1992年）。

櫻庭信之『絵画と文学──ホガース論考〔増補版〕』（研究社、1987年）。

サルバドール・デ・マドリアーガ『ドン・キホーテの心理学』牛島信明訳（原著1961年、晶文社、1992年）。

清水憲男『ドン・キホーテの世紀』（岩波書店、1990年）。

ウラジミール・ナボコフ『ナボコフのドン・キホーテ講義』行方昭夫他訳（原著1983年、晶文社、1992年）。

野沢公子「大衆女性文学における抵抗の表現」、『愛知県立大学外国語学部紀要』27号（1995年3月）、123─167頁。

別府恵子編『アメリカ文学における女性像』（弓書房、1985年）。

5　モルグ街の黒人

〈Primary Sources〉
Poe, Edgar Allan. *The Complete Works of Edgar Allan Poe.* 17 vols. Ed. James A. Harrison. 1902 ; 3rd ed., New York : AMS, 1979.
———. *Collected Works of Edgar Allan Poe.* 3 vols. Ed. Thomas Ollive Mabbott. Cambridge : Belknap／Harvard, 1969-1978.
———. *Collected Writings of Edgar Allan Poe.* Ed. Burton R. Pollin. Boston : Twayne Publishers, 1981 and New York : Gordian Press, 1985-.
———. *The Letters of Edgar Allan Poe.* Ed. John Ostrom. New York : Gordian Press, 1966.
———. *The Annotated Tales of Edgar Allan Poe.* Ed. Stephen Peithman. New

York : Doubleday, 1981. 以上、創元推理文庫他の邦訳は全て参照した。
——. *The Annotated Tales of Edger Allan Poe.* Ed. Stephen Peithman. New York : Doubleday, 1981.
——. "Lynch's Law." *Southern Literary Messenger* (May 1836), pp. 389.
——. "Professor Dew's Address." *Southern Literary Messenger* (October 1836), pp. 721-722.
〈Secondary Sources〉
Berkin, Carol Ruth. "Women's Life." Wilson and Ferris, Vol. 4. pp. 421-434.
Bittner, William. *Poe : a Biography.* Boston : Atlantic-Little Brown, 1962.
Bosco, Ronald A. "Lectures at the Pillory : The Early American Execution Sermon." *American Quarterly,* Vol. 30 (1978), pp. 156-176. サミュエル・ダンフォースやインクリース・マザーらによる代表的な「死刑の日の説教」のレトリックを詳しく分析している。
Carby, Hazel V. "'On the Threshold of Woman's Era' : Lynching, Empire, and Sexuality in Black Feminist Theory." *"Race," Writing, and Difference.* Ed. Henry Louis Gates, Jr. (Chicago : The University of Chicago Press, 1985), pp. 301-316.
Cash, W. J. *The Mind of South.* 1941 ; New York : Knopf, 1967.
Davidson, Cathy. 1) *The Revolution of the Word : the Rise of the Novel in America.* New York : Oxford University Press. 1986.
——, ed. 2) *Reading in America.* Baltimore : the Johns Hopkins University Press, 1989.
Dayan, Joan. 1) "Romance and Race." In *The Columbia History of the American Novel.* Eds. Emory Elliott et al. (New York : Columbia University Press, 1991), pp. 89-109.
——. 2) "Amorous Bondage : Poe, Ladies, and Slaves," *American Literature,* Vol.66, No. 2 (June 1994), pp. 239-273. 脱構築から新歴史主義へ至る批評理論を着実に掌握しつつ独自な視点を打ち出している点で、90年代半ばの現在、最も尖鋭的なポウ研究。
Dew, Thomas Roderick. "An Address on the Influence of the Federative System of Government upon Literature and the Development of

Character." *Southern Literary Messenger* (March 1836), pp. 261-282.
Douglass, Frederick. *Narrative of the Life of Frederick Douglass, an American Slave, Written by Himself.* New York : Signet, 1982. 岡田誠一訳『数奇なる奴隷の半生』(法政大学出版局、1993年)。
Douglas, Louis, ed. *Agrarianism in American History.* Lexington : D. C. Heath, 1969.
Fisher IV, Benjamin Franklin. "Poe's 'Tarr and Fether' : Hoaxing in the Blackwood Mode." In *The Naiad Voice.* Ed. Dennis W. Eddings (Port Washington : Associated Faculty Press, 1983), pp. 136-147.
Gates, Jr, Henry Louis. *Figures in Black.* Oxford : Oxford University Press, 1987.
——. *The Signifying Monkey.* Oxford : Oxford University Press, 1988.
Giddings, Robert. "Was the Chevalier Left-handed? : Poe's Dupin Stories" In A. Robert Lee, pp. 88-111.
Gilmore, Michael T. *American Romanticism and the Market Place.* Chicago : The University of Chicago Press, 1985.
——. "Modes of Consumption in the Age of Preliminary Remarks." *Culture of Consumption in American Society.* Eds. Atsushi Katayama et al. (Sapporo : Hokkaido Association for American Studies, 1991), pp. 115-157.
Gray, Richard. "'I am a Virginian' : Edgar Allan Poe and the South." In A. Robert Lee, pp. 182-201.
Greene, Jack P. and J. R. Pole, eds. *Colonial British America : Essays in the New History of the Early Modern Era.* Baltimore : The Johns Hopkins University Press, 1984.
Hair, William I. "Lynching." Wilson and Ferris, Vol. 1. pp. 294-297.
Halttunen, Karen. "Early American Murder Narratives." *The Power of Culture,* eds. R. W. Fox et al. (Chicago : The University of Chicago Press, 1993), pp. 67-101.
Hazewell, C. C. "Agrarianism." *The Atlantic Monthly,* Vol. 3, No. 18 (April 1859), pp. 393-397.
Himes, Chester. *A Case of Rape.* Washington, DC : Howard University

Press, 1984.
Hofstadter, Richard. *America at 1750 : a Social Portrait.* 1971 ; New York : Vintage Books, 1973.
Hubbell, Jay B. "Poe and the Southern Literary Tradition." *Texas Studies in Literature and Language,* Vol.II, No. 2 (Summer 1960) : pp. 151-171.
Ingalls, Robert P. "Mob Violence." Wilson and Ferris, Vol. 4. pp. 408-409.
Irwin, John. "Reading Poe's Mind : Politics, Mathematics, and the Association of Ideas in 'The Murders in the Rue Morgue'." *American Literary History* 2 (1992), pp. 187-206.
Johnson, Barbara. "The Frame of Reference : Poe, Lacan, Derrida." *The Critical Difference : Essays in* the *Contemporary Rhetoric of Reading.* (Baltimore:The Johns Hopkins University Press, 1980), pp. 110-146.
Kinnamon, Kenneth. "How *Native Son* was Born." *Writing the American Classics.* Eds. James Barbour et al. (Chapel Hill : The University of North Carolina Press, 1990), pp. 209-234.
Leavelle, Charles. "Brick Slayer Is Likened to Jungle Beast" *Chicago Sunday Tribune,* 5 June 1938, 1 : 6.
Lee, A. Robert. *Edgar Allan Poe : The Design of Order.* London : Vision, 1987.
Lemay, J. A. Leo. "Poe's 'The Business Man' : Its Contexts and Satire of Franklin's Autobiography." *Poe Studies,* Vol. 15, No. 2 (Dec 1982), pp. 20-37.
Levin, Harry. *The Power of Blackness.* New York : Alfred A. Knopf, 1958. 同様の視点にトニ・モリソン『白さと想像力』大社淑子訳（原著1992年、朝日新聞社、1994年）がある。
Matthiessen, F. O. *American Renaissance.* New York : Oxford University Press, 1941.
McGrane, Reginald C. "Panic of 1837." *The Dictionary of American History,* Vol. 5. (1940 ; rept. New York : Charles Scribner's Sons, 1976), p. 206.

Michaels, Walter Benn, et al. eds. *American Renaissance Reconsidered.* Baltimore ; The Johns Hopkins University Press, 1985.

Miller, John. "Did Edgar Allan Poe Really Sell a Slave?" *Poe Studies,* Vol. 9, No. 2 (Dec 1976), pp. 52-53.

Morson, Samuel Eliot. *The Oxford History of the American People,* Vol. 2 (1789-1877). 1965 : New York : Mentor Books 1972.

Mottram, Eric. "Law, Lawlessness and Philosophy in Edgar Allan Poe." In A. Robert Lee, pp. 154-181.

Muller, John P. et al. eds. *The Purloined Poe.* Baltimore : The Johns Hopkins University Press, 1988.

Nord, David Paul. "A Republican Literature : Magazine Reading and Readers in Late-Eighteenth-Century New York." Cathy Davidson 2), pp. 114-139.

Ong, Walter. *Orality and Literacy.* London : Methuen, 1982. 桜井直文他訳『声の文化と文字の文化』(藤原書店、1991年)。

Pease, Donald. *Visionary Compacts.* Madison : University of Wisconsin Press, 1987.

Pollin, Burton. "Poe's 'Murders in the Rue Morgue' : The Ingenius Web Un-ravelled." *Studies in American Renaissance* : 1977. Ed. Joel Myerson. Boston : Twayne, 1977. pp. 235-259. Cf. Louis A. Renza, "Poe's Secret Autobiography."

Prior, Linda. "A Further Word on Richard Wright's Use of Poe in *Native Son.*" *Poe Studies,* Vol. 5, No. 2 (Dec 1972), pp. 52-53. この発想にさらにウィリアム・スタイロンをからませたものとして、白川恵子「『ナット・ターナーの告白』をめぐる60年代黒人問題」(日本マラマッド協会編『アメリカの対抗文化』、大阪教育図書、1995年所収)がある。

Renza, Louis A. "Poe's Secret Autobiography." Michaels et al. pp. 58-89.

Ridgely, J. V. *Nineteenth-Century Southern Literature.* Lexington : Kentucky University Press., 1980. See W. J. Cash, *The Mind of South.*

Rosenthal, Bernard. 1) *City of Nature.* Newark : Delaware University Press, 1980.

———. 2) "Poe, Slavery, and the Southern Literary Messenger," *Poe Studies,* Vol. 7, No. 2 (Dec 1974), pp. 29-38.
———et al. eds. *Race and the American Romantics.* New York : Shocken, 1971. 国重純二他訳『奴隷制とアメリカ・ロマン派』(研究社、1976年)。
Salvino, Dana Nelson. "The Word in Black and White : Ideologies of Race and Literacy in antebellum America." *Reading in America.* Cathy Davidson 2), pp. 140-156.
Shell, Marc. "'The Gold Bug' : Introduction to 'the Industry of letters' in America." *Money, Language, and Thought* (Berkeley : University of California Press, 1982), pp. 5-23.
Silverman, Kenneth. *Edgar Allan Poe : Mournful and Never-ending Remembrance.* New York : Harper Collins, 1991.
Smith, Ronald. *Poe in the Media.* New York : Garland, 1990.
Sussman, Henry. *High Resolution.* Oxford : Oxford University Press, 1989.
Tani, Stefano. *The Doomed Detective.* Carbondale : Southern Illinois University Press, 1984. 高山宏訳『やぶれさる探偵』(東京図書、1990年)。
Thomas, Dwight. et al. eds. *The Poe Log.* Boston : G. K. Hall, 1987.
Walsh, John. *Poe the Detective : The Curious Circumstances behind The Mystery of Marie Rogêt.* New Brunswick : Rutgers University Press, 1968. 海保眞夫訳『名探偵ポオ氏』(草思社、1980年)。
Williams, Daniel. "'Behold a Tragic Scene Strangely Changed into a Theatre of Mercy' : The Structure and Significance of Criminal Conversion Narratives in Early New England." *American Quarterly,* Vol. 38 (1986), pp. 827-847. 1701年、幼児殺害で処刑されたエスター・ロジャーズの例を原型に、いかに犯罪者が回心者への道を歩むか、そこにはいかなるピューリタン神権制の言説的謀略が介在したかを克明に吟味する。
Wilson, Charles Reagan and William Fellis, eds. *Encyclopedia of Southern Culture.* 4 vols. New York : Anchor Books, 1989.
Wilson, Charles Reagan. "Cult of Beauty." Wilson and Fellis, Vol. 2.

pp. 334-340.
Wright, Richard. *Native Son.* 1940 ; New York : Harper & Row, 1966.
Wyatt-Brown, Bertram. *Southern Honor : Ethics and Behavior in the Old South.* New York : Oxford University Press, 1982.
Yellin, Jean Fagan, et al. eds. *The Abolitionist Sisterhood.* Ithaca : Cornell University Press, 1994. 本書の図版を活用して有意義なポウ論をまとめたものに Elsie V. Lemire の1994年ＭＬＡ大会報告（12月29日、於サンディエゴ、未公表）がある。
Zboray, Ronald J. "Antebellum Reading and the Ironies of Technological Innovation." Cathy Davidson 2), pp. 180-200.
〈邦語文献〉
伊藤詔子『アルンハイムへの道』（桐原書店、1986年）。
八木敏雄『ポオ研究――破壊と創造』（南雲堂、1968年）。
巽孝之『Ｅ．Ａ．ポウを読む』（岩波書店、1995年）。

6　屋根裏の悪女

Berlant, Lauren. "The Queen of America Goes to Washington City : Harriet Jacobs, Francis Harper, Anita Hill." *American Literature,* Vol. 65, No. 3 (September 1993), pp. 549-574.
Blassingame, John. *The Slave Community.* New York : Oxford University Press, 1972.
Burnham, Michelle. "Loopholes of Resistance : Harriet Jacobs's Slave Narrative and the Critique of Agency in Foucault." *Arizona Quarterly,* Vol. 49, No. 2 (Summer 1993), 53-73.
Butterfield, Stephen. *Black Autobiography in America.* Amherst : University of Massachusetts Press, 1974.
Carby, Hazel. *Reconstructing Womanhood.* New York : Oxford University Press, 1987.
Cvetkovitch, Ann. *Mixed Feelings.* New Brunswick : Rutgers University Press, 1992.

Davies, Charles and Henry Louis Gates, Jr., eds. *The Slave's Narratives.* New York : Oxford University Press, 1985.

Douglass, Frederick. *The Frederick Douglass Papers.* Vol. 3, New Haven ; Yale University Press, 1985.

Foster, Frances. 1) *Witnessing Slavery.* Westport : Greenwood Press, 1979.

———. 2) "Harriet Jacobs's *Incidents* and the 'Careless Daughters' (and sons) Who Read It." *The (Other) American Traditions,* ed. Joyce Warren (New Brunswick : Rutgers University Press, 1993), pp. 92-107.

Fox-Genovese, Elizabeth. *Within the Plantation Household.* Chapel Hill : The Univesity of North Carolina Press, 1937.

Franklin, Bruce. *Prison Literature in America.* 1978 ; New York : Oxford University Press, 1989.

Howard-Pitney, David. *The Afro-American Jeremiad.* Philadelphia : Temple University Press, 1990.

Jacobs, Harriet Ann. *Incidents in the Life of a Slave Girl* (1861). A) Ed. Jean Fagin Yellin. Cambridge : Harvard University Press, 1987.

———. B) Introd. Valerie Smith. New York : Oxford University Press, 1988.

Johnson, Guion Griffis. *Ante-Bellum North Carolina.* Chapel Hill : The Univesity of North Carolina Press, 1937.

Katz, William Loren. *Breaking the Chain.* Atheneum : Macmillan, 1990. "Draptomania" についての考察を含む。その差別一般との関連についてはスティーヴン・J・グールド『人間の測りまちがい』鈴木善次他訳（原書1981年、河出書房新社、1989年）の第2章を参照。

Lyons, Mary. *Letters from a Slave Girl : The Story of Harriet Jacobs.* New York : Charles Scribner's Sons, 1992.

Mills, Bruce. "Lydia Maria Child and the Endings to Harriet Jacobs's *Incidents in the Life of a Slave Girl.*" *American Literature,* Vol. 64, No. 2 (June 1992), pp. 255-272.

Moses, Wilson Jeremiah. *The Golden Age of Black Nationalism, 1850-1925.* New York : Oxford University Press, 1978.

Nelson, Dana. *The Word in Black and White.* New York : Oxford University Press, 1992.

Nichols, Charles. "The Slave Narrators and the Picaresque Mode." In Charles Davis et al., eds., *The Slave's Narratives* (New York : Oxford University Press, 1985), pp. 283-298.

Petersen, Carla. "Capitalism, Black (Under)development, and the Production of the African-American Novel in the 1850s." *American Literary History* Vol. 4, No. 4 (Winter 1992), pp. 559-583.

Sanchez-Eppler, Karen. *Touching Liberty.* Berkeley : University of California Press, 1993.

Stevenson, George. "The Search for the Edenton Years of Harriet Ann Jacobs." *New Leaves,* Vol. 38, No. 2 (March 1990), pp. 51-57.

Winter, Kari J. *Subjects of Slavery, Agents of Chance.* Athens : The University of Georgia Press, 1992.

Yellin, Jean Fagan. "Texts and Contexts." In Davis and Gates, pp. 262-282.

———. "Harriet Jacobs's Family History." *American Literature,* Vol. 66, No. 4 (December 1994), pp. 765-767. ハーヴァード版の注釈におけるミスを訂正し、ハリエットの父親の本名（Daniel でなく Elijah）と、彼が再婚していた事実を明かす。

終章　ニュー・アメリカニズム

Bercovitch, Sacvan. *The American Puritan Imagination : Essays in Revaluation.* Cambridge : Cambridge University Press, 1974.

Bigsby, Christopher. *Hester : A Novel about the Early Hester Prynne.* New York : Viking, 1994.

Bloom, Allan. *The Closing of the American Mind.* New York : Simon & Schuster, 1987. 菅野盾樹訳『アメリカン・マインドの終焉』（みすず書房、1988年）。

Breitwieser, Mitchell Robert. *American Puritan and the Defense of Mour-*

ning : Religion, Grief, and Ethnology in Mary White Rowlandson's Captivity Narrative. Madison : The University of Wisconsin Press, 1990

Brodhead, Richard. "Sparing the Rod : Discipline and Fiction in Antebellum America." In *The New American Studies : Essays from Representations,* ed. Philip Fisher (Berkeley : University of California Press, 1991), pp. 141-170.

Chase-Riboud, Barbara. 1) *Sally Hemings.* 1979 ; New York : Ballantine, 1994.

——. 2) *The President's Daughter.* New York : Crown, 1994.

Cowan, Bainard & Joseph G. Kronick, eds. *Theorizing American Literature : Hegel, the Sign, and History.* Baton Rouge : Louisiana State University Press, 1991.

Crews, Frederick. *The Critics Bear It Away : American Fiction and the Academy.* New York : Random House, 1992.

Culler, Jonathan. *Framing the Sign : Criticism and its Institutions.* Oxford : Basil Blackwell, 1988.

De Man, Paul. 1) "The Epistemology of Metaphor." *Critical Inquiry,* Vol. 5, No. 1 (Autumn 1978), pp. 13-30.

——. 2) *Blindness and Insight.* 1971 ; Minneapolis : University of Minnesota Press, 1983.

Derrida, Jacques, *Margins of Philosophy.* Tr. and Inrod. Alan Bass. Chicago : University of Chicago Press, 1982. "White Mythology" (1974年) 収録。

Girgus, Sam B.. *Desire and the Political Unconscious in American Literature.* London : The Macmilan Press Ltd., 1990.

Giroux, Henry. "Post-Colonial Ruptures and Democratic Possibilities : Multi-Culturalism as Anti-Racist Pedagogy," *Cultural Critique,* No. 21 (Spring 1992), pp. 5-39.

Gloege, Martin E.. "The American Origins of the Postmodern Self" in Levine, pp. 59-80.

Greenblatt, Stephen J. 1) *Renaissance Self-Fashioning.* Chicago : University

of Chicago Press, 1980. 高田茂樹訳『ルネサンスの自己成型』(みすず書房、1992年)。
——. 2) *Learning to Curse : Essays in Early Modern Culture.* New York : Routledge, 1990. 磯山甚一訳『悪口を習う』(法政大学出版局、1993年)。レーガン論を含むのは1987年初出の第8章「文化の語学をめざして」。なお、グリーンブラットらの「劇的演出」に対するマイクル・ギルモアの批判は1991年7月31日、北海道アメリカ学会主催の札幌クール・セミナー席上にて聞かれた。
Haraway, Donna. "A Cyborg Manifesto" (1985). *Simians, Cyborgs, and Women* (New York : Routledge, 1991), pp. 149-181. 小谷真理訳「サイボーグ宣言」が巽孝之編『サイボーグ・フェミニズム』(トレヴィル、1991年) 所収。
Horowitz, David. *Containment and Revolution.* Boston : Beacon Press, 1967.
Horwitz, Howard. *By the Law of Nature : Form and Value in Nineteenth-Century America.* New York : Oxford University Press, 1991.
Jay, Gregory. "Hegel and the Dialectics of American Literary Historiography : From Parrington to Trilling and Beyond" in Cowan et al., pp. 83-122.
Levine, George, ed. *Constructions of the Self.* New Brunswick : Rutgers University Press, 1992.
Michaels, Walter Benn. *The Gold Standard and the Logic of Naturalism.* Berkeley : The University of California Press, 1987.
——. "Race into Culture : A Critical Genealogy of Cultural Identity," *Critical Inquiry,* Vol. 18, No. 4 (Summer 1992), pp. 655-685.
Pease, Donald E. *Visionary Compacts : American Renaissance Writings in Cultural Context.* Madison : The University of Wisconsin Press, 1987.
——. "New Americanists : Revisionist Intervention into the Canon" *Boundary* 2, Vol. 17, No. 1 (Spring 1990), pp. 1-37.
——, ed. *National Identities and Post-Americanist Narratives.* Durham : Duke University Press, 1994. 1992 年度 *Boundary* 2 特集号の単行本化。

———et al., eds. *Cultures of United States Imperialism.* Durham : Duke University Press, 1993.
Reising, Russel. *The Unusable Past : Theory & the Study of American Literature.* London : Methuen, 1986. 村上清敏他訳『使用されざる過去』(松柏社、1993年)。
Renker, Elizabeth. "Resistance and Change : The Rise of American Literature Studies," *American Literature,* Vol. 64, No. 2 (June, 1992), pp. 347-365.
Suchoff, David. 1) "New Historicism and Containment : Toward a Post-War Cultural Theory," *Arizona Quarterly,* Vol. 48, No. 1 (Spring 1992), pp. 137-161.
———. 2) *Critical Theory and the Novel.* Madison : The University of Wisconsin Press, 1994.
White, Hayden. *TheContent of the Form : Narrative Discourse and Historical Representation.* Baltimore : The Johns Hopkins University Press, 1987.
〈邦語文献〉
綾部恒雄編『アメリカの民族』(弘文堂、1992年)。編者序文「アメリカ文化とエスニックス」がきわめて啓発的な理論的基礎を提供してくれる。
猪股勝人『世界映画名作全史・戦後編』(社会思想社、1974年)。
今福龍太『クレオール主義』(青土社、1991年)。
浦崎浩實「見栄えこそ力——リチャード・ベイマー」、シネマハウス編『男優伝説』(洋泉社、1992年)、150〜153頁。
D・エリボン『ミシェル・フーコー伝』田村俶訳(原著1989年:新潮社、1991年)。なお、フーコーのSMボンデージ趣味については、自称フーコーの愛人だったエルヴェ・ギベール1990年のエイズ小説『ぼくの命を救ってくれなかった友へ』(野崎歓訳、集英社、1992年)に詳しい。
加藤尚武他編『ヘーゲル哲学の現在』(世界思想社、1988年)。
川口恭一編『文学の文化研究』(研究社、1995年)。末廣幹の啓蒙的論文「帝国という主題——ニュー・ヒストリシズムからニュー・アメリカニズムへ」を含む。
斎藤真他編『アメリカを知る事典』(平凡社、1986年)。

清水博編『アメリカ史（増補改訂版）』（山川出版社、1986年）。

フランシス・フクヤマ『歴史の終わり』渡部昇一訳（原論文1989年：三笠書房、1992年）。本書最大の読みどころは、フクヤマがヘーゲル学者アレクサンドル・コジェーヴを援用しつつも、まず日本的形式主義美学をプラトン的「気概」（自尊心の条件）から再解釈し、つぎに資本主義精神を形成したといわれるプロテスタンティズムの内部に禁欲主義と利潤追求をあるていど和解させていた浄土真宗とも相通ずる条件を類推し、ひいては戦後日本が西欧的制度をむやみに模倣したというよりもいかにアジア的文化にフィットするよう応用したかという点を追究していった点だ。しかも、この構図は、まさしくヘーゲル＝コジェーヴの西欧哲学を日本化して再構築することがいかに冷戦解消へ向けた全地球的資本主義化に貢献するかを説く。それこそがフクヤマの見る歴史の終わり《エンド》ならぬ歴史の最終目的《エンド》にほかならない。かくして、日本的ショーヴィニズムという点でもアメリカ的ナショナリズムという点でも満足しているフクヤマにはジャパン・バッシングに関するいささかの論及も不要なのだ。その姿勢は、日本的心性の内部にポストモダニズムの予兆を見ようとするあらゆる論陣がナショナリズムを露呈せざるをえないことのみごとなカリカチュアともいえよう。

増補 I　グラウンド・ゼロの増殖空間

Franklin, Bruce. *War Stars*. New York: Oxford UP, 1988.

George, Peter. *Dr. Strangelove or: How I Learned to Stop Worrying and Love the Bomb*. New York: Bantam, 1963.

Jones, Jack. *Let Me Take You Down: Inside the Mind of Mark David Chapman, the Man Who Killed John Lennon.* New York: Villard Books, 1992. 堤雅久訳『ジョン・レノンを殺した男』（リブロポート、1995年）。

Nadel, Allan. *The Containment Culture*. Durham: Duke UP, 1995.

Pulitano, Elvira. *Toward a Native American Critical Theory*. Lincoln: U of Nebraska P, 2003.

Said, Edward. "The Progressive Interview" (by David Barsamian). *Progressive* (November 2001). 中野真紀子・早尾貴紀訳『戦争とプロパガンダ』(みすず書房、2002年) 所収。
Salinger, J.D. *The Catcher in the Rye.* 1951. New York: Penguin, 1994. 野崎孝訳『ライ麦畑でつかまえて』(白水社、1964年) /村上春樹訳『キャッチャー・イン・ザ・ライ』(白水社、2003年)。
Seed, David. *American Science Fiction and the Cold War: Literature and Film.* Edinburgh: Edinburgh UP, 1999.
Vizenor, Gerald. *Hiroshima Bugi: Atomu 57.* Lincoln: U of Nebraska P, 2003.
——. *Manifest Manners: Narratives on Postindian Survivance.* Lincoln: U of Nebraska P, 1994.
——. *Shadow Distance: A Gerald Vizenor Reader.* Hanover: Wesleyan UP, 1994.
大島由起子「ヴィゼナーのトリックスター小説」、西村頼男&喜納育江編『ネイティヴ・アメリカンの文学』(ミネルヴァ書房、2002年) 所収。
巽孝之編『スタンリー・キューブリック』(キネマ旬報社、1999年)。
松尾文夫『銃を持つ民主主義——「アメリカという国」のなりたち』(小学館、2004年)。

増補II　おまえはクビだ!

＊本稿は当初、アメリカ学会年報『アメリカ研究』48号 (2014年) (特集〈アメリカ大統領と選挙〉) に「選民国家の選挙文学史序説——マザー、ホーソーン、バーコヴィッチ」として発表した寄稿を大幅に加筆改稿したものである。

Bercovitch, Sacvan. *The Puritan Origins of the American Self*. 1975. Introd. Sacvan Bercovitch. New Haven: Yale UP, 2011.
———. *The American Jeremiad*. Madison: U of Wisconsin P, 1978.
———. *The Office of The Scarlet Letter*. Baltimore: Johns Hopkins UP, 1991.
Godbeer, Richard. *The Devil's Dominion: Magic and Religion in Early New England*. Cambridge: Cambridge UP,1992.

Hall, David W., ed. *Election Day Sermons*. Oakridge, TN: The Kuyper Institute, 1996.

Hall, Michael G. *The Last American Puritan: The Life of Increase Mather*. Middletown, CT: Wesleyan UP, 1988.

Hawthorne, Nathaniel. *The Scarlet Letter*. 1850. Ed. Seymour Gross, Sculley Bradley, Richmond Croom Beatty and E. Hudson Long. New York: Norton, 1988.

Levin, David. *Cotton Mather: The Young Life of the Lord's Remembrancer 1663-1703*. Cambridge: Harvard UP, 1978.

Mather, Cotton. *A Discourse on Witchcraft*. Boston: R. P., Sold / Joseph Brunning,1689.

Mather, Increase. *The Great Blessing of Primitive Counsellors*. Boston, 1693.

Miller, Perry and Thomas H. Johnson, eds. *The Puritans: a Sourcebook of Their Writings*. Revised Edition. 2 vols. New York: Harper, 1963.

Olson, Kathryn M. "Completing the Picture: Replacing Generic Embodiments in the Historical Flow." *Communication Quarterly* 41.3 (Summer 1993): 299-317.

Plumstead, A.W, ed. *The Wall and the Garden: Selected Massachusetts Election Sermons 1670-1775*. Minneapolis: U of Minnesota P, 1968.

Silva, Alan J. "Increase Mather's 1693 Election Sermon: Theoretical Innovation and the Reimagination of Puritan Authority." *Early American Literature* 34.1 (1999): 48-77.

Stout, Harry. "Preaching the Insurrection." *Christian History* 15.2 :12. http://www.christianitytoday.com/ch/1996/issue50/5011.html

阿野文朗『ナサニエル・ホーソーンを読む——歴史のモザイクに潜む「詩」と「真実」』(研究社、2008年)。

秋山健監修『アメリカの嘆き——米文学史の中のピューリタニズム』(松柏社、1999年)

今井宏『クロムウェル——聖者の進軍』(誠文堂新光社、1961年)。

大下尚一『ピューリタン——近代化の精神構造』(中央公論社、1968年)。

太田俊太郎『アメリカ合衆国大統領選挙の研究』(慶應義塾大学出版会、1995年)。

大西直樹『ニューイングランドの宗教と社会』(彩流社、1997年)。

———『ピルグリム・ファーザーズという神話——作られた「アメリカ建国」』(講談社、1998年)。

小倉いずみ「ピューリタンの選挙日説教と形式——Danforth, "Errand into the Wilderness"」、『英語英文学論叢』第46集(1996年2月)、103-122頁。

権田建二&下河辺美知子編『アメリカン・ヴァイオレンス——見える暴力・見えない暴力』(彩流社、2013年)。

斎藤眞『アメリカ革命史研究——自由と統合』(東京大学出版会、1992年)。

巽孝之『アメリカン・ソドム』(研究社、2001年)。

———『パラノイドの帝国——アメリカ文学精神史講義』(大修館書店、2018年)。

向井照彦『ウィルダネス研究序説—植民地時代における生成と展開』(英宝社、1995年)。

八木敏雄『マニエリスムのアメリカ』(南雲堂、2011年)。